湛庐CHEERS

U1070564

与最聪明的人共同进化

HERE COMES EVERYBODY

色萨利
皮埃里亚
奥林匹斯山
奥萨山
皮里翁山
希腊
俄特律斯山
伊奥尼亚海
帕尔纳索斯山
雅典
基西拉岛
地中海
伊达山
斐斯托斯
萨索
萨莫色雷
利姆诺斯岛
爱琴

高加索山脉
黑　海
弗里吉亚
尤摩尼亚
戈耳狄乌姆
奥罗克里尼湖
底格里斯河
奇里乞亚
幼发拉底河
亚述
美索不达米亚
塞浦路斯
帕福斯
阿马图斯
巴比伦
提尔
腓尼基
尼罗河
附　注
* 即今天的达达尼尔海峡
红海
阿拜多斯

神话

[英] 斯蒂芬·弗莱 著 STEPHEN FRY —— 黄天怡 译

MYTHOS

浙江教育出版社·杭州

STEPHEN FRY

斯蒂芬·弗莱

享誉全球的喜剧大师

英国喜剧终身成就奖获得者
有声书领域的“国宝”级人物
曾荣获人文主义杰出终身成就奖的作家

“老派”的演员和典型的英国绅士

说到英国绅士，人们一定不会漏掉斯蒂芬·弗莱。确实，他就是一位典型的英国绅士，也是一位知识分子型的“老派”演员：毕业于剑桥大学、曾获得剑桥大学王后学院的奖学金，拥有博士学位，勇于发声并且总能言之有物；他演过电影、电视剧和话剧，为影视作品配过音，出演过大量话剧，主持过各种节目，而且对各种形式的表演都游刃有余；同时，他还写剧本、写小说，将自己的才华和知识展现在文字中。

不仅他本人是这样的形象，他扮演过的角色更是加深了人们对他的这种印象。例如，他曾主演电影《王尔德》，无论是外形还是性格，简直就像是王尔德在世。在他与至交休·劳瑞搭档演出的《弗莱劳瑞秀》和《万能管家》中，两位主创兼主演带着独一无二的英式幽默，将英国人那种毒舌、讲究、外冷内热又不失天真的特质表现得淋漓尽致。当然，他还是《高斯福庄园》（*Gosford Park*）中漫不经心的侦探、《王国》（*Kingdom*）中的英格兰小镇律师、《霍比特人》中的长湖镇镇长、《V 字仇杀队》中的迪特里希、《爱丽丝梦游仙境》中的柴郡猫。

他在 BBC 长期主持电视节目 *QI*，2008 年访问了美国的五十个州，主持了六集电视记录片《斯蒂芬·弗莱在美国》(*Stephen Fry in America*)。

有声书领域的“国宝”

在英国的有声书领域，弗莱绝对是当之无愧的王者。他讲的是标准、纯正的英式英语，音色醇厚、迷人，声音极具表现力。而且，因为同时也是一位演员和作家，所以他总能非常精准地掌控所朗读的故事，为每个角色赋予专属的腔调，营造出强烈的画面感。

弗莱朗读过 J. K. 罗琳的《哈利·波特》系列图书，朗读过《福尔摩斯》系列作品，还朗读过许多其他的作品。例如，2015 年，在英国皇家艺术学院(Royal Academy of Arts)举行的颁奖礼上，他现场录制了获奖的短篇小说《费瑟斯通女士和野兽》(*Ms. Featherstone and the Beast*)。听他将一个个故事娓娓道来简直是一种享受，更何况，他读每个角色的腔调音色各有不同，不用等念到人名就能知道是谁，而且单听音调就能脑补出相应的画面。可以说，不管你在做什么，只要把他的音频打开，就能幸福一整天。

除了录制有声书，弗莱还是一个有声读物慈善机构的听力书籍的赞助人。他在谈到自己的赞助时说：“我很自豪也很高兴能成为第一个有声读物慈善机构的赞助人，为其成员提供下载服务。我还很兴奋，因为我了解这对听力受损的人们来说意味着什么。”

伟大的故事讲述者

作为一个学识渊博又风趣幽默的知识分子，弗莱当然也写作。在非小说类作品的创作方面，他是从给报刊写专栏开始的，之后逐渐开始写小说等作品。

他写过自传，即《摩押是我的浴盆》(*Moab is My Washpot*)，讲述了自己的人生经历；也写过小说，比如《说谎者》(*The Liar*)、《创造历史》(*Making*

History)、《河马》(*The Hippopotamus*)。其中,《创造历史》荣获了侧面奖(Sidewise Awards for Alternate History),这是一个专门表彰假想历史领域内最佳作品的奖项;《河马》则在 2017 年被改编成了电影。

后来,出于对希腊神话的热爱,弗莱又相继创作了《神话》和《英雄》,为现代世界重新想象希腊神话。他还根据这两本书排演了一出名为“神话三部曲”(Mythos: A Trilogy)的剧,在英国进行全国巡演,并广受好评。西方媒体纷纷将其评论为“世界上最伟大的故事讲述者讲述世界上最伟大的故事”。

屡获殊荣的全能型才子

无论是在表演领域还是文化领域,弗莱都得到了人们的认可并屡获殊荣,例如:

1998 年,因出演《王尔德》获得金球奖最佳男演员提名;
2006 年,因纪录片《斯蒂芬·弗莱:躁郁症患者的秘密生活》获得艾美奖;
2006 年,被《广播时报》(*Radio Times*)的读者票选为电视上最聪明的人;
2007 年,获得英国喜剧终身成就奖;
2007 年,在英国“100 位最具影响力的荧屏演员”中排行第四,被称为“国家的财富”;
2010 年,获得英国国家电视奖特别奖;
2010 年,被评为英国人文主义协会的杰出支持者;
2011 年,获得由哈佛大学等机构共同颁发的人文主义杰出终身成就奖;
……

STEPHEN FRY

作者演讲洽谈,请联系
speech@cheerspublishing.com
更多相关资讯,请关注
湛庐文化微信订阅号

湛庐CHEERS 特别制作

ΓΙΑ ΤΟΝ′ ΕΛΛΙΟΤΤ ΜΕ ΑΓ′ ΑΠΗ

献给吾爱艾略特

前　言

翻开本书，踏上壮丽的希腊神话之旅

我有幸在很小的时候就接触了《古希腊传说》(*Tales from Ancient Greece*) 一书，并对它一见钟情。后来，虽然我也喜欢其他文化和民族的神话故事，但只有希腊神话能照亮我的内心。从一开始，希腊神话世界中的能量、幽默、激情和栩栩如生的细节就让我着迷，我希望你也能感受到这种魅力。

本书讲到的神话故事你也许听过，不过，如果你从未接触过希腊神话或其中的角色，也没有关系。阅读本书无须做任何准备，因为本书是从虚无的宇宙讲起的。当然，读这本书更不需要所谓的古典文学素养，你不必了解花蜜酒和宁芙(nymph)、羊男和半人马、命运三女神和复仇三女神的区别。希腊神话既不学术也不烧脑，它的娱乐性很强，通俗易懂，让人读来不忍释卷，并且所有角色都极具人性。

不过，这些希腊神话故事又是从哪儿来的呢？若是谈历史，我们也许可以从盘根错节之中找出希腊这一支线索并对其追根溯源。可若是为了寻找创世神话真正的源头，只拎出一种文明及其背后的故事似乎就有些过于轻慢了。世界各地的早期人类都曾对那引发火山、雷暴、潮汐与地震的能量来自何方感到好奇。对于四季轮回、夜空中显现的天体和每天日出的奇迹，他们顶礼膜拜，同时想知道这一切究竟是如何发生的。许多文明的集体潜意识都会讲述类似的故事：愤怒的神明，死亡与复生的神明，保佑繁育的女神，火、土、水方面的神祇，还有恶魔与精灵。

并非只有希腊人以生命的奥秘为主题编织出了这样一条充满传奇色彩的“挂毯”。如果从考古学和古人类学的角度看，希腊神祇可以追溯到美索不达米亚“新月沃土”（Fertile Crescent）[①]的天空之父、月亮女神和魔怪们。巴比伦文明、苏美尔文明和阿卡德文明（Akkadian）等众多文明都在此诞生，这些文明的繁盛期都远早于希腊文明。它们有自己的创世故事和民间传说，这些神话和用来讲述它们的语言一样，都能一直回溯到印度、非洲以及更遥远的异域，而且这些故事都从史前人类诞生的那一刻开始。

① 即今天的以色列、约旦河西岸地区、黎巴嫩、约旦部分地区、叙利亚，以及伊拉克和土耳其的东南部、埃及东北部。——编者注。

无论讲述什么故事，都需要找到某条叙事的线索以设置一个起点，这对希腊神话来说易如反掌。因为和其他神话不同，希腊神话流传下来的故事个个细节丰富、内容生动且色彩鲜明。最早期的诗人收集并写下这些故事，从文字发明的那天起一直传到了现在。虽然希腊神话和中国神话、伊朗神话、印度神话、玛雅神话、非洲神话、斯拉夫神话、印第安神话、希伯来神话及北欧神话有相似之处，但它仍然可以说是独树一帜的。用作家兼神话作家依迪丝·汉密尔顿（Edith Hamilton）的话说，“希腊神话是伟大诗人的杰作”。希腊人是最早为神祇、怪物和英雄撰写连贯故事乃至文学作品的民族之一。

人类的崛起赋予了希腊神话独特的光环，代表了人类为摆脱神的桎梏、获得自由而战，代表了人类为摆脱神的虐待、对人类事务的横加干涉以及对人类生命和文明的暴政而战。希腊人面对神并未屈服，他们知道神因为虚荣心而要求人类臣服和敬拜，但也相信人类能与众神匹敌。希腊神话表达了这样一种观点：无论是谁创造出这样一个让人困惑的世界，使它充斥着残酷、奇迹、贪欲、美好、疯狂与不公，创造者自身都必然同样残忍、奇妙、贪婪、美丽、狂热与不义。希腊人依据自己的形象创造了众多的神祇，他们好战又极具创造性，智慧又残忍，友爱又善妒，脆弱又野蛮，慈悲为怀又睚眦必报。

希腊神话以世界的开始为开场，但并没有以一场末日为结束。如果把俄狄浦斯、珀尔修斯、忒修斯、伊阿宋和赫拉克勒斯等英雄及特洛伊战争的种种故事都囊括进来，那么本书将会重到连提坦神都拿不动。另外，本书的重点只在于讲故事，我不会解释或探究它们背后所包含的人性或心理机制。这些神话令人不安、出人意料、发人深省、逗人发笑、使人垂泪，充满暴力而又迷人的情节，作为故事，足以令人神魂颠倒。如果在阅读的过程中，你不禁开始猜想是什么启发了希腊人，让他们创造出情节如此丰富、人物如此立体的神话世界，随之进一步探寻神话背后的深层含义，那当然不失为一种阅读的乐趣。

乐趣，是我们沉迷于希腊神话的全部意义。

斯蒂芬·弗莱

测一测　　关于希腊神话，你了解多少？

1. 下面哪个神不在奥林匹斯十二主神之列？

A. 宙斯

B. 迈亚

C. 赫拉

D. 普罗米修斯

2. 以下哪位不是瑞亚的孩子？

A. 塞姬

B. 波塞冬

C. 赫拉

D. 哈迪斯

3. 提坦之战持续了几年？

A. 8 年

B. 9 年

C. 10 年

D. 11 年

4. 珀耳塞福涅吃了几粒石榴？

A. 5 粒

B. 6 粒

C. 7 粒

D. 8 粒

5. 独眼巨人送给宙斯的武器是什么？

A. 火焰

B. 镰刀

C. 雷鸣

D. 霹雳

下载“湛庐阅读”App，
搜索“神话”，
获取答案。

目　录

第四部分 诸神的玩偶

MYTHOS
The Greek Myths Retold

第一部分

起 源

卡俄斯：一切始于混沌

今天，我们用大爆炸理论来解释宇宙的起源。我们认为，因为一次爆炸而生出了所有，进而造就了万事万物。

不过，古希腊人对此有不同的看法。他们认为一切的初始不是宇宙大爆炸，而是卡俄斯（Chaos）[①]。

卡俄斯指的是一位神圣的神明，还是仅仅指代一种虚无的状态？又或者是和今天的用法一样，指的是这个词的本义，即比青少年不加收拾的房间更可怕的杂乱无章？

也许我们可以把卡俄斯理解成宇宙张开的一道大口子，就像裂开的峡谷或张开的裂缝。

那么，卡俄斯究竟是如何创造万物的呢？是从虚无中凭空创造出来的，张开大口打哈欠打出来的，还是用某种方法像变魔术那样变出来的？我不知道。因为那时候我还没有出现，你们也没有。不过从某种意义上说，我们都曾身处其中，因为构成万物的每一个碎片都来自那个时候。简而言之，希腊人认为是卡俄斯造就了一切。也许他深深地呼了一口气，或耸了耸肩，或打了个嗝，又或者吐了一下口水或者咳嗽了一下。总之，长长的生命之链就此开启，最终，世上有了鹈鹕和青霉素，有了蘑菇和癞蛤蟆，有了海狮和海豹，有了狮子，还有了人类，有了水仙花、谋杀、艺术、爱情、困惑、死亡、疯狂和饼干。

① 本书中希腊神话人名译法参考自罗念生、水建馥编的《古希腊语汉语词典》（商务印书馆，2004 年 6 月 / 第 1 版）。——编者注

无论事实究竟如何，现代科学都认为万物必将归于混沌，并将这种无法逃避的命运称为熵。这是一个大循环，从混沌到秩序，又从秩序回到混沌。最初，你的裤子只是无序的原子，通过某种方法，这些原子凝聚起来变成物质；这种物质在亿万年间保持稳定的状态，终于有了生命；这种有生命的物质慢慢进化，变成一种叫作棉花的植物；最后，棉花被制成帅气的裤子，穿在你的美腿上。总有一天，你会把这条裤子丢掉，它要么在垃圾场里腐烂，要么被焚烧掉。无论结局如何，组成裤子的物质终将被降解，变成地球大气的一部分。等到太阳爆炸的那一天，世界上的每个质点都会被带走。到那时，组成裤子的原材料也将随之而去，构成万物的原子都会重回冰冷的混沌。这是裤子的结局，当然也是你的结局。

所以说，万物始于混沌，也归于混沌。

讲到这里，可能有人要问："可是，什么人或什么东西存在于混沌之前呢？"可能也有人这么问："什么人或什么东西存在于大爆炸之前呢？想必肯定有什么吧。"

怎么说呢，其实并没有。我们必须接受没有"之前"这一说法，因为那时还没出现"时间"这个概念。启动时间的按钮尚未被按下，"现在开始"的指令也没有被下达。既然时间都还没被创造出来，那么类似于"以前""期间""何时""届时""午饭后""上周三"这样的表示时间的词就没有意义。虽然有点烧脑，但事实就是如此。

希腊语中有一个词是 cosmos，意为"一切既成事实"，我们用这个词来指代宇宙。那时（虽然这个词是表示时间的，但在当时并没有意义，当然，"当时"这个词也没意义），宇宙就是卡俄斯，并且只是卡俄斯，因为卡俄斯是唯一的既成事实。世界仿佛正在进行运动前的热身，又像上台前的交响乐团正在调音……

变化即将来临。

第一代神：万物初生

无形的卡俄斯生出厄瑞玻斯（Erebus）和倪克斯（Nyx）。厄瑞玻斯代表黑暗，倪克斯代表夜晚。它们出生后立即做了伴侣，二者结合之后闪电般结出果实：代表白昼的赫墨拉（Hemera）和代表光的埃忒耳（Aether）。

与此同时（肯定是同步发生的，因为时间还没有出现，无法区分先后），卡俄斯又产下了两个实体：大地的化身盖亚（Gaia）与代表大地之下的深渊和洞穴的塔耳塔洛斯（Tartarus）。

图 1　盖亚，原初女神，大地的化身，诞生于创世之初

Ancient Art Architecture Collection Ltd / Alamy.

我能猜到你在想什么。这些造物听上去已经很有魅力了：白昼、夜晚、光、深渊以及洞穴。但这些并不是男神和女神，它们甚至不具备人格。可能你还会注意到，既然没有时间，也就不可能有戏剧性的叙事，即所谓的故事。因为要讲故事，就必须说“很久很久以前”还有后来发生了什么。

这么想就对了。卡俄斯最初诞下的只是原始而基本的“元素”，它们不具备真正的个性、特征和兴趣爱好。作为第一代神祇，这些原始神将孕育出希腊神话中所有的神明、英雄以及怪物。它们在酝酿，在潜伏，在屏息以待。

盖亚独自诞下两个儿子，打破了世界的空寂[①]。长子是蓬托斯（Pontus），代表大海；次子是乌拉诺斯（Ouranos），代表天空，其更广为人知的名字是 Uranus（天王星），因为这个名字的发音永远是人们的快乐源泉[②]。赫墨拉和埃忒耳也孕育了后代，他们的结晶是海之女神塔拉萨（Thalassa），与海之男神蓬托斯相辅相成。

乌拉诺斯说自己的名字时喜欢拖长音，他曾是天空与苍穹的本体。原始神基本上都是这种设定，即代表某物的同时司掌某物[③]。也就是说，盖亚既是大地上的山峦、谷地和山脉，又能把自己变成能说会走的一个物体。大地之上，天空乌拉诺斯的云层翻腾弥漫，却也能汇聚成我们所熟悉的模样。万物初生，为时尚早，一切都悬而未决。

---

① 所谓的处女生子或称“单性繁殖”仍能在自然界中找到实例。对蚜虫、某种蜥蜴甚至鲨鱼而言，这完全是一种生育后代的常见方式。不过，若没有两组基因相结合便不会产生多样性，希腊神祇亦然。有趣的神都是两者结合的成果。

② uranus 的发音和 your anus（你的肛门）相似。——译者注

③ 希腊语中的“天空”一词至今仍是“乌拉诺斯”。

第二代神：提坦时代的降临

天空之神乌拉诺斯环抱着母亲盖亚的每一寸土地。这里所说的“抱”有两层含义：既是天空拥抱大地，与我们今天所看到的景象别无二致，也代表两者的结合。所以，这时，一件了不起的事情发生了——时间开始运转。

另外，还有一样东西应运而生，该叫它什么呢？人格，剧情，还是个体？总之，个性出现了，它们不尽完美，充满瑕疵，各行其道，各有所好，做着各种计划，追逐着梦想。可以说，意义产生了。盖亚的受孕让一切有了意义：思想开始萌芽、成形，天空的精液极具开拓性地令符号具有了语义[1]。无论如何，那是一个伟大的时刻。盖亚创造了乌拉诺斯，又与之结合，曾经的儿子如今成了丈夫。盖亚解开绸带，生命从此奔流不息，创造出人类的历史，创造出我们自身，也就是我和你。

① semiology（符号学）、seminal（影响深远的）和 semantic（语义）这三个词的词根和 semen（精液）的词根相同。——译者注

从一开始，乌拉诺斯和盖亚的结合就获得了可喜的丰收。十二个健壮的孩子首先降世：六个男孩分别是俄刻阿诺斯（Oceanus）、科俄斯（Coeus）、克里俄斯（Crius）、许珀里翁（Hyperion）、伊阿珀托斯（Iapetus）和克洛诺斯（Kronos），六个女孩分别是忒伊亚（Theia）、忒弥斯（Themis）、谟涅摩绪涅（Mnemosyne）、福柏（Phoebe）、忒堤斯（Tethys）和瑞亚（Rhea）。这十二个孩子注定要成为第二代神明，在世间谱写传奇。

图 2 忒弥斯，提坦女神，后成为法律、正义与秩序的象征。图中的忒弥斯正坐在一把德尔斐式三脚架上，一手持杯，另一只手拿着一枝月桂叶

Attic Red-Figure Cup, bpk / Antikensammlung Berlin.

随着“时间”这一概念逐渐成形，时钟也在某处开始转动起来，这座记有宇宙历史的时钟至今依然嘀嗒作响。这件事也许是这批新生儿中的某一个所为，具体的咱们之后再细聊。

生完十二个强壮又漂亮的孩子，乌拉诺斯和盖亚并不满足，继续为世界增添成员。于是，两对三胞胎呱呱坠地，他们的特别之处在于生得十分丑陋。首先出生的是三个塞克洛普斯（Cyclopes），即独眼巨人，他们赋予了父亲天空之神一系列全新的表达情绪的方式，丰富了他自身。最年长的独眼巨人叫布隆特斯（Brontes），代表雷鸣①；次子叫史特罗佩斯（Steropes），代表闪电；老幺叫阿尔格斯（Arges），代表闪光。从此，乌拉诺斯让天庭充斥着道道闪电和阵阵雷鸣，巨大的声响和壮观的场面令他备感自豪。可是，盖亚生出的第二对三胞胎却令他浑身战栗，可以说见者无不胆寒。

① 雷龙（Brontosaurus）的名字就取自布隆特斯。来自约克郡的小说家勃朗特三姐妹的名字可能也源于此，她们的父亲原名 Brunty，后来改成了 Brontë。或许是为了让自己的爱尔兰姓平添一份富有古典韵味的隆隆雷声，又或许是为了纪念阿德米拉尔 · 纳尔逊（Admiral Nelson）阁下，纳尔逊曾被册封为勃朗特公爵。这片被册封的领地位于埃特纳火山（Mount Etna），据说镇名就取自这位沉睡在火山之下的独眼巨人。

图 3 塞克洛普斯的额头中央长有圆形独眼

Johann Heinrich Wilhelm Tischbein, 1802. Landesmuseum Oldenburg.

这对三胞胎的样貌可谓空前绝后，完美地诠释了基因突变——这么说已经算是相当客气了。因为这三个新生儿，也就是百臂巨人赫卡同克瑞斯（Hecatonchires）[①]，每一个都有五十个脑袋和一百只手，并且比世上现存的任何造物都更加丑恶、恐怖、狂暴和强大。他们的名字分别是狂怒者科托斯（Cottus）、长臂者古革斯（Gyges）和海山羊埃该翁（Aegaeon），埃该翁有时也被称作大力士布里阿瑞俄斯（Briareos）。盖亚爱他们，乌拉诺斯却非常厌恶他们。也许是想到居然要给这样古怪且丑陋的东西当父亲，身为天空之神的他当然会大惊失色，但我认为，他的厌恶和大部分憎恨同样也源于恐惧。

① 发音为 heck-a-ton key-rays，hecaton 意为“一百”，chires 意为“手”，在 chiropractor（脊椎按摩疗法）一词中可以看到这个词根。

乌拉诺斯嫌恶地诅咒他们：“因为冒犯了我的眼睛，所以你们将永远不得见光！”他一边愤怒地狂吼着，一边将独眼巨人和百臂巨人一起塞回了盖亚的子宫。

盖亚的复仇

“乌拉诺斯把他们塞回盖亚的子宫”，这句话的确切含义的确值得推敲。有人认为这表示他把百臂巨人和独眼巨人埋进了大地。神祇的身份在这个原始阶段尚且不清不明，很难说究竟有几分像人，具有多少个性。而且，他们还没有头衔。比如说，大地之母盖亚，就叫盖亚，意为大地；天空之父乌拉诺斯，就叫乌拉诺斯，代表天空。

不过，有一件事可以肯定，乌拉诺斯对百臂巨人和独眼巨人，也就是自己的亲儿子下这种毒手，令妻子备受折磨，他犯下了开天辟地以来的第一桩罪行，而且罪孽深重，难逃责罚。

盖亚痛苦难耐，几个巨人在她体内扭转翻腾，数百只手在抓挠，数百个脑袋在乱撞。于是，一股恨意，一股强烈至极、难以平息的恨意涌现出来，而这针对的正是和她共同孕育出下一代的丈夫乌拉诺斯以及他们的孩子。复仇大计像藤蔓缠绕在树上一般爬上了盖亚的心头。

百臂巨人和独眼巨人带来的痛苦始终啃噬着盖亚，她来到俄特律斯山（Othrys）。这座巍峨的大山如今俯瞰着位于希腊中部的弗西奥蒂斯州（Phthiotis），从山顶望去，马格尼西亚平原（Magnesia）向南延伸到爱琴海的西面，蔚蓝的海水绕过马利亚海湾（Malian），环抱着星罗棋布的斯波拉泽斯群岛（Sporades）[①]。这是世上最美的风景之一，然而被痛苦和愤怒吞噬的盖亚根本无福消受。在俄特律斯山山顶，盖亚开始用山石制作一个不寻常的可怕物件。她埋头干了九天九夜，终于大功告成，并把那件东西藏在石缝里。

接下来，盖亚动身去拜访她那十二个漂亮而又强壮的孩子。

“你们愿意杀掉父亲乌拉诺斯，和我一起统治全宇宙吗？”盖亚挨个这么问，“你将继承他的天空，我们将主宰世间万物。”

也许在人们的想象中，大地之母盖亚应该是和蔼温暖、慷慨大方、心地善良的。的确，她有时候是这样的。但请记住，那是因为她压着火呢，她生起气来比最狂暴的大海都更加残忍、严厉和恐怖。

说到海洋，盖亚试图拉拢的第一对子女就是俄刻阿诺斯和他的妹妹忒堤斯[②]，可他俩正

① Sporades 本身就有“星罗棋布”的意思。——译者注

② 古生物学家将作为地中海前身的那片古老海洋命名为“忒堤斯”。

忙着和原始女海神塔拉萨协商分管海洋的事。这个时期，年轻一代都在摩拳擦掌。他们在各自的领域一展所长，试图占据主动权，天天掐架拌嘴，试探对方的斤两，想看谁能称王称霸，活像一窝小狗。

俄刻阿诺斯想出了一个很好的点子，那就是创造出潮汐和洋流，于是海水得以绕着世界流动。而且，忒堤斯怀了俄刻阿诺斯的宝宝。当然，这在那个年头并不是什么罪过，如果不允许近亲结婚，那繁衍生息根本无从谈起。忒堤斯当时怀的是尼罗斯（Nilus），即尼罗河，将来她还会陆续生下其他“河流”。她还孕育了三千名俄刻阿尼得斯（Oceanids），即海仙女，这些尤物在陆地上也能像在海里一般行动自如。俄刻阿诺斯和忒堤斯还有两个已经成年的女儿：克吕墨涅（Clymene），她是伊阿珀托斯的爱人；聪慧的墨提斯（Metis），她在之后的故事中将会扮演非常重要的角色①。这对小夫妻非常幸福，他们向往着浪涛间的美好生活，实在想不出有什么理由要去帮盖亚杀父亲乌拉诺斯。

因此，盖亚接下来去拜访谟涅摩绪涅。这孩子几乎不怎么说话，她看似很肤浅、蠢笨、愚昧，好像什么都不知道，什么都不懂。但这只是假象。随着日子一天天过去，谟涅摩绪涅会变得越来越聪明，越来越学识渊博，也越来越能干。她的名字意为“记忆”,“记忆法”（mnemonic）这个词就是从这儿来的。母亲来找她的时候，世界和宇宙才刚刚形成，所以谟涅摩绪涅还没有机会用知识和经验来充实自己。不过，她有着深不可测的记忆力，可以不断积累知识和感知体验。假以时日，谟涅摩绪涅将会比谁都聪慧。有朝一日，她会生下九个女儿，也就是缪斯女神（Muses），我们稍后会讲到。

“你想让我帮你杀掉乌拉诺斯？可天空之父是永生的呀。”

“那就废黜他，或者把他弄残，反正他罪有应得。”

“我不能帮你。”

“为什么？”

“不知道，不过确实有一个原因，等哪天我知道是什么了，一定记下来告诉你。”

① 俄刻阿尼得斯即海仙女，总共有三千个，个个有名有姓，不过也没必要一一列出来。值得一提的有卡吕普索（Calypso）、安菲特里忒（Amphitrite）和可怕的黑暗女神冥河（Styx）。冥河女神和她的兄弟尼罗斯都属于河神。还有一位海仙女值得一提，主要是因为她的名字——多丽丝（Doris）。多丽丝后来嫁给了海神涅柔斯（Nereus），和他生下了许多涅瑞伊得斯（Nereids），即善良的海仙女。

盖亚非常恼火，于是又去找忒伊亚。这里又是一对兄妹联姻，忒伊亚嫁给了哥哥许珀里翁。她很快就要生下太阳赫里阿斯（Helios）、月亮塞勒涅（Selene）和黎明厄俄斯（Eos）。有这么一大堆孩子要管教呢，所以他们也没兴趣参与盖亚废黜乌拉诺斯的计划。

接连遭到拒绝的盖亚对这帮子女如此了无生气又缺乏冒险精神感到绝望，更是被他们耽于儿女情长、满足于家庭生活的模样气得半死。下一步，盖亚打算试探一下福柏。也许福柏才是这十二个孩子中最聪明、最具洞察力的，她在很小的时候就展现出了预言的天赋。

“不行啊，母亲，”听盖亚谈完自己的计划，福柏说，“我不能参与这种事，干这事儿没有任何好处。再说，我怀孕了……”

“该死！”盖亚破口大骂，“跟谁？我看是科俄斯吧。”

盖亚猜对了，福柏的丈夫确实是哥哥科俄斯。她气冲冲地离开，心头如火上浇油。但她还没放弃，接着拜访剩下的几个子女，心想总该有一个有兴趣反抗乌拉诺斯吧？

盖亚去找忒弥斯，也就是未来将被世人尊为正义象征的那位，忒弥斯常常帮人指点迷津[①]，这次也指点了自己的母亲，让她别老想着把父亲乌拉诺斯轰下台，因为那是不义的。盖亚认真聆听了忒弥斯的忠告，然后很快将之抛在脑后。看来不管是神明还是凡人，大家对忠告的态度都一样。

① 忒弥斯之后成为法律、正义、公序良俗和行为规范的化身。

盖亚又跑去找儿子克里俄斯，想试试他的胆量。克里俄斯的妻子是欧律比亚（Eurybia），她是盖亚和蓬托斯所生的女儿。

“杀死父亲？”克里俄斯难以置信地瞪着母亲，“不——不过要怎么杀呀……我的意思是……为什么呢？我是说……唉……”

“我们能得到什么好处，母亲？”以铁石心肠著称的欧律比亚问道。

“哦，就是能拥有全世界呗。”盖亚说。

“和你共享吗？”

“是的，和我共享。”

“不要！”克里俄斯大喊，“你走吧，母亲。”

“你可以考虑一下。”欧律比亚说。

“太危险了，”克里俄斯说，“我不要。”

盖亚怒骂着走出门，又去找儿子伊阿珀托斯。

“伊阿珀托斯，母亲的乖儿子，去毁掉乌拉诺斯那头怪物，然后和我一起统治世界吧！”

海仙女克吕墨涅站了出来，她已经给伊阿珀托斯生了两个儿子，现在正怀着第三个。“什么样的母亲会提出这种要求？弑父是最可怕的罪过，整个世界都将为之哭泣。”

“我也这么想，母亲。”伊阿珀托斯说。

“我诅咒你，诅咒你的孩子！”盖亚骂道。

母亲的诅咒是很可怕的，之后我们会看到伊阿珀托斯和克吕墨涅的孩子阿特拉斯（Atlas）、厄庇墨透斯（Epimetheus）和普罗米修斯（Prometheus）分别落得怎样的下场。

瑞亚是倒数第二个被盖亚找上门的孩子。虽然她也不想参与这项计划，但她先举起双手，让母亲不要发飙，因为她认为弟弟克洛诺斯，也就是这帮强壮又漂亮的孩子中最年幼的那位，没准儿会很愿意废黜父亲。瑞亚曾经数次听到克洛诺斯诅咒乌拉诺斯和其拥有的势力。

“真的吗？”盖亚喊道，“你这么认为？那好，他在哪儿？”

“可能在塔耳塔洛斯的黑暗深渊附近溜达吧。他和塔耳塔洛斯处得很好，他们都很阴暗、多愁善感、刻薄、强壮、残忍。”

“天哪，你不会爱上克洛诺斯了吧？”

“在他面前帮我说几句好话吧，求你了，母亲！他真的很迷人。那双闪亮的黑眼睛，那对浓眉，还有他的沉默寡言都迷住了我。”

盖亚一向认为小儿子沉默寡言只是因为脑子不太灵光，不过她很识趣，忍住没把这话说出口。盖亚向瑞亚保证一定会帮她在克洛诺斯面前美言几句，接着便加速向下走去，前往塔耳塔洛斯的深渊寻找克洛诺斯。

如果把一个铜砧子从天上丢下来，九天以后它才会落到地上；同样，如果把这块铜砧子从地上继续往下丢，九天之后它才会掉到塔耳塔洛斯所在的地狱。换句话说，大地位于天空和地狱中间，也可以说地狱到大地的距离等于大地到天空的距离。所以，塔耳塔洛斯所在的地狱是一个无底深渊，但它又不仅仅是一处深渊。要记住的是，塔耳塔洛斯也是一位原始神，他和盖亚同时由卡俄斯诞下，所以他俩见面时打招呼的方式就像自家亲戚拉家常一样。

“盖亚，你又胖了。”

“你怎么越长越丑了，塔耳塔洛斯？”

“你上这儿干吗来了？”

“只要你闭上嘴我就告诉你……”

从他们的对话看，他俩的脾气都很暴躁，不过他俩以后还是会交媾，并生出世上最可怕、最致命的怪物提丰（Typhon）[①]。当然，眼下的盖亚既没心情谈情说爱，也没兴趣斗嘴。

“听我说，我儿子克洛诺斯在这儿吗？”

哥哥塔耳塔洛斯长叹一声，说：“必须在这儿啊！你能不能叫他别来烦我，整天什么事也不干，就知道在我这儿瞎溜达，张着个大嘴，耷拉着眼睛，一个劲儿地盯着我，搞得我觉得他好像对我有意思一样。他还模仿我的发型，成天有气无力地靠着树或者石头，摆出一副可怜相，好像很忧郁、很委屈似的。他是在等着谁给他画像还是怎么的？如果不看我，他就去看那边的火山口。瞧瞧，他现在已经在那儿了，你和他讲讲道理行不行？”

盖亚走到了儿子身边。

克洛诺斯与镰刀

听完瑞亚和塔耳塔洛斯的描述，我们可能会把克洛诺斯想象成一个悲伤而脆弱的文艺青年，但其实根本不是这么回事。克洛诺斯是一个不可思议的强大种族中最强壮的一员。当然，他长得黝黑而俊美，并且确实多愁善感。若是打个比方，可以把克洛诺斯比作最自省的哈姆雷特，或者是《皆大欢喜》（*As you like it*）中放荡不羁的杰奎斯。克洛诺斯像契诃夫的戏剧《海鸥》（*The Seagull*）中的康斯坦丁，有一点麦克白的特质，还非常像连环杀人犯汉尼拔。读到后面，你就会明白我为

① 由 Typhon 衍生出的词汇有 typhus（斑疹伤寒）、typhoid（伤寒）以及 typhoon（台风）。之后我们会见到提丰与一半是女性一半是水蛇、名为厄客德娜（Echidna）的怪物所生的两个可怕后代。

什么这么说了。

沉默寡言往往代表着聪慧、强大、权威，克洛诺斯是第一个揭示这个秘密的人。作为十二个孩子中的老幺，他一直憎恶着自己的父亲。嫉妒和憎恨化为毒液深深浸透了克洛诺斯的灵魂，逐渐释放出他内心的疯狂。不过，他把这憎恨掩饰得很好，只有在亲爱的姐姐瑞亚面前才会露出本性，她是唯一让克洛诺斯觉得自在的家人。

克洛诺斯和母亲从深渊往上走，盖亚一路不停地往儿子的耳朵里灌着“毒药”。

“乌拉诺斯太残忍了，他就是个疯子。我替自己感到害怕，也替我亲爱的孩子们担心。和我一起做点什么吧，儿子，来吧。”

盖亚带着克洛诺斯来到了俄特律斯山。还记得之前说过的吗？在挨个拜访孩子们之前，盖亚做了一个奇特的可怕物件，并将其藏在了石缝里。现在，盖亚正把克洛诺斯领到此处，给他看自己的成果。

“把它拿起来吧，来呀。”

克洛诺斯一看到这件东西便理解了母亲的用意，他的黑眼睛兴奋得闪闪发光。

那是一把镰刀，一把巨大的长柄弯刃镰刀，由坚不可摧的金刚石锻造而成。这个庞然大物集合灰色燧石、花岗岩、钻石和蛇绿岩而成，半月形的刀刃被磨得锋利无比，可以斩断任何东西。

克洛诺斯把镰刀从藏匿之处拔了出来，就像我们捡起一支铅笔那么轻松。他拿在手里感受了一下镰刀的质感和重量，然后挥舞了一两下。刀刃从空中划过，发出有力的嗖嗖声。见此，盖亚笑了。

“克洛诺斯，我的儿子，”盖亚说，“让我们屏息以待，等到赫墨拉和埃忒耳沉入西面的大海，厄瑞玻斯和倪克斯为大地覆上黑暗——”

“就是得等到晚上呗。”克洛诺斯的性子挺急，缺少一点细腻的诗意。

“没错，等到黄昏时分。到时你父亲会来找我，和往常一样。他喜欢——”

克洛诺斯赶紧点头打断了母亲的话，他可不想知道父母云雨时的细节。

盖亚接着说：“躲在那儿吧，就躲在藏镰刀的地方。当你听到他抱住我，听到他热情的呼号和越来越大声的低吼时，你就动手。”

黑夜与白昼，光明与黑暗

正如盖亚所料，玩了十二个小时之后，赫墨拉和埃忒耳累了，白昼和光明缓缓西沉入海。与此同时，深色的面纱从倪克斯脸上滑落，它和厄瑞玻斯将其抛出，如同用一匹闪着微光的黑布盖住了整个世界。

克洛诺斯手握镰刀在石缝间等待，世间万物随之屏住了呼吸。我之所以说“世间万物”，是因为并不只有乌拉诺斯、盖亚和他们的子女孕育了后代，其他造物也在繁衍生息。厄瑞玻斯和倪克斯是眼下最多产的一对伴侣。它们子嗣众多，有糟糕的，有出色的，也有可爱的。赫墨拉和埃忒耳诞生的场景我们早已见识过了，然而在那之后，倪克斯又独自生出了摩罗斯（Moros），也就是死亡，所有造物最畏惧的就是他。无论是肉体凡胎还是神灵，都难逃死亡，并且谁也不知道他会在何时降临。摩罗斯全知全能，掌控着宇宙，即使是不朽的神灵也要敬他三分。

摩罗斯之后出现了一股婴儿潮，孩子们一个接一个地出生，简直像声势浩大的空降部队。首先来到世上的是欺骗女神阿帕忒（Apate），罗马人叫她弗劳斯（Fraus）。从这个名字衍生出的词汇有 fraud（欺骗）、fraudulent（欺诈）和 fraudster（骗子）。阿帕忒隐匿在克里特岛静候时机。随后，年龄之神革剌斯（Geras）诞生了，他不见得有我们今天认为的那么可怕。虽然革剌斯会让身体不再柔软敏捷并且失去活力，但在希腊人看来，这点损失根本算不上什么，因为他也能带来尊贵、智慧和权威。塞涅克图斯（Senectus）是他的罗马名，与 senior（年长者）、senate（参议院）和 senile（高龄的）拥有同样的词根。

接下来出生的是一对相当恐怖的双胞胎：悲伤、抑郁和焦虑之神俄匊斯（Oizys，拉丁语写作 Miseria）；他无情的哥哥摩墨斯（Momos），即嘲弄、蔑视和责备的恶毒化身[①]。

不过，倪克斯和厄瑞玻斯这才刚刚进入状态呢。他们的下一个孩子是争端之神厄里斯（Eris），罗马名是狄斯科耳狄亚（Discordia）。所有的不和、离异、拌嘴、吵架、斗殴、冲突和战争背后都有她。那枚传说中的金苹果就是她送出的充满恶意的结婚礼物，

① 摩墨斯（罗马名为 Momus）之后被文学界半开玩笑地尊为讽刺文学的引路神，伊索把他写进了自己的几部寓言里，索福克勒斯（Sophocles）某部已失传的戏剧也曾以他为主角。

结果引发了特洛伊战争。当然，这场史诗级大战要等到很久很久以后才会发生。争端之神的妹妹是报复之神涅墨西斯（Nemesis）[1]，她代表宇宙间铁面无私的公义，专门处置无法无天的僭越野心，即被希腊人称为狂妄的罪行。涅墨西斯和东方所认为的因果报应有相似之处，今天我们专门用这个词来形容所谓的反派克星，他们注定要与狂妄自大的坏蛋相遇并将其打败。比如说，福尔摩斯就是莫里亚蒂的涅墨西斯，邦德是布罗菲尔德的涅墨西斯，杰瑞是汤姆的涅墨西斯。

厄瑞玻斯和倪克斯还生出了卡戎（Charon），卡戎因担任亡灵摆渡者而很快就变得臭名昭著。睡神许普诺斯（Hypnos）也是他们所生。他们还是梦神俄涅洛伊（Oneroi）的祖先。梦神数以千计，都具备将梦带进睡眠并造梦的能力。梦神中较为人所熟知的有噩梦之神佛贝托尔（Phobetor）和方塔索斯（Phantasos），后者司掌的妙术令梦中万物变化多端。所有梦神都在许普诺斯的儿子摩耳甫斯（Morpheus）的监督下工作，摩耳甫斯这个名字本身就代表着梦境的变幻莫测[2]。“吗啡”“梦幻”“催眠解梦”等许多与希腊语中睡眠相关的词都沿用至今。与睡神的兄弟塔那托斯（Thanatos），即死神本尊相关的词语则是“安乐死”和“善终”。罗马人称他为墨尔斯（Mors），从而衍生出 mortal（凡人）、mortuary（太平间）与 mortification（屈辱）。

这群新造物可怕、可憎到了极点。他们虽然破坏了这个世界，却又不可或缺，因为世事从来都是福祸相依的。

不过还是有三个例外[3]，那就是美丽的三姐妹赫斯珀里得斯（Hesperides）。她们是看守极西方赫拉金苹果圣园的宁芙，是夜晚的女儿，每天用黄昏那柔美的金色而不是夜晚那可怕的黑色通报父母的到来。如今，电影导演往往把这一时刻称为“魔幻时刻”，因为这时的光线最美丽动人。

---

① 罗马人对她的称呼可能容易引起误解，他们管涅墨西斯叫因维迪亚（Invidia），在拉丁语中意为“嫉妒”。

② 尼尔·盖曼（Neil Gaiman）的漫画《睡魔》（*Sandman*）中的角色“梦”就叫摩耳甫斯；这位神祇同时也是《黑客帝国》中由劳伦斯·菲什伯恩（Laurence Fishburne）扮演的墨菲斯一角的灵感来源。

③ 也许是四个例外，毕竟许普诺斯也算不上是邪恶的神。活得越久，你就越喜欢他。说到活得久，革剌斯或许也没那么可怕，那就是五个例外了。

图 4　许普诺斯，睡眠的化身。他是摩耳甫斯的父亲，后者负责造梦

Bronze head of Hypnos, c. 275 BC. British Museum / Alamy.

这些就是倪克斯和厄瑞玻斯的后代，他们至今仍用夜的阴影笼罩着大地。而那时，盖亚正等待着丈夫，盼着那天是他的末日；克洛诺斯也正藏匿在俄特律斯山的石缝之中，手里紧握着那把巨大的镰刀。

乌拉诺斯遭阉割

终于，盖亚和克洛诺斯听见从西边传来巨大的脚步声，震得地动山摇，树上的叶片也为之颤抖。克洛诺斯躲在藏身之处一言不发，纹丝不动，这表明他已准备就绪。

“盖亚！”乌拉诺斯咆哮着走了过来，“准备一下，咱们今晚要生点儿比长着一百只手的变种和只有一只眼睛的怪胎更好的东西……”

“快过来，我了不起的儿子，我神圣的丈夫！”盖亚喊着，表现得非常热切。不过在克洛诺斯看来，这演得太假了。

两位神祇开始意乱情迷，克洛诺斯听到了各种声音，这说明父亲大人正在进行某种前戏。

在石缝间，克洛诺斯做了五次深呼吸。对于将行之事，他从未有过道德方面的犹疑，满脑子考虑的都是该采用什么策略，还有如何把握时机。他深吸一口气，举起巨大的镰刀，侧身走出石缝。

这时的乌拉诺斯刚打算趴到盖亚身上，看到克洛诺斯后，他匆匆站起，又惊又怒。克洛诺斯冷静地走近他，把镰刀往后一甩，再往前一挥，刀刃在空中划出长长的弧线，将乌拉诺斯的生殖器切了个干干净净。

图 5　克洛诺斯用镰刀割伤父亲乌拉诺斯

Giorgio Vasari, c.1560. Palazzo Vecchio, Room of the Elements.

整个世界都能听到乌拉诺斯疯狂的惨叫声。他痛彻心扉，怒不可遏。在那短暂的历史之中，还不曾有哪个声音如此巨大、如此可怖，世间万物都闻之胆寒。

克洛诺斯往前一跃，发出一声骇人的长啸以昭示自己的胜利，滴血的战利品还未落地就被他牢牢攥在了手里。

乌拉诺斯虽然贵为神祇，却依然倒在地上痛苦地扭成一团，只听他号叫道："克洛诺斯，你是我的子女乃至所有造物中最卑劣的那个。你太混蛋了，你比丑陋的独眼巨人和恶心的百臂巨人更邪恶，我要诅咒你。愿你的孩子将你毁灭，一如你毁灭了我。"

克洛诺斯俯视着乌拉诺斯，他漆黑的眼睛里什么也看不出来，可嘴角上扬着，露出一抹不怀好意的微笑。

"你无权诅咒我，父亲。你的权力现在已经在我手里了。"

克洛诺斯在父亲眼前玩弄着可怖的战利品，那东西在他手上甩来甩去。只听得一声大笑，克洛诺斯抡圆了手臂，将战利品远远地扔了出去。它飞过希腊平原，越过广阔无边的海洋。他们三个就这样眼睁睁地看着乌拉诺斯用来传宗接代的器官消失在视野中，掉落在海的另一边。

克洛诺斯回过头望向母亲，惊讶地发现她竟然捂着嘴，一副惊恐的表情，泪水从她的眼中滑落。

克洛诺斯耸了耸肩，心想：真是的，装得好像她很在乎一样。

乌拉诺斯血的造物与提坦的诞生

在这个时期，世界上只有这些原始神，他们的全部精力和目的似乎都在于繁殖，因此地球也被赋予了惊人的繁殖力。土壤是如此丰沃、多产，即使种下一支铅笔，可能也能开出花儿来。无论神明之血落到何处，地上都不禁会冒出生命。

无论乌拉诺斯多么嗜血、残暴、贪婪和极具破坏性，他都曾是世界的主宰。因此，儿子这样伤害他，不仅令他雄风大减，也有违宇宙伦常，是最恶劣的罪行。

或许，之后发生的事情也没什么好奇怪的。

乌拉诺斯被阉割之处血流成湖。从这血湖，即乌拉诺斯受伤的下体所流出的血液中，一些活物悄然浮现。

首先从这里爬出来的是厄里倪厄斯（Erinyes），即复仇女神，包括无情者阿莱克托（Alecto）、嫉妒者墨盖拉（Megaera）与复仇者提西福涅（Tisiphone）。也许是乌拉诺斯的潜意识本能地召唤出了这些专门寻仇的造物。自她们神秘地出生，或者说自她们冒出地面的那一刻开始，其永恒的职责就是惩戒最糟糕、最残暴的罪行。她们将不断追击作恶者，直到对方彻底付出惨痛的代价才肯罢休。手持残酷的金属鞭绳，复仇女神将作恶者的血肉一寸寸地从骨头上剥去。热爱反讽的希腊人给这几位女性复仇者取了一个诨名，叫作欧墨尼得斯（Eumenides），即“仁慈者”。

然后从土里冒出来的是癸干忒斯（Gigantes）[①]，giant（巨人）、giga（十亿）和 gigantic（庞大）等词均衍生自它。癸干忒斯当然也是个个力大无穷，但其声望比不上他们同父异母的兄弟姐妹。

最后，这个痛苦的毁灭性时刻也创造出了墨利埃（Meliae）。她们是优雅的宁芙，之后成为梣树的守护神，甜美且有益健康的吗哪（manna）就出自梣树的树干[②]。

---

① 癸干忒斯的名字不仅说明了他们的身材，还说明了其地底灵怪的属性，即他们生于大地，也可以说“生于盖亚”。另外，盖亚的名字在后世希腊语中被简化为 Ge，在与地球有关的科学名词中仍然有它，如 geology（地质学）、geography（地理学）等。近代更有一个环境研究使用了全名，即詹姆斯·拉伍洛克（James Lovelock）提出的“盖亚假说”。

② 吗哪迄今仍生长在南欧地区，这个名字现已被用来命名该树产出的糖类，即甜味剂甘露醇（mannitol）。

这些不请自来的新造物就这样活生生地从浸透鲜血的地里冒了出来。克洛诺斯嫌恶地瞪着他们，然后挥动镰刀将之驱散。接着，他转向盖亚。

“我答应过你，大地之母，”克洛诺斯说，“我会将你从被啃噬的痛苦中解救出来，你站着别动。”

随着镰刀的再次挥动，克洛诺斯将盖亚开肠破肚，独眼巨人和百臂巨人跌了出来。克洛诺斯俯视着自己的父母，他们两个如今都浑身是血，气喘吁吁，像愤怒的受伤野兽般蜷成一团。

“你再也不可拥抱盖亚，”克洛诺斯对父亲说，“我要将你驱逐到地下，你要永远待在比塔耳塔洛斯的地狱更深的地方。带着你的愤怒、被阉割的躯体和你的无能，到那儿生闷气去吧。”

“你这是不自量力，”乌拉诺斯气若游丝地说，“你会遭到报应的。我诅咒你的生命，它将在漫长而无情的永恒中不断消耗，难以忍受的重担将永世与你相伴，永无止境。你的亲生孩子将毁灭你，正如——”

“正如我毁灭了你。是，我知道，你讲过了。咱们走着瞧吧。”

“你，还有你的哥哥姐姐，我要诅咒你们所有人，你那无所不用其极的野心终将毁灭你。”

“无所不用其极者”，即提坦，它是我们尚未揭晓的克洛诺斯的名号。克洛诺斯和他的十一位哥哥、姐姐及其大多数后代都是提坦。乌拉诺斯的本意是用来羞辱他们，可这名字却变得显赫，得以传颂。直到今天也没人认为被称为提坦是一种羞辱。

克洛诺斯对这些诅咒嗤之以鼻，他用刀尖驱使着受尽折磨的父亲和刚刚获得自由的变异兄弟，把他们带往地狱。百臂巨人和独眼巨人被克洛诺斯关进了洞穴，而父亲则被埋到了更深的地方，以尽量牵制乌拉诺斯与生俱来的对天空的控制欲①。

被深埋在曾爱过的大地之下，乌拉诺斯酝酿着怒气，将满腔愤怒和神力凝聚在一块石头中，希望某天有个好挖掘的生物能发现它，试着驾驭其中不朽的神力。当然，这种事绝不会发生，因为太危险了。

① 不过，人们至少用他的名字命名了天王星以资纪念，对被废黜的天空之父来说算是一点安慰。神明所代表的星球一般习惯用他们的罗马名来命名。

美的化身阿佛洛狄忒：生于泡沫

现在回头聊聊乌拉诺斯被割下的生殖器。它坠落在伊奥尼亚群岛中的基西拉岛(Cythera)附近，掉入水中后又反弹跃出水面，于波涛间沉浮不定，被扔过来的这一路留下大串的精液，就像风筝的尾巴。精液落海之处激起成堆的泡沫，很快，整片大海都开始沸腾，有什么浮出了水面。既然其源头是无所不用其极的野心所导致的阉割生父这一恐怖事件，那么所产生的造物一定是丑陋、可怕、狂暴到不可想象的，它必然是可憎的，只会为世间带来战争、鲜血与愤恨，对吗？

鲜血和精液形成了一个旋涡，水波翻腾，卷起无数泡沫。从海浪和精种的飞沫里，一个佩戴着皇冠的脑袋悄然浮现，接着是眉毛，然后是一张面孔。

这张面孔比过去已有和将来会有的任何面孔都更加美丽，且不能仅形容为“美”，而是美本身完完整整地从泡沫中浮现。在希腊语中，“生于泡沫”可以用阿佛洛狄忒（Aphrodite）这个词来表达，这正是从泡沫和浪花中冉冉升起的女神的名字。她站在一枚巨大的扇贝里，唇间跃动着一丝温柔娴静的微笑。她轻移莲步，踏上塞浦路斯的沙滩。她走过的地方，鲜花盛放，成群的蝴蝶飞起。她的头顶，鸟儿环绕飞翔，迷醉地唱着欢歌。完美的爱与美现已莅临，世界从此与之前截然不同。

罗马人将阿佛洛狄忒称为维纳斯（Venus）。有关她的诞生及站在扇贝中降临塞浦路斯沙滩的场景，波提切利已用其精湛的绘画技巧将其描绘得淋漓尽致，令人过目难忘。

图 6　波提切利的画作《维纳斯的诞生》表现了阿佛洛狄忒降临塞浦路斯的场景

Sandro Botticelli, c.1485. Uffizi Gallery. Florence / Bridgeman.

且让阿佛洛狄忒在塞浦路斯安顿下来，我们先回头聊聊克洛诺斯，他此时正从黑暗的洞穴往回走。

克洛诺斯生吞其子

克洛诺斯回到俄特律斯山时，发现姐姐瑞亚正在等他。看见自己黝黑俊美的弟弟手持滴着血的巨大镰刀走过来，瑞亚的内心激动得要爆炸了。

克洛诺斯显然树立了威信，因为没有一位提坦兄弟或姐妹[1]敢质疑他。父亲已无权无势，而盖亚作为始作俑者，却发现自己无法从废黜乌拉诺斯的暴行中获得快乐。她退回自己的领地，消沉下去。虽然没有失去力量、威信以及大地之母和万物始祖的至高地位，但她再也不愿贸然出面去交游或结党。如今，克洛诺斯是主宰。他大摆宴席，席间宾客荒腔走板地大声唱颂他阉割、废黜乌拉诺斯的丰功伟绩。宴席过后，克洛诺斯来到满面飞红、浑身战栗的瑞亚面前，把她带到一旁尽享云雨。

① 可以将提坦族中的女性称为“提坦女神”（Titanesses）。

瑞亚已如愿以偿。在帮助爱慕的弟弟成为万物主宰一事上，她尽到了自己的责任。如今他们又已结合。不仅如此，随着时间的流逝，瑞亚感到体内有了生命，她确信是一个女孩。毫无疑问，瑞亚此刻非常幸福。

可是，本就不苟言笑的克洛诺斯因为某件事变得更加阴郁了，父亲乌拉诺斯的诅咒开始在他脑中回响：“你的子女将废黜你，一如你废黜我。”

在接下来的数周乃至数月中，克洛诺斯怀着不祥的预感，看着瑞亚的肚子逐渐鼓胀，脑中回响着“你的子女……你的子女……”

到了分娩的日子，瑞亚在山中的某个凹室躺下，其实就是当年盖亚存放镰刀、克洛诺斯躲藏起来的那个石缝。她在那里生下了一个漂亮的女宝宝，取名赫斯提（Hestia）。

瑞亚还没来得及把名字说出口，克洛诺斯就走上前，从她怀中抓起婴儿，囫囵吞下了肚。他吃完便扬长而去，连个饱嗝都没打，把吓得脸色煞白的瑞亚撇在身后。

瑞亚：五个孩子被吞吃后的复仇

现在，克洛诺斯是海洋、大地和天空的主宰，镰刀是他权威的象征，是他的权杖。他从盖亚手里取得大地的统治权，从乌拉诺斯手里取得天空的统治权，又用暴力威胁的方式从蓬托斯、塔拉萨及其手足俄刻阿诺斯和忒堤斯手里夺得海洋的统治权。他谁也不信任，独掌着大权。

克洛诺斯依旧找瑞亚寻欢，而瑞亚依旧顺服，依旧无可救药地爱着他，并且相信他吃掉他们第一个孩子的恐怖行为只是一次偶然的精神错乱。

然而并不是。他们的第二个孩子，瑞亚取名为哈迪斯（Hades）的男孩，也以同样的方式被生吞。然后又是一个女婴，德墨忒尔（Demeter）。接着轮到第二个男孩波塞冬（Poseidon），最后是第三个女孩，赫拉（Hera）。他们都被克拉诺斯囫囵吞下了肚，就像我们一口吃掉一个生蚝或一勺果冻那么轻松。

等到克洛诺斯吞食了瑞亚的第五个孩子赫拉，瑞亚对克洛诺斯的爱终于变成了恨。当晚，克洛诺斯再次与她云雨。瑞亚暗暗发誓，这回若是怀上了，绝不能让克洛诺斯把孩子带走。可怎样才能阻止他呢？他太强大了。

一天早上，瑞亚起床后感到一阵熟悉的恶心，她怀孕了。神祇的直觉告诉她，这第六个将是个男孩。

图 7　克洛诺斯吞噬其子

Francisco de Goya, c.1823. Prado Museum, Madrid / Alamy.

瑞亚离开俄特律斯山，动身寻找父亲和母亲。虽然在父母垮台一事上自己也参与了，但作为女儿，她依然信赖父母的智慧与善意。她也明白，相比于和克洛诺斯之间的深仇大恨，父母对自己的愤怒根本不值一提。

就这样，瑞亚对盖亚和乌拉诺斯的呼唤在山峦及洞穴间回响了三天三夜。

“大地之母，天空之父，听听女儿的声音吧，她需要你们的帮助！那将你们割伤、抛弃的儿子，已成了世上最卑劣、最堕落、最变态的恶鬼。你们的五个孙辈都已被他吞食。我体内还有一个婴儿，即将呱呱坠地，请教我如何挽救他的生命。指引我吧，恳求你们，我会教这孩子永远敬重你们。”

只听地心深处传来一阵低沉而又可怕的隆隆声，大地在瑞亚脚下摇撼，她的耳畔响起了乌拉诺斯的咆哮，母亲冷静的声音夹杂其中。

最终，他们三个共同谋划了一出绝妙的计策。

为了实施这一妙计，瑞亚前往克里特岛与一只名为阿玛尔忒娅（Amalthea）的母山羊协商。这座岛上还住着墨利埃，也就是梣树宁芙。还记得吗？她们生于被乌拉诺斯的鲜血浸透的土地，同时出生的还有复仇女神和巨人癸干忒斯。和阿玛尔忒娅的对话相当鼓舞士气，之后瑞亚又与温柔善良的宁芙们商量妥当。现在克里特岛已万事俱备，瑞亚心满意足地回到俄特律斯山，静待时机来临。

克洛诺斯如今已能看出妻子身怀六甲。他也准备就绪，将在大喜之日吞掉自己的第六个孩子。他谨慎行事，因为乌拉诺斯的预言仍在耳畔回响。所有篡位者都会饱受某种偏执迷信的折磨，而作为首个篡位者，克洛诺斯的痛苦更是日益强烈。

盖亚告诉瑞亚有这样一块石头，那是一块完美的磁石，大小正巧可以为他们所用，表面光滑，形状像一粒豆子。她可以在俄特律斯山不远处的小山上找到这块石头。[①]

克洛诺斯喜欢在早晨漫步，从希腊的这一头逛到另一头，挨个拜访他的提坦兄弟姐妹。表面上是和大家聊天，其实是为了确认他们没有在谋反。当克洛诺斯在海岸边拜访俄刻阿诺斯和忒堤斯时，对其行程了然于心的瑞亚立即来到盖亚所说的地方，找到那块石头，然后将其带回俄特律斯山，再用亚麻布裹成襁褓的模样。计划进行得非常顺利。

① 实际上，俄特律斯山所在的希腊中部地区如今就叫作 magnesia（马格尼西亚），magnesium（镁）和 magnet(磁铁）均以此命名，当然还有 magnetite(磁铁矿)。manganese（锰）也来源于此，不过拼写上有差异。

在这之后不久的一天下午，当克洛诺斯还在离瑞亚稍远的地方时，瑞亚就开始发出生孩子时的尖叫，她知道克洛诺斯能听见。她那痛苦的哀号越来越响，简直像要划破长空。突然，一切又静了下来，哀号变成了瑞亚尽力模仿的婴儿的第一声啼哭。

不出意料，克洛诺斯现身了，他的阴影笼罩着瑞亚。

“把孩子给我。”克洛诺斯说。

“可怕的王，可怕的丈夫啊，”瑞亚向他投去乞求的眼神，“为何不能让我留下这一个？你看，他是那么天真可爱，他是无害的啊。”

克洛诺斯发出一声刺耳的大笑后，从瑞亚怀里抢过包得紧紧的“婴儿”，连着亚麻襁褓一口吞下肚去。和其他孩子一样，“婴儿”径直落肚。克洛诺斯捶着自己的胸脯，一次，两次，打出一个响亮的饱嗝，并扬长而去，留下痛苦的妻子独自悲伤地哭泣。

图 8　克洛诺斯从瑞亚手中接过磁石

Attic Red Figure attributed to the Nausicaa Painter, c.475-425 BC. Metropolitan Museum of Art, New York.

克洛诺斯一走，哭声马上变成按捺不住的疯狂喘息和尖叫，瑞亚笑得简直喘不上气。

缓过劲儿后，瑞亚起身下山，以一位孕晚期妇女所能达到的最快速度迅速赶往克里特岛。

克里特岛之子：宙斯的诞生

瑞亚在克里特岛的分娩很轻松。在母山羊和墨利埃的细心协助下，她准备在伊达山（Mount Ida）一处安全舒适的洞穴中分娩。很快，她诞下了一个美得超凡脱俗的男婴，取名为宙斯（Zeus）。

正如盖亚召唤幼子克洛诺斯来报复自己的儿子兼丈夫乌拉诺斯，瑞亚同样发誓要养大这个最小的孩子，让他摧毁丈夫兼弟弟克洛诺斯。原始世界里每一次分娩的剧痛都烙刻着嗜血、贪婪和杀戮，这可怕的轮回将代代相传。

瑞亚知道自己必须在克洛诺斯发现之前回到俄特律斯山，以免他起疑心。于是依照之前的安排，母山羊阿玛尔忒娅将用其丰沛且充满营养的乳汁哺育婴儿，宁芙墨利埃则给他吃梣树渗出的吗哪树胶，那是有益健康的甜品。就这样，小宙斯在克里特岛健康成长，生得白白胖胖。瑞亚一有时间就去看他，教他复仇所需的本领。

图 9　宁芙与母山羊阿玛尔忒娅在克里特岛哺育婴儿宙斯

Nicolas Poussin, c.1640. National Gallery of Art, Washington DC. / Bridgeman.

虽说这段故事广为人知，但关于宙斯究竟是如何躲过伟大的海陆空之王克洛诺斯耳目的，其实有许多不同的说法。有一种说法是宁芙阿达曼忒亚（Adamanthea）把婴儿宙斯用绳子绑起来吊在了树上。由于一直被悬挂在大地、海洋和天空之间，宙斯得以从父亲眼中隐去。这完全是一幅有趣的达利式的画面：

将要成为万物主宰的小宝宝在半空中咿咿呀呀地吐着泡泡，咯咯地笑，他悬在海洋、天空和大地之间，却注定要统领这一切。

就这样，在父亲一无所知的情况下，宙斯在克里特岛上吃着山羊奶和吗哪茁壮成长。他学习走路和说话，慢慢认识身边的世界。与此同时，克洛诺斯在俄特律斯山上召集所有提坦兄弟姐妹，要他们重新宣誓效忠自己。

“现在是我们的天下了，”克洛诺斯对他们说，“命运决定了我没有子嗣才能更好地统治世界，但你们必须承担这项义务。生育吧！让提坦子孙遍布天下，让他们无条件地臣服于我，我将赐给你们专属的领地。现在，向我称臣吧。”

提坦们纷纷低下头，克洛诺斯满意地哼了一声，这已经是他最开心的表现了。他避开了父亲复仇的预言，永恒的提坦时代即将开启。

克洛诺斯只是满意地哼了哼，但命运及末日的化身摩罗斯却露出了微笑。权势者信心百倍之际，便是摩罗斯欣喜之时。摩罗斯发笑是因为他看到克里特岛上的宙斯长势可喜。宙斯正成长为世间最强壮、最出类拔萃的雄性，周身被圣光环绕，几乎让人无法直视。[①]羊奶的精华和吗哪的营养让宙斯拥有强健的骨骼、清透的皮肤、闪亮的眼眸和润泽的秀发。用希腊语说，他已走完 pais（男孩）到 ephebos（少年）再到 kouros（青年）的历程：按今天的话说，他已长成一名标致的男子汉。现在，他的下巴和脸颊已经冒出淡淡的胡茬，将来这把大胡子会成为艺术作品中体现宙斯的传奇和伟岸的形象特征。[②]他很自信，不怒自威，这些都是领导者的特质。他爱笑，不易怒，可一旦发起脾气，四面八方的生灵都会胆战心惊。

宙斯从很小的时候就表现出对生命的热爱，但他又拥有连母亲都敬畏三分的强大意志力，还有人指出阿玛尔忒娅的乳汁在宙斯的成长过程中赋予了少年时期的他非同寻常的能力。克里特岛的导游至今仍用小宙斯的神力传说来娱乐游客。他们讲得头头是道，好像这些事就发生在昨天：婴儿宙斯如何捉弄心爱的山羊保

① 特别有魅力的人基本都让人无法直视。当别人的美貌持续吸引我们的目光、导致气氛有点尴尬时，我们应该道歉或把目光移开。

② 有关神灵要经过多长时间才能断奶、学会走路和说话并最终成年的问题相当难解。有说法认为宙斯从婴儿长成青年用了一年的时间。然而，对神灵和凡人来说，时间流逝这个概念是不一样的，好比人类和小狗，或者大象和苍蝇。对于神话传说的时间线，我们还是不要太较真为好。

姆，结果由于对自己的力量一无所知，不小心折断了一只羊角。[①]因为他的非凡神力，这只折断的羊角里立刻装满了美味佳肴，如刚出炉的面包、蔬菜、水果、烤肉和熏鱼，并且取之不尽、用之不竭。这就是闻名遐迩的丰饶之角（Cornucopia）。

只要能躲开克洛诺斯的监视，宙斯那位意志坚定的母亲就会来克里特岛。

“永远不要忘记你父亲的所作所为。他吃掉了你的兄弟姐妹，还想吃你。他是你的敌人。”

宙斯听瑞亚向他描述克洛诺斯统治下的世界是如何不幸。

“他靠恐惧来统治，毫无诚信可言。这样是不行的，我的宙斯。”

“这不是让他更强大了吗？”

“不对！他因此而虚弱。他是提坦族，他的兄弟姐妹、侄子侄女都是提坦，但已经有好几个开始憎恨他这种畸形的暴政了。等时机成熟，你得利用这种仇恨。”

“好的，妈妈。”

“真正的统治者会联合同盟。真正的领导者是备受尊重和信任的。”

“是的，妈妈。”

“真正的统治者是被爱戴的。”

“是的，妈妈。”

“你在笑话我吧？不过我说的都是真的。”

“是的，妈——”

瑞亚赏了儿子一耳光。

“严肃点！你不傻，这我看得出来。阿达曼忒亚告诉我你很聪明，但有些鲁莽。还说你不是在猎狼、逗绵羊、爬树，就是在勾引梣树宁芙。是时候好好管教管教你了。你已经十六岁了，我们很快就该动手了。”

“好的，妈妈。”

① 宙斯非常顽皮。罗马人称他为朱庇特（Jupiter）或约夫（Jove），可以说宙斯拥有名副其实的快活的性格。古斯塔夫·霍尔斯特（Gustav Holst）在其创作的管弦乐组曲《行星组曲》（*The Planes*）中，将木星（Jupiter）一章命名为“快乐使者”。

复仇时刻：海仙女和毒药

瑞亚拜托好朋友墨提斯，即忒堤斯和俄刻阿诺斯那聪慧又美丽的女儿来训练她的儿子，为即将到来的大战做准备。

“宙斯很机灵，但是太任性、太冲动。你要让他学会耐心，教他一些技巧和谋略。”瑞亚对墨提斯说。

宙斯对墨提斯一见钟情，他从未见过这等尤物。这位提坦女神比大部分族人娇小，有种与生俱来的优雅气质，这令她艳光四射。鹿的轻盈，狐的狡黠，雄狮的威严，白鸽的柔肠，万千风情集于一身，把这个男孩迷得神魂颠倒。

“和我一起躺会儿。”

“不行，我们得去散步，我有很多事要对你说。”

“来嘛，就躺在草地上。”

墨提斯微微一笑，拉起宙斯的手说：“我们是有任务的，宙斯。”

“可是我爱你。”

“那就听我的话。爱一个人，就要让对方快乐，不是吗？”

“你不爱我吗？”

墨提斯哈哈大笑。老实说，这位大胆、英俊的男孩魅力四射，所焕发的光彩也令她惊讶不已。不过，好朋友瑞亚拜托自己教育宙斯，墨提斯从不失信。

墨提斯花了一年的时间教宙斯看穿本质，分辨真意；教他运用想象力，也教他理性地看问题；告诉他如何做到三思而后行，又如何运筹帷幄，随机应变；教他如何让头脑控制情感，又该如何以情动人。

墨提斯拒绝和宙斯发生肉体关系，这让宙斯对她爱得更深了。虽然从未说出口，但其实墨提斯也回应着这份爱意。结果是只要他们在一起，空气中爱的火花就开始噼啪作响。

有一天，宙斯看见墨提斯站在一块巨石旁，用一颗小圆石砸巨石表面。

“你这是在做什么？”

“研磨芥菜籽和盐晶。”

“果然是只有你会做的事。”

“今天，”墨提斯说，“是你十七岁的生日。你已经做好前往俄特律斯山的准备，即将完成你的使命。瑞亚马上就到，不过在此之前，我还有一点儿准备工作得完成。”

“这罐子里装着什么？”

“罂粟花汁和硫酸铜的混合液，还有点吗哪糖浆增加些甜味，这是我们的好朋友墨利埃给的。我要把这些原料混合起来，然后摇匀。就像这样。”

“我不明白。”

“看，你母亲来了。她会解释的。”

墨提斯从旁观看，瑞亚向宙斯说明了整个计划。母子俩凝视彼此的眼睛，深吸一口气，然后儿子对母亲起誓，母亲也对儿子起誓。他们已准备就绪。

五子重生：成为真正的天神

时值午夜，厄瑞玻斯和倪克斯为大地、海洋和天空盖上一层厚厚的布，标志着赫墨拉和埃忒耳在世间的白昼巡回已经结束。在俄特律斯山山顶的深谷之中，万物主宰正独自徘徊。克洛诺斯捶打着胸膛，焦躁不安，十分痛苦。他已经变成了最暴躁、最不知足的提坦，即便拥有凌驾于万物之上的权力，他也无法感到满足。由于瑞亚莫名其妙地拒绝与他同床共枕，睡眠对他来说也形同陌路。没有睡眠的抚慰，他的心情和胃口虽然在最好的时候也谈不上有多舒畅，事实上已变得越来越差。吞下那个“婴儿”似乎引起了剧烈的反酸，之前五个却不曾带来这种反应。现在的他腹痛如绞，大脑又在失眠中感觉昏沉，这对克洛诺斯这个全能之神来说又何谈快乐？

然而，当克洛诺斯无意间听到瑞亚的声音时，他的心还是变得轻快起来，感到某种幸福。瑞亚正沿着山坡爬向山顶，一路用甜美的声音低声吟唱。那是最可爱的姐姐、最可亲的妻子！连续被丈夫吃掉六个孩子，瑞亚有点不高兴也很正常，不过她一定能理解的，克洛诺斯没有别的选择呀。瑞亚是提坦神族，她知道什么是责任和命运。

克洛诺斯冲她喊道：“瑞亚？”

“克洛诺斯！这会儿你怎么醒着？”

“我睡不着的日子多得都数不过来了，许普诺斯和摩耳甫斯与我已形同陌路。我的内心满是毒蝎，亲爱的妻子。”同样会说出这句台词的是另一位被剥夺了睡眠、为黑暗预言所苦的杀人犯麦克白，不过，那是很久以后的事了。

“别傻了，我的爱人。难道提坦女神的智慧和技巧不比那些傻乎乎的睡魔强吗？为了安抚你疼痛的身躯，平静你奔腾的神思，放松你受伤的心灵，凡是许普诺斯和摩耳甫斯能做的，我的甜美和温暖都能与之匹敌。”

“你那甜美温暖的双唇！你那甜美温暖的大腿！你那甜美温暖的——”

“耐心些，我的王，那些都会有的！不过，我得先给你一个礼物。这是一个可爱的男孩，他将为你斟酒。”

宙斯从角落走了出来，灿烂的笑容映衬着他英俊的面庞。他深鞠一躬，递给克洛诺斯一只镶有宝石的高脚杯，这位提坦神一把夺下。

“漂亮，非常漂亮。等会儿我再‘考验考验’他，”克洛诺斯满意地瞥了宙斯一眼，将高脚杯所盛之物贪婪地一饮而尽，“不过瑞亚，你才是我的真爱。”

由于光线太暗，克洛诺斯并没看见瑞亚正挑起一边的眉毛，满脸的轻蔑和怀疑。

“你爱我？”瑞亚嗤之以鼻，“你？爱？我？那个吃掉我几乎所有孩子的你吗？你居然敢对我说爱？”

克洛诺斯不快地打了个嗝，体内从未有过这种奇怪的感觉。他皱起眉头，试着集中精神。瑞亚刚才说什么了？不可能是说不再爱他了吧。他的脑子变得愈发迷糊不清，胃里更是翻江倒海。他这是怎么了？哦，她刚才还说了一句话，那句话更不可理喻。

“你刚刚说，”克洛诺斯困惑地问道，因不适而产生的恶心感缠着他，“我吃掉了你‘几乎所有’孩子是什么意思？应该是吃掉了你所有孩子。我记得很清楚。”

一个年轻、有力的声音穿透夜空，如同一记响鞭。“不是所有的，父亲！”

呕吐感猛地涌上喉头，克洛诺斯惊恐地转过身，看见年轻的斟酒者正走出阴影。

“你是谁……是谁……谁啊啊啊啊！！”克洛诺斯的质问突然变成了无法抑制的呕吐。随着五脏六腑里一阵剧烈的抽搐，他吐出了一块大石头。曾包裹着石头的亚麻襁褓早已被胃酸腐蚀殆尽。克洛诺斯呆呆地看着，眼神游离，脸色惨白。他还没看清楚是什么，突然一阵恐惧袭来，这感觉错不了，还有东西要吐，还有很多东西要吐。

宙斯快步上前，捡起父亲吐出的石块，将其远远地扔了出去，就像当年克洛诺斯把乌拉诺斯的生殖器远远地扔出去一样。我们之后再说这石头落到了哪儿，又引发了什么事。

在克洛诺斯的体内，盐、芥菜和吐根草的混合物继续起着催吐的作用[①]，他接二连三地把吞下的五个孩子吐了出来。首先出来的是赫拉[②]，接着是波塞冬、德墨忒尔、哈迪斯，最后是赫斯提。只听得一阵喘息，饱受折磨的提坦神精疲力竭，颓然倒地。

还记得吗？墨提斯的毒药还含有一定剂量的罂粟汁。其中的催眠成分立即开始奏效，克洛诺斯发出最后一声震耳欲聋的呻吟便翻过身，陷入了极深的睡眠。

宙斯兴奋地大喊一声，俯向鼾睡的父亲，想拿起那把巨大的镰刀施以致命一击。只需轻轻一划，他就能割下克洛诺斯的头颅，高举它，向全世界宣告胜利。那会是一幅让人过目难忘的凯旋场面，后世的艺术家也将穷尽笔墨来描绘。但这把由盖亚为克洛诺斯锻造的镰刀却不能用来伤害他。即使是强大的宙斯，也连捡都捡不起来。他试了又试，可镰刀就像是焊在了地上。

“盖亚给了他这把镰刀，也只有盖亚能拿走它，”瑞亚说，“算了吧。”

“可我必须杀了他，”宙斯说，“我们必须报仇。”

“克洛诺斯的大地母亲保护着他，不要激怒盖亚，到了一定的时候你也将有求于她。君子报仇终有时。”

听了这句话，宙斯不再试着拿起镰刀。可恨的父亲就躺在那儿打着猪鼾，虽然无法砍掉他的头确实很生气，但母亲说得对，自己可以等，有太多事情等着去庆祝呢。

在俄特律斯山的星光之下，宙斯和他那五个重获自由的兄弟姐妹手舞足蹈、欢呼雀跃。他们的母亲也笑了，她开心地拍着手，看着自己光彩熠熠的儿女们平安幸福的模样，如今他们终于重见天日，即将继承祖业。五个被拯救的孩子轮流拥抱宙

---

① 毒药是由墨提斯准备的，所以，如果“催吐剂”（emetic）这个词由此生发而来该多妙呀，可惜我认为应该不是。

② 虽然按照出生顺序，赫拉是宙斯之前最后一个生出来的，不过现在她算是排行第二。按照从克洛诺斯肚子里出来的顺序来排序，等于把出生顺序反过来。宙斯成为名正言顺的老大，而头一个出生的赫斯提现在成了最小的妹妹。作为神祇，这样排序完全可以。

斯。他原本是最年幼的弟弟，如今却成了最年长的哥哥，也是大家的救星和领袖。他们发誓永远效忠于他，他们将共同推翻克洛诺斯及其丑陋的种族，建立起全新的秩序……

罔顾其出身，他们不再称呼自己为“提坦”。他们要成为神，而且不是一般的神，他们要做真正的天神。

MYTHOS
The Greek Myths Retold

第二部分

辉　煌

第二代神的毁灭：提坦陷落

在俄特律斯山山顶，克洛诺斯摊开手脚躺在地上。其他提坦神此时还不知道宙斯已救出自己的兄弟姐妹，一旦得知，他们很可能会进行狂暴的反击。在夜色的掩映下，瑞亚带着六个孩子偷偷溜走，尽其所能地逃向离提坦王国越来越远的地方。

宙斯很清楚，战争一触即发。只要儿女们活着，克洛诺斯就绝不会善罢甘休。宙斯废黜父亲的决心同样坚定，自幼就在他脑中回响的声音如今依然清晰：那是摩罗斯在不断地对他轻声耳语，告诉他成为统治者乃其宿命。

这场战争血腥、残酷、极具破坏性，史称提坦之战。[①]这场十年战役的大部分细节已无从考证，我们只知道提坦神、天神和怪物们怒不可遏，打得如火如荼。他们释放出巨大的爆炸性能量，使得火山喷发、大地摇撼、世界四分五裂，许多岛屿和大陆都在这场战役期间形成，各大洲整体位移甚至形状都发生了改变。我们如今熟知的世界呈现出的地貌大部分要“归功于”这场混战，将之形容为惊天动地绝对名副其实。

如果是正面对决，提坦神的力量显然凌驾于一群稚嫩的对手之上，因为他们更强壮、更无情、更野蛮。除了克吕墨涅的儿子普罗米修斯和厄庇墨透斯，提

① 生活在公元前 8 世纪的诗人赫西俄德（Hesiod）为我们提供了一份现存最完整的记述。其他吟游诗人也为这场战争创作过长诗。另一位生活在公元前 8 世纪的诗人，科林特家族的欧墨洛斯（Eumelus）创作过史诗《提坦之战》（*Titanomachy*），不过作者也可能是色雷斯的传奇盲诗人塔米里斯（Thamyris）。许多文本都曾提到这首史诗，可惜如今已经失传。赫西俄德这样描述这场惊天动地的大战：“无涯之海，奔腾咆哮，广阔大地，轰然开裂；苍穹震怒……天庭摇撼，不死神灵，身陷苦战。踏伐震地，乱石穿空，其声如雷，直抵黄泉。剑拔弩张，兵戈相向，两军对垒，杀声震天。”

坦全族都与克洛诺斯并肩作战，数量上大大超过了与之对抗的宙斯麾下那一小群自立门户的天神。然而，乌拉诺斯当年因为将独眼巨人和百臂巨人囚禁在盖亚体内而付出了惨重的代价；同样，将他们囚禁在塔耳塔洛斯地狱之中的克洛诺斯也遭到了报应。

聪慧的墨提斯建议宙斯深入地狱，解救三位独眼巨人和三位百臂巨人。宙斯照办了，并许诺让他们重获自由，但前提是帮忙打败克洛诺斯和提坦。重获自由的激励对巨人们而言已经足够了。癸干忒斯也选择加入宙斯的阵营，并证明了自己确实是骁勇善战、永不疲倦的斗士。

图 10　天神正与提坦神交战，这场十年的战役被称为提坦之战

Joachim Antonisz Wtewael,c.1608. Art Institute of Chicago / Bridgeman.

图 11　癸干忒斯之战中，两名巨人正与天神交战

Getty Images / De Agostini Picture Library.

在最后的决战中，百臂巨人的无情暴击与独眼巨人的狂野雷电合作得天衣无缝，更别提他们还有那么多脑袋和手了。还记得独眼巨人都有谁吗？他们是闪光、闪电和雷鸣，即阿尔格斯、史特罗佩斯和布隆特斯。这几名天赋异禀的能工巧匠将其驾驭的雷暴打造成霹雳送给宙斯当武器，他用之击杀敌军，弹无虚发，把对方炸得粉身碎骨。百臂巨人在宙斯的指挥下以惊人的速度装载并投石，独眼巨人同时用闪电和惊雷轮番轰炸。百臂巨人的一百只手不停地装载、发射，装载、发射，投石机就像风车般疯狂转动，数不清的巨石落到敌军身上，提坦神被砸得晕头转向，只得要求停火。

图 12 宙斯用霹雳瞄准了长有蛇足的有翼怪物提丰

C.540–530 BC. Staatliche Antiken-sa-mmlungen, Munich.

就这样，提坦神低下了满是血污的巨大头颅，缴械投降。现在暂且把他们搁到一边，先来看看战火纷飞的十年间，世界上还发生了什么吧。

生命激增

愤怒的战火烧焦了大地，同时也给予了它丰厚的滋养。新生命破土而出，创造出绿意盎然的新世界，等待获胜的神祇前来继承。

回忆一下，曾经的宇宙除了卡俄斯空无一物。之后，卡俄斯孕育了最初的生命、原始的造物以及光明与黑暗。每繁衍一代便有新的造物诞生，他们再继续孕育生命，世界因此变得复杂。古老而原始的基本元素被编织成越来越丰富多彩的生命形态，新造物则被赋予了有着微妙差异的独特个性。若用计算机语言来描述，生命就好比从 2 比特变为 8 比特，再是 16 比特、32 比特、64 比特乃至更高。每迭代一次，生命的规模与形态就会产生数百万乃至数十亿种新的排列，“解析度”可以说越来越高了。高精度的角色开始崭露头角，比如令我们颇感自豪的智人。随着新生命的形态接二连三地出现，世界迎来了生物学家所说的物种形成大爆发。

我喜欢把世界的第一阶段想象成一个老式电视机屏幕，上面正放着一款叫*Pong*的黑白游戏画面。在这里，两个白色长方形代表球拍，一个小方点代表球。世界就和这个弹跳的球一样，简单、粗糙。35 年或 40 年之后，游戏界已经进化出超清 3D 图像，辅以虚拟现实和增强现实技术。希腊神话中的宇宙也是如此。世界最初不过只有粗糙、低画质的基本轮廓，现在则涌现了丰富多彩的生命。

模糊、无常、叵测、迷人且神秘的造物与神祇降临世间。借用英国小说家 E. M. 福斯特（E. M. Forster）在区分小说人物时所使用的方式，世界已从扁平人物（the flat character）升级为圆形人物（the round character）[①]，发展出能做出意外之举的性格特征。乐趣也随之出现。

缪斯女神

最初的提坦神之一、记忆女神谟涅摩绪涅和宙斯生了九个极具智慧与创造力的女儿，即缪斯女神。她们在不同时期有不同的住所，分别为赫利孔山，之后此地将涌现希波克里尼灵感之泉（Hippocrene）；帕尔纳索斯山（Mount Parnassus），它位于德尔斐以北；以及位于色萨利的皮埃里亚，那里流淌着被喻为一切艺术与科学之源的皮埃里亚泉（Pierian Spring）[②]。

今天，我们通常将缪斯女神视为艺术的守护神，尤其是灵感的秘密来源。莎士比亚的《亨利五世》一开场，合唱团便呼喊着：“啊，光芒万丈的缪斯女神！”若有人激发我们的

---

① “扁平人物”和“圆形人物”的概念由福斯特在《小说面面观》（*Aspects of the Novel*）中提出。扁平人物也被称为类型人物，通常具备典型特征，可以用一个句子将其完整表达；圆形人物则具有更加复杂多变的性格特点。——译者注

② 皮厄里德斯（Pierides）同样来自皮埃里亚。这九姐妹错在胆敢挑战缪斯女神，结果惹祸上身，被变成了鸟。亚历山大 · 蒲柏（Alexander Pope）在其著作《批评论》（*Essay on Criticism*）中用这段著名的对句将皮埃里亚泉比作一切智慧和知识的源头：

> 一知半解乃危险之行，
> 大口喝下皮埃里亚泉，否则莫饮……

创造力，激励我们追求卓越，他或她就会被称为“我的缪斯”。在 music（音乐）、amusements（欢乐）、museum（博物馆）、musing（沉思）等词中都能找到缪斯的影子。诗人 W. H. 奥登（W. H. Auden）认为，善变的女神悄悄将主意送入诗人耳中的画面，最能说明创作灵感是如何令人疯狂和不可捉摸的。有时缪斯女神赐予的是金句，有时回头再读她所讲述的内容却发现只是糟粕。缪斯女神的母亲也许是记忆女神，可她们的父亲是宙斯，后文有很多故事都将围绕宙斯的不忠和无常展开。

我们还是先来认识一下这九姐妹吧，她们每一位都有自己所代表和守护的艺术形式。

图 13　缪斯女神：九姐妹有着各自代表和守护的艺术形式

Joseph Paelinck,1832. Private Collection / Alamy.

卡利俄珀（Calliope）：史诗缪斯，其名字的结局可以说最为落魄。不知怎么回事，这个词成了一种通常在游乐园演奏的汽笛风琴的名字，今天也只有在那里才能听到这个词语。但在罗马诗人奥维德（Ovid）看来，卡利俄珀是缪斯女神之首。她的名字意为“美丽的声音”，她的儿子俄耳甫斯是希腊历史上最重要的音乐家之一。荷马、维吉尔、但丁等优秀的诗人在撰写伟大史诗时都曾祈求过这位缪斯的帮助。

克利俄（Clio）：历史缪斯，她的名字更普遍的拼法是Kleio。她负责宣扬和传播伟大的事迹，如今她的名字屈尊为雷诺汽车的某一型号和某项广告奖[①]的名称。詹姆斯·麦迪逊（James Madison）和阿伦·伯尔（Aaron Burr）等在普林斯顿大学成立的美国历史最悠久的辩论联盟，名字是克利俄辩论社（Cliosophical Society），也是为了向她致敬。

厄刺托（Erato）：抒情诗与爱情诗缪斯。她的名字与爱神厄洛斯（Eros）及情色有关，艺术作品中有时会用金色箭头指代以体现个中关系。除了常见的斑鸠与香桃木，鲁特琴[②]也被视为她的象征物。

欧忒耳珀（Euterpe）：专司音乐的缪斯，代表着愉悦和快乐。她与河神斯特律蒙（Strymon）生下了色雷斯的国王瑞索斯（Rhesus），这位国王后来在特洛伊战争中扮演了一个小配角。至于瑞索斯是否将自己的名字传给了猴子，猴子的名字又反过来被用于命名人类的血型[③]，此事尚待考证。

墨尔波墨涅（Melpomene）：悲剧缪斯，其名字来源于希腊语中的一个动词，意为“以歌舞相庆”。她最初代表的是合唱团，之后代表悲剧整体，即音乐、诗歌、戏剧、面具、舞蹈、歌曲与宗教庆典的重要融合。悲剧演员会穿着一种厚底靴（英语写作buskin，希腊语写作cothurnus）[④]，因此，墨尔波墨涅通常被描绘成手持或脚穿这种靴子的模样。当然，她还会戴着那张著名的绘有嘴角向下、表情沮丧的悲剧面具。墨尔波墨涅和姐姐忒耳普西科瑞（Terpsichore）都是塞壬女妖的母亲，女妖的时代之后将会来临。

① 指的是克里奥广告奖（Clio Awards），1959年于美国设立，是广告、设计和传媒界最具分量的年度评选。——译者注

② 鲁特琴是历史最悠久的拨弦乐器之一，具有梨形共鸣箱和曲颈，文艺复兴时期是它的黄金年代。与之形制类似、历史同样悠久的中国民族乐器是琵琶。——译者注

③ 指的是恒河猴（Rhesus Monkey）。由于人类血液中的某类因子被发现与恒河猴红细胞中的抗原相同，因此该类因子被称为Rh因子，取自恒河猴英文名的前两个字母。——译者注

④ 目的是让演员增高，同时也让其身高成为一种隐喻。

波吕许谟尼亚（Polyhymnia）：在希腊语中，hymnos 意为“称颂”，所以波吕许谟尼亚为颂歌缪斯，她主司与神祇有关的音乐、舞蹈、诗歌及修辞学。另外，她还司掌着农业、哑剧、几何学与冥想，你可能会觉得这有点儿不相关。我认为今天可以称她为“正念缪斯”。波吕许谟尼亚通常被描绘成较为庄严的形象，手指若有所思地放在嘴边，摆出严肃沉思的姿态。她和卡利俄珀都被认为是英雄俄耳甫斯的母亲。

忒耳普西科瑞（Terpsichore）：以下对白选自巨蟒剧团（Monty Python）的不朽神作《奶酪店小品》（*Cheese Shop Sketch*）。[①]包括我本人在内，很多人都是从这儿认识忒耳普西科瑞的，即舞蹈缪斯。

奶酪店店主：我还以为你不喜欢那边的布祖基琴[②]曲子呢。

顾客：哦，那可是上天不容哪。举凡能体现缪斯女神忒耳普西科瑞之物，本人都能乐在其中。

塔利亚（Thalia）：她是所有缪斯中最杰出、最有趣也最友善的一位，她主司喜剧艺术和牧歌。塔利亚的名字源自希腊语中表示“繁荣”的动词。和悲剧缪斯墨尔波墨涅一样，她也穿着靴子并戴着表情欢乐的面具，周身环绕有常春藤，手持军号和小号。

乌剌尼亚（Urania）：其名字源于乌拉诺斯，即最初的天空之神，也是九姐妹的曾祖父。她是司掌天文学和星象的缪斯。她还被视为普遍的爱的象征，可以理解为希腊版本的守护神或圣灵。

好事成三

缪斯女神一共九名，三三得九，这提醒了我要多介绍一些与“三”有关的组

① 这段小品描写了一个博学多识、讲起话来晦涩难懂的男士前往奶酪店购买奶酪的经过。经过一番艰难的对话，最终他发现奶酪店里一块奶酪都没有。小品以一段布祖基琴曲作为开场配乐，而当男士走进奶酪店时，观众却发现店内真的有一位布祖基琴演奏家在现场演奏，此外还有两名头戴礼帽的男子在一旁伴舞，之后便发生了下面那场对白。——译者注

② 希腊的一种民族弹拨乐器，有着长长的琴颈和梨形的琴身，琴音清脆活泼，如今在雅典等旅游景点仍能听到布祖基琴的演奏。——译者注

合。我们已经知道盖亚和乌拉诺斯生下了三个百臂巨人、三个独眼巨人，还有“四乘三”个提坦神。我们还见到了三位厄里倪厄斯，也被称为欧墨尼得斯，即乌拉诺斯被阉割时从浸透鲜血的大地中爬出来的复仇三女神。对希腊人而言，三似乎是一个充满魔力的数字。

美惠三女神：长达十年的提坦之战尽管战况惨烈，宙斯却总能抽空满足自己的欲望。或许他将之视作履行为地球添丁的义务。毫无疑问，宙斯很喜欢履行这项义务。

有一天，宙斯看中了海仙女中最美的欧律诺墨（Eurynome），即俄刻阿诺斯和忒堤斯的女儿。欧律诺墨和宙斯在战火纷飞之际躲进山洞，生下了三个迷人的女儿：意为“光芒四射”的阿格莱亚（Aglaea）；意为“欢乐、快活与欢笑”的欧佛洛绪涅（Euphrosyne），或称欧梯弥亚（Euthymia）；还有意为“兴高采烈”的塔利亚（Thalia）。三姐妹并称卡里忒斯（Charites），罗马人叫她们格拉提艾（Gratiae），我们则通常称其为美惠三女神（Three Graces）。从古至今，凡是想找借口描绘女性美妙裸体的雕塑家和画家都对她们青睐有加，她们的甜美给予世人力量，得以和复仇女神的恶毒及残忍相抗衡。

时序三女神：荷赖（Horai）或称时序三女神由两对三胞胎姐妹组成，她们是法律、正义和秩序的化身忒弥斯的女儿。最初，时序女神象征着四季，并且一开始只有两位，即分别象征夏季和冬季的奥克塞西亚（Auxesia）[1]和卡耳波（Carpo），之后塔洛（Thallo）[2]的加入使得第一对古典时序三女神成形。塔洛带来花朵并使其绽放，她是春天的化身。这对时序三女神最珍贵的品质承袭自她们的母亲：为世界献上良辰吉日，维持自然法则与时间流逝之间的和谐关系，你也可以称之为“神赐机缘”。

第二对时序三女神所司掌的领域则偏向世俗方面的法律和秩序。她们是正义道德女神狄刻（Diké）[3]、和平女神厄瑞涅（Eirene）[4]与秩序女神欧诺弥亚（Eunomia）。

命运三女神：命运三女神统称摩伊赖（Moirai），分别为克洛托（Clotho）、拉刻西斯（Lachesis）与阿特罗波斯

① 有时简称为奥克索（Auxo）。

② 罗马名为芙洛拉（Flora）。

③ 罗马神话中与之对应的是朱斯提提亚（Justitia）。

④ 罗马神话中与之对应的是帕克斯（Pax）。

（Atropos）。她们是倪克斯的女儿，常见的形象是坐在转动的纺车旁：克洛托负责纺出象征生命的线；拉刻西斯负责丈量线的长短；阿特罗波斯最为冷酷无情，不留商量的余地，她负责决定何时将线剪断，终止生命。[①]我想象中的命运三女神是三位双颊凹陷的老太婆，身披黑色破布坐在洞窟里，一边纺线一边摇头晃脑地嘎嘎笑。然而，许多雕塑家和诗人把她们描绘成面色红润的少女，穿着白袍，娴静地微笑着。她们名字的来源词意为“份”或“数”，在这里指的是“缘分、命数”。希腊人会用“她没有被爱的福气”或者“遭此不幸乃他的命数”来描述命运三女神所分配的因果或命运，即使是神灵也不得不屈服于命运三女神冷酷的安排。[②]

① 阿托品（Atropine）是由曼陀罗草和颠茄提炼出的毒药，其名字就源于三姐妹中最后也是最可怕的这位。

② 近代希腊人认为命运三女神不是夜晚的女儿，而是定数之神阿南刻（Ananke）之女。命运三女神与北欧神话中的诺伦三女神（Norns）极其类似。

图 14 摩伊赖，或称命运三女神。克洛托负责纺线，代表生命；拉刻西斯丈量线的长度；阿特罗波斯决定何时剪断线，终止生命

Alte Nationalgalerie, Berlin.

勾魂三女神：凯瑞斯（Keres）是倪克斯的女儿，她们是邪恶且贪婪的勾魂恶灵。与北欧神话及日耳曼神话中的女武神瓦尔基里（Valkyries）一样，她们也会收集战死武士的灵魂。但和仁慈的女武神不同，凯瑞斯不会护送英雄的亡魂前往英灵神殿。她们只是在流血的尸体间飞来飞去，贪婪地吮吸尸身流淌出的鲜血。每吸干一具，她们就会将之抛在身后，继续寻觅新的对象。

蛇发三姊妹：原始海神蓬托斯和盖亚生下儿子福耳库斯（Phorcys）和女儿刻托（Ceto），他们的后代是居住在陆地上的戈耳工（Gorgons）姐妹：斯忒诺（Stheno）、欧律阿勒（Euryale）与美杜莎（Medusa）。三姐妹的头发是蠕动的毒蛇，她们的眼睛瞪得溜圆，面带惊骇、僵硬的微笑，长着野猪獠牙、黄铜手爪、猛禽般的脚爪，身披金色鳞片。三姐妹的怪样子足以把人吓得如坠冰窟。谁要是和她们目光交汇，哪怕只对视短短的一秒，也会立即变成不折不扣的石头。描绘这一过程的词是 petrified（石化），后来用它来形容被吓得浑身僵硬。

宁芙：天空、大地和海洋的精灵

那一时期萌生的重要造物并不只有这些由三位神祇构成的组合。就在世界饱受提坦之战蹂躏的同时，自然界的精怪也开始繁衍生息，各自占地为王。不妨想象一下这样一幅画面：乱石穿空，电闪雷鸣，大地因战争的狂暴震颤不已，精怪们四处逃窜，寻找着避难所，躲在树丛中瑟瑟发抖。不知为何，这些原本脆弱的生命幸存下来并生长得欣欣向荣，世界因它们的美、供奉和法力变得越来越丰富多彩。

在这其中，宁芙或许最广为人知，她们是次要的女性神祇中的一个大类，根据栖息地的不同被划分为不同的族群或亚种。山宁芙俄瑞阿得斯（Oreads）占据着希腊大陆及岛屿上的山脉、峰峦和洞室；海宁芙涅瑞伊得斯（Nereids）与其祖先海仙女类似，居住在深海；淡水宁芙那伊阿得斯（Naiads）则与之对应，出没在湖泊、河流、水边的芦苇丛与河岸边。发展到后来，一些淡水宁芙有了更具体的领域划分，很快出现了守护着流泉的帕娅（Pegaeae）和寓居于河流及周边地区的波塔弥迪斯（Potameides）。在陆地上，阿洛妮阿得斯（Auloniades）坚守着牧场和果园，勒伊玛姬得斯（Leimakides）则生活在草地上。森林里的精怪还包括长有轻盈翅膀的树宁芙德律阿得斯（Dryads）以及与自己居住的树木息息相关的护树宁芙哈玛德律阿得斯（Hamadryads），后者所居住的树若是死去或被砍伐，她们也会随之死亡。分类更为细致的护树宁芙多数只在苹果树或月桂树上居住，前文提过的宁芙墨利埃保护的是能产出甜美吗哪的梣树。

护树宁芙的命运表明宁芙会死去。虽然她们不会衰老，也不会为疾病所困，但并非不死之身。

就这样，大自然界以这种美妙绝伦的形式不断成熟、扩张和繁衍，孕育出大量奇妙的半神与神灵，与此同时，战争的狂暴和恐怖依然摇撼着大地。但造物的激增为胜利者做了保证，即硝烟散去、尘埃落定之际，胜利者所统治的世界将物种繁盛、生机勃勃、色彩纷呈。大获全胜的宙斯即将继承远比他出生时更为富饶的大地、海洋与天空。

宙斯：至高的分配者与世界的裁决者

宙斯现在着手处理战败的提坦神，要确保他们永无翻身之日，以免威胁自己的统治。宙斯战时最强大和残暴的对手并非克洛诺斯，而是阿特拉斯，即伊阿珀托斯和克吕墨涅无情而强大的长子[①]。阿特拉斯在每场战役中都身先士卒，激励着提坦同胞奋起反抗，即使最后被百臂巨人打得丢盔弃甲，阿特拉斯依然大吼着努力做出最后一搏。

为了惩罚阿特拉斯，宙斯判处他永世扛着天空。此举乃一石二鸟，因为宙斯之前的统治者克洛诺斯和乌拉诺斯都在将天空和大地分开一事上浪费了不少精力。而宙斯灵机一动，将自己从这重担中彻底解脱，并把这个“担子”放在了最危险的敌人肩上。在如今非洲和欧洲的交汇之处，这位提坦神依然勉力地支撑着，整个天空的重量都压在他身上。他的双腿弯曲，肌肉紧绷，这一动作带来的巨大痛苦令其庞大的身躯扭曲、变形。历经漫长的岁月，阿特拉斯一直在那儿发出举重运动员式的呻吟。最终他变成了阿特拉斯山脉，至今仍肩负着北非的天空。在最早的世界地图上可以找到阿特拉斯吃力地半蹲着身子的“画像”，为了纪念他，人们将地图

① 阿特拉斯的兄弟是墨诺提俄斯（Menoetius），其名字意为“末日神威”，也曾是一位强大得令人气恼的可怕对手，不过宙斯一开始就用霹雳将其击杀了。

册称为 atlases。阿特拉斯山脉的一侧是地中海区域；同样为了纪念他，人们将另一侧的大洋命名为 Atlantic（大西洋），传说中盛极一时的神秘岛国亚特兰蒂斯（Atlantis）就位于其中。

至于那个郁郁寡欢的黑暗灵魂、曾经的万物主宰、因为害怕预言成真所以吃掉亲生孩子的阴森又变态的暴君克洛诺斯，正如他被阉割的父亲乌拉诺斯所预言的那样，他受到的惩罚是永无止境地在世间游荡，在无法改变的无尽而孤独的流放中丈量永恒。宙斯判处克洛诺斯清点永恒本身。每时每刻，每分每秒，他都要标记清楚。直到今天，克洛诺斯那手持镰刀、枯瘦而阴郁的身影依然四处可见。人们给他取了一个廉价又屈辱的别名—“时间老人”。那张蜡黄而扭曲的面孔向我们讲述着宇宙时钟正无情地嘀嗒作响，万物都将被它驱向末日。镰刀摆动的弧度及其划痕像极了残酷的钟摆，一切肉体凡胎都不过是其残忍刀刃之下等待被切割的草叶。在与 chronic（长期的）和 synchronized（统一校时）相关的词汇，如 chronometer（精密钟表）、chronograph（计时器）和 chronicle（编年史）等中都能找到克洛诺斯[①]。罗马人将这名灰头土脸的落败提坦神取名为萨杜恩（Saturn），即土星。在天空中，他就在父亲天王星和儿子木星之间。[②]

并非所有的提坦神都遭到了惩罚或流放。宙斯对大部分提坦神展现了宽宏大量的一面，少数几位曾与他并肩作战的提坦神甚至得到了嘉奖。[③]在这些颇具先见之明、为天神作战对抗本族的提坦神之中，领头的是阿特拉斯的兄弟普罗米修斯[④]。作为奖励，宙斯让普罗米修斯常伴左右。这位年轻的提坦神一直颇得宙斯的欢心，直到某天发生了一件对人类影响巨大的事件，那影响甚至延续至今。我们很快就会聊到这个以悲剧收场的关于友情的故事。

① 有些神话研究学者会将提坦族的克洛诺斯与时间之神柯罗诺斯（Chronos）视为两个不同的神。我比较倾向于将二者合一的说法。

② 天文学家在命名太阳系中的天体时会征询古典时代研究学者的意见。土星的众多卫星包括提坦、伊阿珀托斯、阿特拉斯、普罗米修斯、许珀里翁、忒弥斯、瑞亚与卡吕普索。土星还有一个行星环。也许这环也能记录时间，就像树的年轮一样。

③ 有几位提坦女神是很有魅力的，并且和世间其他造物一样充满色欲，容易陷入情网。宙斯早就盯上了其中较为出众的一两名提坦女神。

④ 普罗米修斯的名字就意为“先见之明”。

前文提过，为了表达崇高的敬意，独眼巨人在战争期间献给宙斯一把武器，后来它也成了宙斯的标志，那就是霹雳。他们的兄弟百臂巨人凭借其无上的神力锁定了战争的胜局，因此被奖励重返塔耳塔洛斯，但这次他们不再是囚徒，而是去做那无底深渊的守护者。独眼巨人则被奖赏为宙斯御用的工匠、武器制造者及铁匠。

第三代神：奥林匹斯诸神的时代

战争肆虐过后的世界遍体鳞伤，硝烟仍在弥漫。宙斯明白收拾残局的责任在己，也知道自己作为第三代神必须努力超越前两代神的成就。因此，是时候建立新的世界秩序了，要将早年间那些不必要的杀戮欲望和原始暴行统统清除出去。

对胜利者而言，最重要的是战利品。就像刚刚完成恶意收购的高管一样，宙斯也想让老一辈管理层出局，让自己的党羽上位，于是他给每位手足都分配了管辖领域与神职。可以说，神界“大总统”已经选好了内阁成员。

图 15　奥林匹斯诸神的凯旋

Sala dei Giganti, c.1528. Palazzo del Te / Bridgeman.

宙斯安排自己担任总指挥，成为至高无上的领袖、苍穹之君王、天气与暴风雨的主宰，即众神之王、天空之父和驭云者。雷鸣和闪电须听从他的指令，象征着无比荣耀和不屈力量的雄鹰和橡树则是他的徽章。他的话就是法令，他的神威震慑四方。但宙斯并不完美，也远远称不上完美。

壁炉之神赫斯提

在所有天神之中，第一个被吞下肚、最后一个被吐出来的赫斯提可能最鲜为人知，这或许是因为宙斯做出的英明决策是让她掌管壁炉。在如今这个年代，暖气随处可见，每个家庭成员还有各自的房间，所以我们并不像先祖那样重视壁炉，希腊和其他地方的人都是如此。但是，hearth（壁炉）一词对我们来说依然拥有多重含义。我们会用 hearth and home（壁炉和家）这个短语来形容阖家团圆。hearth 和 heart（心）词源相同，在现代希腊语中，“壁炉”写作 kardia，同样意为“心”。在古希腊，人们用 oikos 这个词来表达广义上的家，沿用至今便产生了 economics（经济）和 ecology（生态）等词汇。壁炉的拉丁文是 focus（焦点），这其中的含义不言自明。从表示壁炉的词衍生了 cardiologist（心脏病学家）、deep focus（深焦）和 eco-warrior（环保卫士），这一演变很古怪，也很奇妙。把它们联系起来的关键都是“壁炉”，这很能说明壁炉对希腊人和罗马人的重要性，进而也说明了赫斯提的重要性。

赫斯提拒绝了其他天神想与之结合的请求，永远保持贞节。她温顺、知足、和善、好客[①]且居家，只愿远离其他天神的日常角力和政治阴谋。她是一位非常谦逊的神，通常被描绘成身着朴素长袍，供奉着碗中的火焰，或是端坐在铺有羊毛毡坐垫的简朴木制王位上。在希腊，人们习惯在饭前向她祷告。

① “好客”的古希腊语是 xenia，是古希腊人尤其看重的一种品质，以至于赫斯提与宙斯共同掌管这一领域，因此宙斯有时也被称为“好客的宙斯”。天神们偶尔会考验一下人类的待客之道，后文的《费莱蒙和鲍西丝》（*Philemon and Baucis*）讲的就是这样一个故事。这就是所谓的 theoxenia，即款待前来做客的神祇。而 xenophobes（仇外）则指的是不对陌生人伸出橄榄枝……

在罗马神话中，赫斯提的名字是维斯塔（Vesta）。考虑到她的重要性，罗马人还专门设有一群供奉她的女祭司，即著名的维斯塔贞女。除了终身禁欲，她们的职责还包括保护代表维斯塔的火焰，使其永远不灭，这些女祭司就是最早的圣火守护者。

可以想见，这位温柔可爱的女神并没有太多传奇故事。我只知道一个，很快就会讲给你们听，在这一故事里她自然是不落俗套的。

抽签

宙斯接下来要对付的是两位麻烦不断的黑暗兄弟，哈迪斯和波塞冬。在与提坦神的战争中，两兄弟的表现旗鼓相当，都非常有勇有谋。海洋和冥界都是相当重要的领域，因此宙斯认为抽签才是唯一公平的分配方法。

还记得当初克洛诺斯从塔拉萨、蓬托斯、俄刻阿诺斯与忒堤斯手中夺取了海洋内外的一切权力吗？现在克洛诺斯已退居二线，将这块咸水之地拱让给宙斯。至于冥界，包括塔耳塔洛斯、神秘的水仙平原（Meadows of Asphodel，后面再细聊它）以及由厄瑞玻斯掌管的地下黑暗世界，同样该指派一名宙斯一代的天神来主持大局了。

哈迪斯和波塞冬对彼此没有好感。当宙斯把手放在背后，再握成拳头伸出来时，他们迟疑了。像他们这种互相嫌恶的兄弟，往往都会想要对方想要的东西。

波塞冬琢磨着：哈迪斯想要海洋还是冥界？我要和他选一样的，就为了气他。

哈迪斯的想法如出一辙，他暗想：不管我选到了哪个，我一定要欢呼庆祝，好气死波塞冬。

宙斯伸出的两个拳头里各藏了一颗宝石：一颗像海一样蓝的蓝宝石，一颗像厄瑞玻斯一样黑的黑玉。波塞冬碰了碰宙斯的右手背。拳头打开，露出闪烁的蓝宝石，波塞冬顿时兴奋得手舞足蹈。“海洋是我的啦！”他吼道。

“太棒了！”哈迪斯一边大喊，一边飞快地举起拳头，然后猛地往下一拉，做出胜利的姿势，“我拥有了冥界，哈哈！”

但其实，哈迪斯心里有点儿失望。天神们真是小孩子气。

冥王哈迪斯

这是我们最后一次看到哈迪斯大笑。从那时起，欢乐和愉悦便离他而去了。也许，一旦成为地底世界的统治者，曾经的朝气蓬勃和轻松自在便都会被慢慢消磨殆尽。

在深深的地底，哈迪斯着手创建自己的王国。他的名字变成冥府的别称，将永远与死亡和阴间联系在一起，同时也将整个冥界王国与痛苦、惩罚和永世折磨紧紧相连。不过，哈迪斯也象征着财富与奢华。珠宝和贵金属均掘自地底，而从地下长出的谷物、蔬菜和鲜花更是无价之宝，它们都提醒着我们衰败和死亡能萌发出生命、丰收和财富。罗马人称他为普鲁托（Pluto），plutocrat（财阀）和plutonium（钚）等词体现了这个名字背后的意义中所包含的奢华与力量①。

哈迪斯统率的部队由厄瑞玻斯、倪克斯及其子死神塔那托斯组成。有一条河由于太过阴暗和恐怖不宜出现在日光之下，遂在冥界蜿蜒流淌，即冥河。其中最主要的是斯堤克斯（Styx），其名意为“仇恨”，她是忒堤斯和俄刻阿诺斯的女儿。直到今天，当我们想用一个词来描述某种黑暗又危险的事物或者地狱般的漆黑阴郁时，仍会引用她的名字或使用stygian②一词。此外，汇入冥河的还有火焰之河弗莱格桑（Phlegethon）、痛苦之河阿刻戎（Acheron）、忘川河勒忒（Lethe）以及哀悼与恸哭之河克塞特斯（Cocytus）。斯堤克斯的兄弟卡戎担任摆渡者，但目前他尚在冥河岸边倚着船篙等待。他梦想着有一天，成千上万的灵魂来到岸边，支付船资以求渡河。这一天很快就要到来。

哈迪斯为复仇女神即生于大地的厄里倪厄斯留有一席之地，他让她们居住在冥界最深处。三位女神能从那儿飞向世界的每个角落，对罪有应得者施以残酷的报复。

很快，哈迪斯便有了自己的宠物：一只硕大的、长有蛇尾的三头犬。它是盖亚和塔耳塔洛斯所生的怪物厄客德娜（Echidna）与提丰的后代，名为克耳柏洛斯（Kerberos）。不过，叫它的罗马名刻耳柏洛斯（Cerberus），它也会答应。它是第一代地狱犬，是令人畏惧、不知疲倦的冥界看门犬与守卫者。

在冥界入口之一的勒拿湖（Lerna），哈迪斯派海卓拉（Hydra）驻扎此地，它也是塔耳塔洛斯和盖亚的后代。我之前提到过，怪物交配后可能会发生惊人的变异，克耳柏洛斯和它的姐妹海卓拉就是一个很好的例子。一个是狗，长着三个脑袋和优雅摆动的蛇尾，这个样貌听上去勉强还能接受；另一个则是几乎不可能被杀死的多头水兽，因为砍掉一个头，原处就能再长出十个。

① 哈迪斯有时以迪斯（Dis）一名出现，该拉丁词意为“富裕”。此名也适用于其后裔路西法（Lucifer），犹太文化和基督文化中都提及了这一角色。但丁在《神曲》中将地狱之城命名为迪斯。时至今日，只有填字游戏的出题者才会频繁使用这一词语。

② 该词在英语中意为“阴郁的”“阴森的”。——译者注

尽管这些怪物骇人听闻，但冥界目前还很安静，唯一的主司神也没有太多事要忙。若想让冥界忙碌起来，就必须出现肉体凡胎，也就是生命有限的造物。冥王哈迪斯现在正坐在地狱冰冷的宝座上阴郁地沉思，就像那颗以他的罗马名字命名的行星①一样冰冷无情、不可接近。让他暗暗诅咒那位讨厌的兄弟的好运吧，谁让波塞冬竟成了海神呢。

① 如今，冥王星已被屈辱地重新划分了类别，成了“矮行星”。冥王星的卫星有斯堤克斯、倪克斯（或奈克斯）、卡戎、刻耳柏洛斯与海卓拉。

海神波塞冬

波塞冬是与哈迪斯截然不同的一位神。他是那么桀骜不驯、暴躁冲动、骄傲自负、任性多变、反复无常、不知疲倦、冷酷无情、难以捉摸，正如他司掌的海洋。但他也非常忠诚，懂得感恩。与其兄弟及部分姐妹一样，波塞冬既有强烈的肉欲，也有深沉的纯爱，可谓七情六欲皆有之。如同所有天神一样，他也贪求崇拜、牺牲、服从和爱慕。一日为友，终身为友；一日为敌，终身为敌。他野心勃勃，不满足于燔祭、奠祭和祷告。他总是对那位如今自称“长子”和“王”的幼弟虎视眈眈。一旦哪天宙斯做错了事，波塞冬必定会把他赶下王位。

曾为宙斯造出霹雳的独眼巨人如今也为波塞冬制造了一件强大的武器——三叉戟。这枚巨型三头鱼叉可以用来搅动潮汐与旋涡，甚至能制造出地震令大地颤抖，因此波塞冬的诨名叫作“大地摇撼者”。出于对姐姐德墨忒尔的爱慕，波塞冬曾用三叉戟敲击海面，跃出一匹骏马以博得美人欢心。尽管对德墨忒尔的热情已逝，但骏马永远成了波塞冬的圣物。

在如今被称作爱琴海的海底，波塞冬用珊瑚和珍珠建起宏伟的宫殿，与其配偶安菲特里忒在里面安营扎寨。安菲特里忒是涅柔斯和多丽丝的女儿，也有人说她是俄刻阿诺斯和忒堤斯的女儿。波塞冬送给安菲特里忒的结婚礼物是世上第一只海豚。安菲特里忒为波塞冬生下儿子特里同（Triton），这个孩子是人鱼，通常被描绘成坐在自己的尾巴上，鼓起两腮吹着海螺的样子。而安菲特里忒，恕我直言，其性格特点似乎不怎么为人知晓，因为她没怎么在故事传说中出场过。波塞冬终其一生都在不断地追求各种美男美女，更是和那些美女生下了数量惊人的怪物、半神与人类英雄，比如波西·杰克逊（Percy Jackson）[1]和雅典国王忒修斯[2]。

罗马神话中与波塞冬对应的是尼普顿（Neptune），即海王星。这颗巨大的行星被众多卫星环绕，包括塔拉萨、特里同、那伊阿得斯[3]和普罗透斯（Proteus）[4]。

丰收之神德墨忒尔

下一位等待分配神职的克洛诺斯的后代是德墨忒尔。发色如同熟麦，肤色好似奶油，眸子蓝过矢车菊，德墨忒尔那如梦似幻的美貌不逊于任何一位女神，也许除了……唔，谁是最美的女神这个问题将成为最棘手、最尖锐的问题，也将带来灾难。

德墨忒尔是如此美丽，尽管并非本意，但她依旧引起了其兄弟宙斯和波塞冬的注意。为了避开波塞冬，她把自己变成了一匹母马，没想到对方竟化身公马紧随其后。最终，德墨忒尔生出了小公马阿里翁（Arion）[5]，它成长为一匹神驹，神奇的是，它还会说话。德墨忒尔与宙斯生下的是女儿珀耳塞福涅（Persephone），之后的故事中会讲到她。

宙斯让德墨忒尔负责丰收，与之相伴的是对种植、繁殖与时令的掌控权。她的罗马名字是刻瑞斯（Ceres），从中我们得到了 cereal（谷物）一词[6]。

和赫斯提一样，在今天的我

---

① 美国作家雷克·莱尔顿（Rick Riordan）创造的奇幻角色。莱尔顿起初是为了给自己患有多动症和阅读障碍症的儿子讲睡前故事，后来据此写成了五部同名奇幻文学作品，这些作品也成为世界上最畅销的系列小说之一。——译者注

② 希腊神话中频繁出现的英雄主人公，其著名事迹有解开米诺斯的迷宫、劫持美女海伦、被赫拉克勒斯从冥界救出等。与其相关的另一个著名典故为哲学悖论“忒修斯之船”。——译者注

③ 那伊阿得斯出现在这里有点奇怪，因为她们是淡水宁芙，不像涅瑞伊得斯和俄刻阿尼得斯生活在大海之中。也许，为这颗卫星命名的天文学家没来得及征询古希腊学者的意见吧。

④ 外形变幻多端的普罗透斯被称为海洋老人，他驯养海兽，见多识广。若想从他那里获得资讯，必须首先和他摔跤，这可不是一件容易的差事，因为他可以迅速变成各种形象，从蜥蜴到猎豹，从海豚到睡鼠，令人心生退意。这一狡猾的能力衍生出 protean（千变万化）这一词语。

⑤ 可别和后文将提到的唱作人阿里翁弄混了。

⑥ 德墨忒尔的名字常被解释为“大麦之母”或“玉米之母”，不过现在更倾向于认为其名字最初的意义是“大地之母”，以表明宙斯这一代天神是如何彻底地夺取了盖亚的领地。

们看来，与充满激情、魅力四射的其他家族成员相比，德墨忒尔个性不算鲜明。但是，同样类似于赫斯提，德墨忒尔所司掌的领域对希腊人而言至关重要。供奉她的圣殿和信徒远远多于供奉外表更为华丽的天神的。有一个故事与德墨忒尔、她的女儿以及冥王哈迪斯有关，这个故事美丽动人，跌宕起伏，影响深远，并且相当真实。

婚姻之神赫拉

赫拉是倒数第二个从瑞亚肚子里生出来的。[①]至今我们仍用这样一些词来形容赫拉，如骄傲、专横、善妒、傲慢以及报复心强，若是被她听到，她肯定要恼火。在艺术作品与常见的资料中，她的名字通常与三种“式”联系在一起：雕像式、鲁本斯式以及罗马人对她的称谓朱诺式。[②]

命运及子孙后裔对这位天庭王后都颇为不善。不像阿佛洛狄忒或盖亚，不仅没有一颗星球以赫拉的名字命名[③]，她还不得不背负不好的名声，因为她总得应付那位一天到晚都在出轨的丈夫兼哥哥宙斯。

赫拉很容易被视为暴君和讨厌鬼，她善妒又多疑，总是怒气冲冲，大喊大叫，完全是个不受大家喜欢的“母老虎”。我们可以想象她对窝囊下属大发雷霆的样子。赫拉常常对宁芙和凡人实施打击报复，只因为她们没能讨她的欢心或没能在祭坛上供奉足够的祭品。其中最为致命的就是这些宁芙和凡人犯下了与宙斯有染的罪过，不管是不是自愿的，赫拉都不会原谅她们，并且永远怀恨在心。不过，虽然赫拉确实野心勃勃、贪图权力、盛气凌人，与“创造力”和“才华”这两个词毫不沾边，以至于成为许多文学作品和影视作品中恶妇人的原型[④]，但她绝不

① 从易位构词法的角度来看，“赫拉”确实出自“瑞亚”（hera 和 rhea 两个词由同样的字母构成。——译者注）。至少我是如此道听“途”说，不过此“兔”就不必追究了（作者用“道听途说”的 hear 和“野兔”的 hare 玩了一个易位构词的文字游戏。——译者注）。

② 雕像式和朱诺式都有身材高大的女性的含义，鲁本斯式则指体态浑圆丰满的女性。——译者注

③ 别忘了盖亚也是一颗行星，即我们生活的星球。拉丁语是 Tellus 或 Terra Mater，英语为 Earth，和日耳曼女神 Erde、Erda、Loeth 或 Urd 同源。

④ 演员玛丽·杜丝勒（Marie Dressler）扮演的角色、奥斯卡·王尔德笔下的布拉克内尔夫人（Lady Bracknell）以及《孪生姐妹妙事多》（*Double, Double, Toil and Trouble*）中的阿加莎姨妈（Aunt Agatha）就是三个很好的例子，从她们身上都能看到赫拉的影子。

是个讨厌鬼。面对一位随时可以用一道霹雳把自己打得魂飞魄散的天神，赫拉所展现出的魄力与决心说明她相当自信和勇敢。

我很喜欢赫拉。尽管在她面前，我肯定会既结巴又脸红，甚至还会尴尬得直吞口水，但她一定看得出我的虔诚和对她的爱戴。她为诸神带来了厚重大礼，罗马人称之为 auctoritis（职权）。如果因此觉得赫拉很令人扫兴，那好吧，有时候扫兴也是很有必要的，因为总要有人把孩子们从操场上叫回来呀。赫拉主管的领域是婚姻，其代表动物是孔雀和奶牛。

在提坦之战时期，赫拉与宙斯水到渠成地做了夫妻。对宙斯来说，显然只有赫拉才具备王后的外表、尊贵的气质和威严，只有她才能为宙斯孕育新神。

尽管二人的关系一直剑拔弩张，对彼此既不耐烦也不信任，但这依然是一桩伟大的婚事。

阿佛洛狄忒与新的家园

宙斯对新的时代充满野心，他对宇宙的重新规划并不打算止步于简单地为自己的兄弟姐妹分配领域和权力。宙斯想象的是比从前血腥残忍的专制统治更为开明和理性的未来。

宙斯想要的是召集十二位主神，他用希腊语称之为 dodecatheon①。目前为止，我们已经认识了六位，即克洛诺斯和瑞亚的子女们。当然，还有一位天神也早已出场。她比其他天神都要年长，那就是生于泡沫的阿佛洛狄忒。提坦之战爆发之际，宙斯便将阿佛洛狄忒从塞浦路斯接走了。他知道阿佛洛狄忒很有价值，绝不能让她与提坦神族为伍。十年间，阿佛洛狄忒一直心满意足地与诸神住在一起，因此主神现在有七位②。

提坦神族在俄特律斯山建造家园，宙斯遂选择希腊的最高峰奥林匹斯山作为大本营。因此，他和诸神被称为奥林匹斯神，以

① 既然宙斯做了这样的决定，数字 12 于是变得颇有意思。它可以被二、三、四当然还有六整除，所以它比愚蠢的数字十要复杂两倍。在我们身边十二随处可见：十二星座、十二时、十二个月，还有十二英寸等于一英尺，以及十二便士等于一先令（反正我小时候是这样），更不必提以色列的十二支派、耶稣的十二门徒以及中国人以十二年为一个轮回。这是一个十二进制的世界。

② 细想一下，天神们其实是阿佛洛狄忒的侄子和侄女。天神们是克洛诺斯生的，而阿佛洛狄忒来自乌拉诺斯的精液。

前所未有的方式一起统治世界。

赫菲斯托斯：被厌弃的小矮子

众神迁往奥林匹斯山时，赫拉已经身怀有孕。她感到非常满足，因为她的野心便是为宙斯生下神威盖世、力量与美貌并存的孩子，这样她作为天庭王后的地位便永远有了保障。赫拉知道宙斯风流成性，决定不能就这样放纵他。赫拉的计划是，首先，她要生出一位最强大的神，这个男孩将被取名为赫菲斯托斯（Hephaestus），然后，宙斯会把她正式娶进门，并永远听从于她。然而，即使是不朽神明的计划，也和凡人的计划一样，不过是摩罗斯手中一文不值的玩物。

分娩的时刻来临，赫拉躺下，赫菲斯托斯降生。可没想到，这孩子生出来竟又黑又丑又矮小，赫拉只嫌恶地瞥了一眼，便一把抓起来将他扔下了山。诸神眼睁睁地看着哇哇大哭的婴儿被扔下悬崖，消失在大海之中，谁也不敢吭声。

我们很快就会知道赫菲斯托斯身上到底发生了什么，不过现在还不能离开奥林匹斯山，因为赫拉又怀上了宙斯的孩子。这回，她细心照料自己，健康饮食，定期做一些运动，总之，一切与孕期和分娩有关的注意事项和准则她都一一遵守。她要的是得体的儿子，不是只能扔掉了事的小矮子。

阿瑞斯：战神降生

赫拉之后确实生出一个健康活泼、英俊迷人的孩子，那是她的心头肉。

赫拉称他为阿瑞斯（Ares）。这孩子从小就争强好胜、狂暴、攻击性强。他到处惹是生非，满脑子想的都是兵戈铁马、战车长矛，喜欢舞刀弄枪。尽管宙斯一开始并不喜欢他，但阿瑞斯还是理所应当地成了战神。

阿瑞斯的罗马名是马尔斯（Mars），他当然并不聪明，甚至可以说蠢笨无比、呆滞无趣。尽管如此，即便是宙斯也不得不咬牙承认，阿瑞斯是奥林匹斯山不可或缺的一部分。众所周知，发动战争的确是一件很愚蠢的事，但它同样是无法避免的，另外，请容我说一句大不敬的话，战争甚至有时很有必要。

阿瑞斯迅速长大成人，他发现自己不可救药地喜欢上了所有天神的心上人阿佛洛狄忒，而且阿佛洛狄忒也同样倾心于他。实际上，阿佛洛狄忒爱的是阿瑞斯的粗暴和强大的力量。作为一名粗野的暴徒，阿瑞斯也尽力用爱来回应。爱与战争，维纳斯和马尔斯，一直都有某种紧密的联系。没人知道究竟为什么，人们一直费力研究，只为找到这个问题的答案。

图 16　战神阿瑞斯

Head of Ares, after Greek original by Alkamenes, 420 BC. State Hermitage Museum, St Petersburg, Russia / Alamy.

图 17　阿瑞斯安然入睡，阿佛洛狄忒却清醒而戒备地观望

Sandro Boticelli,c.1485. National Gallery, London / Alamy.

瘸腿者

赫菲斯托斯被丢下天庭之后究竟发生了什么？关于此事众说纷纭。有人认为照顾这个天神宝宝的是海仙女欧律诺墨，或者是她的母亲提坦女神忒堤斯，又或者是海宁芙忒提斯（Thetis），即涅柔斯和多丽丝的女儿，忒提斯在许多年之后生下了阿喀琉斯。不过可以肯定的是，赫菲斯托斯在利姆诺斯岛（Lemnos）长大，他在那儿学会了熔铸金属以及制作精妙复杂之物。很快，他在制造实用物品、装饰物品甚至魔法物品方面展现出惊人的天赋，加上他操作风箱游刃有余、不惧熔铸时的高温，所有这些结合在一起，使他成了最伟大的铁匠。

从奥林匹斯山滚落下来时，赫菲斯托斯的脚受了伤，从此成了一个瘸子。蹒跚的步伐、略为扭曲的体态加上凌乱的黑色卷发，让他看起来相当丑陋。然而，之后他却以忠诚、善良、幽默和好脾气著称。希腊神话里全是将婴儿丢进野地或遗弃到山巅的故事，这要么是因为有预言说他们某天将会给父母、部落或城池带来灾祸，要么是认为他们受到诅咒、样貌丑陋或畸形。这些弃婴似乎总能幸存下来，然后回去实现预言，赢回本应属于他们的权力。

赫菲斯托斯渴望回到奥林匹斯山，他知道那里才是他真正的家。但他很清楚，想轻轻松松、光明正大地回去是不可能的，除非他愿意精心策划一场报复行动来证明自己的实力，证明他有资格成为天神的一员，那才是他重返天庭的敲门砖。

就这样，赫菲斯托斯一边学着手艺，推拉着风箱上的把手，一边用灵敏的大脑制订计划，而他那灵敏的手指能将这惊天大计付诸实践。

被诅咒的宝座

为了巩固天庭王后的地位并得到全世界的认可，为了成为宙斯无可争议的配偶，赫拉觉得有必要操办一场婚宴，她认为只有公开举行盛大的仪式才能用婚姻永远绑紧宙斯。

赫拉在做每件事的同时都会考虑是否体面以及能不能满足她的野心。对于儿子能和阿佛洛狄忒相爱，她非常高兴，不过她并不信任这位女神。如果阿佛洛狄忒愿意公开对阿瑞斯做出承诺，就像宙斯将对赫拉做的那样，那么一切就都能功德圆满，为赫拉的胜利盖上永久的封印了。就这样，世界上第一场婚礼将隆重庆祝两桩婚事。

佳期已定，请柬发出。礼物纷至沓来，其中公认最蔚为壮观的是一把指名送给赫拉的华丽金椅，世上从未有过如此金碧辉煌之物。无论这位匿名赠送者是谁，赫拉都很欣赏他的品位。她面带满意的微笑，坐上宝座。转瞬间，椅子的扶手活了。它们向内卷动，把赫拉紧紧绑了起来。她拼命挣扎却无法脱身，扶手把她锁得死死的，她彻底被困住了，尖叫声惊天动地。

阿佛洛狄忒之手

赫拉被紧缚在金色的宝座上，她号叫着，既愤怒又沮丧，甚至连宙斯都无力解除这一诅咒。现在她被困在这里，如同身陷枷锁的囚犯，还怎么邀请神界诸君前来赴宴？那也太不成体统、太屈辱了，她会遭到嘲笑的。这施的究竟是什么魔法？是谁对她做出了这样的事？她怎样才能解除诅咒？

可怜的宙斯被赫拉连珠炮似的尖声质疑搞得晕头转向，只好向其他天神寻求帮助。他宣布，谁能解除赫拉的诅咒，谁就可以牵起阿佛洛狄忒的手并与之成婚，这可是最重大的婚事奖赏。

阿瑞斯对这一蛮不讲理的决定大为光火。毕竟，要娶阿佛洛狄忒的明明是他，不是吗？

“冷静一点，”宙斯说，“其他神加起来都比不上你。你们的婚事一定会如期举行的。”

阿佛洛狄忒也很自信，她鼓励爱人出征。但阿瑞斯又拉又拽，又踢又踹，骂骂咧咧弄了半天，却依然毫无用处。反而他越是努力，宝座把赫拉捆得越紧。尽管已娶了安菲特里忒为妻，但波塞冬还是干劲十足地尝试了一番，结果同样是白费力气。就连哈迪斯都特地从冥界赶来，想将赫拉从越来越尴尬的处境中解救出来，但一切只落得徒劳无功。

正当宙斯一边拼了命、同时毫不起效地拽着宝座的扶手，一边忍受着屈辱和愤怒的赫拉更多责骂之时，一阵优雅却持续不断的咳嗽声打破了喧闹。众神纷纷转身。

站在天庭大堂、歪斜的脸上挂着一缕轻笑的，正是赫菲斯托斯。

“您好，母亲，”赫菲斯托斯说，“遇到麻烦了吗？”

“赫菲斯托斯！”

赫菲斯托斯一瘸一拐地走上前。“听说有悬赏？”

阿佛洛狄忒看着地板，咬着嘴唇。阿瑞斯发出一声咆哮想要往前冲，不过被宙斯拦了下来。诸神让出一条路，好让这丑陋的小东西拖着跛腿穿堂而过，走到困住赫拉的金色宝座前。赫菲斯托斯用手指轻轻一碰，金色宝座的扶手立即散开，赫拉重获自由。[①]她站起身，把王冠扶正，整理一下仪容，那姿态仿佛在昭告天下，一切其实都尽在她的掌控之中。阿佛洛狄忒的双颊泛起红晕，心想：这不可能！

对赫菲斯托斯而言，这是甜美的复仇时刻。但由于本性善良，他并未洋洋得意。尽管他一直在忍受被遗弃的痛苦，又或者正是出于这样的原因，他复仇的动机不是愤怒或憎恨，而是想要取悦他人，想让自己变得有用，想为大家带去欢乐。他知道自己相貌丑陋，也知道阿佛洛狄忒并不爱他。他知道即使领取了这份奖赏，阿佛洛狄忒也会背叛他，也会经常溜上弟弟阿瑞斯的床。但赫菲斯托斯很开心自己终于可以回家了。

至于赫拉，她并不承认这是为那违背母性本能的残忍变态行为所付出的代价，她只是一脸的庄严持重，始终冰冷无言。她内心中善良的部分默默地为长子感到骄傲，假以时日，她会真心喜欢上这个儿子，奥林匹斯诸神亦然。

为了证明自己有资格位列十二主神，赫菲斯托斯为阿佛洛狄忒和所有天神制造了各种礼物。他被赐予一整个山谷用于熔铸，那里将成为世上最伟大、最多产的工坊。他选择了独眼巨人当自己的助手，而独眼巨人本身就已是水平极高的工匠，我们早就有所见识。赫菲斯托斯不了解的任何知识，独眼巨人都能教授给他。他们同心协力，按照赫菲斯托斯的设计创造出改变世界的珍品。

火神、铁匠之神、工匠之神、雕塑家之神及金属加工者之神赫菲斯托斯终于回家了，他的罗马名字是伏尔甘（Vulcan）[②]，衍生出的词汇有 volcano（火山）及 vulcanized rubber（硫化橡胶）。

---

① 这件事说明了一条很重要的定律，之后我们还将多次遇到，那就是神祇不能解开其他神祇的咒语或魔法。

② 有一颗星球就名为瓦肯（Vulcan），最著名的族人便是指挥官斯波克（Spock），不过根据我的调查，他们和伏尔甘无关。罗马人有时用穆尔塞博（Mulciber）来指代伏尔甘，意为“熔炉”，既指其软化金属进行锻造的能力，也指他能安抚火山之怒。

图 18 赫菲斯托斯，火神、铁匠之神、工匠之神、雕塑家之神及金属加工者之神，图片上的他正在熔炉前工作

Peter Paul Rubens, 1636–38. Prado Museum, Madrid / Bridgeman.

盛大的喜宴

匆忙添上阿佛洛狄忒与赫菲斯托斯的婚讯后，宙斯与赫拉重新发放请柬。凡收到请柬的宾客都兴高采烈，欣然前往这场双重婚礼。世间从未有过这等盛事，因为世间从未有过像赫拉这样注重礼节、恪守秩序、强调仪式感和家族荣誉的女神。

几周以来，所有树木、河流、微风、山脉以及海洋里的宁芙聊的只有婚礼。森林中的精怪也是如此，无论是生性好色的农牧神还是呆头呆脑的树宁芙和护树宁芙，都纷纷离开森林、树丛和灌木，前往奥林匹斯山。为了庆祝这大喜之日，宙斯甚至不惜赦免了好几位提坦神。当然，不是阿特拉斯，也不是长期处于流放状态的克洛诺斯，而是其中最没威胁、最不暴力的伊阿珀托斯和许珀里翁。

为了给这场大家翘首以盼的喜事锦上添花，宙斯发起了一轮挑战：谁能做出最好、最独特的婚礼菜肴，谁就能提出一个愿望。对于这个展现自我的机会，位居其次的神灵和动物们纷至沓来。老鼠、青蛙、蜥蜴、狗熊、河狸和小鸟纷纷为宙斯和赫拉大展厨艺，献上蛋糕、面包、饼干、汤羹、鳗鱼皮冻和苔藓霉菌粥。酸甜苦辣咸的美食统统摆上桌案，等待众神之王与众神之后一一品鉴。

不过，在此之前要举行婚礼。首先是阿佛洛狄忒和赫菲斯托斯成婚，接着是赫拉和宙斯。仪式简朴而迷人，由赫斯提主持。她为两对新婚夫妇涂油熏香，用悦耳的低音吟唱颂歌。家族成员与宾客从旁观礼，好多都吸着鼻子，忍着眼泪。一个不识时务的农牧神竟然在一片哽咽声中说什么阿佛洛狄忒和赫菲斯托斯很般配，结果被愤怒的阿瑞斯从背后狠狠踹了一脚。

图 19　赫拉与宙斯的婚礼

Hierogamy, unknown artist, 1st Century AD. Museo Archeologico Nazionale, Naples / Bridgeman.

忙完正事，是时候评选烹饪大赛的冠军了。宙斯与赫拉漫步在各种菜式之间，嗅一嗅，尝一尝，啜一啜，舔一舔，俨然专业美食家。参赛选手站在几案之后屏息以待。当宙斯对一块木槿花甲虫核桃冻赞许地点头时，做出这道菜的那只名为玛格丽特（Margaret）的小白鹭兴奋地尖叫一声，立即昏倒在地。

但这道菜没能获奖。最佳菜式看起来有点不起眼，它的制作者是一个害羞的小东西，名叫梅利莎（Melissa）。她为诸神呈上的是一只非常小的双耳瓶，里面盛满了浓稠的琥珀色黏液。

“啊，没错，”宙斯用手指一蘸，马上认了出来，他满意地点点头，“是松香[1]。”

可小罐子里装的并不是松香，而是一种截然不同的新东西。它稠而不油，浓而不滞，甜而不腻，散发着令人心旷神怡的香气。梅利莎将之命名为“蜂蜜”。只吃下一勺，赫拉就觉得仿佛草原上最美的花朵和山峦间最妙的香草在唇齿间舞蹈、吟唱。宙斯舔了舔勺子背面，愉快地发出了表示好吃的“唔——”声。夫妻俩对视一眼，点了点头，看来已经不需要再讨论了。

“嗯，这个……今年的水准相当高，”宙斯说，“大家都表现得非常好。不过，赫拉王后已经和我达成了一致。这个，啊……蜂蜜，是冠军。”

其他造物尽力掩饰着内心的失望，围成一个大大的半圆，露出微笑，看着梅利莎“嗖”地跑上前去领奖，让众神之王亲自满足她的一个愿望。

梅利莎的个头非常小，站到领奖台上就显得更小了。她鼓足勇气，飞到宙斯的脸旁（尽管她的某些地方长得鼓鼓囊囊的，看起来有点笨重，像是飞不起来一样，但其实并非如此），嗡嗡地对他说出这些话：“敬畏的王，很高兴您喜爱我做的佳肴，但我必须告诉您，它做起来十分艰难。我要在花间疾飞，采撷花朵深处的花蜜，每次只能吸出极少的部分。整整一天，只要埃忒耳赐予光线让我看见，我就得寻找并吮吸花蜜，然后返回巢穴，循环往复，这常常需要长途跋涉。即便如此，一天下来，我能用来酿造的花蜜也极少，那酿造的法子是我的秘密，这才可以制成今日讨您欢心的甜品。您手里拿着的那个小小的双耳瓶，我耗费了四周半的时间才灌满，所以您要明白，这实在是一项劳心劳力的工作。蜂蜜的香气是那么浓烈，那么

① 希腊人如今仍往葡萄酒里加松香，称之为 retsina，用来待客。没人知道为什么这个一贯善良好客的民族会做出这种东西。那玩意儿喝起来完全就是松香味儿，像画家用来调油画颜料的松节油，不过我还挺喜欢的。

迷人，那么难以抗拒，大家都来抢夺我的巢穴。他们如此有恃无恐，只因我太小，能做的抵抗只有愤怒地围着他们嗡嗡叫，轰他们离开。请您想象一下，黄鼠狼的爪子轻轻一扫，或者小熊的舌头轻轻一舔，我一整周的劳作就烟消云散了。陛下，请赐给我一件武器吧。您赐予蝎子致命的毒针，可它并不会制作美食；至于整天什么都不做、只会晒太阳的蛇，您却赐予它毒牙。伟大的宙斯，求您赐给我一件这样的武器吧。一件致命的武器，谁敢偷我珍贵的蜜，我就可以置他于死地。”

宙斯顿时脸色阴沉，双眉紧锁。空中滚过隆隆响雷，成堆的黑云开始翻涌。动物们坐立不安，惊恐地看着天色变得昏暗。阵阵疾风卷起宴席上的桌布，吹乱了女神们闪闪发光的长袍。

和所有日理万机的大人物一样，宙斯对小题大做或者自怨自艾的造物毫无耐心。这个傻乎乎的、飞来飞去的、丁点儿大的东西想要一枚致命的刺，对吗？好啊，那就给她吧。

“该死的小虫！”宙斯的声音如雷贯耳，“你好大的胆子，怎敢索要如此可怕的东西作为奖赏？你所拥有的天赋理应分享，而非小气私藏。我不仅要拒绝你的要求——”

梅利莎提高嗓门，发出令人不快的嗡嗡声，打断了宙斯的话：“但您许下了承诺！”

在座的宾客不由倒吸一口冷气：她竟敢打断宙斯的话，还质疑宙斯的信用？！

“不好意思，但你应该明白，我宣布的是……”这位天神强压怒火，冷冷地低吼，这比大发雷霆更可怕，“……胜利者可以提出任何愿望，但我没有许诺一定会实现这个愿望。”[①]

梅利莎的翅膀失望地垂了下来。

“不过呢，”宙斯举起一只手说，“从今往后，我会让你的采蜜工作变得轻松一些。你不必再独自劳动，你将成为整个族群的蜂后，而他们都将是勤劳的臣民。不仅如此，我还会赐予你一枚致命的利针。”

听到这里，梅利莎的翅膀又快活地扑腾了起来。

“但是，”宙斯接着说，“虽然这枚针刺会给被蜇者带来巨大的痛苦，但它同时也会让你和你的种族因疼痛而死。就这样吧。”

① 这当然不是宙斯最后一次为了违背承诺在誓言上玩文字游戏。

又是一阵雷声隆隆，接着天空开始放晴。

梅利莎立刻感到体内有一股异动。她低头一看，一样又长又细又尖，宛如长矛般的东西正从她腹部的底端长出来。那是一根刺，像针一样尖锐，但尖头处多了一个邪恶又可怕的倒钩。梅利莎猛地一颤，嗡嗡地哭着飞走了。

至今，希腊语里的蜜蜂仍然叫作 Meliss，它的刺也的确成了一件终极的自杀式武器。一旦倒钩蜇进受害者的皮肤，蜜蜂试图飞走时所使的劲儿就会把内脏扯出体外。然而，不怎么勤奋的马蜂没有这样的倒钩，它们想蜇就蜇，自己的生命丝毫不会受到威胁。而且马蜂虽然烦人，却从未向神明提出过自私又傲慢的要求。

另外，科学家将蜜蜂所属的目称为膜翅目（Hymenoptera），希腊语意为“婚礼上的翅膀”。

诸神的食物

宙斯之所以对梅利莎施以重罚，也许不仅是因为他脾气坏又没耐心，毕竟蜂蜜确实美味无比。此举没准是一种策略，当时整个神界的造物都在场，这等于给大家上了一堂课，告诉他们众神之王多么冷酷无情。

这会儿，婚宴现场一片寂静，气氛就和刚才聚集起来的乌云一样阴沉可怕。宙斯将盛满蜂蜜的双耳瓶高高举过头顶。

“为了我的王后和亲爱的妻子，我要祝这只双耳瓶永远盛满蜂蜜，永远以此喂养我们。凡吃到瓶中蜂蜜者，将长生不老。它将成为诸神的食物，若与果汁混合，那将是诸神的饮品。”

这是一次盛大的举杯仪式。鸽子从头顶飞过，乌云和沉默都被驱散。缪斯女神卡利俄珀、欧忒耳珀和忒耳普西科瑞迈步向前，拍了拍手。音乐响起，赞美诗唱起，舞蹈开始。狂喜之中，许多盘子被砸得粉碎。这一习俗延续至今，希腊人在聚餐、庆祝或想挣游客钱的时候还会这样做。

“不朽”在希腊语中写作 ambrotos，“永生”则写作 ambrosia（安布罗西亚），这个词从此成为特别神圣的蜂蜜的名字。蜂蜜发酵之后做出的饮品则被称为花蜜酒（Nectar），以纪念这甜美的来源——鲜花。

坏蛋宙斯

赫拉的杯子满得溢了出来。从字面意义上理解，这会儿她的高脚杯的确很满，殷勤的淡水宁芙倒入的花蜜酒一直满到了杯口，不过这也是在比喻赫拉志得意满。长子有了一桩美满的婚姻，宙斯也对她宣誓忠诚，全世界所有重要的造物都在场见证。

但赫拉没有留意的是，即使是这个时候，那位贪得无厌的丈夫也仍然在色眯眯地看着跳舞的勒托（Leto）[①]，那位科斯岛（Kos）[②]上最美的宁芙。勒托是福柏和科俄斯的女儿，这两位提坦神正是宙斯作为婚宴礼物所行大赦之获益者。

一个声音在宙斯耳畔低语："你是在想我的侄女勒托欠你一条命，所以她应该心甘情愿地与你同床共枕吧。"

宙斯抬起头，望向导师墨提斯那双充满智慧的眼睛。这位海仙女有着无可匹敌的才思、狡黠与洞察力。宙斯深爱着墨提斯，并且明白对方也爱他。他早已被花蜜酒和蜂蜜弄得热血沸腾，音乐和舞蹈更是令他血脉偾张。[③]如今，一直在他和墨提斯之间跳跃的火花眼看就要成燎原之势了。

墨提斯有所察觉，她举起一只手。"不要这样，宙斯，绝不要这样。一直以来我都像你的母亲一样，再说了，今天可是你结婚的日子，难道你已经完全失去理智了吗？"

宙斯此刻缺失的正是理智，他开始在桌子底下抚摸墨提斯。对方警觉地起身离开，宙斯站起来尾随其后。墨提斯加快步伐，转了个弯，冲下山去。

宙斯追跑起来。他把自己变成公牛，又变成熊，再变作狮子，接着是鹰。墨提斯躲到洞穴深处的一堆巨石上，可宙斯变成蛇穿过岩石的缝隙，最终盘绕在墨提斯身上。

墨提斯本就一直深爱着宙斯，这会儿她已筋疲力尽，也被对方的坚持不懈感动了。她举手投降。可宙斯在云雨之时心里有个疙瘩，因为他曾听福柏说过一个预言，说的是墨提斯的孩子将会奋起反抗生父。

① 罗马名为勒托娜（Latona）。

② 也拼作 Cos。此地出产罗马生菜，这种菜也沿用了岛名，叫作科思生菜，是制作恺撒沙拉的必备原料。

③ 实际上天神的血管里流的并不是鲜血，而是一种美丽的金银液体，被称为神血（ichor）。这种液体拥有双重特性，它拥有与蜂蜜和花蜜酒一样使神明永生的特质，可对凡人来说它是瞬间致命的毒药。

事后，他们依偎在枕边说着情话，不知不觉聊到了“变形”这个话题，这个词在希腊语中写作 metamorphoses。他们聊到天神或提坦神是如何将自己或他者变成动物、植物甚至石头的，就像刚才追逐墨提斯时宙斯所做的那样。墨提斯夸赞宙斯的变形术太绝妙了。

“没错，”宙斯颇为自得，“我化作公牛、熊、狮子和鹰来追你，最后抓到你时却是一条蛇。你虽然以诡计多端著称，可我显然更胜一筹，对吧。”

“哦，但我觉得自己完全可以赢你。怎么说呢，如果我把自己变成一只苍蝇，你就永远都抓不住我了，不是吗？”

宙斯哈哈大笑。“是这样吗？你根本不了解我。”

“那咱们继续比吧，”墨提斯挑衅道，“现在就来抓我！”只听得一阵嗡嗡声，墨提斯变作苍蝇在洞穴里快速地飞来飞去。一眨眼的工夫，宙斯就变成了一条蜥蜴。他飞快地吐出黏糊糊的长舌头，把墨提斯连同她子宫内没准正在孕育成形的孩子稳稳当当地吞下肚去。凡是预言中说要征服自己的，宙斯就把那些“征服者”统统吃掉，父亲克洛诺斯的这个坏习惯似乎也遗传下来了。

当宙斯变回原形，溜达回奥林匹斯山，为自己比足智多谋的墨提斯更加聪明而洋洋得意时，婚宴上也歌舞正酣，他的妻子似乎完全没有瞧出任何端倪。

从宙斯的头颅中诞生

众神之王头痛欲裂，这不是因为婚宴后的宿醉，也不是因为被某个亟待解决的难题困扰着，当然，既然当了众神之王，难题总是有的。但此时宙斯的脑袋真的很痛，这种痛感每日剧增，把宙斯痛得苦不堪言、六亲不认、火冒三丈，有史以来还没有谁遭受过这样的折磨。天神或许可逃脱死亡和衰老等许多令凡人心惊胆战的恐怖事情，却无法逃脱疼痛的折磨。

宙斯的咆哮、低吼和尖叫响遍希腊大陆的每个山谷、峡湾与洞窟，它们回响在岛屿的洞穴、悬崖与湾岸间，万物简直觉得就像百臂巨人从塔耳塔洛斯回到地面，提坦之战的战火又重新燃起了。

宙斯的兄弟姐妹和其他家庭成员因为担心他聚集到海岸边，结果却发现宙斯正在恳求侄子特里同，也就是波塞冬的长子，把自己淹死在大海里。特里同一口回绝，大家只好绞尽脑汁想其他解决方案。可怜的宙斯被头痛折磨得又是跺脚又是喊叫，他拼命抓着自己的头，似乎想要把脑袋碾碎。

这时，宙斯青睐有加的年轻提坦神普罗米修斯想出了一个办法，他悄声说给赫菲斯托斯，对方连连点头。尽管腿脚不好，但赫菲斯托斯还是以最快的速度一瘸一拐地赶回了锻造所。

宙斯脑袋里发生的事情相当有趣，也难怪他会遭受如此强烈的痛苦，因为狡黠的墨提斯正在他的颅骨里辛勤地又烧又熔，又锤又打，制造着盔甲和武器。由于这位天神的饮食种类丰富，营养均衡，摄入了足量的铁以及其他金属、矿物、稀土和稀有元素，因而墨提斯得以在他的血液和骨头里找到所需的所有材料、矿石及复合物。

墨提斯的锻造工程虽然简单，却“因地制宜”，赫菲斯托斯一定会对此大加赞赏，不过话说他正带着一柄巨大的米诺斯式双面斧[①]回到了天神集聚的沙滩。

普罗米修斯开始劝说宙斯，他说缓解疼痛的唯一方法就是把手从太阳穴上拿开，跪在地上，虔诚地祷告。宙斯嘟囔了几句，大意是身为众神之王最大的麻烦就是没有更高级别的神可以当作祷告对象。不过宙斯还是顺从地跪下，等待着命运的宣判。赫菲斯托斯信心十足，他畅快地往手上吐了一口唾沫，抓住沉重的木柄，在众神屏息凝神的注视之下，飞快地把斧子往下一挥，利落地将宙斯的头骨从正中间砍成了两半。

四下里静得可怕。大家瞪大眼睛，满脸惊恐。接下来，惊恐变为难以置信，难以置信又变为不可思议。众目睽睽之下，一枚长矛的尖头正从宙斯被劈开的头颅中缓缓升起，接着出现了棕褐色羽冠顶端的羽毛。围观者屏住呼吸，眼前，一个全副武装的女子正缓缓升起。宙斯低下头去（究竟是因为疼痛，还是感到解脱，是举手投降，还是单纯的敬畏，谁也说不准），仿佛是为了便于这位女子行走而放下一道舷梯。这个尤物淡定地踏上沙滩，朝宙斯转过头去。

① 米诺斯指代的是米诺斯文明（Minoan），它是克里特岛区域内的希腊古文明之一，其名字源于古希腊神话中的克里特国王米诺斯。考古学家曾挖掘出该文明的古代王宫遗址，从一些遗址中发现的双面斧被认为是米诺斯文明的代表物。——译者注

图 20 装备有盔甲、盾牌、长矛和羽冠的女神从父亲宙斯的头颅中出现

Black-figure Amphora, 6th century BC. Louvre, Paris / Bridgeman.

身披镀金盔甲，手持矛与盾，头戴羽冠，这位女子凝视着自己的父亲，灰色的瞳孔美得无与伦比，那灰色似乎正散发着卓然的智慧之光。

海岸沿线的松树林中飞出一只猫头鹰，落在这位艳光四射的女战士肩膀上。沙丘里爬出一条镶有翡翠和紫宝石的蛇，盘踞在她的脚边。

伴随着有点儿难听的吸溜声，宙斯的脑袋合了起来，变得完好如初。

那一刻，在场的每一位都清楚新女神所具备的能力和特质凌驾于众神之上。虽然连赫拉都已经意识到这个新来者必然是通奸的恶果，而那事肯定就发生在婚礼前后，却依然被迷得差点跪倒在地。

宙斯凝视着令自己痛苦万分的女儿，露出暖心的微笑。他想到了一个名字，于是脱口而出："雅典娜（Athena[①]）！"

"父亲！"雅典娜回以温柔的微笑。

① 也拼作 Athene，不过两种拼法并没有造成意义上的区别。

战争女神雅典娜

有一座伟大的城邦承袭了雅典娜的名字，那就是雅典。雅典娜所具备的品质遂成为雅典人最重视的美德与品行。智慧和洞察力继承自母亲墨提斯，手工技艺、战术谋略及治国之道也来自她，同时还有法律与公正。之前独属于阿佛洛狄忒的爱与美被雅典娜分去了一席之地。雅典娜代表的美是美学层面的美，可以理解为艺术、表现、思想与个性领域的理想美；肉体范畴内更显而易见的美或者说较为肤浅的美则永远属于阿佛洛狄忒。雅典娜代表的爱也不强调肉体的热切，后世将之称为“柏拉图式”。雅典人认为雅典娜的这些品质卓绝于其他德行，也将身为保护神的雅典娜尊为现存诸神之首。我之所以用了“现存”一词，是因为还有两位奥林匹斯神尚未出生，而他们对于定义雅典人和希腊人也有着重要的作用。

之后，雅典娜将和波塞冬争夺西哥罗佩城（Cecropia）保护神的地位。波塞冬把三叉戟刺入脚下的岩石，造出一眼海水之泉。法术很精彩，但咸水的属性使它只能成为漂亮的公共喷泉，除此之外没有其他用途。雅典娜则只是赠予了世上第一棵橄榄树。聪慧的西哥罗佩城居民发现其果实、油和木质均用途广泛，于是选择了雅典娜作为城邦的代表神与守护神，并将城名改为雅典以向她致敬。①

在罗马，雅典娜以密涅瓦（Minerva）之名受到敬拜，不过罗马人不像希腊人对她这般感情深厚。雅典娜最喜爱的动物是猫头鹰，它是警戒和智慧的尊贵象征；还有蜥蜴，她的父亲就是化为蜥蜴才赢了母亲。至于橄榄树，其柔软且用途广泛的果实的确是对希腊人的恩赐，也是雅典娜的圣物。②

与雅典娜温柔的灰眸不相称的是她的强大。肉体的强大与性格及头脑的强大完美结合，令雅典娜树立起一种新的典范。

---

① 海洋的能量与它所带来的海上贸易是雅典人的救星，因为这为他们赢得了与波斯人的萨拉米斯（Salamis）战役。但是橄榄树的栽种，雅典娜所司掌的工艺、艺术和技术无疑更为重要。

② 除了全身的盔甲，雅典娜还常被描绘为手持神盾的样子。关于神盾具体的模样尚未有定论。有时它被描述为某种动物的皮。最初说是山羊皮，因为希腊语中的“山羊”一词写作 aiga，不过在后来的某些雕塑或陶器作品中也会表现为狮子或猎豹皮。宙斯的神盾一般被认为就是盾的模样，也许覆以山羊皮，绘有戈耳工的脸。渴望宣示半神身份的人类帝王通常会配有这样一个神盾以彰显其统治权，今天我们用这个词表示领导者或权威。在某某人、某某主义或某机构的“盾佑之下”，法令得以实施，声明得以发布。

惹怒她可不是一件好事，再说了，反对她就等于反对宙斯。宙斯对这个女儿特别痴迷，在他看来雅典娜做什么都是对的。而他最不喜欢的孩子阿瑞斯，则和这位同父异母的小妹妹形成了有趣的对比。他们都是战神，雅典娜侧重于规划、战术和策略等智谋方面的战争艺术；阿瑞斯则代表着战役、决斗与一切打斗的形式，他只懂得暴力、强制、攻击、征服和胁迫。虽然有点令人沮丧，但我们必须认识到，这两位天神只有联手才能释放真正的力量。

雅典娜通常有一个前缀名帕拉斯（Pallas），以帕拉斯·雅典娜之名保卫着雅典城，其守护标志被称为 palladium（守护神），这个词在今天被用来命名剧院[①]和元素钯。帕拉斯本是海神特里同的女儿，也是雅典娜的儿时好友。她们常在一起半开玩笑半认真地玩打仗游戏。有一回帕拉斯眼看就要赢了，结果对宝贝女儿严密监视且过度保护的宙斯出手干预，降下一道霹雳把帕拉斯击昏在地。彼时雅典娜战意正酣，顺势对好友施以致命一击，将其杀害。从那以后，她就继承了帕拉斯的名字，这悲伤的象征代表着她永恒的悼念和悔恨。

① 指位于伦敦的守护神剧院，于 1910 年开业。——译者注

图 21 战争女神帕拉斯·雅典娜

Gustav Klimt,1898. Wien Museum Karlsplatz, Vienna / Bridgeman.

雅典娜和德墨忒尔一样始终都是处女。[①]她没有子嗣，保持着独身主义，加上少年时期与帕拉斯的亲密关系，因此有人认为她代表女性的同性之爱。

肚内的墨提斯

宙斯哄骗雅典娜的母亲变成了苍蝇，以便用自己化身为蜥蜴的舌头把她卷进肚子里，墨提斯在这件事中蠢得不像她自己，但那也许只是假象。

其实墨提斯压根儿就没上当，她才是使诈的那一方，毕竟，“墨提斯”一词就是“骗术”和“狡诈”的意思。她完全是自愿被宙斯吞下肚的，甚至可以说是有意让宙斯这么做的。墨提斯知道，如果舍去自由身一直留在宙斯体内，她就能成为宙斯的智谋顾问，也就是所谓的军师。无论宙斯是否愿意，她永远都能为其出谋划策。

敢于向强权者说真话的不是身陷囹圄就是死于非命，但只要待在宙斯脑袋里，墨提斯就能畅所欲言。她将成为一道审慎的关卡，免得这位行事莽撞冲动的雷霆之王总是惹上麻烦。宙斯的暴脾气、欲念还有妒意都需要墨提斯冷静的声音来加以平衡，这声音能让他的天性回归理性和明智。

总之，墨提斯舍弃了自由。这一举动究竟是责任感使然，还是出自对仰慕已久的宙斯的爱，我无法给出明确的结论，也许两者兼而有之。既要爱他又要侍奉他，用希腊人的话说，这就是墨提斯的宿命。

结合宙斯身上那些积极的特质，如魅力[②]、善良、天生的机敏以及大部分时候拥有的强烈的正义感、公正感和是非观，其体内那位聪颖的导师墨提斯帮助他成了一名伟大的统治者，他的成就令父亲克洛诺斯和祖父乌拉诺斯都黯然无光。事实上，由于墨提斯起到了非常巨大的作用，荷马有时会将宙斯称作墨提厄塔（Metieta），即“睿智的指导者”。

---

① 希腊语中的帕特农（Parthenos）一词意为处女，是雅典娜的别名，因此位于雅典卫城的雅典娜神庙被命名为帕特农神庙。

② 用这个词其实不算老套，因为它本来就是希腊语，The Charites（美惠三女神）和 charisma（魅力）词源相同，能帮助我们勾画出如美惠三女神那般优雅的雅典娜形象。

在赫拉的妒火下产下双胞胎

也许墨提斯代表的理智会在宙斯的一只耳边细语，但他的另一只耳朵里却少不了激情热烈的敦促。只要漂亮的少女、妇人甚至是少年被宙斯撞见，什么都无法阻止他追逐对方到天涯海角，变再多次动物都在所不惜。一旦宙斯精虫上脑，墨提斯就会失去掌控，正如轻言细语无法将暴风雨平息；赫拉嫉妒的怒吼也无力将他唤回，正如一只蝴蝶不可能把船扇离海岸。

我之前提到过，宙斯那灼热的目光曾落到勒托身上，她是提坦神福柏和科俄斯的女儿，生性矜持。我感觉女性恐怕不太愿意被形容为“矜持”，但是勒托，这位较次要的神祇却能相当准确地诠释“矜持”一词中低调与谦逊的含义[①]。总之宙斯很快就把她追到了手，并使其就范。

勒托这位低调的提坦女神被后世尊为母性之女神与谦逊之典范，这也许是在向她的怀孕致敬，因为它成就了一次最励志的逆境得胜。当赫拉发现勒托怀上了丈夫的孩子，她便请求祖母盖亚不要让勒托在任何一片土地上分娩。庶出的雅典娜已经超过赫拉那身份高贵的乖儿子赫菲斯托斯与阿瑞斯，成为宙斯最宠爱的孩子，这已经够疯狂的了（这会儿母性泛滥的赫拉似乎把当初丢弃长子一事忘得一干二净了），她绝不允许再有一个私生小神挤进奥林匹斯神的行列扰乱秩序。赫拉的许多行为都令人想起罗马皇帝屋大维的妻子莉薇娅（Livia）或某些英国国王和黑手党头目的老婆，她们永远心系王朝和血脉，时刻准备着为家族、宗室的荣誉做任何事。

由于被禁止在陆地上生产，可怜的勒托年纪轻轻，挺着大肚子航行在大海上，只为寻找能分娩的地方。她来到极北之地[②]，想让寓居这蛮荒之地的许珀耳玻瑞亚族（Hyperborean）为她提供避难所，可他们惧怕赫拉的神威，不敢收留她。勒托在海上竭力乞求宙斯，正是他让自己陷入这样可怕的困境。然而，作为

① 我翻了翻近义词词典，与之相近的词有：不爱出风头的，温顺的，保守的，腼腆的，安静的，害羞的，局促的，怯懦的，沉默的，胆怯的，瑟缩的，忸怩的；有礼貌的，正统的，文雅的，淑女的，正派的，得体的，贞洁的，纯洁的，无辜的，禁欲的；清醒的，沉着的，稳重的，拘谨的，呆板的，古板的。以这些词形容女性，大多数估计并不会高兴得跳起来。

② 位于今天的色雷斯，与希腊、保加利亚和土耳其接壤。

众神之王，宙斯只有接受和认可其他天神的自治权与自主权才能树立威信，因此无法干预和撤销赫拉的指令或抹去她的诅咒。领袖、君王和皇帝常常抱怨自己才是所有臣民中最不自由的，这话确实不无道理。即使位高权重如宙斯，也只有受制于内阁的共识原则与集体责任制才能实现其统治。

宙斯能为勒托做的，只有说服弟弟波塞冬扬起浪头，把勒托的小船送往提洛岛（Delos）。这座小小的荒岛漂浮在基克拉泽斯群岛（Cyclades）间的涡流之中，并未与海床相连，因此那里可以免于遭到赫拉的诅咒。

精疲力竭的勒托登上了这座温煦的飘零小岛。她用尽最后一丝力气爬过沙滩，躲到海岸边零散的松树底下。在那里，勒托只能吃到为数不多的松果和青草，无法养活肚内鲜活的小生命，于是她动身前往远处所见的一座青翠山谷。在辛索山（Mount Cynthos）的山脚处，勒托靠水果和种子生存了一个月，虽然活得像头野兽，但免受了赫拉的诅咒。这段时间她的肚子鼓胀得很厉害，勒托都有点担心自己怀的是个怪物或巨人，但她仍在不断寻找食物、吃下、休息，再接着寻找、吃下、休息。

有一天，勒托的肚子出现了一阵阵剧痛。在没有任何帮助的情况下，她独自生下了世上最可爱的女宝宝。[①]她气若游丝地说出孩子的名字：阿耳忒弥斯（Artemis）。这个女婴非常强壮，天生具备闪电般惊人的速度和灵巧，刚出生便能奇迹般地动手干活。现在，勒托终于明白为什么她的分娩如此艰难了，因为体内还有一个孩子。双胞胎中的幼子卡在产道里，让她痛不欲生。事实证明，阿耳忒弥斯有接生的天赋，她协助母亲诞下了光彩照人的双胞胎弟弟。

当小男孩发出第一声啼哭时，母女俩都惊喜地叫出了声。这孩子的头发不像妈妈或姐姐那样黑得发亮，而是金色的，这遗传自外婆、光之女神福柏。勒托给孩子取名为阿波罗（Apollo）。为了纪念其出生地，他有时也被称为“提洛岛的阿波罗”；为了向身为提坦女神的外婆致敬，也为了体现那头明亮的美丽金发，他还被称为福玻斯·阿波罗（Phoebus Apollo），其中福玻斯意为“闪闪发光”。

① 阿佛洛狄忒和雅典娜也非常漂亮，但是严格来说她们都不算是生出来的，所以这么说没错。

捕猎女神阿耳忒弥斯

宙斯就像宠爱雅典娜一般宠爱着阿耳忒弥斯。为了保护她不受赫拉的气，宙斯可吃了不少苦头。再来一个私生子本就让赫拉无法忍受了，更何况阿耳忒弥斯还是个淘气的假小子，在傲慢的赫拉看来，这简直是给女性天神的脸上抹黑。

一天下午，那时的阿耳忒弥斯还是一个小女孩，宙斯发现她正在奥林匹斯山山脚的灌木丛中津津有味地玩着老鼠和青蛙。宙斯坐在她身旁的石头上，把她抱上膝盖。

小女孩戳了会儿父亲的胡子，然后问道："父亲，您爱我吗？"

"阿耳忒弥斯，这是什么话！你知道我爱你，我全心全意地爱你。"

你的父亲如果也是这么一个花心的混球，那么你提任何要求他几乎都能答应。阿耳忒弥斯把宙斯玩弄在股掌之间，一如她把玩着他的胡子。

"如果你爱我，那能实现我的一个愿望吗？"

"当然啦，亲爱的。"

"嗯，仔细想想，那根本不算什么。你连最不起眼的宁芙和水精灵的愿望都能实现呢，你得实现我的好几个愿望，可以吗？"

宙斯心里咯噔一下。似乎所有造物都相信，身为全能者，坐在奥林匹斯山的王位上，统领天庭和大地是最容易的工作。可他们对于亲生父亲的罪孽、手足相残、权力斗争和善妒的妻子又知道多少？讨好一个家庭成员，其结果就是惹火另一个。

"好几个愿望？乖乖！难道你还没拥有身为小女孩所能拥有的一切吗？你是神，当你的美貌达到巅峰时，你就再也不会变老了。你强壮、聪明、敏捷，并且——嗷！"最后这一声大叫是因为下巴上有一根胡子被猛地拔掉了。

"又不是什么很难实现的愿望，爸爸。都是些小事。"

"好吧，说来听听。"

"我永远都不想要男朋友或者丈夫，不想让任何男性碰我的……你明白吗，就是那个地方……"

"呃，明……明白……我都明白。"

这也许是宙斯这辈子第一次脸红。

“还有，我想要很多不同的名字，像弟弟那样，就是所谓的‘名号’。还要一把弓，我发现弟弟收藏了好多弓，可我一把都没有，就因为我是女孩，这一点儿都不公平，毕竟我可是双胞胎中的姐姐呀。赫菲斯托斯可以为我特制一把弓当作出生礼物吗？就像他给阿波罗做的那样，请给我一把银色的弓，并配上银色的箭。我还要一件长度到膝盖的套头衫，在我打猎的时候穿，因为长裙子又蠢又不方便。我不想要城镇，我想统率山脉和森林。还有雌鹿，我喜欢雌鹿。还有狗，得是猎狗，不是没用的宠物狗。还有，如果你非常喜欢我的话，我还想要一群少女在神殿里为我唱赞美诗，还要一群宁芙帮我遛狗，照顾我，保护我远离男性。”

“就这些吗？”宙斯被阿耳忒弥斯说得脑袋都晕了。

“应该是的。哦！对了，我还想让自己能在女性分娩时帮她们接生。我见识过那种痛苦。那个过程的确很恶心，我希望自己能帮到她们。”

“我的老天！你不会还想要天上的月亮吧，嗯？”

“啊，这个主意好！月亮。是的，我想要月亮，求你啦，就这些。我再也不要其他任何东西了。”

宙斯满足了阿耳忒弥斯的所有愿望，不然他怎能拒绝呢？

因此，捕猎女神、贞洁女神、质朴女神、野性女神、猎犬女神、雌鹿女神、接生女神以及月亮女神成为阿耳忒弥斯的名号，这位射手与女猎手逐渐将独立自主和贞洁之身看得重于一切。她的仁慈体现在对分娩的女性充满同情，与之相对的是她在狩猎或惩罚企图靠近自己的男性时所展现的残暴。古人畏惧她，崇拜她，爱慕她，为了纪念她的诞生地辛索山，人们有时会称她为辛西娅（Cynthia），罗马人则叫她狄安娜（Diana）。她的圣树是柏树。正如雅典娜是代表教养、工艺、精巧与深思熟虑的女神，司掌自然、本能和野性的阿耳忒弥斯正巧成为雅典娜的反面。她们与赫斯提一样，那就是致力于坚守贞洁。

数学、理性和逻辑之神阿波罗

如果说阿耳忒弥斯是银色的，那么她的胞弟阿波罗就是金色的；如果说阿耳忒弥斯是月亮，那么阿波罗就是太阳。阿波罗光彩照人，见者无不倾心。他的身材比例和面部轮廓直到今天仍被视为某种男性美的典范。我说“某种”，是因为阿波罗的奇特之处在于他不仅皮肤白皙，而且脸上没有胡须，胸口也没有毛发，这在希腊人甚至神祇之中都很罕见。阿波罗虽然是一个阴柔的男子，但并不缺乏男子气概。

图 22　阿耳忒弥斯，集捕猎女神、贞洁女神、质朴女神、猎犬女神、雌鹿女神、接生女神、月亮女神名号于一身

Paul Manship,1925. National Gallery of Art, Washington, DC, USA / Alamy.

阿波罗是数学、理性和逻辑之神，诗歌、医药、知识、雄辩与教化都由他司掌。总而言之，他是和谐之神。基础的物质世界及其所包含的日常物品都具备神性，并能与天庭产生共鸣，这一观念就是太阳神精神，如属性非常神奇的方形、环形及球形、音调与韵律完美的声音或逻辑推理。如果你天赋异禀，那甚至可以从日常物品中解读出意义与宿命。阿波罗就极具这方面的天赋，并且不会撒谎，这让他成为神谕和预言司掌者的不二之选。巨蟒皮同（Python）和月桂树是他的圣物，专属于他的动物是海豚与白乌鸦[①]。

谁若是因为阿波罗有着金发和美貌就认为他弱不禁风，那可真是太蠢了。他是一位出色的弓箭手，必要的时候也是一位不逊于任何奥林匹斯神的骁勇战士。和其至亲一样，他可以变得非常残忍、刻薄、善妒与邪恶。罕见的是，罗马人也未做改动，用他的希腊名以表敬意。在古代世界，阿波罗无论在哪里都被称作阿波罗。

① 为什么阿波罗会把乌鸦变成黑色，以及为什么月桂树也成为他的圣物，后文将会谈到。

赫拉之怒

身处这座孤零零的小岛，新生的双胞胎阿波罗和阿耳忒弥斯发现赫拉余怒未消，还在继续针对他们俩。他们是宙斯不忠的活生生的证据，为了不让他们生下来，赫拉千阻万阻，现在败下阵来的她沮丧万分，怒不可遏。

双胞胎刚出生没几天，赫拉就派出巨蟒皮同去吃掉他们。还记得身怀六甲的瑞亚曾把一颗磁石伪装成婴儿宙斯，哄骗克洛诺斯吞下，克洛诺斯吐出来之后，那石头又被宙斯从俄特律斯山上扔得老远吗？最终，它落在了帕尔纳索斯山的山坡上一处名为皮索（Pytho）的地方。石头迅速嵌进地里，后来便成为希腊的翁法洛斯（Omphalos）或称脐石，即古希腊的肚脐眼，也就是精神中心和起源点。这块石头落下的地方是盖亚的圣地，于是她下令让巨龙般的蟒蛇从地里冒出来，守护这块石头。这条蛇的名字沿用了该地的名字，被称为皮同。后来为了纪念它，许多蛇也开始叫这个名字。

愤怒的赫拉把皮同派到提洛岛去杀勒托和她的孩子们。冒着被发现的风险，宙斯偷偷把这个消息告诉了风，风传话给婴儿阿波罗，于是阿波罗绝望地向赫菲斯托斯求助，哀求同父异母的哥哥给自己造一把最好的弓箭。赫菲斯托斯在锻造所里辛勤工作了七天七夜，终于打造出一件美得无与伦比、强得无可匹敌的武器以及一套金色的箭矢，并迅速将其发往提洛岛。阿波罗一收到便躲在沙丘后面，等待巨蟒的到来。只见皮同浮出海面，爬上沙滩，阿波罗立刻走出藏身之处，一箭射穿了皮同的眼睛。在沙滩上，他把巨蟒碎尸万段，接着仰天发出胜利的长啸。

你或许认为，为了保护姐姐、母亲还有自己，阿波罗完全有理由杀掉这个致命生物。可皮同是地底生物，它是从地里冒出来的，可以被看作盖亚的孩子，因此它是有神明庇佑的。宙斯知道阿波罗必须因斩杀巨蟒受到惩罚，否则自己将威信全无。

实际上，宙斯对阿波罗判处的惩罚并没有那么严厉。他将这位年轻的天神流放到巨蟒的出生地，即帕尔纳索斯山的山脚下，阿波罗将用八年的时间来赎罪。阿波罗代替巨蟒皮同成为翁法洛斯的守护者，同时他还负责在此地定期举办竞技会。皮提亚竞技会（Pythian Games）每四年举办一次，与奥林匹克竞技会前后相隔两年[①]。

阿波罗还在之后更名为德尔斐[②]的皮索建立神示所，大家可以在那里向神明或被指派的有时被称为西比尔（Sibyl）或皮媞亚（Pythia）的女祭司卜问未来。女祭司坐在请愿者看不见的深坑上，那里连接着大地子宫。进入状态之后，她将呼召出暧昧不清的神谕，将之传达给焦急等待的请愿者。由于采取这样的方式，人们认为阿波罗和西比尔的神谕能力来自盖亚，也就是阿波罗的曾祖母。据说神示所的地下会冒出大量蒸气，人们认为那是盖亚的呼吸。[③]那里还涌动着卡斯塔利亚泉（Castalia），据说只要饮下泉水或聆听其细语便可获得创作诗歌的灵感。[④]

提洛岛的阿波罗就这样变成了德尔斐的阿波罗。人们至今仍会前往德尔斐向他卜问未来，我就去过。阿波罗绝不撒谎，但也不会给出明确的答案。

① 尼米亚竞技会（Nemean Games）、伊斯特米亚竞技会（Isthmian Games）、皮提亚竞技会和奥林匹克竞技会这四大竞技会共称为“泛希腊竞技会”。那时，比赛的奖品和现在丰厚的奖金与大众的支持完全不可同日而语。奥林匹克竞技会的胜利者可以得到橄榄叶冠，皮提亚竞技会是月桂叶，伊斯特米亚竞技会是松叶。最惊人的是，尼米亚竞技会幸运的胜利者能领到野芹菜。

② 据称德尔斐之名源自 delphys，意为“子宫”。当然也有可能源自 adelphi，意为“手足”，因为他们来自同一个子宫。因此这块圣地既有可能命名自双胞胎中的阿波罗，也有可能命名自盖亚的子宫。也有说法称，阿波罗是骑着海豚来到皮索的，海豚在希腊语中写作 delphis。毕竟海豚也是一种长了子宫的鱼，骑着海豚能不能在陆地上走这么远，这事就不好说了。

③ 当皮媞亚进入预言状态时，她被天神阿波罗、提坦女神忒弥斯或女神盖亚中的某一位或三位同时附体。“被神明附体”一词在希腊语中写作 enthusiasmos，即英语中的 enthusiasm（热情）。充满热情、激情四溢的状态就等于被神明附体，等于得到了神明的启示。

④ 有人认为冒出蒸气的位置是卡斯塔利亚泉水的底部，显然当地的山羊倒是会很高兴。也许这眼泉水让人联想起海豚的喷气孔，为皮索更名为德尔斐一事又提供了一种解释。巧的是，卡斯塔利亚还是赫尔曼·黑塞（Hermann Hesse）的小说《玻璃球游戏》（*The Glass Bead Game*）中未来世界的名字。

他乐于用问题来回答问题，或者给出模糊的谜语，只有等到时过境迁才能明白其中的含义。

为了弥补自己扰乱伦常的弥天大罪，也为了让被杀的皮同能在母亲盖亚的怀中长眠，宙斯最终将巨蟒的入土之地提洛岛与大地连接起来。虽然提洛岛不再飘零，但直到今天，去过的人都知道前往该岛并不容易。狂暴且变幻莫测的地中海季风也被称为美尔丹季风（meltemi）[①]，它将会令旅程困难重重，去那里的人都有可能严重晕船，仿佛就因为提洛之子——阿耳忒弥斯与阿波罗这对优秀的双胞胎出生在这里，导致赫拉至今都没有原谅提洛岛。

① 地中海季风是爱琴海地区的一种强风，风期通常为五月中旬至九月中旬，对爱琴海盆地的气候产生巨大影响。这种强风的出现通常毫无预兆，因此对水手而言非常危险，小型的船只在地中海季风肆虐之时甚至完全无法航行。meltemi 是该季风的希腊语。——译者注

迈亚，迈亚

现在一共有几名奥林匹斯神了？让我们快速地数一数。

宙斯端坐在王位上，赫拉位列其旁，这就两名了。他们身边环坐着赫斯提、波塞冬（他总爱待在陆地上，好时刻盯着宙斯）、德墨忒尔、阿佛洛狄忒、赫菲斯托斯、阿瑞斯、雅典娜、阿耳忒弥斯和阿波罗，共十一名。哈迪斯不算在内，因为他成天待在冥界，对入围十二主神一事毫无兴趣。十一名，也就是说还需要一名，奥林匹斯神的数量才能达到法定数字十二。

皮同之灾尚未尘埃落定，由此而来的尖锐指责依然不绝于耳，事态甚至还没有好转，宙斯就已经清楚下一步该干什么了。他必须生下第十二名，也是最后一名天神。或者换个说法，他那双饥渴的色眼又瞄上了另一名秀色可餐的仙女。

提坦之战期间，提坦神中最残忍的阿特拉斯与海仙女普勒俄涅（Pleione）生育了七个女儿。为了纪念母亲，这七姐妹被称为普勒俄涅之女。不过有时为了向父亲表达敬意，她们也被冠以阿特拉斯之女的名号。

在这群黑眼睛的姐妹之中，最年长也最可爱的那位名叫迈亚（Maia）。这位害羞而快乐的山宁芙居住在靠近科林斯（Corinth）的阿卡迪亚（Arcadia）那座宜居

的库勒涅山（Mount Cyllene）[①]上。直到一天晚上，伟大的宙斯出现并使她怀上孩子，快乐对她来说再也不复存在。迈亚东躲西藏，因为关于赫拉如何对待宙斯私生子的传言已甚嚣尘上，早就令希腊乃至全世界的每位漂亮姑娘都心生畏惧。后来，她在一个偏僻而隐蔽的洞穴诞下了一个健康的男婴，取名赫耳墨斯（Hermes）。

天才婴儿

赫耳墨斯证实了自己是所有呱呱落地的婴儿中最伶俐、最早熟的。刚出生一刻钟，他就从洞穴的这头爬到了那头，边爬边对目瞪口呆的母亲评头论足。五分钟后，他又要求点灯，好把洞穴的墙壁看得更清楚。由于没灯，他便在一堆稻草上找到两颗石头，将它们相互摩擦，由此燃起了火，这可是开天辟地头一遭。现在，距他出生还不足半小时，这位了不起的婴儿已经站直了身子，并对母亲说他要出去散步了。

“这个狭小洞穴的禁闭感让我产生了幽闭恐惧症，我不太舒服，”赫耳墨斯说，并借由这番话发明了头韵法[②]和以“-phobia”（恐惧症）作为结尾的系列词组，“我们待会儿见。你继续纺线或织毛衣什么的吧，妈妈你要乖哦。”

赫耳墨斯漫步走下库勒涅山。这位独一无二、多愁善感的天才开始独自哼鸣，哼鸣声逐渐变成富有旋律的歌唱，环绕着他的林中夜莺立即开始模仿，并从此一直努力将这曲调重现。

不知走了多远，赫耳墨斯发现自己来到了一片田野中，眼前浮现出奇妙的画面：一群纯白色的牛正吃着草，在月色中轻声哞叫。

“哦！”赫耳墨斯着迷地深吸一口气，“好漂亮的牛牛呀。”虽然很早熟，但他说话还是像个宝宝。

赫耳墨斯看着牛群，牛群也看着赫耳墨斯。

“过来。”赫耳墨斯命令道。

牛群瞧了他一会儿，继续低下头吃草。

① 即今天的基利尼山（Mount Kyllini）。

② 头韵法是英语中常见的一种押韵方式，即在句子中使用多个词首辅音相同的单词，令句子读起来朗朗上口。文中赫耳墨斯所说的话原文为“The close confines of this cramped cavern are occasioning me uncomfortably acute claustrophobia”，押的是“k”韵。——译者注

“哼哼，这是要挑战我吗？”

赫耳墨斯飞速地想了想法子。他采来长长的草叶，编成类似于马掌的“牛掌”，系在每头牛的蹄子上，又给自己的小胖脚缠上一圈月桂叶。最后，他折下一支嫩柳，剥去叶片做成长鞭，然后用这长鞭驱赶牛群，令其组成紧密且便于移动的牧群，这一连串动作非常专业。小心起见，他带着牛群往反方向走，一直将其赶上山，最终来到迈亚所在的洞口。自打赫耳墨斯淡定地踱出门去，那位惊恐的母亲就一直焦虑地站在那里。

迈亚在此之前没有当妈的经验，但儿子这些惊世骇俗的奇特行为肯定不正常，即使在神祇之中也很少见。迈亚知道阿波罗在婴儿时期就打败了巨蟒皮同，当然还有雅典娜，她出生时便已全副武装。但只用石头就生出了火？居然还牧牛？还有现在，他拿着什么东西在自己眼前晃荡？一只海龟？莫非自己在做梦不成？

“好了，妈妈，”赫耳墨斯说，“听着，我有个主意。我想请你把这个海龟敲晕，然后挖出肉来煮，用这个熬汤一定很好喝。我建议加入足量的野蒜，或许再加点儿茴香？主菜咱们就吃牛肉吧，我现在就去准备。这把刀借用一下，我去去就回。”

说完这些，赫耳墨斯就消失在了山洞后方。不久，石墙后传来牛儿的惨叫，它正被宝宝的小胖手割开喉咙。

迈亚不得不承认这顿晚饭确实很好吃，吃罢，她鼓起勇气问儿子现在是要做什么，因为他正在火堆前把一串串牛内脏挂起来。趁着烤干这些臭烘烘的肉串的空档，赫耳墨斯忙着在海龟壳的边缘挖出小孔。

“我有个主意。”这就是赫耳墨斯的回答。

阿波罗顺藤摸瓜

有一件事赫耳墨斯也许知道，也许并不清楚，那就是在出世后的第一个夜晚，他走了一段相当远的路。从出生地库勒涅山一路向北，穿过色萨利的田野，一直走到皮埃里亚，他在那里发现并偷走了牛群，又从那儿走了回来。对刚出生不久的婴儿来说，这段路程可真够长的。

但有一件事赫耳墨斯肯定不知道，那就是这群白色的牛是阿波罗的珍爱之物。这位天神得知牛群消失的消息，怒气冲冲地赶到了皮埃里亚。他认定此事是强盗所为，想找到他们的老巢。肯定是野蛮的德律阿得斯或者农牧神使的坏，阿波罗如此猜想。竟敢抢劫弓箭之神，一定要让他们悔不当初。作为一名经验丰富的猎手，阿波罗趴在地上仔细检查牛群在田野上留下的印迹。出乎意料的是，那帮强盗竟然没有留下任何有价值的线索。他只看到一些凌乱的划痕，一些无意义的旋涡，以及一个婴儿的小脚印，他怀疑自己是不是看错了。不过，通过牛的蹄印，阿波罗只能得出一个结论，它们似乎没有往外走，而是正朝着田野走来！

不管是谁偷了牛，阿波罗都感觉受到了侮辱。他们是一群训练有素的专业盗贼，这点是确凿无疑的。姐姐阿耳忒弥斯是阿波罗所知的技术最精湛的猎手，她敢做出这等事吗？也许是她巧设妙计，藏匿了行踪。阿瑞斯没这么聪明。波塞冬对此不感兴趣。赫菲斯托斯也不太会做这种事。那会是谁呢？

阿波罗发现一只鸫鸟正在不远处的树枝上梳理羽毛，于是他利落地弯弓搭箭，将之击落。神谕及预言之神将鸫鸟开肠破肚，开始从内脏中读取线索。

从大肠的色泽、右侧肾脏的扭曲程度以及异常的胸腺位置来看，事情已经水落石出，牛群正位于阿卡迪亚，离科林斯不远。肝脏上的那一团血块说明了什么？库勒涅山。还有呢？原来如此！那还真是一个婴儿的脚印。

阿波罗平素舒展的眉头此刻拧成了一个结，他的蓝眼睛闪着光，红玫瑰色的嘴唇紧紧抿成了一条线。

他要报仇雪恨。

同父异母的兄弟

阿波罗来到库勒涅山山脚时已是怒发冲冠。全世界都知道牛是他的圣物，它们是珍贵的物种。谁这么胆大包天？

一位护树宁芙正挂在自己的杨树枝上。她虽然提供不了线索，却提醒阿波罗前方不远处有一大群宁芙正聚集在迈亚居住的山洞口，没准他能在那儿找到答案。那护树宁芙若离得开树，一定也会过去凑热闹。

阿波罗爬上山顶，发现库勒涅山的所有居民都聚在了山洞边。走近后，他听见山洞里传来一种声音，一种他从未听过的声音。仿佛甜蜜、爱情等一切的美好全都活了过来，一同轻柔地在他耳中流动，一直流到心坎儿里。正如蜂蜜的奇香将神祇引诱到桌旁，发出渴慕的叹息；正如望见了貌美的宁芙，血管里的血液沸腾起来，嘶声吟唱，直到即将爆裂；正如肌肤相亲带来的温暖使得身体深处产生一阵战栗……这看不见的声音就这样诱着他，迷着他，令这位天神几乎因极乐和情欲而陷入疯狂。若能把这声音从空中摘下，若能把它尽数吸入怀中，若能……

魔法般的声音陡然消失，咒语解除。

聚集在洞口的淡水宁芙、护树宁芙和其他精灵纷纷散去，边走边摇头赞叹，仿佛大梦初醒。阿波罗从他们中间挤了过去，看见洞口旁的一堆石头上正堂而皇之地摆着两大扇牛肉，而且被漂亮地割成了牛排。阿波罗的熊熊怒火再次燃烧起来。

“现在你必须付出代价！”阿波罗一边往里冲，一边大吼着，“现在你——”

“嘘！”

阿波罗的表妹山宁芙迈亚正坐在摇椅里做针线活儿。她举起一根指头放在嘴唇上，朝火堆旁的摇篮歪了歪头。那里正躺着一个面色红润的宝宝，在睡梦中咯咯直笑。

阿波罗可不会就此作罢。“那个熊孩子偷了我的牛！”

“你疯了吗？”迈亚说，“我的小天使还不足一天大。”

“小天使个屁！我知道怎么看鸫鸟的内脏。再说，我都能听到那些牛在洞后面踏着步子哞哞叫，那哞哞声不管在哪儿我都认得出来。这孩子是个贼，我要求——”

“你要求何事？”赫耳墨斯坐了起来，冷冷地瞪着阿波罗，“我一个小孩想睡个觉都不行啦？运了一晚上的牛已经够累的了，现在我只想——”

“你承认了！”阿波罗大喊一声，朝着赫耳墨斯直冲过去，“奉宙斯之名，我要把你活活掐死，你这个小——”

阿波罗拎起赫耳墨斯，不知要对他做出什么事。就在这时，一件由木头和龟壳制成的怪东西从摇篮掉出来。它落地时发出一种响声，立即让阿波罗回想起站在洞外听到的令人心醉神迷的声音。

阿波罗把赫耳墨斯放回摇篮，捡起那件东西。只见龟壳上粘着两根细木条，中间绷着几束牛肠弦。阿波罗用拇指拨了拨其中一根弦，美妙的声音再次传入耳中。

“这是怎么做到的？”

“什么？你说这个破玩意儿吗？”赫耳墨斯惊讶地挑起眉毛，“昨天晚上随便做着玩的啦，我叫它‘里拉琴’。不过它的确能发出有意思的声音，只要把弦拨得恰到好处就行。你若愿意也可以试着扫扫弦，只要按下这几根——来，给我，我弹给你看。”

很快，他们又是拨，又是弹，又是拍，又是扫，不断演奏和变换着新的和弦，如同两个兴致勃勃的青少年。当赫耳墨斯开始演示如何弹奏自然泛音时，被这件非同寻常的乐器迷得神魂颠倒的阿波罗突然回过神来。“是的，这些都很不错，”他说，“但是我的牛该怎么办？”

赫耳墨斯诧异地望着他。“莫非你就是，让我想想……先别说……你是阿波罗吧？”

这是阿波罗有生以来第一次没被认出来，他发现自己不怎么喜欢这种感觉。而一个不足一天大的婴儿用一种长辈的语气和自己说话，也让他很不喜欢。当阿波罗正要以犀利的言辞击垮这个不知天高地厚的小混蛋，可能的话再朝对方的下巴挥上一记右勾拳时，突然一只带着肉窝窝的小手伸到了他面前。

“波兄，握个手吧。很高兴见到你。我是赫耳墨斯，刚刚被写入天神花名册。我想，你应该是我同父异母的哥哥吧？妈妈迈亚昨天晚上跟我讲了一遍家谱。咱们这一大家子可真够疯狂的，是不？是不？”

对阿波罗而言，这种对话方式同样从未发生过，他感觉局面已经失控了。

“听着，我不管你是谁，反正你不能就这样偷走我的牛，还指望不付出任何代价。”

“哦，我会还给你的呀，别担心。但我必须先拿来用用，那可是最好的牛肠。要给亲爱的同父异母的哥哥做一把里拉琴，必须用最好的弦。”

阿波罗看看赫耳墨斯，又看看里拉琴；看看里拉琴，又看看赫耳墨斯。“你的意思是……”

赫耳墨斯点点头。“这是我的爱心大礼，里拉琴和它所代表的艺术都是你的了。我的意思是，你已经是数学、理性、逻辑与和谐之神了，把音乐放进去也挺合适的，你不觉得吗？”

“我不知道该说些什么。”

“你可以说‘谢谢你，赫耳墨斯’，还有‘既然如此，牛群就送你了，我的好兄弟’。”

“谢谢你，赫耳墨斯！无论如何，对的，牛群送你了。”

“老兄，你真好。不过其实我只要两头就够啦，其他的你带回去吧。”

头昏脑涨的阿波罗伸手按住汗涔涔的眉间，问道：“为什么只要两头呢？”

赫耳墨斯蹦到地上。“迈亚跟我说过，天神都喜欢被敬拜，你知道吗？她还说动物祭祀对他们意义重大。所以我杀了两头牛，拿其中一头做成了十一份烤肉送到奥林匹斯山，妈妈和我昨晚吃掉了第十二份。还剩了点儿，就是凉了，你不介意吧？抹上我做的芥菜籽酱，味道好极了。”

“谢谢，不用了，”阿波罗说，“不过给诸神送烤肉确实很贴心，很得体。”他还补充道，自己和诸神都喜欢祭品。

“好吧，”赫耳墨斯说，“咱们去看看到底管不管用，好吗？”招呼也没打，他就跳进阿波罗的怀里，抱住他的肩膀。

这个出类拔萃的小宝宝无论是头脑、身手还是行事风格都快如闪电，让阿波罗头晕眼花。“看看什么东西管不管用？”

“我讨好咱们父亲大人的计划呀。把我带去奥林匹斯山，然后介绍给大家吧，”赫耳墨斯说，“第十二个空着的宝座上刻着我的名字呢！”

第十二名天神：赫耳墨斯

赫耳墨斯什么都快，他的头脑、计策和本能反应都是如此。前一天晚上，奥林匹斯诸神已经被从库勒涅山送来的美味烤肉服侍得舒舒服服，这会儿更是被这个新成员弄得心荡神摇，甚至连赫拉都送上了一边脸颊供他亲吻，并当众宣布这孩子魅力十足。没等大家反应过来，赫耳墨斯已经坐上宙斯的大腿，扯着他的胡子。宙斯笑了，众神也跟着哈哈大笑。

那么这位天神司掌什么呢？他敏捷的思维和迅速的行动立刻让答案浮出水面，那就是担任诸神的信使。为了让赫耳墨斯跑得更快，赫菲斯托斯打造了成为其标志的鞋子塔拉利拉（talaria）。这是一双带翼凉鞋，能让赫耳墨斯从一个地方飞驰到另一个地方，速度比雄鹰还快。赫耳墨斯由衷地喜欢这双鞋，他给了赫菲斯托斯一个充满感激、温馨的拥抱，结果火焰与冶炼之神又马上一瘸一拐地回到锻造所，并且在辛勤劳动一天一夜后带回一顶带翅膀的帽子。那是一顶软边浅帽，正好搭配带翼凉鞋。这副装扮让赫耳墨斯平添了一份贵气，以昭告天下，这个灵巧帅气的年轻人代表着诸神的凛凛威严。为了给这风度锦上添花，赫菲斯托斯还给他准备了一根银杖，杖头镶有翅膀，杖身缠绕着两条蛇。①

① 赫耳墨斯的时髦头饰被称为宽边帽（petasus）。他的手杖叫作双蛇杖（kerykeion），罗马人称之为caduceus，在世界范围内被当作药物和急救的象征。与之通用或者说相似的是阿斯克勒庇俄斯（Asclepius）之杖，我们之后会细聊阿斯克勒庇俄斯。

图 23 赫菲斯托斯为诸神的信使赫耳墨斯打造了其标志性的鞋履塔拉利拉，即带翼凉鞋

Red-Figure Cup, 5th century BC. Louvre, Paris / Bridgeman.

赫耳墨斯的英雄事迹引得宙斯哈哈大笑，每每想起他都会乐不可支。在偷阿波罗的牛一事中展现出的狡猾和骗术使赫耳墨斯成为无赖、盗贼、说谎者、骗子、赌徒、满嘴胡话的推销员、小丑、讲故事的人以及运动员的代表神的首选。而说谎者、小丑与说故事的人的延伸含义则让赫耳墨斯在文学、诗歌、演讲方面也占有一席之地。赫耳墨斯的才能和远见让他在科学和药学方面具有一定影响力。①他成了贸易和商业之神，当然也是牧者之神，还掌管旅行和交通。虽然发明了音乐，但他遵守承诺，把这一神职送给了阿波罗。阿波罗将里拉琴的结构简化，用优雅的括弧型金托架代替龟壳，于是这件古典乐器成为今天我们所熟悉的竖琴。

正如之前谈到的阿耳忒弥斯和雅典娜的例子一样，她们代表着事物的两面，如野性和修养，冲动和思虑等。作为交通和贸易的化身，赫耳墨斯多变、敏捷、精力充沛、容易冲动的个性正好与赫斯提安详、永恒不变、守序、专注于家务的特点形成对比。

① 中世纪和文艺复兴时代的炼金术士称他为赫耳墨斯·特里斯墨吉斯忒斯（Hermes Trismegistus），意为“三重伟大的赫耳墨斯”。据说赫耳墨斯能神奇地将玻璃管、箱子与盒子密封起来，因此于17世纪发明的马德堡半球就被形容为拥有“赫耳墨斯般的密封性”，hermetically 从此以“密封”的含义沿用至今。（马德堡半球利用大气压强和真空制造出极强的密封性。）

图 24　阿波罗陶醉于赫耳墨斯献给音乐之神的礼物

Italian School,17th century. Musee Massey, Tarbes, France/ Bridgeman.

除了赫菲斯托斯锻造的手杖、带翼帽子与凉鞋，赫耳墨斯的标志还包括海龟、里拉琴和小公鸡。罗马人称他为墨丘利（Mercury），用几乎与希腊人相等的热忱敬拜他。和赫耳墨斯最喜欢、现在已成挚友的同父异母的哥哥阿波罗一样，他也肤如凝脂。还和阿波罗一样的是，他也是光之神。不同于阿波罗的金光，赫耳墨斯的光是银色的，也就是水银。没错，虽然为了向他致敬，“水银”这个词通常写作mercury，不过有时还是会写成 quicksilver。一切变幻无常之事[1]都会让我们想起这位最有趣的天神。赫耳墨斯之后还将担负一项重要的神职，不过眼下还是先让他坐上第十二把交椅，好好欣赏一下位于奥林匹斯山之巅的伟大舞台墨伽拉·卡匝尼亚（Megala Kazania）[2]的荣光吧。

① “变幻无常”的英语是 mercurial，由 mercury 衍生而来。——译者注

② 这是它的现代名字，字面意义为“大水壶”。今天它的景色由敢于挑战奥林匹斯高峰的攀登者独享。

奥林匹斯神

两座巨大的王位面对着十个较小的宝座。男神女神均已归位，宙斯伸出左手交给赫拉。

展现在诸神面前的是墨伽拉·卡匝尼亚。在那场与提坦神族的伟大战争中，百臂巨人挖开奥林匹斯山，造就了这座圆形露天舞台。[①]神界诸君在此济济一堂，欢呼雀跃，等待见证宙斯的荣耀时刻。

天庭王后握住宙斯的手，其心甚慰。她与这位不忠的丈夫已经深入地谈过话，丈夫发誓再也不会有新神，不会有苟且之事，不管是宁芙还是提坦女神都不会再受孕。十二主神已完备，宙斯将回到正轨，永久统治这个世界。她，赫拉，则会永远伴君左右，支持他、辅佐他，维持秩序，恪守礼数。

宙斯检视着面前一字排开、面带微笑的十位天神，感到赫拉正紧紧捏着他的手，他明白赫拉此举意味着什么，他向底下被赦的提坦神和激动的宁芙致意。为了能看得更清楚，独眼巨人、癸干忒斯、梣树宁芙和海仙女们挤成一团，美惠三女神和时序三女神害羞地闪着微光，哈迪斯、厄里倪厄斯以及其他来自冥界的黑暗造物深深地低下头颅。百臂巨人挥舞着他们的三百只手，昭示着耿耿忠心。

现在，为宣告十二主神时代的开启，赫斯提走下宝座，点燃了熠熠生辉的铜制巨碗中所盛的油脂。欢声雷动，响彻山间；雄鹰展翅，掠过长空；雷声滚滚，横贯苍穹。

赫斯提回到宝座。宙斯看着她静静地为自己整理好袍裙，然后把目光移向其他天神，一个个地看过去：波塞冬、德墨忒尔、阿佛洛狄忒、赫菲斯托斯、阿瑞斯、雅典娜、阿耳忒弥斯、阿波罗、赫耳墨斯。诸神和万物在他面前敬拜。与他为敌者不是被驱散，就是被消灭，不是锒铛入狱，就是俯首称臣。宙斯创造了一个帝国，建立了前所未有的秩序。他赢了，可他却感到一阵空虚。

宙斯抬起头，看见在天空的映衬下，远处的山崖边出现了一个剪影，风吹动了那一袭黑衣。父亲克洛诺斯来了。镰刀的刀刃反射着底下火焰的光芒，他缓慢地挥舞着它，宛如摇动一个钟摆。光线差，离得又远，宙斯不可能看得很清楚，但他十

① 它要么是百臂巨人的作品，要么是冰川侵蚀的结果，谁也说不准到底是怎么形成的。

分肯定，父亲那张憔悴、扭曲的脸上必然挂着残忍的讽笑。

“挥手呀，宙斯。看在天庭的份儿上，微笑！”赫拉的低声警告让宙斯回过神来。再定睛一看，父亲的黑色剪影已消失无踪，也许那只是幻觉。

欢呼声一浪高过一浪，隆隆雷声中又加入了大地的轰鸣。盖亚和乌拉诺斯也来道贺，又或许是提出警告。欢呼声不绝于耳。一切活物都对宙斯表示崇拜和敬仰，这本应是他一生中最快乐的日子。

但还是缺了什么，是什么呢？宙斯皱起眉头，苦苦思索。突然，一道巨大的霹雳从天而降，击中了大地，地面顿时尘烟滚滚。

“别这样，亲爱的。”赫拉说。

但是宙斯没有听，他想到了一个主意。

MYTHOS
The Greek Myths Retold

第三部分

人类的诞生

普罗米修斯：人类的创造者与守护者

我在前文提到过普罗米修斯，他是伊阿珀托斯与克吕墨涅的儿子。这位富有远见的年轻提坦神拥有一切讨人喜欢的品质。他强壮，英俊得几乎令人叹息，他守信、忠诚、低调、谦逊、幽默、体贴、礼貌，总之，他是一位魅力十足的、迷人的伙伴。大家都喜欢他，不过最喜欢他的是宙斯。一旦有空，日理万机的宙斯就会约上他一同去乡间散心。他们无所不谈——聊命运、友谊和家庭，聊战争和宿命，也聊许多无关紧要的小事，就像真正的朋友那样。

随着十二主神就职典礼的临近，同样也非常喜欢宙斯的普罗米修斯注意到，自己的朋友发生了一些变化，他似乎有些情绪化和易怒，不大愿意去散步，也不怎么耍宝逗乐了；他变得郁郁寡欢，爱发脾气，完全不像普罗米修斯所熟悉并喜爱的那个有王者气度、幽默又自律的天神了。普罗米修斯心想，这可能是紧张导致的，于是就没有过多干涉。

典礼结束大约一周后的一天早晨，在色雷斯芬芳的草原上，普罗米修斯躺在深深的草丛里睡得正香，突然感到有谁一直在拧自己的脚趾，于是从睡梦中惊醒。他睁眼一瞧，发现众神之王正在自己眼前兴致勃勃地连蹦带跳，如同在生日当天早上急不可耐的小孩一样。忧郁就像山顶的浓雾般被一扫而光，向来十分愉快的宙斯比平常还要高兴十倍。

“快起来，普罗米修斯！起来干活儿啦！”

“什么？”

“今天我们要干一件大事，一件会让万物永世不忘的事。它将流芳千古，它将成为……”

“我们是要去猎熊吗？”

“猎熊？当然不是。我想到的是一个非同凡响的主意。快来。”

“去哪儿？”

宙斯没有回答，只是伸出胳膊搂住普罗米修斯，一言不发地拉着他穿过田野，偶尔还会因为兴奋而爆发出几声大笑。要不是很熟悉自己的朋友，普罗米修斯一定会以为对方是喝花蜜酒喝醉了。

普罗米修斯试探着问：“关于这个主意，你能不能从头讲起？”

“好啊！从头，没错。我们就是要从头开始。快坐下。”宙斯指着一棵倒下的大树说。普罗米修斯没有马上坐下，他还在检查树干上有没有蚂蚁，而宙斯已经开始来回踱步了。“好。想想一切都是怎么开的头。一切都始于卡俄斯。先是从卡俄斯诞生出第一批神——厄瑞玻斯、倪克斯、赫墨拉还有他们的后代，接着是第二批神，也就是我们的祖父母盖亚和乌拉诺斯，对不对？”

普罗米修斯小心翼翼地点了点头。

“然后，盖亚和乌拉诺斯把你们这些百年难得一遇的破坏神提坦释放到世界上……”

“嘿！”

“接下来，出现了那些宁芙、精怪以及无穷无尽的无关紧要的神、怪物、动物，等等。最后，终于到了高潮，那就是出现了我们，这些真正的天神。于是，天庭和大地得以达到完美状态。”

“在你们和我的族人打了一场血腥而漫长的仗之后，还是我帮你们取得了胜利。”

“没错，没错，但结局是皆大欢喜的。现在，和平降临大地，处处繁荣昌盛。不过……”

宙斯很久没有说话，以至于普罗米修斯觉得自己有义务打破这份沉默。他说：“你不会是想说很怀念战争吧？”

“不，我不是那个意思……”宙斯继续在普罗米修斯面前踱来踱去，就像一个正在授课的老师，“你肯定发现了，我最近有点不对劲儿。我来告诉你为什么。你知道我有时候喜欢变成鹰的样子到处翱翔对吧？”

“当然，是为了猎艳宁芙。”

宙斯假装没听见，继续说道：“这个世界美得不可思议。河流、山峦、鸟雀、野兽、海洋、树林、平原还有峡谷……一切都恰如其分。但你知道吗，每当我俯瞰这世间，却总是为它的空虚感到悲伤。”

“空虚？”

“唉，普罗米修斯，你根本不知道，当一个完美世界的神是一件多么无聊的事。”

“无聊？”

“对，无聊。有一段时间，我发现自己既无聊又孤独。我所说的‘孤独’是一种广义的孤独，像宇宙那么广。也就是说，这是一种宇宙性的孤独。难道以后永远都要这样了吗？我高坐在奥林匹斯山的王位上，腿上搁着霹雳，大家对我低头敬拜，唱颂歌，做祈祷，就这样永恒不变？这有什么乐趣可言呢？”

“呃……”

“老实说，换作是你也会厌烦的。”

普罗米修斯抿紧双唇，思索了一阵。然后发现，自己确实从来没有羡慕过好友的王位以及随之而来的麻烦和重担。

宙斯说：“也许，我应该创造一个新的种族。”

“你是说皮提亚竞技会吗？”

“不，不是比赛，是种族[1]，一种全新的造物，和我们一样，两腿直立……”

“一个头？”

“对，一个头，两只手，每个细节都与我们一样。然后，他们将拥有——普罗米修斯，你帮我想想，令我们区别于动物的特点是什么来着？”

“我们的手？”

“不是，是那个能让我们知道自己的存在，能明白我是我的东西？”

“自我意识。”

“没错，就是这个。这些造物将拥有自我意识，还有语言。当然，他们不会对我们构成威胁，因为他们将住在大地上，并凭着自己的智慧来耕作、获取食物和照料自己。”

“也就是说……”普罗米修斯皱起眉头，集中精神，试图在脑海中想象出宙斯描述的那个画面，“要创造一个像我们这样的种族？”

“完全正确！不过，他们没有我们这么高大。他们将成为我的作品，好吧，是

① “种族”和“比赛”的英文都是 race。——译者注

我们的作品。”

“我们的作品？”

“你的手很巧，简直就是另一个赫菲斯托斯。我希望你能把这些造物的模子做出来，就用……比如用黏土。你要照着我们的模样来塑造模子，身体结构上的每个细节都要一丝不差，不过尺寸要小一些。然后，我们就让他们动起来，赐予他们生命，接着再多做一些放进大自然，看看会发生什么。”

普罗米修斯琢磨着宙斯的话。

“那我们要不要和他们互动，和他们说话或到他们中间去？”

“这就是重点所在。我们要创造的是一种智慧体……唔，或者说半智慧体吧，要让他们赞颂和崇拜我们，和我们一起玩儿，并取悦我们。也就是说，这是一个崇拜我们的小型次等种族。”

“他们分男女吗？”

“哦，当然不，只能有男的。否则你完全能想象赫拉会说些什么……”

如果世上忽然多出许多女性，为自己一向行为不端的丈夫创造更多可以乱来的机会，那普罗米修斯确实能想象出赫拉的反应。看得出来，宙斯对自己的雄心抱负非常兴奋。普罗米修斯知道，一旦好友下定决心做某件事，即使是这样一件奇特古怪的事，那么，哪怕百臂巨人和癸干忒斯加在一起也无法动摇他的想法。

普罗米修斯并不反对这个想法。事实上，他认为这很刺激。细想一下，为众神制造玩物，这确实很诱人。阿耳忒弥斯有猎狗，阿佛洛狄忒有鸽子，雅典娜有猫头鹰和巨蛇，波塞冬和安菲特里忒有海豚和海龟，就连哈迪斯都养了狗，当然，那只狗奇丑无比。而配得上众神之王的宠物只能由他亲手设计，并且要比其他神的都更加聪明、忠诚和讨喜。

捏制与烤制

关于普罗米修斯和宙斯具体是在何处找到了可让他们实施计划的最佳黏土，向来说法不一。公元 2 世纪的旅行家保萨尼亚斯（Pausanias）号称这种黏土来自希腊的福基斯（Phocis）的帕诺裴乌斯（Panopeus）。后世有些学者认为这两位天神一路东行至小亚细亚，最后在位于底格里斯河与幼发拉底河之间[①]的丰饶之地找到了最好的黏土。最新的研究则坚称，为了寻找黏土，他们南渡尼罗河，穿越赤道，最终在东非得偿所愿。

无论此地究竟在何处，总之，他们终于找到了普罗米修斯心中的理想之地：一条拥有黏滑河堤的河流，无论是从黏稠度、质感、耐用性还是色泽来说，河堤中的泥巴和矿物正好都是普罗米修斯想要的。

“这黏土不错，”普罗米修斯对宙斯说，“不行，你不能坐下。我得在安静和没有干扰的环境下工作。不过，走之前你得给我一些唾液。”

“你说什么？”

“要让这些小东西活起来并且能喘气，就必须在原材料里混一点你的东西进去。”

宙斯明白了这项要求的正当性，于是欣然变作雄鹰飞上天空，在一个干涸的水洼里吐满了神之唾液。

“我得把这些黏土做成的小塑像沿着河岸一个个地摆好，这样太阳才能把它们都烤干，”普罗米修斯说，“所以请在薄暮时分回来，那时，一切应当都已准备得非常完美了。”

宙斯很想留下来观看，但他了解艺术家的秉性。于是，他留下普罗米修斯埋头工作，自己则以鹰的姿态直冲云霄，展翅飞走，让自己的朋友独自沉浸在艺术世界里。

普罗米修斯开始尝试。首先，他把黏土搓成香肠状，每根大约有四希腊尺[②]长，然后在顶端粘上一颗浸过唾液的小球作为头部。接下来，他或撕或扭或拧；时而碾碎，时而覆土；揉搓拉伸，又挖又捏，直到手中出现一个小型天神或提坦神。并且，他越做越起劲儿。宙斯将普罗米修斯比作赫菲斯托斯绝非夸大其词，因为他的技巧确实很精湛。实际上，他在这个过程中展现的已经不只是技巧了，还是一种艺术。

普罗米修斯将黏土和不同的颜料混合，做出了一排形态各异、五颜六色、栩栩如生的雄性生物。他最先做的是与天神沐浴过阳光后的肤色最相近的小麦色的生物，接下来做了一个黑得发亮的，然后是泛着粉红的淡象牙色的，他还做了琥珀色、黄色、古铜色、红色、绿色、米色、艳紫色和亮蓝色的。

---

① 在希腊语中，表示“河间流域”的词是“Mesopotamia”（美索不达米亚），希腊人遂用它来称呼这片区域。

② 关于希腊尺的换算，见附录中“脚和趾”一节。

宙斯一脚踩下

黄昏时分，普罗米修斯站起来伸伸懒腰，打了个哈欠，发出长时间专心劳作后所特有的既疲惫又满足的叹息。

午后的阳光把普罗米修斯的作品晒得暖暖的，呈现出延展性极佳的柔韧状态，制陶界称之为“乳酪态”。对普罗米修斯来说，这种状态非常理想，因为如果暴露在正午的烈日下，这些作品就会晒得太干，从而呈现易碎的“饼干态”，不利于进行最后的调整。他知道，宙斯这位天神甲方肯定会要求自己再做些修改，比如耳朵长一点啦，生殖器做两套啦，等等。没点儿怪脾气怎么能叫神呢？

现在，如果普罗米修斯没听错，那就是众神之王到了。他正一边穿过灌木丛，一边和谁大声交谈着。普罗米修斯听出了与之对话的是位女性，嗓音低沉而谨慎。原来，宙斯带来了自己最喜欢的孩子雅典娜。

普罗米修斯听见宙斯如此说道：“大家都知道，你父亲是众神之王，是全能者，没错。宙斯是征服者，当然。宙斯是全知者，这是显而易见的。宙斯是……”

“谦逊者？”

“造物者。你不觉得这个称号很响亮吗？”

“相当响亮。”

“好了，河岸应该就在那儿，咱们叫他出来吧。喂，普罗米修斯！”

宙斯继续拉长声音大喊：“普罗米——修斯！”栖息着的织布鸟腾空而起，被吓得尖声大叫。

“在这儿呢，”普罗米修斯喊道，“不过你小心点儿，因为……”

但已经来不及了！兴奋的宙斯冲出灌木丛，刚踏上空地，就直接踩到了那排正在河岸边晾晒着的精美塑像。普罗米修斯愤怒而绝望地大吼一声，赶紧上前查看它们的损坏情况。

普罗米修斯喊道：“你这个笨手笨脚的混蛋！你把它们弄坏了，瞧！”

这世上没有谁敢这么和宙斯说话，雅典娜却惊讶地看见父亲正在恭顺地低头道歉。

普罗米修斯检查一番，发现事情并没有想象得那么糟，无法修复的塑像只有三个。他把它们从泥里挖出来，发现被踩扁的塑像上还留着宙斯那硕大的脚趾印。

“太好了，”宙斯快活地说，“其他的都没事，还有很多呢。这事儿就算啦，行不？”

“可你看看这些呀！”普罗米修斯举起被踩坏的雕像说，“绿的、紫的和蓝的可是我最喜欢的。”

“可咱们还有黑的、棕的、象牙白的、黄的、红的什么的。这些也足够了，是不是？”

“可我真的很喜欢那个钴蓝色的。”

雅典娜低头看着那些完好无损的塑像，它们在落日的余晖中闪闪发光。“天哪，普罗米修斯，这真是太完美了。”尽管她只是轻言细语，却比其他奥林匹斯神那震耳欲聋的大嗓门更易引人注意。普罗米修斯立即高兴了起来，毕竟，能得到雅典娜的表扬，夫复何求？

“我的确是全身心地制作它们的。”

“漂亮，干得太漂亮了，”宙斯说，“取自盖亚的黏土，由伟大的提坦神捏就，用我神圣的唾液黏在一起，被太阳烤干，最后我的女儿再轻吹一口气，赐予它们生命。”

这仍是在宙斯体内的墨提斯给予的灵感，她认为应该由雅典娜赐予这些造物生命。雅典娜要对着每一个塑像吹气，实实在在地把自己那些伟大的品质，如聪慧、灵巧与理智，吹进这些小东西体内。

命名

雅典娜跪在河岸边，把温暖甜美的气息吹进每个小塑像体内。完成之后，她站到普罗米修斯和父亲身边，与他们一起静观其变。

一切都发生得非常缓慢。

首先，一个颜色较深的小塑像抖了抖，发出喘息般的呻吟。

然后，队列另一头，一个黄色的小塑像扭动着坐了起来，又轻轻地咳了咳。

接着，眨眼之间，所有小东西都活了过来、动了起来。很快，他们就开始伸胳膊伸腿，试着使用眼睛等其他感官；他们望向彼此，闻着空气的味道，叽叽喳喳，闹闹哄哄。没过多久，他们就都站了起来，甚至开始蹒跚学步。

宙斯紧拉着普罗米修斯的双手，绕着圈儿跳起了舞，喊道：“快看！快看啊！他们多美啊！了不起，真是太了不起了！”

雅典娜竖起一根手指放在嘴唇上。“嘘！你吓着他们了。”她指了指那些小东西，他们正抬着头，瞪大了眼睛，满脸惊恐。其中最高的都还不到雅典娜的膝盖。

“没事的，小东西，”宙斯俯下身子，用尽可能温柔的声音说，“你们不用害怕！”

可是，这陡然出现的声音震耳欲聋，小东西们似乎更害怕了，并开始四处逃窜，乱成一团。

“我们得缩小到和他们一样大。”普罗米修斯说。话音未落，他已经缩成了只比那些小东西高 30 厘米左右的大小。宙斯和雅典娜依样行事。

三位天神与他们拥抱，对他们微笑，说话柔声细语，终于让这些惊恐而困惑的小东西安静了下来，并与他们建立了友谊。小东西们簇拥着三位天神，行起了跪拜大礼。

“用不着跪拜啦。”普罗米修斯一边说，一边抚摸着其中一个小东西，为他皮肤的质感和那跳动着的生命而啧啧称奇。雅典娜的一口气把黏土塑像变成了活生生的温暖的肉体。他们的眼睛闪烁着生命的光彩，充满活力和希望。

“不好意思，”宙斯说，“必须得跪拜好吗？我们是他们的神，这事儿可不能忘了。”

“我不是他们的神，而是他们的朋友，”普罗米修斯深深地凝视着他们，眼中充满爱意和自豪。他跪在地上，好让自己比他们矮一些。“我要教他们耕作，教他们研磨小麦和黑麦，这样他们就能做面包吃。我要教他们烹饪和锻造工具，还有——”

“不行！”宙斯突然大吼一声，小东西们又一次陷入了恐慌，天空也响起了隆隆惊雷与之回应。“普罗米修斯，你想怎么跟他们交朋友都行，雅典娜和其他天神肯定也想这么做。不过，有一样东西他们不能拥有，永远不能，那就是火。”

普罗米修斯目瞪口呆地看着自己的朋友，说：“可是……为什么不能呢？”

“因为有了火，他们就会敢于向我们挑战。有了火，他们就会自以为能与我们匹敌。我能感知并且确信这一点，所以他们永远都不能拥有火。我的话就是真理。”此时，远方传来一长串雷鸣，仿佛在印证宙斯的话语。

宙斯露出微笑，接着说：“不过，这世上的其他一切都任由他们享用。他们可以游历到世界上的每个角落，可以在波塞冬的海上航行，可以从德墨忒尔那儿学习如何种植粮食，可以从赫斯提那儿学习如何维系家庭以及如何饲养动物来利用其乳汁、毛皮和劳力，还可以从阿耳忒弥斯那里学习狩猎的技巧。赫耳墨斯可以教他们计谋，阿波罗能传授他们音乐和知识，雅典娜将教他们明事理、知饱足，阿佛洛狄忒则会与他们分享爱的美妙。他们将会是自由而快乐的。”

“我们该叫他们什么？”雅典娜问。

宙斯思索了一会儿，说：“人类（Anthropos）[①]。”

宙斯拍拍手，一小撮手工制成的人类变成一百个，一百个变成一大帮，一大帮人四散开来变成一大群，最后变成成千上万个。之后，人类开始走向世界的各个角落，寻找自己的家园。

最初的人类就这样诞生了。盖亚、宙斯、阿波罗和雅典娜都可以被称为他们的祖先，当然还有普罗米修斯，是他用四大元素造出人类，这四大元素分别是：土（盖亚的黏土）、水（宙斯的唾液）、火（阿波罗的太阳）与气（雅典娜的呼吸）。人类从此生生不息，成为其创造者最得意的作品。不过，他们还缺了点什么，缺了点重要的东西。

黄金时代

德墨忒尔让阿尔玛·梅特（Alma Mater），即丰沃的大地母亲变得富饶而多产，使其成为原始人类的乐土。他们对疾病、贫穷、饥荒和战争一无所知，生活不过是一首纯真的田园诗，要做的只是轻松的畜牧活儿。在这段日子里，诸神平易近人，且大小形态与人类差不多，人们乐于敬拜诸神，双方逐渐熟悉甚至建立了友谊。宙斯和其他天神、提坦神以及所有神灵都非常喜欢和普罗米修斯用黏土做出来的这些迷人又天真的何蒙库鲁兹[②]交往。

这段实现了宇宙和谐且单纯美好的最初岁月也许只是人

① 这是有关人类一词起源的其中一个说法。Anthropos 的准确含义为“男人”。很不幸，表达人类这一种族的许多词汇好像指的都只是雄性，比如 human 的同源词为 homo，即拉丁语中的“男人”，因此 humanity 一词等于将人类中的半数粗暴地排除在外。其他表示“人”的词中 folk 和 people 就没那么具体了。不过，我们应该了解一点，与 man 相关联的词语实际上是 mens（头脑）和 manus（手），距今一千年前 man 才被用于表达“人”这个意思。

② Homunculus，拉丁语中表示人的词源 homo 加上表示缩小的后缀 -culus，构成了这个意为“人造生命”的词。该词源于古代炼金术，据说用人类的精液、马粪、草药等物质就能造出缩小版的人。——译者注

们的想象，为的是用这种天堂般的超凡体验来衬托之后的日子有多么低迷和堕落。近代希腊人坚信黄金时代真的存在过，这从他们的思想和诗歌中可见一斑，这种笃信给了他们一个完美的梦以供向往。我们所构想的不过是原始人在洞穴里咕哝的模糊情景，相比之下，黄金时代的画面更为实在和真切。或许这种柏拉图式的理想与完美的状态是这个富有智慧的民族对那段美好回忆的一种渴望。

在所有神灵之中，最爱人类的自然是创造他们的那位艺术家普罗米修斯。他和其兄厄庇墨透斯现在和人类住在一起的时间，已经远远超过了和神灵同伴们待在奥林匹斯山上的时间。

普罗米修斯为自己只能造男人而感到难过，他觉得这个克隆出的单性种族的未来、性格和特质都缺乏多样性，其无法繁殖的特点也让他们不可能创造出新的类型的人。对普罗米修斯而言，这种安全无虞、缺乏挑战的现状简直味同嚼蜡。他所创造的人类理应更接近神，但他们还需要一样东西，那就是火。真正滚烫的、炽烈的、摇曳的、燃烧的火焰，让人类能融能炼，能烤能烘，能煮能炙，能制作，能锻造；他们还需要点燃灵魂的创造之火，即神性之火，让自己能够思考和想象，敢于尝试。

普罗米修斯越是照料他的作品，越是和他们相处，就越是坚信火正是他们需要的东西，而他也知道哪里可以找到火。

大茴香枝

普罗米修斯审视着头顶高耸的奥林匹斯山双峰。其中的最高峰米蒂卡斯峰（Mytikos）直插云霄，几近一万希腊尺。旁边矗立着嶙峋的斯特凡尼峰（Stefani），虽然矮了几十米，却更难攀登。西侧绵延着的是斯科里奥山脉（Skolio）。普罗米修斯知道傍晚的余晖将隐去这条最险峻的山路，高高在上的诸神不会看见，于是他开始了这段危险的攀登之旅，确信自己能神不知鬼不觉地登顶。

普罗米修斯从未违逆过宙斯，至少在大事上没有过。在游戏、跑步、摔跤还有为赢得宁芙芳心的比赛中，他也曾肆无忌惮地戏弄和嘲笑过自己的朋友，但他从不曾公然违抗宙斯。神界等级森严，一旦逾越，后果自负。宙斯虽是他的挚友，但首先，那是宙斯。

然而，普罗米修斯依旧决定付诸行动。尽管他很爱宙斯，但他发现自己更爱人类。他是如此斗志昂扬，任何神怒都不足为惧。他不愿反对宙斯，但若一定要做抉择，他只能如此。

普罗米修斯攀上斯科里奥那陡峭的山壁，这时西方的大门已在阿波罗的太阳马车之后缓缓合上，整座山立即被黑暗笼罩。普罗米修斯伏低身子，绕着碗状的墨伽拉·卡匝尼亚剧场那一圈锯齿状的碗口移动。只要抬起头，他就能看到上面的缪斯高地（Plateau of the Muses），而不远处，赫菲斯托斯的锻造所正闪烁着的火光。

在奥林匹斯山的另一面，诸神正在共进晚餐。普罗米修斯能听到阿波罗的里拉琴、赫耳墨斯的排笛，还有阿瑞斯刺耳的笑声和阿耳忒弥斯猎犬般的号叫。普罗米修斯紧靠着锻造所的外墙，往前院移动。刚转过弯来他就吃了一惊，因为四仰八叉、一丝不挂地在火炉边呼呼大睡的正是体格庞大的布隆特斯。普罗米修斯躲回阴影中。他知道独眼巨人是赫菲斯托斯的助手，但没料到他们居然会在工作的地方过夜。

在锻造所的入口处，普罗米修斯看见了一株茴类植物，也叫大茴香或大阿魏，它和我们今天做鱼时用来增添风味的八角不尽相同，但两者关系很近。普罗米修斯探身过去，折下一根长而坚韧的枝条，厚实的棉绒状木髓被紧紧包裹在里头。普罗米修斯剥去枝条外部的叶片，把它往前伸。枝条越过前院，越过正在熟睡中喃喃自语的布隆特斯那庞大的身躯，来到火炉附近。火炉散发出强劲的热浪，枝条的一端立即燃烧起来。普罗米修斯小心翼翼地往回收，但还是让一粒火星从噼啪作响的枝头落下，正掉到布隆特斯身上。独眼巨人胸口的皮肤被烧得吱吱作响，他大吼一声，被痛醒。就在布隆特斯晕乎乎地低头看着胸脯，想搞明白这痛从何而来，又意味着什么时，普罗米修斯已经收回枝条，逃之夭夭了。

火的赠予

普罗米修斯爬下奥林匹斯山，牙间紧咬着那根茴香枝，枝条的芯正在缓慢地燃烧。每过五分钟左右，他就要把枝条从嘴里拿出来轻轻地吹气，使它持续燃烧。终于安全回到谷底时，他便立即前往人类的居住地——他和他的兄弟在那里安了家。

你也许会说，普罗米修斯那么聪明，完全可以教人类摩擦石头或者钻木头来取火呀。但请记住，普罗米修斯偷的是天庭之火，也就是神火。也许只有先点燃人类的好奇心，他们才会愿意尝试钻木或者摩擦打火石。

图 25　普罗米修斯为人类带来火种

Prometheus Bringing Fire to Mankind, Friedrich Heinrich Fuger,1817. Neue Galerie, Kassel, Germany / ©Museumslandschaft Hessen Kassel / Ute Brunzel / Bridgeman.

普罗米修斯将这跃动不已、张牙舞爪的“恶魔”展示给人类。最初，他们被火焰吓得大叫，连连后退。但好奇心很快便战胜了恐惧，他们开始喜欢这魔法般的新玩具、新物质、新现象——随你怎么称呼都可以。普罗米修斯告诉他们，火不是敌人，而是一位得力的朋友，一旦被驯服，它将有成千上万种用途。

普罗米修斯挨家挨户地为人类演示如何制作工具和武器、如何烧制陶罐、如何煮肉和烘焙面团，这些技巧使人类取得了突飞猛进的发展，人类很快便凌驾于不懂得使用配有金属箭头的长矛和箭矢的野兽之上了。

没过多久，在奥林匹斯山上的宙斯无意间低头一看，地上到处都是星星点点跃动着的橙色火光，他立即明白发生了什么，而且不用说也知道是谁干的。宙斯勃然大怒，这怒火是那样狂暴、强烈，似乎昭示着灾难，世间从未出现过，即使是被阉割后痛苦万分的乌拉诺斯也没有如此强烈的复仇的渴望。乌拉诺斯是被自己置之度外的儿子伤害的，但宙斯是被最亲密的朋友背叛的，世上没有比这更可怕的背叛了。

潘多拉：诸神创造的报复之人

天赐大礼

宙斯盛怒滔天，所有奥林匹斯神都担心普罗米修斯会被这狂怒冲击得灰飞烟灭，连一粒原子都不剩。这样的命运的确极有可能落到这位一度备受宠爱的提坦神身上，幸好宙斯脑袋里理智又冷静的墨提斯提出了更低调、更得体的复仇方案。宙斯的怒火并未消散，只是被全部集中在思索这项惩罚上了。他把普罗米修斯暂时搁到一边，决定把滔天怒火先发泄到人类身上。宙斯曾如此钟爱这些微不足道的粗俗人类，现在对他们却只有憎恶和冰冷的蔑视。

整整一个星期，雅典娜都忧心忡忡，一直严加看顾着父亲，而众神之王在宝座前来回踱步，思索着该让胆敢盗取火种、擅自模仿奥林匹斯诸神的人类付出怎样的代价。他的脑袋里似乎有谁在轻声说：不管用何种方式报复，人类都会不断进步，直到某天与众神比肩，或者更可怕，直到他们不再需要神，可以随心所欲地把神抛弃。他们不再敬拜神，奥林匹斯天庭再也听不到任何祷告。这一论调真是太荒谬、太亵渎神明了，宙斯根本无法接受，而且他又因任由自己想到如此地步更加生气了。

最终付诸实践的妙计究竟是出自宙斯自己、墨提斯还是雅典娜已不可考，但宙斯认为那妙计能产生出其不意的效果，它的高明和巧妙深深吸引着宙斯。他要给普罗米修斯点儿颜色看看，以天庭的名义，他也要给人类点儿颜色看。

首先，宙斯命令赫菲斯托斯仿照普罗米修斯的手法，将一团浸过自己唾液的黏土捏成人类的形状。这次，赫菲斯托斯以妻子阿佛洛狄忒、母亲赫拉、姑姑德墨忒尔与妹妹雅典娜为原型，满怀爱意地捏出一位貌若天仙的年轻姑娘。阿佛洛狄忒为她吹入生命并赋予她爱。

诸神联合起来打造的这位姑娘举世无双。雅典娜培养她刺绣和织布等女红技能，为她披上华美的银袍；美惠三女神负责用最上等的珍珠、玛瑙、碧玉和玉髓制成项链、胸针和手镯来装扮她；时序三女神在她的发间插满鲜花，使她看起来美艳绝伦，见者无不惊叹；赫拉赋予她泰然自若的仪态；赫耳墨斯教会她说话，让她学会欺骗、好奇与要诡计，还为她取了一个名字。由于每位天神都赐予了她一项卓越的天赋或才艺，因此她被称为“天赐之人”，在希腊语中写作潘多拉（Pandora）[①]。

赫菲斯托斯给这位完美的姑娘制作了最后一件礼物，由宙斯亲自奉上。那是一个容器，里头装着……暂且保密吧。

你可能以为我要说那容器是一个盒子或某种箱子，但事实上它是一个上了釉、封好口的陶罐，古希腊人称之为 pithos[②]。

“给你，亲爱的，”宙斯说，“听着，这纯粹是个装饰品。你绝对不能打开它，明白吗？”

潘多拉摇着她可爱的脑袋。“绝不，”她的口气非常诚恳，“绝对不打开！”

“真乖。这是给你的结婚礼物。你要把它深埋在婚床底下，但绝不能打开，永远不能。这里头装的是……唉，不重要啦，反正那东西没什么意思。”

赫耳墨斯牵起潘多拉的手，把她送往普罗米修斯和哥哥厄庇墨透斯居住的小石屋，那屋子就处在一个住有人类的小镇的繁华中心。

① 其实潘多拉的名字比那个含义更微妙一些，除了“被赋予的一切”，它还表示“所付出的一切”。

② 据说是 16 世纪伟大的学者，被誉为“人文主义王子”的伊拉斯谟（Erasmus），最先把潘多拉的“罐子”（pithos）误读为“盒子”（pyxis）。

兄弟

普罗米修斯知道宙斯一定会以某种方式惩罚他的违逆行为，于是他警告哥哥厄庇墨透斯，在他离家去新的村镇教人类如何使用火的这段时间，厄庇墨透斯不能以任何形式接受来自奥林匹斯山的任何礼物，无论他们将礼物伪装成何种模样都不行。

厄庇墨透斯是一个做事不太动脑子的家伙，他承诺遵守行事谨慎的弟弟的嘱托。

然而，千防万防，宙斯难防。

一天早上，厄庇墨透斯听到敲门声。他开门一看，诸神的信使正对他露出灿烂的微笑。

“我们能进去吗？”赫耳墨斯往旁边一闪，一位厄庇墨透斯从未见过的绝世美人怀抱着陶罐出现在面前。当然，阿佛洛狄忒很美，但她的美超凡脱俗，只可远观，并让人报以敬畏。德墨忒尔、阿耳忒弥斯、雅典娜、赫斯提和赫拉亦然，但她们的美端庄神圣，不容侵犯。山宁芙和水宁芙等虽然漂亮得摄人心魄，但和眼前这位双颊绯红的美人比起来，似乎太过肤浅和孩子气了。这位美人一脸娇羞地抬头望向厄庇墨透斯，可爱的模样立即俘获了他的心。

“可以进去吗？”赫耳墨斯重复道。

厄庇墨透斯咽了咽口水，往旁边一让，敞开了大门。

“来见见你未来的妻子，”赫耳墨斯说，“她叫潘多拉。”

那个罐子

厄庇墨透斯和潘多拉迅速成婚。他隐约感到普罗米修斯不会同意这门婚事，而普罗米修斯此时正在遥远的瓦拉纳西（Varanasi）教人们如何铸造青铜器，所以，赶在弟弟回来之前结婚是个好主意。

不可否认的是，厄庇墨透斯和潘多拉的确非常相亲相爱。潘多拉的美貌与才华使厄庇墨透斯每天都非常快乐；相应地，厄庇墨透斯那种活在当下、从来不想明天的单纯性格也让潘多拉感觉生活是一场轻松而美妙的冒险。

但是，有一件小事挠得潘多拉心里发痒，就像有只小苍蝇一直围着她嗡嗡作响，有条小虫子一直在她心里钻来钻去——那个罐子。

潘多拉把罐子放在卧室的架子上。厄庇墨透斯曾经问起过，她当时笑道：“只是赫菲斯托斯做的奥林匹斯纪念品罢了，没什么价值。”

“很漂亮嘛。”厄庇墨透斯说完再也没多想。

一天下午，丈夫出门和朋友们去练习掷铁饼。潘多拉来到罐子前，抚摸着那一圈封口。宙斯为什么要刻意说这里面的东西没什么意思？若是真没什么，他绝不会说那些话。潘多拉琢磨着这事儿的逻辑。

如果你送给朋友一个空罐子，那你绝不会刻意告诉他罐子是空的。毕竟，他只消某天往里一看，就能明白这件事。那么为什么宙斯要专门重复几遍，说这罐子里什么也没有？只有一个解释，那就是这里面装的东西非常有意思，或者非常贵重，又或者蕴含着强大的能量。那东西要么很迷人，要么可以用来迷惑人。

但是，不行，潘多拉发过誓绝不打开它。“一诺千金。”她自言自语，然后充满正义感地径直走开。潘多拉认为自己有义务抵抗这个罐子的魔咒，现在这咒语正在她的耳边吟唱，让她有点受不住诱惑。这么一个摄人心魄的玩意儿就摆在卧室里，以至于每天每夜都在逗弄、诱惑她，确实是一桩烦心事。

眼不见，心不烦。潘多拉来到小小的后花园，那儿摆着一个日晷，是邻居送的结婚礼物，她在日晷旁挖了个洞，将罐子深深地埋进地里。她拍平泥土，把沉重的日晷连着底座一起移到洞的上方。大功告成！

接下来的一周，潘多拉感到前所未有的快活、兴奋和幸福。厄庇墨透斯爱她比往日更甚，他邀请朋友们前来赴宴，只为演唱一首专为潘多拉写的歌曲。宴会很欢乐，很成功。那是黄金时代已知的最后一场宴会。

当晚，也许是被各路宾客的溢美之词搞得有点飘飘然，潘多拉辗转难眠。卧室的窗外，月光洒满花园。日晷的指针闪闪发亮，宛如一道银色的利刃，她感觉自己又听到了罐子的魔音。

幸福的厄庇墨透斯在潘多拉身旁沉睡，月光在花园舞动。她再也无法忍受，从婚床上一跃而起，跑进花园，移开日晷的底座，挖开泥土，甚至都来不及对自己说不该这样做。

潘多拉把罐子从土里拿出来，扭动了盖子。封蜡掉落，她将盖子打开。一阵暴风骤雨般的拍翅声猛然在耳旁响起，接着又是一阵狂乱的盘旋飞翔声。

啊！多么华丽的生物！

不对……它们一点都不华丽。潘多拉感到某种坚如皮革的东西掠过自己的脖颈，随之而来的是一阵剧烈的刺痛，仿佛有什么东西刺透或咬破了她的皮肤。她又惊又痛，大叫起来。越来越多飞虫挤出罐口，它们聚成一团，在她耳边喋喋不休、尖叫号哭。透过这些可怕生物形成的浓雾旋涡，她看见了丈夫，厄庇墨透斯刚出来打算瞧瞧发生了什么事，此刻已被吓得面色惨白。潘多拉大喊一声，鼓足勇气，用力盖上了盖子，把罐子封了起来。

此刻化身为狼正在院墙上旁观的宙斯露出了最为可怕和邪恶的微笑。那些尖叫号哭着的生物就像一片黑压压的蝗虫攀上了天空，它们在花园上空绕了几个大圈后，便飞向四面八方。它们飞向城镇，飞向乡村，飞向全世界，如同瘟疫一般席卷了人类居住的每个角落。

图 26　当潘多拉打开罐子，将疾病、暴力、欺骗、悲伤和欲望释放到世间，人类与神祇的黄金时代便宣告完结了

John William Waterhouse, 1896. Private Collection / Alamy.

这些东西究竟是什么？它们是倪克斯和厄瑞玻斯变异的后裔，两位天神那象征黑暗与邪恶的子女把它们带到世间。它们是欺骗之神阿帕忒、年老之神革剌斯、悲伤之神俄匊斯、责备之神摩墨斯、横死三女神凯瑞斯的孩子，它们是毁灭女神阿忒（Ate）和争端女神厄里斯（Eris）的远方亲戚，它们的名字分别是：代表劳役的珀诺斯（Ponos）、代表饥荒的利摩斯（Limos）、代表痛苦的阿勒贡斯（Algos）、代表无序的迪丝诺美亚（Dysnomia）、代表谎言的普修德亚（Pseudea）、代表争端的尼克亚（Neikea）、代表纠纷的安菲洛格亚（Amphilogiai）、代表战争的马珂海（Makhai）、代表打斗的许丝米纳伊（Hysminai），还有代表屠戮及谋杀的安德洛克达斯娅（Androktasiai）和弗诺伊（Phonoi）。

疾病、暴力、欺骗、悲伤和欲望一旦降临人世，就再也不会离开。

潘多拉不知道的是，由于盖盖子时过于仓促，她将倪克斯的一个女儿永远囚禁在了罐子里。这个小东西从此被永远困在罐中绝望地扑腾着翅膀，它叫厄尔庇斯（Elpis），即希望。[①]

人类的末日与新生

就这样，黄金时代迅速迎来了可怕的末日。如今，死亡、疾病、贫穷、犯罪、饥荒以及战争已成为人类命运中不可避免的一部分，且将永远存在。

不过这一时期，也就是所谓的白银时代并不只有绝望。和今天不同，那时天神、半神及怪物与人类混居。他们和人类交媾，一起生活。由于拥有了火，女性也被允许受孕，人类得以拥有真正意义上完整的家，因此能驱散一部分从潘多拉的罐子里跑出来的恶魔。宙斯俯瞰世间，目睹了这一切。脑中的墨提斯似乎在喁喁细语着，无论宙斯做什么都再也无法阻止人类自立，这里所说的自立可不仅仅是用自己的腿站起来的意思。这让宙斯感到心急。

与此同时，人类仍在尽力对神明表达着敬畏之情。由于学会了使用火，他们便为奥林匹斯诸神献上烤熟的祭品以示顺从与虔诚。

作为第一个女人，潘多拉与厄庇墨透斯生了好几个孩子，其中一个女儿叫皮拉（Pyrrha）。普罗米修斯也有一个儿子，叫杜卡里翁（Deucalion），他的母亲也许是普罗米修斯的生母克吕墨涅，根据其他说法，也可能是海仙女赫西俄涅（Hesione）。

就这样，由男人和女人构成的种族开始繁衍生息。

普罗米修斯一直富有远见[②]，清楚地知道宙斯怒气未消。这位父亲抚养杜卡里翁长大，就是为了准备面对天神那极其可怕的报复。那孩子长到一定岁数后，普罗米修斯开始教他做木工活儿，他们一起造了一个巨大的木箱。

① 关于厄尔庇斯的介绍，见附录中“希望”一节。

② 不过只是远见，不是预言……

这对提坦兄弟喜事临门，他们的孩子皮拉和杜卡里翁相爱并结为连理。现在，普罗米修斯和厄庇墨透斯可以将自己视为这一独立自主的人类文明的开创者。然而，危机始终四伏着，因为那驭雷者一直在奥林匹斯山的王位上伺机而动。

时光飞逝，人类不断繁衍，规模不断扩张，在宙斯看来，这简直形同瘟疫，再也不是自己曾宠爱有加的玩物了。他需要一个借口来给予人类第二次惩戒。这时，人类的第一位统治者、阿卡迪亚的国王吕卡翁（Lycaon）送上了门，这是佩拉斯贡人（Pelasgos）的儿子，佩拉斯吉人（Pelasgian）的名字就是由此而来的。佩拉斯贡人是普罗米修斯捏制、雅典娜赋予生命的第一批黏土塑像，他们有棕色的皮肤、头发和眼睛，人种上应属希腊人。后世希腊人认为佩拉斯贡人的语言和生活方式都颇为野蛮粗俗。之后我们将看到，这个最初出现的种族命运不济，并不能在地中海地区栖居多久。

要么是为了检验宙斯的全知神力和鉴赏力，要么是出于其他残暴的理由，总之，吕卡翁杀死了自己的亲生儿子尼克提缪斯（Nyctimus），将他的肉烤熟，献给前来皇宫赴宴的天神。这令人不齿的恶心行径使宙斯大为光火。宙斯将男孩复活，并把吕卡翁变成一头狼。[①]可是，尼克提缪斯还没来得及继承父位，他的四十九个兄弟就已经把国土蹂躏得一片狼藉了。由于他们的所作所为过于暴力和丑恶，宙斯决定消灭所有人类，并在末日那天聚集云层，将其变作暴风雨，于是，大地顿时洪水滔天，希腊和地中海地区的人类被尽数淹没。

多亏了普罗米修斯的先见之明，杜卡里翁和皮拉幸存了下来，他们坐在木箱上，顺着洪水漂啊漂，撑过了九天的时间。他们不愧是幸存者，因为木箱里还被他们塞满足量的食物和饮用水，还有数件实用的工具和物品。当洪水退去，木箱停泊在帕尔纳索斯山之时，他们便可在洪水过后留下的湿泥和黏土中以此存活。[②]

当世界干得差不多时，皮拉和杜卡里翁（据说其时已八十二岁）终于平安下了山，出发前往位于帕尔纳索斯山底部山谷的德尔斐。他们在那里向忒弥斯请示了神谕，这位提坦女神是位预言家，拥有特殊能力，能给人正确的指引。

---

① 英语中另一个表示狼人的词是 lycanthrope，即希腊语中的“狼人”。

② 这是奥维德的说法。也有资料认为是埃特纳火山或圣山（Mount Athos）。大约同一时期，挪亚方舟停泊在了阿勒山（Mount Ararat）。考古学证实，大洪水可能真的发生过。

“噢，忒弥斯，你是正义、和平与秩序之母，我们恳求你，请给予我们指引吧，”他们呼喊着，“现在世界只剩下我们，可我们年岁已高，无法为这空无一物的世界生儿育女。”

“普罗米修斯和厄庇墨透斯的孩子们，”神谕者沉声诵道，“聆听我的声音，遵照我的旨意。盖住你们的头颅，将你们母亲的骨头扔到身后。”

这对困惑不解的夫妻再也无法让神谕者开口多讲一个字。

“我的母亲是潘多拉，”皮拉坐在地上说，“我想她一定被淹死了。到哪里去找她的骨头？”

“我的母亲是克吕墨涅，”杜卡里翁说，“也有人说可能是海仙女赫西俄涅。无论是谁，她们都是不死之身，还活得好好的，肯定不愿意把骨头拿出来。”

皮拉说：“我们得好好想想，‘你们母亲的骨头’这句话有没有别的意思？我们母亲的骨头、母性之骨……快想呀，杜卡里翁，想想！”

杜卡里翁用一块叠好的布盖住头，坐在妻子旁边，而对方早已把头盖好。他皱着眉头苦苦思索。神谕总是这么敷衍和含糊，他心烦意乱地捡起一块石头，将其丢下山坡。皮拉一把抓住他的胳膊，说：“我们的母亲！”

杜卡里翁瞪大眼睛瞅着她，皮拉用手掌拍打着大地，喊道：“盖亚！盖亚是万物之母，她就是大地母亲！这些就是母亲的骨头，你看……快起来吧！”她边说边开始从地上拾起石块。

于是，杜卡里翁站起身，收集起周围的石头。他们穿过德尔斐以南的田野，遵照指示不断将石头扔向身后，但绝不敢回望一眼，直到他们已经走了相当多的斯塔狄翁[①]。

待回头看时，所见到的景象令他们满心欢喜。

皮拉扔出的石头掉落之处长出了数百名女孩和妇人，她们面带微笑，身体健康，手脚齐全。杜卡里翁扔出的石头掉落之处则长出了许多男孩与男人。

虽然佩拉斯贡人在大洪水中悉数被淹死，但新的种族重新在地中海地区繁衍生息起来。由于诞生自杜卡里翁和皮拉，这一新种族便成为普罗米修斯、厄庇墨透斯、潘多拉的后裔。当然，最重要的是，他们也是盖亚的后裔。[②]

① 关于斯塔狄翁的换算，见附录中“脚和趾”一节。

② 关于他们的故事，见附录中“兄弟俩的花边新闻”一节。

这就是今天的我们，富有远见、不断向前、拥有一切天赋，世上所有的土地也都归我们统治。

死亡

如今，人类分为男性和女性，在地球上繁衍扩张，建造城邦，成立国家。轮船和马车、农舍和城堡、文化和贸易、商人和市场、农业和经济、武器和小麦逐一出现。简而言之，人类文明诞生了。那是国王、王后、王子和公主的时代，是猎人、战士、牧人、制陶工人和诗人的时代。那个时代的关键词是帝国、奴隶、战争、贸易与条约，是献祭、供奉和敬拜。人类挑选中意的男神或女神来保护、代表并守卫自己居住的城镇或村庄。神祇们落落大方地下凡，以原本的形态或以人类与动物的形态对中意他们的人类为所欲为。他们对违逆者施以惩罚，对顺服者给予奖赏，对奉承之词更是百听不厌。

但最重要的是，自从灾祸飞出潘多拉的罐子，人类就不得不面对各种形式的死亡，如猝死、因暴力而死、因疾病而死、因事故而死、因谋杀而死，还有因神的裁决而死。

天神哈迪斯最近很高兴，或者说这是这位阴郁的天神的最佳情绪，因为有越来越多死去人类的亡魂来到他的地下国度。赫耳墨斯获得了新的身份——阿尔希·普绪科蓬（Arch Psychopomp），即“主要的亡魂引导者”。赫耳墨斯以其一贯的充沛精力和顽皮的幽默感履行着这一职责。不过，随着人口的增长，只有最重要的死者有资格得到赫耳墨斯的私人向导服务，其他人都由形象阴森可怖的死神塔那托斯来引领。

一旦人类的灵魂脱离肉体，赫耳墨斯或塔那托斯便会引导他们前往地狱，也就是冥河（仇恨）与阿刻戎河（痛苦）的交汇处。阴郁寡言的卡戎就在那儿向亡魂伸手索要渡过冥河的摆渡费。如果拿不出钱，亡魂就只能在河岸边等上一百年，直到薄情的卡戎愿意把他们渡过去。为了避免被滞留在地狱的边缘，阳间的人习惯在将死之人的舌头底下留点钱，即通常被称为奥波勒斯（obolus）的小银币，以付给摆渡人[①]，好让死者能平安、快速地渡过冥

① 卡戎也愿意收 danake（也拼作 danace），它是一种波斯币，之后并入了古希腊货币体系。

河。收到钱之后，卡戎会把亡魂拽上船，撑起那艘铁锈色[①]的平底船或小划艇，穿过幽暗的水域，来到下船处，也就是说，在通往地狱之前，亡魂先在此会合。一旦死去，凡人就再也不能回到地上。而神祇即使只尝了一小口冥界的食物或饮品，也必须重返地狱之国。

图 27 一旦人类的灵魂脱离肉体，便会被引导着来到冥河（仇恨）与阿刻戎河（痛苦）的交汇处。阴郁寡言的卡戎就在那儿向亡魂伸手索要渡过冥河的摆渡费

Joachim Patenier or Patinir, 1515–24. Prado, Madrid, Spain / Bridgeman.

那么，亡魂的最终目的地是哪儿呢？这似乎完全取决于他们生前度过了怎样的人生。最初，这由哈迪斯亲自仲裁，后来他将这伟大的权衡之职委托给了宙斯和欧罗巴（Europa）[②]的儿子——米诺斯（Minos）、拉达曼迪斯（Rhadamanthus）和萨尔珀冬（Sarpedon），他们死后与其同胞兄弟埃阿科斯（Aeacus）一起被任命为冥界判官。他们将判定某人度过的是英勇的、平凡的还是应受惩戒的邪恶的一生。

英雄、刚正不阿之人以及拥有部分神灵血统的亡魂将被送往至福乐土，它位于被称为幸福之岛或神佑之岛的群岛，具体位置尚未有定论。也许是今天的加那利群岛[③]或亚速尔群岛，要么是小安的列斯群岛，甚至有可能是百慕大。一些晚期资料认为至福乐土就在冥界王国里。[④]根据资料，这里的亡魂可转世三次，每

① 维吉尔在描写埃涅阿斯（Aeneas）的冥界之旅时提到了卡戎船的颜色。

② 宙斯如何勾引欧罗巴的故事之后会讲到。

③ 拜伦在《唐璜》中也认为神佑之岛可能是加那利群岛。

④ 反正不在法国，虽然巴黎有那条著名的香榭丽舍大道，其英文名 Champs Elysées 也意为极乐世界，但并不是法国。

次都是正义、高尚的英雄，让他们有资格死后转去神佑之岛。

大多数人无功无过，一生既不是特别高尚也并非多么卑劣，他们将永远停留在水仙平原，其名取自那里漫山遍野的白色花朵。这些亡魂死后的日子一定非常惬意，因为在抵达那里之前，他们要喝下勒忒河的忘忧水以快乐而淡泊地永生下去，不必受到俗世记忆的烦扰。

那些罪人，如沉湎酒色者、亵渎神明者、作恶多端者、道德败坏者，他们将去向何方？罪孽较轻的将在冥界四处游荡，永远没有感觉、没有力量，无法真正意识到自己的存在。但亵渎神明者罪不可恕，他们将被带入刑罚之地，那里位于水仙平原和幽深的塔耳塔洛斯之间。在那里，他们的罪孽与所受的相应折磨精确匹配，且永远无法摆脱。后文会谈到几位比较著名的罪人，如西西弗斯（Sisyphus）、伊克西翁（Ixion）和坦塔罗斯（Tantalus），这几位可以说是遗臭万年了。

在荷马笔下，逝者的灵魂保留着生前的面貌和形态。某些资料提到了名叫欧律诺摩斯（Eurynomos）的恶魔，他将会与死者见面，像复仇三女神那样把他们的皮肉从骨架上剥去。有些诗人认为冥界的亡魂能开口说话，会与彼此交流生前的故事。

在这个善妒的家族之中，哈迪斯的嫉妒心最强。他无法忍受自己的国度失去哪怕一个亡魂，所以派三头犬克耳柏洛斯守护大门。很少，可以说几乎没有谁能绕过或骗过塔那托斯和克耳柏洛斯，进入地狱后再活着返回人间。

就这样，死亡成为人类必然的命运，至今依旧如此。但我们需要明白一件事，那就是白银时代和今天是截然不同的。天神、半神和各种神界诸仙尚行走在人类之中。与神灵私交、社交或性交，对白银时代的男女而言稀松平常，正如今天的我们与机器或人工智能助手的关系。并且，我敢说，那肯定更乐趣无穷。

普罗米修斯之缚

看着皮拉和杜卡里翁存活下来，看着大地上的石块变成男人和女人，看着一个新的种族壮大起来，宙斯怒不可遏。谁也不能阻挠盖亚的意志，即使是众神之王也不行，因为盖亚所代表的秩序比奥林匹斯诸神更为古老、深沉和永恒。宙斯知道自己无力阻止人类的复兴，但他至少能对付普罗米修斯。宙斯下定决心，让这名提坦神为背叛付出代价的日子终于到了。他从奥林匹斯山俯瞰凡间，发现普罗米修斯正在福基斯协助规划新的城镇，一如既往地奔忙于人类的事务。

神明一眨眼，凡间已过去千年，如今的人类社会已相当繁荣昌盛。其间，普罗米修斯凭借超强的耐心，激励着新一代的人类再次传播文明，他重新传授他们农业、手工业和建筑业的一切技巧和方法。

宙斯化身为鹰俯冲到大地，栖息在一座未完工的神庙的房梁上，那神庙正是为宙斯而建的。普罗米修斯正在三角楣饰上雕刻年轻宙斯的生活场景，他抬头一看，立即明白这只鹰就是他的老朋友。宙斯变回原形，打量着那片浮雕。

“如果这里雕刻的是我和阿达曼忒亚，那整个比例就都错了。”宙斯说。

“这叫艺术加工。”普罗米修斯说道，心却怦怦直跳。这是他盗火后第一次与宙斯对话。

“是时候为你的所作所为付出代价了，”宙斯说，“我可以让百臂巨人把你强行带走，你也可以选择自首，省得兴师动众。”

普罗米修斯放下锤子和凿子，用一块布擦了擦手，说：“走吧。”

他们一路上既不说话，也没有停下歇息，就这样走到了高加索山脉的山脚，黑海和里海在这里交汇。宙斯在这一路上几次欲言又止，想搂着朋友的肩膀，或给他一个拥抱。如果普罗米修斯痛哭流涕地道歉，或许能赢得宙斯的原谅，与他重修旧好。但普罗米修斯什么也没说。宙斯感到难过，感到被利用，这种痛楚再次涌上心头，于是他安慰自己：不管怎样，伟大的统治者都绝不能表现出脆弱的一面，尤其是被亲信背叛的时候。

普罗米修斯用手挡在额头上，抬头望去。他看见三位独眼巨人站在巨大的山坡之上，那是最高峰的一侧。

“我知道你擅长爬山，那就爬吧。”宙斯说道。本想冷冷地讽刺一番，可话说出口，就连他自己都觉得像在嗔怪。

普罗米修斯爬到独眼巨人所在之处。他们让他伸开手脚，背靠岩石，接着便将他绑起来，锁上镣铐，再用坚不可摧的巨大铁钉将镣铐敲入岩石。两只美丽的老鹰从空中滑翔到普罗米修斯面前，挡住了阳光。他能听到热风拂过羽毛的声音。

宙斯朝他喊道：“你将永远被锁在这岩壁之上，无法逃脱，得不到宽恕，永生永世都如此。老鹰每天都要来挖出你的肝脏，正如你挖了我的心，它们会当着你的面吃掉。由于你是不死之身，肝脏每晚都会重新长出来。这场折磨将是永无止境的，痛苦会逐日加剧。你所拥有的只有漫长的时间，好用来反思自己的罪孽多么深重、行为多么愚蠢。你虽然名为‘远见’，但违抗众神之王时却那么不计后果。”宙斯的声音在峡谷和山洞间回响，接着说：“好了，你没什么想说的吗？”

普罗米修斯叹了口气，说："你错了，宙斯。我是深思熟虑后才盗取火种的。我在自身的安危与人类的未来中做了选择。想到他们现在能独立自主，可以继续发展壮大而不必依赖任何神明，甚至不再需要你，就能抚慰我的一切痛苦。"

宙斯凝视着曾经的好友，沉默了很长时间。

"你根本配不上老鹰，"宙斯的语气冷酷得吓人，"让秃鹫来。"

两只雄鹰立即变成了臭气熏天、样貌丑陋的秃鹫。在落地之前，它们围着普罗米修斯的身躯飞了一圈，接着便用剃刀般锋利的脚爪划开这位提坦神的侧腹。伴随着刺耳的象征胜利的尖叫，它们开始大快朵颐。

图 28　宙斯对普罗米修斯喊道："你将永远被锁在这岩壁之上。老鹰每天都要来挖出你的肝脏，正如你挖出了我的心。由于你是不死之身，因此肝脏每晚都会重新长出来。这场折磨将是永无止境的。"

Jacob Jordaens,c.1640.Wallraf-Richartz-Museum, Köln, Germany / Alamy.

普罗米修斯是人类的主要创造者、拥护者和朋友，他教导我们，为我们偷盗火种，又替我们牺牲。可以说，我们都拥有一份普罗米修斯之火，若缺失了它，我们将不复为人。我们应该同情他、敬爱他，但他和那些善妒又自私的神祇不同，他从来不要求人类的敬拜、赞颂和爱戴。

有一件事你知道了也许会心情好一些，虽然普罗米修斯必须遭受这一永恒的惩戒，但有一天将出现一位英雄，他强大到敢于违抗宙斯的命令，解救这位人类的守卫者。

珀耳塞福涅：冥后与四季的诞生

对人类而言，天庭之王宙斯主宰的地球如同一位慷慨的母亲。男人、女人和孩童享用着树上的果实、草中的谷物、水里的鱼儿以及田间的牲畜，一切都唾手可得。繁育和丰收之神德墨忒尔护佑着自然界。即使发生饥荒或农作物歉收，也只是人类自己造成的恶果或者逃出潘多拉之罐的可怕造物的“杰作”，绝不会是神的疏忽。然而一切即将改变，此事与哈迪斯有关。也许这本就是他的计划，增加凡间的亡魂让自己的王国得以壮大。

德墨忒尔与哥哥宙斯生有一个女儿，名叫珀耳塞福涅。这个女孩是如此美丽、纯洁、可爱，天神们喜欢称她为科瑞（Kore）或科拉（Cora），意为“少女”，罗马人叫她普洛塞庇娜（Proserpina）。所有男神，尤其是尚未成家的阿波罗与赫耳墨斯，都爱她爱得神魂颠倒，甚至纷纷向她求婚。于是，护女心切（有人可能会觉得是过度保护）的德墨忒尔把她隐匿在偏僻的乡村以远离天神和精怪的觊觎，无论对方身份尊贵与否，都可以躲过。德墨忒尔想让她和赫斯提、雅典娜以及阿耳忒弥斯一样永葆贞洁，终身不婚。然而，即使德墨忒尔这么想，还是有一位强大的神祇盯上了这位姑娘。

有其母必有其女，天真甜美的珀耳塞福涅最喜欢和大自然共处，花朵和美丽的植物能让她快乐。一天下午，珀耳塞福涅与母亲派来保护她的同伴分开了一小会儿，跑到洒满阳光、鲜花盛开的草地上追逐在花间蹁跹飞舞的蝴蝶。忽然，她听到一阵低沉而巨大的隆隆声。那声音好似滚雷，却仿佛不是来自天空，而是来自脚下的大地。她害怕又迷惑地四处张望，这时大地开始摇撼，她面前的山坡裂开一条缝，一辆巨大的双轮马车从裂口处轰鸣而出。惊恐的姑娘还没来得及转身逃跑，驾车者就一把抓起她，调转车头，驶回了山坡的裂缝之中。等到珀耳塞福涅的同伴惊慌失措地赶过来时，裂口早已合上，连一丝痕迹都没有了。

珀耳塞福涅就这样神秘失踪了，事情发生得既突然又干脆。前一分钟，她还在草地上快活地嬉戏，下一分钟就消失不见了，甚至没有留下一丝线索。

德墨忒尔的绝望难以形容。我们都曾失去珍爱之物，如动植物的死去或丢失珍贵的宝石，我们也都曾因此经历过悲伤、惊恐和愤怒这样几个阶段。可当这种失去发生得如此切身和突然，如此决绝和无法理解，这些情感就会被激化到最强烈的程度。虽然随着时间的流逝，找到珀耳塞福涅的可能性越来越小，但德墨忒尔发誓一定要找到女儿，哪怕耗尽永生之日的每一天也在所不惜。

德墨忒尔向朋友提坦女神赫卡忒（Hecate）寻求帮助。赫卡忒是掌控魔药、密钥、鬼魂、毒药以及一切巫术和魔法的女神①，她拥有两把能照亮地球每个角落的火炬。她和德墨忒尔找遍了所有角落，一次、两次、一千次，照亮了能找到的所有洞穴和暗处，把世界翻了个底朝天，却一无所获。

好几个月过去了。在这期间，德墨忒尔完全疏忽了自己的职责。谷物和果实的成熟、庄稼的播种等一切都没有管，大地颗粒无收。没有种子发芽，没有花苞开放，没有新枝抽出，世界变得荒芜。

奥林匹斯山上的诸神平安无事，但地上的人类饥饿又绝望，他们的哭喊声传到了宙斯耳中。某天晚上，宙斯正和其他天神试图解开珀耳塞福涅的失踪之谜，突然，太阳神赫里阿斯开口了②：“珀耳塞福涅吗？哦，我目睹了事情经过，全都看到了。”

“你看到了？那你为什么不说呀！”宙斯斥责道，“德墨忒尔都快急死了，满世界找她呢，世间都快变成沙漠了。你为什么不说话呀？”

“谁都没问我啊！从来也没有问过我啊。但是我知道的可多了，太阳的眼睛能洞悉一切。”赫里阿斯说出一句阿波罗在驾驶太阳马车的日子里常说的话。

“珀耳塞福涅到底怎么了？”

① 她在莎士比亚的《麦克白》中扮演着重要角色。

② 赫里阿斯的脑袋有多么白痴迟钝，他在太阳马车里就有多么潇洒自如。至于为何他会代替阿波罗成为太阳神，我们将在后文揭晓。

“大地裂开了，有谁驾着马车冒出来把她抓走了……是哈迪斯！”

“哈迪斯！”诸神异口同声地喊了起来。

石榴籽

宙斯立即下到冥界，要把珀耳塞福涅接回来。然而，地下世界的国王根本不愿听从地上世界国王的指令。

“珀耳塞福涅要留下来，她是我的王后。”

“你竟敢违抗我？”

“你是我弟弟，还是最小的弟弟，”哈迪斯说，“你向来想要什么就有什么。我有权留下我爱的姑娘，你无权干涉。”

“哦，是吗？”宙斯说，“世界正陷入饥荒。饥肠辘辘的凡人正在叫苦连天，弄得我们无法入睡。如果不把珀耳塞福涅交出来，你马上就会领教到我的厉害。赫耳墨斯再也不会把亡魂带给你，没有一个灵魂会被送到此地。我要把他们搬去新的至福乐土，或者可能连‘死亡’这一说都干脆取消。冥界将空空如也，你所有的权力、势力和威严都将枯竭，你的名字将成为一个笑柄。”

兄弟俩瞪着彼此，但哈迪斯先眨眼了。

“你这个混蛋！”哈迪斯咆哮道，“再给我一天的时间，然后让赫耳墨斯来接她。”

宙斯志得意满地回到了奥林匹斯山。

第二天，哈迪斯敲响了珀耳塞福涅的房门。敲门这个举动可能出乎你的意料，但事实上，在端庄、自信的珀耳塞福涅面前，就连强大的哈迪斯都会踌躇不定，感到害羞。哈迪斯全身心地爱她，虽然在与宙斯较量的意志力中败下阵来，但他知道自己不会让她走。再说，他发现珀耳塞福涅也有点……让他有点希望，想着她有那么一丝丝在回应自己的爱意吧？

“亲爱的，”哈迪斯开口了，其温柔程度足以让所有熟悉他的神惊愕不已，“宙斯劝我把你送回阳间。”

珀耳塞福涅仰起苍白的面孔，凝望着他。

哈迪斯热切地与她对视。“希望你不要有什么不快，行吗？”

珀耳塞福涅没有回答，但哈迪斯认为对方的面颊有点绯红。

“如果没有不高兴，那就一起吃点石榴籽吧？”

珀耳塞福涅无精打采地从哈迪斯伸过来的手中拿起六颗石榴籽，慢慢地吮吸着其中甘洌的汁水。

赫耳墨斯抵达冥界之时，这位诡计之神发现自己和宙斯反倒成了中计的那一方。

“珀耳塞福涅吃了我王国的果实，”哈迪斯说，“王国有令，凡吃过冥界食物者必须重返冥界。她吃了六颗石榴籽，所以她每年必须回我这里待六个月。”

赫耳墨斯妥协了，他知道只能如此。他牵起珀耳塞福涅的手，带她走出了冥界。见到女儿的德墨忒尔欣喜若狂，世界立刻春暖花开。这欢乐只持续了半年，因为六个月之后，为了遵守神界的铁律，珀耳塞福涅必须重返冥界。母女分离让德墨忒尔消沉抑郁，进而导致树木萧萧落叶，世间死气沉沉。再过六个月，珀耳塞福涅得以离开哈迪斯的领地，于是世间万物再次开始复苏、继续生长。就这样，季节出现了。德墨忒尔在秋季和冬季为女儿的离去黯然神伤，又在春季和夏季为她的归来而欢欣雀跃。

图 29　珀耳塞福涅担任六个月的冥后。另外的六个月，她回到母亲德墨忒尔的身旁，成为代表着丰饶、鲜花与嬉戏的少女科瑞

Frederic Leighton, c.1891. Leeds Museums and Galleries (Leeds Art Gallery) UK /Bridgeman.

至于珀耳塞福涅，她似乎逐渐变得既喜欢阳间的生活，也中意冥界的时光。因为每年的那六个月里，她不是哈迪斯的囚徒，而是名正言顺的冥后。作为备受宠爱的妻子，她与丈夫共同掌握着冥界的绝对权力。另外六个月里，珀耳塞福涅摇身一变，成为欢乐轻快的科瑞，代表着丰饶、鲜花、果实与嬉戏。

世界也因此找到了新的运转节奏。

双性者

白银时代的男女逐渐习惯了需要付出努力和辛劳、伴随着折磨和痛苦的生活，如今这已是人类的普遍命运。与此同时，天神继续生儿育女。赫耳墨斯迅速成长为英俊的青年，并将永远保持青春和美貌。他与宁芙德律俄珀（Dryope）生下了长着山羊脚的自然之神潘（Pan）。[①]他还背着赫菲斯托斯和阿瑞斯，偷偷与阿佛洛狄忒交合。他们的结合可谓天赐良缘，因为生下的是一个可爱至极的男孩，为了向父母双方致敬，这个男孩取名为赫玛弗洛狄特（Hermaphroditus）。

这个漂亮的男孩在伊达山（Mount Ida）的山脚[②]长大，淡水宁芙们负责照看他。十五岁那年，他离开宁芙出去闯荡世界。某个阳光灿烂的下午，当他游历到小亚细亚时，在哈利卡纳苏斯（Halicarnassus）附近，他遇到了正在清泉中戏水的淡水宁芙萨耳玛西斯（Salmacis）。赫玛弗洛狄特虽然长得俊俏，但性格极为羞涩。少年的美貌令宁芙惊艳，她们主动出击，大施媚术，却让男孩极为困惑和不快。

萨耳玛西斯与同族的宁芙不大一样，那些宁芙通常谦逊而勤劳，精心维护着各自负责的溪流、湖泊等水域，可萨耳玛西斯既虚荣又懒惰，宁愿每日懒散地游来游去，欣赏自己的肢体，也不愿与其他淡水宁芙一起打猎或玩耍。然而，赫玛弗洛狄特的美貌让她不再无动于衷，不再珍惜自尊。为了赢得青睐，萨耳玛西斯对男孩大献殷勤。可她越努力，比如在水中裸

① 这是一种说法。不过我更倾向于认为被罗马人称为法乌努斯（Faunus）的潘神比奥林匹斯神更为古老，也许就像自然本身一样古老。在之后的故事里，他会经常出场。

② 有两座伊达山：位于克里特岛的伊达山是宙斯的出生地；还有一座位于小亚细亚的弗里吉亚（Phrygia），即今天土耳其的安纳托利亚（Anatolia），是赫玛弗洛狄特的出生地。

体舞蹈、充满诱惑地揉搓自己的胸脯、在水面咕噜咕噜地吐泡泡等，男孩就越感到不舒服，最后甚至让她离自己远一点。这位宁芙郁闷地离去，内心感觉屈辱且惶恐不已，从未被拒绝过的她讨厌这种滋味。

不过那日天气晴好，为了把这恼人的小妖精打发走，赫玛弗洛狄特出了一身热汗。既然对方已经离开应该就无妨了，于是他脱光衣服，跳进清凉的泉水中想洗个澡舒服舒服。

萨耳玛西斯见此立即在芦苇丛的掩护下游了回来，她像条鲑鱼似的跳到他身上，紧紧钳住那赤裸的身躯。男孩极力反抗，他又扭又甩，连摇带摆地想要挣脱。此时，这位宁芙对着天庭大喊："诸神在上，请让我和这青年永不分开！让我们永远在一起！"

天神听到她的祷告，于是生硬地照字面意思给予了回应，他们好像特别喜欢这样做。转瞬之间，萨耳玛西斯和赫玛弗洛狄特确实在一起了，他们融合在了一起——一个躯体有两种性别。从此再也没有淡水宁芙萨耳玛西斯或青年赫玛弗洛狄特，只有一个双性者，即雌雄同体者。虽然罗马人将其视为无序，认为这违背了社会规范，可思想更为开化的希腊人却对其给予褒奖、庆祝甚至崇拜。从雕像、陶器上的绘画以及庙宇的横楣中可以看出，罗马人所畏惧的，似乎却被希腊人敬仰。[①]

赫玛弗洛狄特便以这样的新形态成为厄洛特斯（Erotes）之一，有关他们的故事，我们即将一一道来。

赫耳墨斯[②]还同一位不知名的宁芙生下了狮鼻驴尾的好色之徒西勒诺斯（Silenus），他之后长成一个留着胡子、大腹便便、眉头紧锁的老酒鬼，其形象常出现于绘画、雕塑以及酒器雕花中。我们很快就要与他见面。

神祇在繁衍，人类也在繁衍。和神祇一样，神圣之火也成为人类本性的一部分，这就意味着人类不仅和他们一样拥有欲望、拥有交配或繁殖的能力，也有了爱的能力。

正如希腊人理解的那样，爱是非常复杂的。

① 赫玛弗洛狄特这类表现双性形象的珍品早年在许多世界著名博物馆中都属于秘而不宣之物。直到牛津的阿什莫林博物馆（Ashmolean Museum）和其他先进机构举办的展览，它们才得以重见天日，掀起了重新探索这一被忽视的领域的风潮。与此同时，整个社会也对流体性别（流体性别，又称"流性人"，性别认同的一种，他们既可以是男性也可以是女性，其性别没有局限，处于动态变化之中。——译者注）有了更深的理解。

② 也有可能是潘神。

丘比特与赛姬：野兽与美女

希腊人将复杂难懂的爱拆分开来，为每种爱分别命名，并指派不同的神作为代表。阿佛洛狄忒是至高无上的爱与美之神，有一群长着翅膀的裸体小神作为随从伴其左右，他们就是厄洛特斯。与哈迪斯和冥界的那一批神一样，自从人类自立并蓬勃发展以来，厄洛特斯就突然变得繁忙了起来。每一位厄洛特斯都有一种特别的性爱论想要传播和推广。

安忒洛斯（Anteros）：无私之爱和无条件之爱的年轻守护神。①

厄洛斯：厄洛特斯的领导者，肉体之爱和性欲之神。

赫蒂洛葛斯（Hedylogos）：情话与甜言蜜语之神，现在代表的应该是情人节卡片、情书和爱情小说。

赫玛弗洛狄特：女性化的男性、男性化的女性以及今天我们所说的流性人的守护神。

希莫洛斯（Himeros）：绝望与冲动之爱的化身，象征着等不及要被满足的、随时可以爆发的爱欲。

① 沙夫茨伯里纪念碑（Shaftesbury Memorial）是伦敦皮卡迪利广场（Piccadilly Circus）的焦点，这座著名的铝制雕像由阿尔弗雷德·吉尔伯特（Alfred Gilbert）创作。实际上它所表现的并不是厄洛斯，而是安忒洛斯。作者精心选择这一形象为的是歌颂不求回报的无私之爱，这份含义正适用于纪念第七任沙夫茨伯里伯爵，他在慈善方面有许多伟大的成就，例如敦促废除童工、改革与精神病患者相关的法案等。

海门纳埃斯（Hymenaios）：洞房和婚礼音乐的守护神。

波索斯（Pothos）：代表无声的向往，是对离去或已逝者之爱的化身。

其中最具影响力和破坏性的便是厄洛斯，他仗着自己的神力到处恶作剧，制造纠纷。关于他的来历和身份有这样两个故事。一个讲的是在宇宙诞生之初，倪克斯生下巨蛋，孵出了厄洛斯。他从蛋里蹦出来，播下宇宙间一切生命的种子，因此他可以算作开启世界大门的第一批原始神灵之一。但古典时代的研究学者普遍认为，他是阿瑞斯和阿佛洛狄忒的儿子。厄洛斯的罗马名是丘比特，他常被描绘成一个笑嘻嘻的长着翅膀的小孩的样子，手持银弓，似要射箭。这一极具辨识度的形象流传至今，让厄洛斯成为古典时代最容易被认出的神祇。

“贪欲”（cupidity）和“色欲”（erotic desire）这两个词都与厄洛斯有关，因为被其箭矢射中的后果就是瞬间不可自拔地陷入爱河。丘比特的箭会使“受害者”爱上中箭后看到的第一个人甚至是野兽。[①]厄洛斯是如此变幻莫测，如此喜欢捉弄人心，如此让人摸不透，又是如此残忍，恰如爱情本身。

爱，爱，爱

希腊人用来描述爱的词至少有四个：

阿伽沛（Agape）：这是一种最伟大、最慷慨的爱，可称之为“慈爱”。它可以指代任何一种神圣的爱，如父母对孩子的爱，或者信徒对其崇拜的神明的爱。[②]

厄洛斯：这种爱是以那位神明来命名的，或者说那位神明是以这种爱来命名的。它比喜

① 美国著名灵魂乐歌手山姆 · 库克（Sam Cooke）在歌曲《丘比特》中写道：“丘比特，拉满你的弓，射出你的箭吧，对准我爱人的心房，为了我，为了我……”

② 《圣经 · 哥林多前书》第十三章的最后一句为“如今常存的有信，有望，有爱；这三样，其中最大的是爱”。原文是希腊语，《圣经》（钦定本）将其中的“爱”译为 charity，之后的现代译本则简单译作 love。

欢更加强烈，但又没那么至爱。爱欲和色欲给我们带来光荣和羞耻，让我们登上幸福的顶峰，也跌入痛苦的深渊。

菲利亚（Philia）：这种形式的爱适用于友爱、偏爱以及喜爱。在 francophile（亲法国者）、necrophilia（恋尸癖）和 philanthropy（慈善）等词中能看到其痕迹。

斯托耳格（Storge）：用来表达对国家或球队的忠诚与爱。

虽然后世的文艺复兴和巴洛克艺术家将厄洛斯绘制成我之前描述过的样子：一个活泼爱笑的胖娃娃，有时还蒙着眼，这足以说明他射箭时相当任性和随意。可在希腊人眼里，他是一名年轻力壮的优秀青年，被视为男同性之爱的代表神和守护神，也是体育馆和田径场的代表神。他的代表物有海豚、小公鸡、玫瑰、火炬以及里拉琴，当然，还有弓和整袋的箭矢。

关于肉体之爱和灵魂之爱，厄洛斯和赛姬（Psyche）那段著名的传说也许早已家喻户晓，我无须多费口舌来诠释或解读。不过，我认为讲述它的最好方式是把它当成一个神话故事，不是寓言、象征或隐喻，而只是一个故事。它的叙事节奏和剧情转折会让我们联想起后世许多的冒险类故事或童话，比如《美女与野兽》和《灰姑娘》，这也许与它的来源有关。这个故事来自古罗马作家阿普列乌斯（Apuleius）所著的《金驴记》（*The Golden Ass*），许多人认为这本书最有可能是史上首部小说。[①]由于这个故事对西方世界的思想、民间文学及艺术影响深远，更不必说故事本身也极富魅力，因而希望读者允许我以较长的篇幅再讲一遍。

① 阿普列乌斯活跃于公元 2 世纪，他来自北非，但用拉丁语写作，因此其笔下的厄洛斯是丘比特（另一种写法是 Amor，即拉丁语中的“爱”），阿佛洛狄忒是维纳斯，赛姬是阿尼玛（Anima）。阿尼玛这一拉丁语译法不仅有原词中“灵魂”的含义，还有“生命的呼吸”，即“富有生气”之意。若照字面意思来翻译阿普列乌斯的作品，会得到一个颇具讽喻意味的故事，像是“爱对灵魂说，你不可以看我”“灵魂逃离了爱”之类的。

赛姬

很久很久以前，在一片名字现已失传的土地上，住着一位国王和一位王后，还有他们三个漂亮的女儿。我们称国王为阿里斯蒂得斯（Aristides），王后为达玛丽斯（Damaris）。两个年纪较长的女儿分别叫卡兰德（Calanthe）和佐娜（Zona），她们都是备受爱戴的美人，小女儿赛姬的美貌更是出类拔萃，以至于王国中有不少人不再信仰阿佛洛狄忒，改而敬拜这个年轻的女孩。阿佛洛狄忒是一位嫉妒心和报复心都很强的女神，她不能容忍竞争对手的存在，更不能容忍竞争对手是一个凡人。于是她将儿子厄洛斯召唤过来。

“我要你去找一头猪，”阿佛洛狄忒对厄洛斯说，“要全世界最丑陋、毛最多的猪。然后你把这头猪带到赛姬居住的宫殿，用箭射中她，确保她第一眼看到的就是那头猪。”

厄洛斯一贯对母亲言听计从，于是就这么高高兴兴地出发了。他从一位住在宫殿附近的养猪人那儿买了一头毛又粗又硬、气味特别难闻的公猪，在当天晚上从窗户爬进了赛姬的卧室。你都想不到这位身材修长又矫健的神明有多么粗心大意，他竟然试图把猪夹在胳膊底下悄悄地爬进去。

很快，一连串事情发生了。

厄洛斯安然无恙地进到洒满月光的房间，赛姬在安静地熟睡。厄洛斯的双腿紧紧夹着那头猪，他的手往后摸，想从箭袋拔出一支箭。这时，猪突然尖叫起来。厄洛斯正在拉弓，他一慌，箭头恰好划破了自己的胳膊。赛姬被惊醒，点燃一根蜡烛。厄洛斯看到了赛姬，于是深深地爱上了她。

无巧不成书，爱神的箭射中了自己。你也许以为，接下来他会拿一支箭射向赛姬，好让这件事有个圆满的结局。不过，厄洛斯没有让这故事落入俗套。他的爱是那么真切、纯粹，以至于从未想过强迫赛姬也爱上自己。他最后深情地看了赛姬一眼，转过身，跳出窗户，消失在茫茫夜色中。

这时，赛姬看着一头猪在卧室地板上一边哼哼一边疯狂打转，认为自己肯定是在做梦，于是吹灭蜡烛，躺回去继续睡起觉来。

图 30　厄洛斯与赛姬，丘比特与阿尼玛，分别象征爱与灵魂

Francois Edouard Picot, 1817. Louvre, Paris / Bridgeman.

预言和遗弃

第二天一早，国王阿里斯蒂得斯吓了一跳，因为仆人报告说他的小女儿似乎把自己的闺房变成了猪圈。国王和王后已经够头疼的了，与早就嫁给有钱地主的两个女儿卡兰德和佐娜不一样，赛姬固执地拒绝婚嫁。如今，赛姬居然和猪厮混到了一起，国王为此下定决心前往阿波罗神庙卜问女儿的未来。

献上祭品并祷告完之后，祭司给出答复："为你的孩子戴上花环，将她抬至高地，把她放在岩石上。来接她做新娘的将是大地、天空和海洋中最危险的生物，连奥林匹斯诸神都要畏惧三分。这是她的宿命，你们必须遵行。如若不然，那物将会毁掉你的国土，并带来纠纷与绝望。而你，阿里斯蒂得斯，将被称作人类幸福的终结者。"

十天之后，一支古怪的队伍从镇子里蜿蜒行出。头戴鲜花、身着白纱的赛姬坐在高举起来的轿子上，心情苦闷却也无可奈何。她已经听说了神谕者的话，也接受了命运的安排。那所谓的美貌一直让她烦恼，她讨厌因此带来的麻烦与是非，讨厌人们在她面前的表现，这让她觉得自己像个怪物一样与他人格格不入。她原本打算永不嫁人，但如果必须嫁，贪婪的野兽和像傻瓜似的瞪着眼、光会拍马屁的无趣王子也差不了多少，至少野兽施加给自己的痛苦很快就能结束。

队伍里的人悲伤不已，哭哭啼啼地沿着山坡艰难行进，终于来到了巨大的玄武岩旁，赛姬将要被放在这块石头上用于献祭。母亲达玛丽斯号啕大哭，国王阿里斯蒂得斯表面上抚摸着她的手，心里却恨不得身在别处。卡兰德和佐娜也在场，身边站着她们无趣、年长但有钱的丈夫，两个人都极力掩饰着内心深处的满足感，因为她们知道自己很快就要顺理成章地成为全国最美的人了。

被绑上石头的时候，赛姬闭上了眼睛，做着深呼吸，任由人们尽情地号哭，表达着他们的悲伤，她安慰自己所有折磨和痛苦很快就要结束了。

人们一边唱着献给阿波罗的赞歌一边下山，把赛姬独自留在岩石上。太阳照耀着她，云雀在蓝天中鸣叫。在她的想象中，强暴和死亡一定伴随着翻腾的云、呼啸的风、鞭子般的狂雨和可怕的惊雷，可她从没想过现在的天气会是这样阳光和煦，充斥着鸟儿此起彼伏的啁啾，完全是一派大好的暮春景象。

这个东西会是什么？会是谁？如果父亲准确地转述了神谕，那么就是说连高高在上的奥林匹斯神都怕它。然而，赛姬从小到大听过的传说和野史都没有提到过如此可怕的怪物，就连提丰和厄客德娜都不能震慑伟大的天神。

突然，一阵温暖的微风吹动了赛姬白色的婚纱。风力逐渐变强，就像往她身下冰冷的玄武岩里塞进了一层“空气软垫”。赛姬惊讶地发现自己被抬了起来。风儿几乎成了某种实体，托着她，紧紧裹着她，把她举到空中。

前往魔法城堡

赛姬在高空中飞起来，用强壮又温柔的臂膀稳稳托住她的正是西风之神仄费洛斯（Zephyrus）。

赛姬暗想：“这不是我们都该害怕的野兽，他一定是那野兽的传令官和使者，现在正把我带向末日呢。好吧，至少这样还挺舒服的。”

赛姬俯瞰着那座从小居住的城邦。一切看起来都是那么小，那么整洁，一点也不像她熟悉并厌恶的杂草丛生、气味难闻、乱七八糟的城镇。仄费洛斯加快速度往上爬升。很快，他们越过山岭，穿过峡谷，飞过蓝色的海洋和一个又一个的岛屿，最终到了一个她不认识的国度。那地方土壤肥沃，森林茂密。他们缓缓下降，赛姬看见林中空地上伫立着一座华丽的宫殿，宫殿的四角建有圆塔，塔尖上缀着塔楼。风儿将赛姬轻巧地放下，赛姬迈开步子，踏上鲜花盛开的草地，站在两扇金色的大门前。随着一声轻啸，风神飞走了，留下赛姬独自一人。她没有听到号叫、狂吼或贪婪的咆哮，只有一阵乐声远远地从宫殿飘来。她试着往前走，大门随之洞开。

对赛姬所在国家的平民百姓而言，她从小居住的皇宫已经相当富丽堂皇了，但与现在走进的这座华美而梦幻的庞大建筑相比，那简直像简陋的茅屋。赛姬一边往里走，一边不停地惊叹，眼前是一根根由纯金、香橼木和象牙制成的柱子，嵌板上的纯银浮雕工艺复杂而精美，完全超乎她的想象，还有那堪称完美的大理石雕像，简直是栩栩如生。大厅和走廊里暗金浮动，阳光耀眼，她脚下由宝石拼就的地板闪烁着。赛姬越往宫殿深处走，那神秘的乐音就越清晰。她经过一座喷泉，清澈的泉水以不可思议的弧度跳跃着，它们变幻着形状，完全不受重力的限制。此外，她还听到了女性的细语。如果这不是梦境，那么这肯定是神祇居住的宫殿。没有任何凡人，更不可能有任何野兽配得上如此绝美的住所。

赛姬来到了宫殿中央一个四四方方的房间，那里的嵌板上绘制着天神的诞生以及提坦之战的场景，空气中飘满了檀香、玫瑰以及辛香料的气味。

听到的、见到的和遇到的

那细语和乐声似乎到处可闻，却又无处寻觅，然而一瞬间，它们都停住了，沉寂了一会儿，一个温柔的声音对赛姬说："赛姬，赛姬，不要害羞，不要像受惊的农牧神那样瞪着眼睛发抖。难道你不知道这一切都属于你吗？这些美物、这些宝石、这富丽堂皇的宫殿以及周围的土地都属于你。从那道门进去沐浴吧。你所听到的声音来自你的女仆，她们会听从你的吩咐。等你准备妥当，我们将为你举办盛宴。欢迎你，亲爱的赛姬，欢迎你，请尽情享用。"

迷茫的女孩走进下一个房间。宽敞的内室悬挂着壁毯和丝绸，黄铜支架上燃烧的火把照亮了四周。房间一头摆着闪光的铜浴缸，正中间是一张尺寸惊人的大床，床架由打磨过的柏木制成，周围环绕着香桃木，床单上洒满了玫瑰花瓣。赛姬累坏了，她的脑子一片混乱，什么都想不明白，于是她躺在床上闭上双眼，希望睡醒就能脱离这奇怪的梦了。

可醒过来后，赛姬却发现自己仍在梦中。她从柔软的织锦靠垫中坐起身，看见浴缸正冒着热气。于是她脱去衣裳，踏进了水中。

这时，一切变得更加不可思议了。

浴缸旁，一只银瓶浮了起来，它在空中舞动着，将所盛之物注入水中。还没等赛姬惊讶地叫出声，一种说不出是什么的馥郁香气又飘入她的鼻中。现在，一支象牙柄的浴刷正刷洗着她的后背，一壶热水淋湿了她的秀发。一双看不见的手按着她，抚着她，敲着她，给她挠着痒痒。赛姬像个小女孩似的咯咯直笑，任由它们摆布。这究竟是真实世界里的梦，还是梦中真实的片段似乎已经不再重要。她决定享受这次奇遇，看看之后还会发生什么。

织锦的、绸的、缎子的以及丝质的衣服从隐蔽的衣橱飞出，落到床上，在赛姬身旁闪闪发光，沙沙作响，期待被挑中。她选了一件青金石蓝的雪纺长袍，它宽松、舒适，还有点性感。

房门打开，赛姬羞怯地来到主厅。桌上正摆着丰盛的宴席。一双看不见的手忙前忙后，呈上一碟碟水果、一杯杯花蜜酒、一盘盘颇具异域风情的烤串，还有一份份蜜饯。赛姬从未想象过也从未见过如此飨宴。她大快朵颐，情不自禁地发出愉快的喊叫。就连她父母农场里的小猪猡在食槽里呼哧呼哧大吃特吃的模样，也没有现在的她这般纵情和恣意。水晶的、银的和金的魔法容器不断被重新填满，那速度就像赛姬把它们再次吃光一样快。会飞的纸巾为她擦拭染酒的嘴唇和沾满食物的下巴。在她忘情吃喝之际，看不见的唱诗班正唱着人类喜欢的轻柔的摇篮曲和颂歌。

终于，赛姬吃饱了，一阵舒适的暖意悄然袭来。哪怕吃得胖成一个巨妖，她也心甘情愿。

这时，餐桌上的蜡烛浮了起来，把赛姬领回卧房。闪烁的火炬和柔和的油灯纷纷熄灭，房间几乎一片漆黑。看不见的手将她温柔地带到床边，为她脱去雪纺长袍。她裸着身子躺进丝绸床单，闭上了双眼。

很快，赛姬猛地惊醒，因为有谁或有什么东西悄悄地溜上了她的床。她感觉自己的身体被轻柔地向其拉近，甜美温暖的呼吸就在她唇边。她碰触到的身体不是野兽，而是一名男子。他没有胡须，而且即使没有看到她也知道，这名男子非常俊美。她甚至连对方的轮廓都看不见，只能感觉到那灼热而又年轻的紧实肌肤。他吻上赛姬的唇，就这样与她缠绵在了一起。

第二天早上，床铺空空如也，看不见的女仆再次服侍赛姬沐浴更衣。漫长的一天即将过去，赛姬终于鼓足勇气，开口问道："我这是在哪儿？"

"怎么了？您在这儿呀，殿下。"

"那么这里是哪儿？"

“这里离你的家乡很远。”

“谁是这宫殿的主人？”

“您就是女主人。”

答非所问，赛姬于是不再逼问。她知道自己身处魔法之地，女仆们肯定要受制于这里的规则和要求。

当晚，在一片漆黑之中，那名英俊的年轻男子再次来到赛姬的床上。她想与他说话，但对方把一根手指放在她的嘴唇上，女孩听到：“嘘，赛姬，别问问题。爱我吧，就像我爱你那样。”

渐渐地，随着时间的流逝，赛姬发现自己的确深深爱上了这名未曾谋面的男子。他们每晚尽享鱼水之欢。早晨醒来时，这名男子却已离去。

宫殿是那么金碧辉煌，赛姬的女仆也尽心服侍。赛姬已经应有尽有，享有最上等的食物，无论走到哪里都有乐声相伴。但在甜蜜的良宵之前是孤独的白天，她简直度日如年。

那每晚与赛姬相伴的“怪物”，你应该已经猜到了，就是爱神厄洛斯。他被自己的箭刺中，爱上了赛姬，这份爱在经历了许多个如胶似漆的夜晚之后变得更深。神谕说厄洛斯让诸神畏惧，这话没错，因为每位奥林匹斯神都曾被厄洛斯征服。也许他真的是怪物：既贪婪残忍，又体贴甜蜜。一天晚上，当他们一同躺在黑暗之中时，他发现赛姬有点闷闷不乐，于是温柔地问道：“亲爱的妻子，你在烦恼什么？”

“你给了我那么多，我真不愿意说这些，但是我在白天真的很孤独。我想念我的姐姐们。”

“你的姐姐们？”

“卡兰德和佐娜。她们以为我已经死了。”

“和她们待在一起只会变得不幸。她们会感到痛苦、绝望，你也一样。”

“可我爱她们……”

“我跟你说了，你只会感到痛苦、绝望。”

赛姬叹了口气。

“相信我，”厄洛斯说，“不让你见她们是为你好。”

“那你呢？我为什么不能见你？我为什么不能看到自己深爱的面孔？”

“这件事你不能过问。永远不能。”

日子一天天过去，厄洛斯发现即使有美酒美食，有音乐和魔法喷泉，有迷人的乐音，赛姬依然日渐憔悴。

“高兴点吧，亲爱的！明天就是我们的周年纪念日了。”厄洛斯说。

一年了！已经过去整整一年了吗？

“作为礼物，我会满足你的心愿。明天一早，我的朋友仄费洛斯会在宫殿外等候，他将带你去你想去的地方。不过请小心，别让自己和家人的生活有太多牵连。而且你必须保证绝不对他们谈起我的事，一个字也不许提。”

赛姬做了承诺，他们拥抱彼此，度过了周年纪念的春宵。她从未感受过如此强烈的爱意和肉体欢愉，对方也感受到了同样的激情和爱。

第二天早上，赛姬醒了过来，一如既往，床铺空空如也。她急不可耐地让女仆服侍着穿衣打扮，享用早餐，然后兴致勃勃地跑到宫殿大门外。刚踏出门，仄费洛斯就翩然而至，用强壮有力的臂膀带着她往远方飞去。

姐姐们

与此同时，在赛姬的诞生地，人们也在悼念她的“诞辰”，悼念她被传说中看不见的怪物捉走。国王阿里斯蒂得斯和王后达玛丽斯领着悼念的队伍来到那块玄武岩所在的山坡，他们的女儿当初正是被绑在这里，所以那岩石被命名为“赛姬之石”以资纪念。悼念过后，卡兰德和佐娜两位公主留了下来，她们对众人大声说想留下来单独哀悼。

等人群散去，她们便扯开黑色的面纱，哈哈大笑起来。

“想象一下带走赛姬的是个什么鬼东西吧。”佐娜提议道。

“像复仇女神那样长着翅膀……”卡兰德说。

“有一双铁爪……”

“口吐烈焰……”

“巨大的黄色尖牙……”

“满头蛇发……”

“还有一根大尾巴……那是什么？”

强风忽起，她们转过身去。眼前所见令她们惊恐地大叫起来。

妹妹赛姬正站在她们面前，穿着镶有金边的闪亮白袍，容光焕发，美得无与伦比。

“可是……”卡兰德开口说道。

“我们以为……”佐娜张口结舌。

二人一齐喊出了声：“妹妹！”

赛姬走向她们，伸出双手，脸上洋溢着甜美的微笑，一片姐妹情深。卡兰德和佐娜一人拿起赛姬的一只手吻了一下。

“你还活着！”

“所以说……所以说……”

“这裙子肯定非常昂贵，我是说它看起来……”

“还有你……”佐娜说，“是这么……这么……卡兰德，那句话怎么说来着？”

“幸福？”赛姬说。

“差不多，”赛姬的姐姐们附和着，“反正你看起来像是有点什么。”

“不过快告诉我们，最亲爱的赛姬……”

“到底发生了什么？”

“我们正在悼念你呢，可是为你哭得肝肠寸断啊。”

“这裙子是谁给你的？”

“你是怎么从石头上下来的？”

“这是纯金的吗？”

“是不是来了一个怪物？还是野兽？巨妖？”

“瞧瞧这料子。”

“也许是条龙？”

“你是怎么让裙子不起皱的？”

“它有没有把你带回老巢？”

“你的发型是谁打理的？”

“它是不是想把你生吞活剥了？”

“这不会是真翡翠吧？是吗？”

赛姬笑着举起一只手，说：“亲爱的姐姐们！我会告诉你们一切。而且，我要让你们亲眼瞧瞧。来吧，风儿，带我们去吧！”

两位姐姐还没明白怎么回事，她们三个就被托了起来，在空中飞快地前进，西风把她们牢牢地抱在怀里。

“别挣扎，放轻松。”仄费洛斯带她们掠过山峦时，赛姬这样说道。于是，佐娜的号叫声开始变小，卡兰德的呜咽也变为抽泣。没过多久，她俩就能睁开眼睛而不是尖声大叫了。

风终于把她们放到了魔法宫殿门前的草地上，卡兰德志满气娇地说这才是行路的正确方式。“谁还想要蠢马拉着的叮铃哐啷的破马车？现在开始，我也要御风而行……”

可佐娜没在听，她目不转睛地盯着这座宫殿，那墙壁、那塔楼、那镶着银的大门，在晨光照耀下灿烂无比。

“进来吧。”赛姬说。要让亲爱的姐姐们参观自己的新家，她感觉非常激动。可惜她们不能见到自己亲爱的丈夫。

将两位姑娘的反应仅简述为赞叹不已简直是在犯罪。她们穿过装饰着银质嵌板的走廊和镶满宝石的过道，从一个金色房间走到另一个金色房间，这一路自然是连连吸气，张大了嘴，傻笑着，摇着头，不停地啧啧称奇。不过，她们皱起来的歪鼻子似乎在说，自己见过更豪华的场面。

“就是有点俗，亲爱的，你觉不觉得？”佐娜分析道。但在心里对自己说：这简直就是神明的家！

卡兰德则在盘算：我如果蹲下来假装系鞋带，就能从那把椅子上镶的红宝石里抠出一颗来……

当看不见的管家、男仆和女仆开始服侍她们吃午餐时，姐姐们再也掩饰不住心中的惊奇。饭后，两人轮流被涂上精油，沐浴按摩了一番。

尽管一直被逼问宫殿主人的具体信息，赛姬却记着自己的承诺，匆忙编了几句以搪塞过去。

“他是一个很英俊的猎手，是这儿的主人。”

“他叫什么名字？”

“眼神特别温柔。”

“所以说他叫……”

“他很遗憾不能与你们见面，他白天总得带着猎狗去田地里。他很想见见你们，也许下次吧。”

“好的，不过他怎么称呼？”

“他……他其实没有名字。”

“什么？”

“嗯，他有名字。他当然有名字，人人都有名字，佐娜，我是说真的！但他不怎么提自己的名字。”

“可那名字是什么呢？”

“哎呀天哪，快！马上就要天黑了。仄费洛斯不能在夜里带着你们飞……快来，亲爱的姐姐们，带点小东西回家吧。这儿有一小撮紫水晶，还有一些蓝宝石，还有一点金子和银子……记得分点礼物给父亲和母亲。”

姐姐们带着满兜子珍宝被送了回去，赛姬站在原地与她们挥手告别。看到她们离开，她多少松了口气，但又有点难过。她喜欢有姐姐们做伴，也愿意带她们参观，送她们礼物，但因为决心遵守对丈夫许下的承诺，所以她不得不回避姐姐们的问题，这让自己有点精疲力竭。

回到家中的姐姐们虽然拥有了漂亮的珠宝，却满心的嫉妒、憎恨和愤怒。她们的小妹妹，又蠢又自私的赛姬，现在竟然拥有了女神般的待遇，怎么会这样？这一点都不公平，赛姬那个家伙真是骄纵、虚荣、丑陋！好吧，也许不丑。赛姬的漂亮也许可以说肤浅、俗气，但根本无法和自己高贵的美貌相提并论。总之，这一切简直不合理到令人发指：这里头绝对有某种邪恶的巫术在捣鬼，赛姬怎么可能不知道宫殿主人的姓名？

“我的丈夫萨托的风湿病已经越来越严重了，”卡兰德说，“我每天晚上都得一根根地给他按摩手指，还得给他敷上草药，贴上膏布。简直恶心透顶，完全有失我的身份。”

佐娜说：“你以为你生活在地狱里？我的丈夫沙利翁秃得像颗洋葱，他还有口臭，他的性能力就像一头死猪。可赛姬……”

“那个自私的淫妇……”

姐姐们抱在一起，痛哭流涕。

那晚，赛姬的爱人厄洛斯给她带来了一个天大的好消息，赛姬正对他表达着满怀的感激，并告诉他自己如何避免向姐姐们谈起他，厄洛斯将手指放到她的唇上。

“真乖，你是个值得信赖的女孩。我怕你的姐姐们会对你不利，不过你开心就好。我要让你更开心。”赛姬感到厄洛斯温暖的手掌正沿着她的胸口往下滑，温柔地抚摸她的肚子。“我们的孩子正在这里呢。”

赛姬大吃一惊，她紧紧拥抱着厄洛斯，高兴得说不出话来。

厄洛斯说："如果你能保守秘密，那么这孩子就会成为神祇。可如果你说出去，那他就会成为凡人。"

"我能保守秘密，"赛姬说，"不过在孕肚变得明显之前，能不能让我再见一次卡兰德和佐娜？至少和她们道个别。"

厄洛斯很困窘，但不知该如何拒绝这样合情合理的请求，所以只好同意。

"仄费洛斯会给她们信号，接她们过来，"厄洛斯靠近赛姬吻了吻她，"但是请记住，一个字都不许提到我和我们的宝宝。"

一滴油

第二天一早，仄费洛斯的气息把卡兰德和佐娜弄醒，就像一只饿坏了的宠物狗正呼哧带喘地用爪子扒拉床。当她们睁眼坐起，风神已经离去。两人凭着本能、贪念以及与生俱来的狡猾明白了个中含义，赶紧来到那块玄武岩前等着被带走。她们下定决心，这次必须把关于妹妹爱人的谜团弄个水落石出。

当她们降落到宫殿前时，赛姬正在那里迎接。姐姐们与妹妹深情相拥，她们隐藏起对赛姬的疯狂嫉妒，装出一副关切的样子问候妹妹，并总是摇头。

所以，当她们坐下来享用有水果、蛋糕和花蜜酒的早餐时，赛姬颇有些不解地问："出什么事了，卡兰德？为什么这么忧伤，佐娜？见到我你不开心吗？"

"开心？"卡兰德哽咽着。

"要是开心就好喽。"佐娜叹了口气。

"哎，孩子呀，"卡兰德抱怨道，"你太年轻，太天真，不懂得世事艰难呀。"

"你太容易被人利用了。"

"我不明白。"

姐姐们对视一眼，像是在权衡要不要揭露那残酷的真相。

"如果谈得上了解的话，你有多了解那个……那个每晚来找你的东西？"

"你不能称他为东西！"赛姬抗议道。

"只能称他为东西啊。神谕已经预言了，他是一个怪物。"

"肯定长了鳞片吧，"佐娜说，"没长鳞片的话，那肯定长了很多毛。"

"他根本不是那个样子，"赛姬很气愤，"他年轻貌美，温柔善良。他的皮肤柔软，肌肉紧实……"

“他的眼睛是什么颜色？”

“呃……”

“他是金发还是黑发？”

“亲爱的姐姐们，”赛姬说，“你们能保守秘密吗？”

卡兰德和佐娜立即凑过来，充满爱意地拍拍妹妹。

“我们能不能保守秘密？这是什么话呀！”

“事情是这样的，”赛姬说，“嗯，其实我并不知道他具体长什么样子。我从没见过他，嗯……只是……只是摸过他。”

“什么？”卡兰德大吃一惊。

“你的意思是，你连他的脸都没见过？”

“他坚持说我不能看到他的样子。他在夜最深的时候来到我身边，躺到床上，然后我们……嗯……我们……你知道的……”赛姬的脸红了，“但我能摸出他的轮廓，那绝不是怪物的身子，那是一个优秀的、了不起的男子。不过，一到早上，他就离开了。”

“哎呀，你这个笨蛋！”佐娜嗤笑着，“你难道不知道吗……”她忽然停住了，好像很害怕继续说下去。

两位姐姐悲伤地交换了一下眼神，像是心领神会了一样。

“哎，亲爱的……”

“赛姬不知道呢！”

卡兰德的回应像笑，也像叹息。

赛姬困惑不解地看着她们两个，说：“知道什么？”

卡兰德搂着妹妹开始解释，佐娜则在旁边添油加醋，随声附和。“有一种最邪恶、最可怕的怪物，阿波罗的神谕所预言将吞噬她的，正是这种怪物！它们法力无边，这些法力曾展现过，那是它们的标志，所以全世界无人不知，无人不晓！其中一种法力，比方说，能变形，变成极具欺骗性的样子，变成让少女为之战栗的迷人模样，不过这只是为了骗取无辜、愚蠢女孩的信任，以便有朝一日在她们肚里播下怪物的孽种，而可怜的女孩根本不懂这类事情，然后她们就会生下新的怪胎，一只更可怕的怪物，一只异种。这就是那些怪物传宗接代的方式，好让自己的可怕种族得以延续。”

赛姬举起一只手，说：“快别说了！求求你们！我知道你们是好意，但你们完全不知道他有多么体贴，多么善良，多么温柔……”

“正是这样！他们就是这样骗人的呀！”

“你还没明白吗？越温柔体贴，就越能说明这怪物的残忍和可怕！”

“那是恶魔的铁证。”

赛姬想到自己体内的新生命，又想到丈夫坚持不让她告诉任何人，还有他从来都不肯现身的事实。天哪！也许姐姐们说得没错。

她们注意到赛姬有所动摇，于是趁热打铁。

“你该这样做，亲爱的。今晚他来找你的时候，你先顺从他，任他发泄兽欲……”

“呕！”

“……然后让他睡觉，但你必须保持清醒。”

“无论如何，都要保持清醒。”

“等确保他完全睡熟了，你必须起床，找一盏灯。”

“还有女仆给你理发时用的剃刀。”

“没错，那个你用得上！”

“在房间角落里把灯笼点亮，然后把灯罩上，免得弄醒他。”

“然后悄悄走到床边……”

“举起灯笼……”

“然后划开那根长满鳞片的龙脖子……”

“割断那根暴突的血管……”

“杀了他……”

“杀了那头怪物……”

“然后收拾起所有的金子和银子……”

“还有宝石，那是最重要的……”

两个姐姐就这样说着，直到赛姬被完全说服。

当晚，事情就这么发生了。厄洛斯安静地睡在床上，赛姬站在他身边，一只手拎着遮好的灯笼，另一只手拿着剃刀。她把遮灯笼的布打开。灯光洒在蜷着的赤裸身躯上，那是赛姬见过的最美的造物。柔和的光线在年轻又光滑的肌肤上跃动，也照亮了那对美丽的羽翼。

赛姬忍不住惊叹，她立即明白自己正看着的是谁。那不是龙或怪物，也不是巨魔或其他令人厌恶的造物。那是年轻的爱神，是厄洛斯本尊。难以想象自己竟想伤害他，他多美啊。当赛姬俯身看他时，他那玫瑰色的丰唇微微张开，赛姬便能感受到那甜美的气息。他真是完美无瑕！轻柔的曲线和隆起的肌肉给他的青春美貌增添了一份男子气概，但又没有父亲属下的运动健将和武士身上那种僵硬、鼓胀的笨拙感。他凌乱的头发透出一种暖色，介于阿波罗的金发与赫耳墨斯的红发之间。还有那对翅膀！它们收拢在他身下，如同天鹅的翅膀一般丰满、洁白。赛姬颤抖着伸出手抚摸那一缕缕羽毛，它们发出几不可闻的沙沙细响，但还是让熟睡的厄洛斯喃喃地翻了个身。

赛姬缩回手，遮住灯笼。过了一小会儿，均匀而有节奏的呼吸声让她确信厄洛斯仍在熟睡。她再次打开灯笼，看见厄洛斯这会儿正转过身去背对着自己。随着他翻身的动作，她瞧见了一个奇怪的东西。灯笼的光照亮了他翅膀底下的银色圆筒，那是他的箭袋！

赛姬屏住呼吸，俯身向前，从里头拿出一支箭，拿在手中把玩，慢慢地抚摸着用发亮的乌木制成的箭柄。箭头是用一小段金子镶上去的……她左手高举灯笼，右手大拇指划过箭头，突然之间——哎呀！箭头太锋利，把她刺出了血。被刺中的瞬间，赛姬突然有一种强烈的感觉，那就是对熟睡中的厄洛斯强烈的爱意。这爱是如此热切，充满激情和欲念，又是如此深邃和忠贞，她实在忍不住，于是吻了吻他后脖颈上的卷发。

呜呼！恰在此时，灯笼里漏下一滴热油，正落在厄洛斯右侧的肩膀上。他痛叫一声惊醒，当他看到赛姬站在自己身边时，痛叫变成了失望和绝望的怒吼。厄洛斯张开翅膀，开始拍打。他正要起飞，赛姬扑了过来，紧紧抱住他的右腿，可他的力气太大了，他一言不发地把赛姬甩到一边，飞进夜色之中。

厄洛斯一飞走，一切立即分崩离析。宫殿的墙壁摇晃不已，接着便在夜空中消失殆尽。绝望的赛姬眼睁睁地看着身旁的金色廊柱一阵颤抖，变成一排排阴暗的大树；脚下由宝石镶成的地板不停地翻涌，变成杂乱无章的泥地和沙砾。很快，宫殿、贵重的金银和宝石全都无影无踪。女仆甜美的歌声变为野狼的号叫和夜枭的尖啼，温煦和神秘的香气则化作无情的寒风。

赛姬的复仇

一个惊恐的失落女孩站在冰冷、荒凉的森林之中。她背靠着一棵大树慢慢下滑，最后瘫坐在了坚硬的树根上，她脑子里唯一的念头就是要了结自己的生命。

一只窸窸窣窣爬过嘴唇的甲虫将赛姬惊醒。她坐起来打了个寒战，从眉间拂去一片潮湿的树叶。昨夜恐怖的遭遇不是梦境，她此时的确独自一人身处森林中。也许以前的一切都是梦，现在才是现实？或者她只是从梦里醒来，其实仍然身处梦中？不过根本没必要花时间弄清楚这些，不管是不是梦，她都难以忍受。

“别这样，小美人。”

赛姬吃了一惊，她抬头望去，面前站着的正是潘神。眉毛滑稽地皱在一起，两只角从浓密的卷发中探出，宽宽的侧腹上浓密的毛发一路往下蔓延，直到那对山羊脚边才变得稀疏。无论神界还是凡间，这副尊容只属于潘神。

“不行，不行，”潘神甩动蹄子踏过泥泞的土地，“我能从你脸上读出来，那可不成，我不允许。”

“你不允许什么？”赛姬说。

“我不允许你爬上山再跳下悬崖，我不允许你跑到野兽那儿自寻死路，我不允许你喝下颠茄剧毒的汁液，所有这些我都不允许。”

赛姬哭着说：“可我活不下去！如果知道我的故事，那你一定可以理解，并且还会帮我寻死。”

“你应该问问自己是什么让你来到这里，”潘神说，“如果是爱，那么你应该向阿佛洛狄忒和厄洛斯祈祷，以求得指引和抚慰。如果是自己的恶行导致的堕落，那么你必须活下来赎罪。如果是他人所害，那么你必须活下来报仇。”

复仇！赛姬忽然明白了自己的使命，她站了起来，说：“谢谢你，潘神。你为我指明了道路。”

潘神露齿一笑，鞠了个躬后，他微张双唇，用手中的风笛吹出一首华丽的告别曲。

四天后，赛姬敲响了姐夫萨托，也就是卡兰德丈夫的豪宅大门，一位仆人把她领进了姐姐的待客室。

“赛姬！亲爱的！计划进行得顺利吗？你看起来有点……”

“别担心我，亲爱的姐姐，我来告诉你事情的经过。我分毫不差地依照你的指示行事，用油灯照亮了我丈夫的睡脸，结果他竟是伟大的天神厄洛斯。他是厄洛斯本尊！”

“厄洛斯！”卡兰德紧紧抓住了自己的琥珀项链。

“天哪，姐姐，你想我该多伤心、多失望啊！因为他对我说，他把我带进宫殿只是为了得到你。”

“我？”

“没错，那就是他邪恶的计划。他对我说：‘把你美丽的姐姐卡兰德给我接来，我要那个绿色眼睛、褐色头发的她。’”

“比起褐色，其实更偏红啦……”

“‘把她接来，让她去山上的岩石那儿，让她乘上仄费洛斯，他会把她接到我这里。把这些都告诉美丽的卡兰德吧，赛姬，求你了。’这就是他的口信，我如实转达完了。”

可以想象卡兰德梳洗打扮的速度有多快。她潦草地写了一封信给自己的丈夫，解释了为什么两人做不成夫妻，因为他们的婚姻本来就是大错特错，给他们证婚的司仪当天喝醉了，根本没有资格也没有能力为他们证婚；因为自己从来都没有爱过他，所以她现在要恢复自由身，没什么可说的了。

在山顶的玄武岩上，卡兰德听见沙沙的风声，伴随着一声狂喜的呐喊，她纵身一跃，以为仄费洛斯会来到身边。

但西风之神根本不会来。伴随着一声沮丧、愤怒、失望和恐惧的尖叫，卡兰德从山坡摔了下去，她在锋利的岩石间撞来撞去，撞到肚破肠流，掉到山脚时早就死掉了。

同样的命运也降临到了姐姐佐娜的身上，因为赛姬对她讲的是同一个故事。

阿佛洛狄忒的刁难

实施完复仇大计，赛姬开始考虑如何度过余生。醒着的每一刻都充满对厄洛斯的爱、渴望以及一阵阵悲痛，因为她知道自己再也不能与厄洛斯相见了。

与此同时，厄洛斯正躺在密室中，肩膀的剧痛折磨着他。被灯油烫伤对我们来说不过是小事一桩，忍忍就过去了，但对厄洛斯而言，那是所爱之人造成的伤痛，即使是神祇也难以忍受。这样的伤口即便真能痊愈，也往往需要很长的时间。

厄洛斯一病倒，世界就乱了套。青年和少女不再坠入爱河，世上没有了婚姻，四处怨声载道，惆怅的人们纷纷向阿佛洛狄忒祈祷。女神听到了世人的抱怨，得知厄洛斯正躲在某处玩忽职守，她大为恼火。究其原因，她了解到是一位凡间女孩偷走了儿子的心，还使他受到了巨大的伤害，于是她的恼火升级成愤怒。而当阿佛洛狄忒发现那正是当初她要求儿子去羞辱的女孩时，她简直大发雷霆。她不过是打算让赛姬爱上一头猪，但怎么能发生如此可怕的反转？好吧，这回她要亲自出马，保证让那个女孩堕入谷底。

在不知不觉间，赛姬被施了魔法，于是有一天她发现自己正站在一座巨大的宫殿前敲着大门。可怕的怪物拽着她的头发，把她关进了地牢。之后，阿佛洛狄忒本尊现身，带来了一袋小麦、一袋大麦、一袋小米、一袋罂粟籽、一袋鹰嘴豆、一袋小扁豆和一袋黄豆，并将它们倒在石板地上，然后搅混。

“你若想要获得自由，”阿佛洛狄忒说，“就把这几种谷物和种子分开，各归其类。若能在明日日出之前完成这个任务，我就放你走。”

阿佛洛狄忒大笑一声，便把牢门一摔，扬长而去。那笑声有点粗俗也有点刺耳，总之和爱与美之神的身份不大相称。

赛姬哭着倒在地上。将这些种子分类是不可能的事，就算给她一个月也完成不了。

这时，一只蚂蚁正顺着石板缝爬行，一滴咸咸的热泪从赛姬脸上滑落，恰好把他淹没。

“小心点！”他气呼呼地喊道，“对你来说不过是一小滴眼泪，对我来说可是灭顶之灾。”

“对不起，”赛姬说，“抱歉我没看见。我太难过了，来不及注意这些。”

“什么事这么难过，害得你差点淹死一只无辜的蚂蚁？”

赛姬说明了自己的困境，没想到这只蚂蚁很讲义气并且宽宏大量，它决定帮助赛姬。它发出一声人耳听不见的叫喊，召来了一大帮兄弟姐妹，它们齐心协力，开始给种子归类。

赛姬的脸上泪痕犹在，她惊讶地看着上万只蚂蚁麻利地爬上爬下，忙前忙后，像军事行动般精准地搬运着种子为其分类。就在手指纤长的厄俄斯推开黎明大门之际，赛姬圆满完成了任务，七堆摆放齐整的粮食等待着阿佛洛狄忒检验。

挫败的女神恼羞成怒的模样真是让人叹为观止，但她立即想出了另一个不可能完成的任务。

“看见远处的树林了吗？就是河对岸那片，”阿佛洛狄忒拽着赛姬的头发，迫使她往窗外看，“那里游荡着一群无人看管的绵羊，它们的特别之处在于羊毛是金色的。你马上到那儿去，给我带一绺它们的毛。”

赛姬顺从地向树林走去，不过她并不打算完成这第二项任务，而是决定趁机彻底逃离，不仅逃离阿佛洛狄忒可恨的诅咒，也要逃离自己可恨的人生，她要投河自尽。

可当赛姬站在河岸边，做着深呼吸，鼓足勇气，眼看就要跳进去时，一支芦苇对她点了点头，轻声说道：“赛姬，亲爱的赛姬。虽然你现在宛如身处炼狱，但不要用你的尸体污染我纯净的水域。有一个法子可以解决你的烦恼。那些绵羊野性难驯，领头的公羊最为残暴，它的角能像切熟透的水果一样把你割开。你看远处的河岸边，它们正在梧桐树下游荡。现在接近它们等于自寻死路，但如果你躺下睡到傍晚，它们就会移去别的地方吃草，那时你便能走到树下，找到挂在低处树枝上的金羊毛。”

当晚，阿佛洛狄忒又暴躁又疑惑，她把金羊毛扔到一边，要求赛姬下到冥界，去问珀耳塞福涅要一份美容面霜的小样。自从厄洛斯弃之而去，可怜的姑娘早已心无他念，但求一死。于是，赛姬心甘情愿地遵从阿佛洛狄忒的命令来到冥界，她情愿留在那里，忍受永世的痛苦、孤独和无人问津的处境。

破镜重圆

有一天，一只多嘴的燕子告诉了厄洛斯赛姬是如何被他那位善妒又暴躁的母亲算计、为难的。厄洛斯忍住仍隐隐作痛的伤口所带来的痛苦，站起身，拼尽全力展开双翼，径直飞到奥林匹斯山，要求立即觐见宙斯。

厄洛斯讲述了自己的故事，奥林匹斯诸神听得津津有味。他讲道，身为奥林匹斯神的母亲阿佛洛狄忒对赛姬心怀怨恨，感到自己的尊严和荣誉备受威胁，不仅因为那女孩的美貌，还因为一小撮愚蠢的人类居然僭越女神，转而崇拜这个凡间少女。于是，阿佛洛狄忒把厄洛斯派出去，让赛姬爱上一头猪……厄洛斯把故事讲得很生动。

讲完，宙斯让赫耳墨斯去冥界把赛姬接回来，又让一只鹰前去召唤阿佛洛狄忒。当他们都出现在天庭诸神面前时，宙斯开口了。

“这场纠纷非同寻常，也有失体面。亲爱的阿佛洛狄忒，你的地位没有受到威胁，也永远不会。看看大地上，人们到处都在敬拜和称颂你。厄洛斯，你这孩子一直都太愚蠢、太鲁莽又太不负责任。现在，你所爱的和那爱你的将成就你，也将令世人免于遭受你的恶作剧和误射的箭所带来的恶果。赛姬，过来喝一口我杯子里的蜂蜜吧，喝过以后你将不死不朽。来吧，我们在此见证，你将和厄洛斯永结连理。拥抱你的儿媳妇吧，阿佛洛狄忒，大家都高兴起来吧！”

厄洛斯和赛姬的婚礼充满了欢声笑语。阿波罗用里拉琴弹唱，潘神吹响排笛作伴奏。赫拉与宙斯共舞，阿佛洛狄忒与阿瑞斯共舞，厄洛斯则与赛姬共舞。他们就这样共舞着，直到今天。[1]

① 之后，赛姬生下的女儿叫赫多涅（Hedone），这个女孩代表着欢乐和感官享受。罗马人叫她沃路普塔斯（Voluptas），hedonism（享乐主义）和 voluptuousness（感官享受）这两个词衍生自她的名字也就不足为奇了。

MYTHOS

The Greek Myths Retold

第四部分

诸神的玩偶

凡人：宙斯的猎艳与雅典建立者的诞生

伊俄与奶牛

这一时期，地中海地区的人类基本处于国王们的统治之下。这些专制君王建立政权的方式各有不同，有些国王是神明，甚至是主神的后裔；有些则以人类的方式，用战争或政治阴谋来赢取统治权。

伊那科斯（Inachus）就是希腊最早的统治者之一，他是阿尔戈斯（Argos）的第一位国王。阿尔戈斯位于伯罗奔尼撒半岛，当时是一座熙熙攘攘的新兴城镇，现在已成为世界上最古老的持续有人居住的城市之一。伊那科斯之后半神化，变成了一条河，但在这之前，当他还是凡人，他的伴侣墨利埃为他生下了两个女儿：伊俄（Io）和迈锡尼（Mycene）[①]。

迈锡尼嫁给了一个叫阿瑞斯托尔（Arestor）的贵族，婚姻美满；可命运让伊俄成为第一个引发宙斯猎艳欲望的凡间姑娘。伊那科斯选择天庭之后赫拉作为阿尔戈斯的守护神，女儿伊俄以女祭司的身份在古希腊最重要的赫拉神庙中长大。宙斯调戏任何一位女性都会引起赫拉的不快，更别说看上的竟是她的女祭司了，赫拉的愤怒一定会突破天际。即使如此，宙斯仍然对可爱的伊俄垂涎不已。怎样才能得到她又不被赫拉发现呢？

宙斯摸着胡子，冥思苦想，终于想出一个自以为高明的方法。他把伊俄变成一

① 迈锡尼城继承了她的名字。

头漂亮而又丰满的小母牛，有着紧致的侧腹和温柔的大眼睛，如果把她藏在田里，赫拉绝对发现不了，这样宙斯就能随时去找伊俄了。他想得倒是挺美，可急于满足欲望的时候，谨慎、常识和智慧都会被抛到九霄云外。冲动中想出来的所谓瞒天过海之计，在旁观者看来不过是一眼就能看穿的愚蠢把戏。

想在善妒的妻子面前藏情妇，简直比藏一百座山还难。母牛本是赫拉的圣物，她看它们的眼光就像专家一样犀利。她立刻注意到了那头小母牛，并对其真实身份起了疑心。

一天早上，在奥林匹斯山，赫拉吃着早餐，随意地对宙斯点评着这头小母牛："真是漂亮！体型真完美，睫毛真长，眼睛真迷人呢。"

宙斯装出一副漫不经心的样子，望向赫拉所指之处。"啊？那头破牛吗？"

"那是你的领地哟，亲爱的。肯定是你的牛。"

"可能，"宙斯说，"很有可能。这地上跑着上千头我的牛，我不可能每头都记得住。"

"我想要这头小母牛，当作生日礼物。"赫拉说。

"呃……真的吗？就那头？我肯定可以给你找到更壮、更健美的。"

"不，"赫拉说，熟悉她的应该能读懂那凌厉的眼神和坚决的语气，"我就要这头。"

"当然，当然，"宙斯假装打了个呵欠，"它是你的了。你手边那罐蜂蜜……递给我行吗？"

赫拉对自己的丈夫了如指掌。一旦他起了色心，八匹马也拉不回来。于是，她把伊俄关进一个封闭的小牧场，派仆从阿耳戈斯（Argus），也就是伊那科斯的孙子去监视。

阿耳戈斯是迈锡尼和阿瑞斯托尔的儿子，和当时所有阿尔戈斯人[①]一样，他也是赫拉的忠实追随者。他有一百只眼睛，小名叫潘诺普忒斯（Panoptes），即"全视之眼"[②]，这一特殊本领让他成了看管姨妈伊俄的最佳人选。和往常一样，阿耳戈斯严格遵照赫拉的旨意行事，在田地

---

① 阿尔戈斯人指的是阿尔戈斯（Argos）的居民。不过后来用来泛指希腊人，尤其是特洛伊地区的希腊人。

② 有的人喜欢说，阿耳戈斯有一百只眼睛的说法只是对其极端警觉的性格特点的夸张形容。他们认为，阿耳戈斯的脑袋后面也长了眼睛的说法曾经只是玩笑，不过后来被当真了。对于这种既无趣又平庸的说法，我们坚决予以鄙视和否认。阿耳戈斯就是有一百只眼睛，这是千真万确的。

里安营扎寨，用五十只眼睛盯牢伊俄，另外五十只眼睛则分别监视着上下左右和四面八方，警惕猎食者的到来。

目睹这一情景，宙斯气得团团转。他血脉偾张，摩拳擦掌，势必要把伊俄弄到手。在这场没有硝烟的暗战中，他必须打败赫拉，这已经成为原则问题。不过，他知道自己智谋有限，于是找来奥林匹斯诸神中鬼点子最多、道德感最薄弱的小坏蛋助自己一臂之力。

赫耳墨斯马上就明白该怎么做了。他喜欢帮宙斯做这些恶作剧，于是马上跑到了伊俄所在的小牧场。

赫耳墨斯拉开牧场大门的门闩，闪身而入，说："你好呀，阿耳戈斯。让我陪陪你吧。你这头牯牛真不错呀。"

阿耳戈斯把十二只眼睛看向赫耳墨斯，对方在草地上坐下，拿出笛子开始吹奏，连吹带唱了两个小时。音乐声，午后的热浪，罂粟花、薰衣草和野生百里香的气味，附近河流轻柔的水波荡漾声……渐渐地，阿耳戈斯的眼睛开始一只接一只地闭上。

当阿耳戈斯终于闭上第一百只眼睛时，赫耳墨斯放下笛子，悄悄走近，一刀捅入阿耳戈斯的心脏。天神都相当残忍，赫耳墨斯同样心狠手辣。

阿耳戈斯死后，宙斯打开通往田野的大门放走了伊俄。可他还没来得及把伊俄变回人形，目睹了事情经过的赫拉便派出一只牛虻追着伊俄紧咬不放。伊俄痛得弓着背一跃而起，没等宙斯抓住她，便已跑得无影无踪了。

赫拉因为爱仆之死悲痛不已，她取出阿耳戈斯那一百只美丽的眼睛，把它们装在一只无趣又寒酸的老鸟的尾巴上，将它变成了我们今天所说的孔雀。这就是为什么这种鸟儿从此变得骄傲、缤纷、趾高气扬以及永远和女神联系在了一起[①]。

与此同时，伊俄正沿着爱琴海的北岸逃跑。她游过位于欧洲和亚洲之间的伊斯坦布尔海峡，为了纪念她，至今我们仍称那里为"牛涉水之地"，该地在希腊语中写作 Bosporus（博斯普鲁斯）。[②]伊俄忍着痛一路狂奔，她跌跌撞撞，惨叫连连，最终来到

① 画家和雕塑家笔下的赫拉常常端坐在孔雀拉的战车上。当然，与之相关的还有肖恩·奥凯西（Sean O'Casey）的剧作《朱诺与孔雀》（*Juno and the Paycock*）。

② 很奇怪，Oxford（牛津）和 Bosporus 的意思完全相同。

了高加索山脉。这时，牛虻似乎暂时放松了些，于是伊俄得以看见在山崖上备受折磨的普罗米修斯。

这位提坦神说道："坐下喘口气吧，伊俄。打起精神，会好起来的。"

"不会的，只会越来越糟，"伊俄抽泣着说，"我变成了牛。全世界最大、最凶的牛虻正在追着咬我，赫拉要把我赶尽杀绝。我现在只有死法的区别，到底是被叮死，还是发了疯跳进海里淹死。"

"我知道现在的你非常绝望，"普罗米修斯说，"但有时我能看到未来，所以我知道接下来会发生什么。你将变回人形，并在尼罗河流域建立伟大的王朝。你的后代中将诞生一位史上最伟大的英雄[1]。所以打起精神，开心点，好吗？"

对伊俄来说，虽然自己确实苦难重重，但普罗米修斯的话不得不听，毕竟他正开肠破肚地被一对凶残的秃鹫啃噬，就是样子看起来有些吓人。和普罗米修斯永恒的痛苦相比，自己这点微不足道的困难又算什么呢？

① 就是这名英雄解救了普罗米修斯。

后来，伊俄确实变回了人形。她在埃及邂逅了宙斯，为他生下儿子厄帕福斯（Epaphus），此人在法厄同的故事里扮演了重要的角色，这个故事我们马上就要说到。宙斯令伊俄受孕的方式，很有可能是将手轻轻地放在她身上，因为厄帕福斯意为"触摸"。伊俄还为宙斯生了一个女儿，名叫姬罗伊莎（Keroessa），这个女孩的儿子拜占斯（Byzas）之后建立了伟大的拜占庭。至于宙斯是以触摸的方式还是以更为传统的方式让伊俄怀上姬罗伊莎的，那就不得而知了。

伊俄也许曾是一头牛，那也是一头影响深远的、十分重要的牛。

浸有精液的头巾

接下来讲的是一个动人的故事，讲述了雅典娜是如何在不牺牲贞节的前提下受孕并生下未来的雅典城邦建立者之一的。

自从劈开宙斯的脑袋，帮助雅典娜降世之后，跛脚的赫菲斯托斯就对这位女神产生了强烈的爱意。某天，他再也无法抑制自己的欲望，于是尾随雅典娜来到奥林匹斯山的某个角落，想对女神霸王硬上弓。由于太激动，他最后只把精种洒在了女神的大腿上。雅典娜默默地拿下发带，厌恶地将那污糟之物擦拭干净，然后把发带丢到了山脚下。

湿透的发带落地后，天神赫菲斯托斯的精液渗入大地，盖亚因此受孕，生下男孩厄瑞克透斯（Erechtheus）。雅典娜从天庭目睹了这一切，认为这个孩子当属神界。于是她从奥林匹斯山下凡，把那孩子放进一个柳条筐，盖上盖子，交由凡间的三位姐妹抚养，她们是赫耳塞（Herse）、阿葛劳若斯（Aglauros）和潘德洛索斯（Pandrosos）。雅典娜告诉她们绝对不许打开筐子，但阿葛劳若斯和赫耳塞还是忍不住偷看了，两人看见一个扭来扭去的男婴身上正盘踞着一条蠕动的蛇。蛇是雅典娜的圣物，那条蛇正是女神为小宝宝厄瑞克透斯所施的一部分法术，为的是赋予他永恒的神力。这惊悚的一幕立即让两个女人发了疯，她们从山顶的最高处跳了下来，那里便是如今的卫城，或称“高堡”。厄瑞克透斯长大后就是（也有传说认为是生下了）厄瑞克苏尼阿斯（Erechthonius）①，即传说中的雅典创立者。

今天如果前去参观雅典的卫城，人们依然能看见美丽的厄瑞克忒翁神庙，它就位于帕特农神庙的北侧。神庙中最著名的便是女像柱，它们刻有披着裙袍的少女，是世上最为珍贵的建筑宝藏之一。离这不远处伫立着为可怜的阿葛劳若斯和赫耳塞建造的神庙，倒是相得益彰。②

① 厄瑞克苏尼阿斯有时既代表厄瑞克透斯本人，也代表其后裔。这两个名字里都包含与 chthonic 相同的词根，意为“生于地下”。

② 至于潘德洛索斯，这位听话的妹妹没有偷看筐子，于是人们将她的神庙建在密涅瓦神庙附近，并以名为潘德洛西亚（Pandrosia）的节日来纪念她。

法厄同：太阳之子

厄瑞克透斯的监护人是雅典娜，母亲是盖亚，父亲是赫菲斯托斯。这位雅典创立者拥有三位神明家长确实有点夸张，足够雅典人吹牛一阵子了，不过凡人号称自己拥有一位神明先祖也算不上什么奇事。勇敢却鲁莽的法厄同（Phaeton）[①]的故事与珀耳塞福涅的传说一样，对一些地貌与气候变化的由来进行了解释，它也像所有希腊神话一样喜欢说教，讲述了这样一个显而易见的道理：骄傲使人堕落。

法厄同虽有神族血统，但很遗憾，抚养他长大的继父墨洛普斯（Merops）却是一介凡夫俗子。只要墨洛普斯不在家，法厄同那位有可能是也有可能不是神灵的母亲克吕墨涅[②]，就会给儿子讲他的天神父亲，即伟大的太阳神阿波罗的故事来逗他开心[③]

① 法厄同意为“闪耀者”，和阿波罗的另一个名字福玻斯含义相同，有时也拼作 Phaethon、Phaëton 或 Phathon，其发音通常和 Satan（撒旦）或者 Nathan（内森）押韵，不过也可以和 Titan（提坦）或 Python（皮同）押韵。

② 克吕墨涅是俄刻阿诺斯和忒堤斯的女儿。这位海仙女或许称得上希腊神话中最有影响力的母亲之一。她与提坦神伊阿珀托斯结合，一方面生下了阿特拉斯和墨诺提俄斯，即提坦之战中与诸神鏖战并最终受到相应惩罚的两位提坦神；另一方面，她生下了厄庇墨透斯和普罗米修斯。这些后代令克吕墨涅当之无愧地成为原初世界的女性大族长。不过也有说法认为海仙女克吕墨涅和身为法厄同母亲的克吕墨涅根本不是同一个人，生下阿特拉斯和其他提坦神的那一位母亲应该叫亚细亚（Asia），以和身为法厄同母亲的凡人克吕墨涅区别开来。这个事特别乱，最好还是留给专家学者和那些有时间的人去研究吧。

③ 就连法厄同的生父是谁都存在争议。在某些版本的故事中，他的父亲是提坦神太阳神赫里阿斯。在本书中，我采取奥维德的观点，让阿波罗担任法厄同的生父。

到了一定的岁数，法厄同便和其他凡间的男孩一起上学。在他的同学中，有些完全属于人类，还有些和他一样，号称自己的父亲或母亲拥有神族血统，其中一个就是厄帕福斯。厄帕福斯是宙斯和伊俄的儿子。借着父母的威望，厄帕福斯认为全班同学都应该对自己俯首称臣。法厄同，这位骄傲又热血的少年，非常讨厌厄帕福斯对自己颐指气使，常常被对方高人一等的傲慢态度激怒。

厄帕福斯经常假装轻描淡写地提到自己的名门出身，这让人特别恼火。比如，他会说："没错，下个周末，我爸，你们知道的，就是宙斯，邀请我去奥林匹斯山吃晚饭。他说会让我坐坐他的宝座，还会让我喝一两口花蜜酒。当然了，其实我以前就喝过。去的一共也就那几个，比如我叔叔阿瑞斯、姐姐雅典娜，还有几个宁芙凑凑数，不过应该会挺好玩儿的。"

每次忍受完这种假装随意的炫耀，法厄同回到家就总是愤愤不平。"怎么会这样呢？"他向母亲抱怨，"厄帕福斯每个周末都能见到自己的父亲，我却从没见过我的父亲！"

克吕墨涅把儿子紧紧抱在怀里，并试着解释："阿波罗真的很忙，亲爱的。他每天都要驾着太阳马车横跨天际。做完这项工作，他还得去照看提洛岛、德尔斐以及天知道在哪些地方的神庙。预言、弹奏音乐、射箭……他是最忙的天神，不过他肯定很快就会来看我们了。你出生的时候，他把这个留给了你——我本想等你长大一点儿再拿出来的，不过现在给你也无妨……"

克吕墨涅走到橱柜前，拿出一支精美的金笛交到法厄同手上。法厄同立刻把笛子凑到嘴边吹了起来，但只发出了呼哧呼哧的吹气声，根本不能称之为音乐。

"我能用它做些什么？"

"做些什么？这是什么意思，亲爱的？"

"宙斯给了厄帕福斯一根魔法皮鞭，只要挥动它，所有的狗就都听从厄帕福斯的指令。所以，我能用这东西做什么呢？"

"这是笛子，亲爱的。你能用它演奏音乐，吹出婉转动听的音乐。"

"怎么演奏？"

"你要先学会吹准每个音，然后就……呃，就演奏呗。"

"那它的神奇之处在哪儿？"

"你没听过用笛子吹出的音乐吗？那可是最神奇的声音了，不过你需要先进行大量的练习。"

法厄同厌恶地把金笛丢到地上，气冲冲地回到卧室，之后一整天都闷闷不乐。

大约一周以后，还剩一天，漫长的暑假就要开始了，厄帕福斯找上了门，而且那天的他格外趾高气扬。

“嗨，法厄同，”厄帕福斯装腔作势地说，“下周要不要跟我去参观我们家在北非海岸的别墅？只是个小型的家庭聚会，也就是我爸，可能赫耳墨斯、德墨忒尔还有几位农牧神会来。我们明天出发，应该会很好玩。怎么样，要不要去？”

“哦，很遗憾，”法厄同喊道，“我的父亲，你知道的，就是福玻斯 · 阿波罗，下周请我去……去驾驶太阳马车横跨天际。我可不能叫他失望呀。”

“你说什么？”

“我没说过这事儿吗？他说过好多次了，要我帮他减轻一点儿负担，帮他驾驶一下太阳马车什么的。”

“你不是认真的吧……你肯定是在胡说。同学们，快来听听这件事！”厄帕福斯把其他男孩都叫了过来，法厄同和他面对面地站着。“快跟他们说呀。”厄帕福斯下令。

法厄同有点儿骑虎难下，但骄傲、愤怒和沮丧使他不得不硬着头皮继续下去。如果现在退缩，让厄帕福斯这个令人厌恶的势利鬼宣告胜利，那他可就真的一败涂地了。于是，他说：“其实没什么，就是我父亲阿波罗非让我学着驾驶太阳马车，没什么大不了的。”

厄帕福斯冷哼一声，其他男孩立即跟着起哄嘲笑，他们压根儿就不信法厄同的话。“我们都知道，你父亲是那个无聊的老头墨洛普斯！”其中一个男孩喊道。

法厄同大喊：“他只是我的继父！阿波罗才是我真正的父亲！他就是！等着吧，你们都等着瞧吧。去他的宫殿要花上一点时间，但总有一天，你们会抬头看到我在天上向你们招手，那就是我在驾驶太阳马车的时候。等着瞧吧！”

法厄同跑回了家，但同学们的讥讽、嘲笑和嘘声仍在耳旁回荡。有一个叫塞克诺斯（Cygnus[①]）的男孩是他的好友与爱人，追到了他的身边。

“嗨，法厄同，”塞克诺斯喊道，“你都说了些什么呀？你明知道那不可能是真的。你跟我抱怨过很多次，说你从没见过自己的亲生父亲。回去吧，跟他们说你在开玩笑。”

① 也拼作 Cycnus。

“不要管我，塞克诺斯，”法厄同一把将他推开，“我要去太阳宫殿，这是让厄帕福斯那头猪闭嘴的唯一方法。等你再见到我时，人人都会尊敬我的，我要让他们知道我是谁。”

“可我知道你是谁呀，”难过的塞克诺斯说，“你是法厄同，我爱你。”

父亲和太阳

克吕墨涅也无法令法厄同回心转意。她看着法厄同收拾为数不多的行李，内心痛苦不已。

“总有一天，你抬起头就能见到我，”法厄同和母亲吻别，“经过的时候，我会挥手的。”

太阳宫殿当然是位于正东方的，事实上，它一直东到印度。关于法厄同抵达那里的方法，众说纷纭。我读到的版本是，神奇的太阳雄鹰把法厄同的事告诉了阿波罗，说他从希腊大陆出发，一路艰难跋涉，现在正横穿美索不达米亚和如今的伊朗，于是，阿波罗命令这群神鸟驮着法厄同，飞完了剩余的路程。

不管用的是什么方法，总之法厄同抵达时已是深夜，并且立即被传唤到了正殿。阿波罗身披紫色长袍端坐在宝座上，殿中装饰的黄金白银和宝石珠玉流光溢彩，单单宝座上就镶嵌着上万颗红宝石和翡翠。法厄同扑通一声跪下，被震慑得五体投地——不仅是因为宫殿的华美和宝石的璀璨，还因为天神父亲的熠熠光辉比这一切还要耀眼。

“你是克吕墨涅的儿子，对吗？站起来，让我好好看看你。没错，看得出来你应该是我的儿子，因为你的身形、样貌和肤色与我一样。我听说你不远万里来到这里，为了什么呢？”

被开门见山地这么一问，法厄同感觉自己有点慌。他磕磕巴巴地说了几句厄帕福斯和其他男孩的事，突然痛苦地意识到，他把自己讲得像一个被宠坏了的小孩，根本不是值得奥林匹斯神骄傲的儿子。

“是，是，这很刻薄，很无礼，但和我有什么关系呢？”

“我的整个人生都和你有关，”法厄同说，他的内心被骄傲和憎恨烧灼得太久太久了，“一直以来，母亲都在跟我说伟大、耀眼的阿波罗的故事，说那金色的天神，我那光芒四射的完美的父亲。可……可……可是你从没来看过我们，也从没邀请我们去过任何地方，你甚至根本就不知道我的存在！”

“是的，真的很抱歉，是我大意了。我是一个糟糕的父亲，真希望可以补偿你。”阿波罗说出了全天下所有缺席型父亲每天都会说的台词，但他心里想的只有骏马、音乐、美酒……反正没在想这个怨气冲天、牢骚满腹的讨厌小孩。

“如果你能满足我一个愿望就好了。就一个愿望，没有别的。”

“当然，当然，你说吧。”

“真的吗？你是认真的吗？”

“当然啦。”

“你能发誓一定会满足我的愿望吗？”

“我发誓，”阿波罗被法厄同的狂热给逗笑了，“我以我的里拉琴起誓，我以冥河那冰冷的流水起誓，快说吧。”

“我想要驾驭你的马。”

“我的马？”阿波罗有点没明白，“驾驭它们？你是什么意思？”

“我想要驾着太阳马车横跨天际，就在明天。”

“啊，这可不行，”阿波罗脸上掠过一丝微笑，“不行，不行，绝对不行！别傻了，这件事谁都做不了。”

“你发过誓的！”

“法厄同，敢于梦想做这件事就已经非常勇敢和了不起了。但是，除了我，谁也不能驾驭我的马。”

“你以冥河的水发过誓的！”

“但是真的，就连宙斯都无法驾驭它们！它们是世上最强壮、最狂野、最任性、最难驾驭的骏马，而且它们只听从我的指令。所以，不行，你不能提这种要求。”

“可我已经提了，并且你也发过誓了！”

“法厄同！”其他十一位天神若是听到阿波罗竟然用这种乞求和绝望的语气讲话，肯定会大吃一惊。“算我求你了！别的任何事都可以，黄金、食物、权力、知识、爱情……只要你想要，我都能让它们永远属于你。但这件事不行，绝对不行！”

“我提出了要求，而你也起了誓。”固执的法厄同回答道。

阿波罗垂下金色的头颅，心中暗骂：唉，天神总是嘴太快，而凡人又总是做些愚蠢的梦，他们怎么都不懂得吸取教训呢？

“好吧，那咱们去和我的马见见面吧。不过记住一点，”阿波罗边说边领着他来到马厩附近，法厄同闻到了越来越浓重的马的气息，“你随时可以改变主意，而且我决不会因此小看你。说实话，那样我反而会更加看重你。”

阿波罗走近时，四匹长着金色鬃毛的白色骏马立即踏着步子在马厩中走来走去。

“嘿，皮洛伊斯（Pyrois）！好啦，弗莱工（Phlegon）！嘘，嘘，阿厄俄斯（Aeos）！安静点儿，阿厄同（Aethon）！”阿波罗轮流喊着它们的名字，“好了，过来吧，孩子，让它们认识认识你。”

法厄同从未见过如此漂亮的马。它们的眼睛闪着金光，踏在石板上的马蹄火光四溅。法厄同心中充满敬畏，也突然感到一丝恐惧，但他假装那是因过于期待而造成的紧张。

宏伟的黎明大门前，巨大的金色双轮马车整装待发，四匹骏马即将被套上去。一位身着橘黄色长袍的娴静女子与法厄同擦肩而过。她身上有一股叫不上名字的香气，令法厄同喜欢得头晕目眩。

“那是厄俄斯，”阿波罗说，“她很快就要打开大门了。”

法厄同对黎明女神厄俄斯了如指掌，知道她被称为“洛多达克堤罗斯”（rhododaktylos），即“玫瑰色的手指”，她甜美、温柔，广受爱戴。

法厄同帮助阿波罗把骏马牵到车头就位，突然感觉自己被狠狠地推到了一边。

“这个凡人在干什么？”一位身穿闪亮的米黄色皮质盔甲的大个子一把夺过了四匹马的笼头，牵着它们向前走去。

“啊，赫里阿斯，你来了，”阿波罗说，“这是法厄同，我的儿子。”

“那又怎样？”

法厄同知道赫里阿斯是黎明女神厄俄斯和月亮女神塞勒涅的兄弟，他每天都会协助阿波罗驾驶太阳马车。此时，在这位提坦神面前，阿波罗好像有点儿尴尬。

“哦，是这样的，今天由法厄同来驾驶太阳马车。”

“你说什么？”

“嗯，也该让他学学了，你觉得呢？”

“你在开玩笑吧？”

“我为此发了誓的。”

“哦，那就反悔呗。”

"赫里阿斯，不能反悔，你知道的呀。"

赫里阿斯跺着脚发出一声怒吼，惹得马匹纷纷嘶鸣着抬起了前腿。"你从来没让我驾驶过太阳马车，阿波罗！从来没有！我请求过多少次了？又有多少次你说我还没准备好？！现在你居然让这个……这个小东西来驾驶？"

"赫里阿斯，轮到你的时候我会通知你的，"阿波罗说，"我话都说出去了，所以我得……呃，说话算话呀。"

阿波罗将四条皮缰绳从赫里阿斯手中拿走，然后举起法厄同，把他放在太阳马车的座位上。法厄同在座位上前后滑动，赫里阿斯见状爆发出一阵大笑。

"他在那儿就像一粒小豌豆！"赫里阿斯尖声大笑，嗓门出奇得高。

"他可以的。好了，法厄同，这是缰绳，你可以以此和马沟通。马认识路，它们每天都跑这条路线，但你必须让它们知道你才是主人，明白了吗？"

法厄同急切地点点头，但他的紧张与赫里阿斯的愤怒似乎影响了马，它们骚动不已，一刻不停地喷着鼻子。

"最重要的是，"阿波罗继续说道，"既不能飞得太高，也不能飞得太低，要飞在天空和大地的正中间，懂了吗？"

法厄同再次点点头。

"哦，差点忘了。把手拿出来……"阿波罗拿出一个罐子，从里面倒出油涂在法厄同伸出的手掌上，"多涂点这个油。骏马在天空中奔驰时会腾起光芒和热浪，而这些油能保护你不受伤害。你跨越天际时，马车会照亮并温暖脚下的大地，因此一定要朝着赫斯珀里得斯果园的方向一直往西。这一趟要花十二个小时，但一定要稳住。记住，马儿认识路，但你要叫它们的名字——阿厄俄斯、阿厄同、皮洛伊斯和弗莱工。"

当阿波罗说出它们的名字时，法厄同看到骏马的耳朵都竖了起来。

"不过，现在后悔还来得及，孩子。你已经见过它们，也已经把过笼头了。如果放弃，那我会给你一尊赫菲斯托斯雕刻的金色骏马像让你带回家，那也能让你的同学对你刮目相看的。"

赫里阿斯又发出了一声尖笑，法厄同的脸颊顿时烧得滚烫。"我不后悔，"他倔强地回答，"你遵守了诺言，我也应当按照我的请求去做。"

拂晓

就在法厄同说话的时候，厄俄斯迈步上前，她的周身弥漫着珍珠色与玫瑰色的明亮云烟。她微笑着对阿波罗与赫里阿斯鞠了一躬，疑惑地看了一眼坐在马车上一脸通红的法厄同，接着来到黎明大门前就位。

此刻，若旅行者抬头望向东方那片藏着太阳宫殿的云彩，便能看见厄俄斯开始工作的标志，也就是珊瑚粉色的漫天云霞。随着宫殿大门渐渐打开，柔美的珊瑚粉色会慢慢变成一道更锋利的金光，之后，那光芒将越来越明亮和耀眼。

站在宫殿内的法厄同看到的景象却恰恰相反：大门打开，露出外面的黑暗世界，唯一的光亮就是月亮女神塞勒涅的银色光华，而她这趟夜之旅程也即将宣告结束了。厄俄斯推开大门，法厄同看见粉色和金色的光芒往外发射，没过夜晚的黑暗。这似乎是某种信号，四匹骏马竖起耳朵，抖动鬃毛，扬起前蹄。法厄同猛地往后一仰，身下的马车开始向前行进。

“记着，孩子，”阿波罗喊道，“不要慌！手抓紧，但别使劲拽缰绳，只需要让马儿知道你在控制就行，不会有事儿的。”

在马车升空的同时，赫里阿斯吼道：“毕竟，又能出什么错呢？”他用尖细的嗓音大笑起来，法厄同感觉就像被打了一鞭一样。

再次切换到站在路上仰望东方的旅行者的视角，那金色的光芒如今已变成一个巨大的火球，不眯起眼睛人根本无法直视。短促的朝霞消散，白天开始了。

驾驭太阳马车

阿波罗的骏马腾云驾雾，往上攀升，一切都很顺利。骏马心里有数，攀爬到一定的高度，它们便开始向前驰骋，整个过程非常轻松。

法厄同坐直身子，小心地不把缰绳拽得太紧，然后开始环顾四周。他能看到将蓝天与繁星点点的黑夜分隔开的那条弧线，能感受到马车向四周射去的光芒。他做好了防护，在热浪和强光之中神奇地安然无恙，巨大的云朵却在马车经过时化为水蒸气。他俯瞰大地，山脉和森林投下的长长阴影在马车飞过时急剧缩短。他看见波涛起伏的大海反射出百万道粼粼波光。当马车驶近非洲海岸时，他还能看见颗颗露珠升腾成闪烁的轻雾。法厄同心想，厄帕福斯应该就在尼罗河西岸某处的沙滩上度假吧。哦，这将是史上最伟大的胜利！

海岸线逐渐在视野中变得清晰，法厄同拉了一下缰绳，想让左手边那匹领头马阿厄俄斯往下跑一点。阿厄俄斯可能正在开小差，想着金色的稻草或者漂亮的母马，反正肯定没料到会被拽这么一下。它惊慌失措地后退了几步，然后猛地俯冲下去，其他几匹马紧随其后。马车在空中颠簸了一下，便笔直地朝着大地冲去。法厄同使劲拽着缰绳，但徒劳无功，而且缰绳不知怎地缠到了他的手上。绿色的大地尖叫着扑面而来，他意识到自己必死无疑了。他最后绝望地拽了一下缰绳，就在这一刻，也许是出于对这个动作的回应，也许是出于自救的本能，四匹骏马嗖的一声腾空而起，盲目地朝着北方狂奔起来。然而，在此之前，法厄同惊恐地看到太阳马车可怕的热浪让大地陷入了火海。

图 31　太阳马车在法厄同的驾驶下失去了控制

Peter Paul Rubens,c.1604–8. National Gallery of Art, Washington DC / Bridgeman.

骏马继续向前奔驰，太阳马车愤怒的火舌随之席卷了脚下的大地，一切都被烧成灰烬，非洲北部海岸以南的整个区域都变得寸草不生。直到今天，这片土地上的大部分地区都还是一片沙漠，也就是我们所说的撒哈拉沙漠。但对希腊人来说，这就是被法厄同烧焦的那片土地。

法厄同完全失去了对骏马的控制，骏马也非常确定，牵引着缰绳的并不是它们所熟悉的阿波罗。

不知道令四匹神驹疯狂的究竟是对自由的喜悦还是对失控的恐慌。在冲向大地，导致大火熊熊燃起之后，它们又昂首向上，朝着分割天空与星辰的紫色弧线飞驰而去，于是，脚下的大地又陷入了寒冷和黑暗——海洋冻结，大地成冰。

骏马就这样横冲直撞，歪歪扭扭地埋头狂奔，完全失去了方向感。太阳马车在空中颠簸不已，宛如暴风雨中的一片树叶。地上的人们抬头观望，心中充满疑惑和惊惧。法厄同对着骏马尖叫、乞求，威胁它们，紧拽缰绳……但一切都是徒劳的。

坠落

大地遭此横祸的消息传到了奥林匹斯诸神的耳朵里，最终，宙斯也得知了此事。

“瞧瞧都发生了什么呀，”心烦意乱的德墨忒尔说，“粮食不是被烧了，就是遭到了霜冻。这简直是一场灾难。”

“人们害怕极了，”雅典娜说，“父亲，求您了，做点什么吧。”

宙斯叹口气，拿起了一道霹雳。他瞧了一眼，发现太阳马车正颠簸着朝意大利狂奔而去。

那道霹雳和宙斯所有的霹雳一样精准，它击中了目标。法厄同从马车上被击落，燃烧着落向大地，像燃料耗尽的火箭一般嘶嘶作响地坠入了厄里达诺斯河（River Eridanos）。

没有了惊慌失措的法厄同在耳旁大叫和粗暴地拉扯缰绳，伟大的太阳神驹终于平静了下来，回到了正确的轨道上。它们听从本能一路向西，奔往赫斯珀里得斯的所在地。

作为父亲，阿波罗既不称职，也对儿子没有投入足够的感情，但法厄同的死仍然让他大受打击。他发誓永远不再驾驭太阳马车，并将这一职责移交给了充满感激与干劲儿的赫里阿斯。从此以后，赫里阿斯便成为太阳马车唯一的驾驭者。[1]

法厄同深情的挚友塞克诺斯来到了可怜的法厄同坠入的厄里达诺斯河。他坐在河岸边哀悼爱

① 他的确成为太阳马车唯一（sole）的驾驭者，因为索尔（Sol），即太阳，就是赫里阿斯的罗马名。若是吸入由他的名字命名的气体——氦气（helium），你便会发出和当初他讥讽法厄同时一模一样的歇斯底里的尖笑。

人的离去，哭声悲痛欲绝，心烦意乱的阿波罗只好把他变成了一个哑巴。虽然陷入沉默，但少年深切的痛苦从未消散。最后，出于同情和懊悔，阿波罗将他变成了一只美丽的天鹅。无言的天鹅从此成为阿波罗的圣物。为了纪念爱人法厄同的死，这种鸟类终其一生都沉默不语，直到临终前才会痛苦地吟唱出一曲古怪而美妙的悲歌。为了纪念塞克诺斯，所有天鹅的幼鸟都被称作 cygnet。

那么，厄帕福斯呢？他有没有抬头看到驾驭着巨大的太阳马车的法厄同？或者他只是坐着那艘搭载着他和朋友前往非洲北海岸度假的船，一味地忙于觥筹交错和调戏宁芙？不如这样猜测吧：他的确抬头看了，而太阳马车炫目的光芒刺瞎了他的双眼——这才是对他恶意嘲弄的最好惩罚。不过，事实是，厄帕福斯成了一名伟大的族长。他娶了尼罗斯的女儿孟菲斯（Memphis），并用妻子的名字为自己所建立的城邦命名。他们育有一女利比亚（Libya），他的后人包括统治了埃及数代之久的曾孙埃古普托斯（Aegyptus）。

法厄同最终被置入星空以资安慰，他成为御夫座，意为马车驾驭者。[①]法国有一种动力十足的轻型马车，十分危险，用于竞技。而为了纪念那个青年，法国人将其命名为法厄同。这种马车是 18 世纪末 19 世纪初热血青年首选的座驾，常常被忍无可忍的父亲掀个底朝天，无意中又重演了法厄同的这出青春激情神话。

美国古典学者及教师依迪丝 · 汉密尔顿将这段话作为法厄同的墓志铭：

> 这里埋葬着曾驾驭过太阳马车的法厄同。
>
> 虽然遭遇了巨大的失败，但他的勇气更令人敬仰。

① 有一个颇有意趣的词汇可以表达“置入星空”，那就是 catasterism，它也许是和 canonization（封圣）同义的一个古语。那本大部分已失传的古代散文集就名为 Catasterismi，该书讲述了星座的起源神话，作者是来自亚历山德里亚（Alexandria）的伪 - 埃拉托斯特尼（Pseudo-Eratosthenes）。

卡德摩斯：建立底比斯

白色公牛

由于珀耳塞福涅在冥界的停留，世上开始有了四季轮回；如今托法厄同的福，人类又能前往荒芜的沙漠和冰冷的两极来体验一番极地气候。然而，法厄同的故事并未阻止人类继续向高处攀登，人类似乎对一切都无所畏惧。整个希腊王国依然不断起起落落。那时的希腊世界也包括小亚细亚，这片希腊本土以东的区域形成了所谓的黎凡特（Levant）地区。黎凡特地区对希腊文化和神话的影响极其深远，它带来了繁盛的贸易与文字，并最终促使了首个城邦的诞生，这一国家形态随着特洛伊、斯巴达和雅典的建城发展到了顶峰。现在要讲的是关于宙斯、变形、龙、蛇、一座城市和一桩婚姻的故事。

黎凡特地区有一座城市名为苏尔（Tyre），那里的国王阿革诺耳（Agenor）[①]和皇后忒勒法萨（Telephassa）[②]育有五个子女：女儿欧罗巴，四个儿子卡德摩斯（Cadmus[③]）、喀利克斯（Cilix）、菲尼克斯（Phoenix）和萨索斯（Thasos）。

一天下午，阿革诺耳的孩子们正在开满鲜花的草地上玩耍。欧罗巴渐行渐远，走到了离哥哥们很远的地方。她被一头美丽的白色公牛吸引了，那牛儿正在茂密的草丛间吃草。欧罗巴靠近

① 波塞冬和利比亚的儿子。

② 尼罗斯和云宁芙涅斐勒（Nephele）所生。

③ 更符合希腊语习惯的拼法是 Kadmos。

时，那头牛便抬头看着她。不知怎地，牛儿的凝视令她着了迷，她靠得更近了。公牛吐出甜美的气息，柔软的鼻子看上去很好摸。她编起花环戴在牛角上，手指滑过温暖、厚实的诱人皮毛。之后，她便鬼使神差地骑到了公牛的背上。女孩俯身向前，一手抓住一只牛角，在公牛耳畔低语："哦，你真美丽，而且你好强壮、聪明和温顺呀！"

这头牛把它那巨大的头颅转了过去，开始往前小跑，小跑逐渐变作狂奔。欧罗巴放声大笑，催促它继续跑下去。

卡德摩斯和弟弟们正在比赛扔石头。卡德摩斯在扔石头、铁饼和标枪方面有天赋，所以他总是能赢。当他们回头看时，骑在牛背上的妹妹正从视线中逐渐远去。他们尽全力追赶，可那公牛快得不可思议。哥哥们觉得虽然几乎不可能，但那动物的四只蹄子像没有沾地一般。

惊慌失措的哥哥们大声呼喊欧罗巴的名字，叫她跳下牛背，但妹妹要么是没听见，要么就是不想听。就这样，公牛在空中越升越高，最终消失不见。

卡德摩斯回到家中，告诉了双亲这一噩耗。宫中顿时哀声震天，大家互相指责彼此的疏忽。

与此同时，这头白色公牛带着欧罗巴离开苏尔，朝着遥远的西方飞去。他们横跨地中海，飞向希腊诸岛。欧罗巴兴高采烈，一点都不恐惧，当陆地和海洋在她身下依次闪过时，她放声大笑，心旷神怡。这是一趟伟大的旅程，为了纪念她，苏尔城以西的这一整片大陆从此被称作欧洲（Europe）。

他们一直飞到克里特岛才停下。在那里，公牛现出了真身，他就是……

除了宙斯还有谁会这么做呢？

宙斯是不是从当初赫拉把伊俄变成母牛这件事获得了灵感，从而将自己变成了公牛呢？我们不得而知。不过这一伎俩相当奏效，欧罗巴在克里特岛幸福地度过了余生。她为宙斯生下了三个儿子：米诺斯、拉达曼迪斯和萨尔珀冬。还记得吗？他们三位死后和埃阿科斯一同被任命为冥界判官，评判亡灵的一生，并对其配以相应的惩罚或奖励。

寻找欧罗巴

在家乡苏尔，欧罗巴伤心欲绝的父母派卡德摩斯和他的三个弟弟前去寻找妹妹，并且给出死命令——找不到她就不许回家。

苏尔人早已是闻名于世的航海家与商人。卡德摩斯的弟弟菲尼克斯（不要与传说中的凤凰弄混了）之后继承了阿革诺耳的王位，并用自己的名字将国家更名为腓尼基（Phoenicia）。腓尼基人深谙经商之道，这为他们带来了巨大的财富和良好的声望。他们贩售远东的丝绸和香料，不过最终是字母的发明和传播让他们得以傲视群雄——人类历史上首次实现了将所说的话书写下来，这意味着地中海沿岸，包括北非和中东地区第一次能够通过在纸莎草、羊皮纸、蜡版或陶片上书写可以朗读的符号进行沟通。[①] 如今，你在书页或屏幕上阅读并得以理解的英文符号就沿袭自腓尼基字母。而正是通过寻找欧罗巴的漫长旅途，卡德摩斯才得以将其人民智慧的发明传播到希腊本土。

哥哥们搜寻欧罗巴多年，却一无所获。不知为何，也许是由于某种看不见的神力，克里特岛似乎是他们唯一未曾找过的地方。他们逗留时间最长的岛屿是位于爱琴海以北的萨莫色雷斯岛（Samothrace）。

萨莫色雷斯岛上住着一位普勒俄涅之女，名叫厄勒克特拉（Electra）。[②]还记得普勒俄涅之女吗？她们也被称为七姐妹，是阿特拉斯和海仙女普勒俄涅的女儿。厄勒克特拉与宙斯生下了两个儿子，达耳达诺斯（Dardanus）[③]和伊阿西翁（Iasion），还有一个女儿哈耳

① 在伟大的腓尼基字母发明之前，文字采用的是视觉符号的形式，例如埃及的象形文字（hieroglyph）和象形符号（pictogram）。举个例子，数字的写法就与读音无关。数字“24”的写法与读音完全没有关联，人们可以根据自己所说的语言用不同的方式来读。而用字母写出的数字，如英文的“twenty-four”、法语的“vingt-quatre”或德语的“vierundzwanzig”，就能显示出该词的读法。这是一个关键性的突破。希腊人沿用了腓尼基字母并将其改造成当代希腊语。与其相近的西里尔字母（Cyrillic）则在公元 9 世纪由保加利亚传播至巴尔干、俄国等东欧和亚洲的诸多地区。罗马人将希腊字母进行改造，形成了今天人们正在流畅使用的英语。生活在公元前 5 世纪的“历史之父”希罗多德仍将这种书写系统称为“卡德摩斯系统”（Cadmean）。

② 这里说的不是那个悲剧主角，即阿伽门农（Agamemnon）和克吕泰涅斯特拉（Clytemnestra）的女儿厄勒克特拉。这位厄勒克特拉所处年代更早，她的名字很有趣。electra 是 electron 的阴性词，在希腊语中意为“琥珀”。希腊人发现用布片拼命摩擦琥珀之后，琥珀就能神奇地吸起灰尘和绒毛，于是将这种奇怪的属性命名为 amberiness。英语中的 electric（电的）、electricity（电）、electron（电子）、electronic（电子的）等词均由 electra 衍生而来。

③ 他用自己的名字命名了达达尼尔海峡（Dardanelles），即第一次世界大战中那次惨烈的加里波利之战（Gallipoli）的爆发地。

摩尼亚（Harmonia）[①]。哈耳摩尼亚的美貌与温柔可爱的气质立即俘获了卡德摩斯的心，于是他带着这个女孩一起踏上了寻妹之旅。我们不确定哈耳摩尼亚是不是出于自愿，总之两人离开了萨莫色雷斯岛，前往希腊大陆。卡德摩斯表面上是寻找欧罗巴，而他实际上寻求的是更伟大的目标。

神谕有言

卡德摩斯通常被称为“首位英雄”。我们若费心计算一下，便可得知他是半人半神族的第五代子孙。沿着祖父波塞冬那一支，他可以一直追溯到生命的起源，因为波塞冬的父亲便是克洛诺斯，即乌拉诺斯的儿子。祖母是利比亚，说明卡德摩斯是伊那科斯的后裔，这为卡德摩斯的人类血统增添了一些皇室血统。他具备英雄特有的不安本分与热衷游历的特点，同时也拥有足够的勇气与自信。波塞冬当然非常中意这个孙辈，但最青睐卡德摩斯的是雅典娜，尤其是现在卡德摩斯已与雅典娜最忠诚的追随者哈耳摩尼亚结为连理了。

此时，卡德摩斯的弟弟萨索斯已在附近一座较小的岛屿上定居，并将其命名为萨索斯；菲尼克斯已用自己的名字命名了腓尼基王国；三弟喀利克斯也已放弃寻找欧罗巴，往东返回小亚细亚，建立了自己的王国奇里乞亚（Cilicia）。[②]

在哈耳摩尼亚的陪伴下，卡德摩斯带着一大群从苏尔跟过来专门服侍二人的忠诚追随者，前往德尔斐祈问神谕。和所有英雄一样，他从骨子里就知道自己注定要成就一番伟业，但并不确定未来的路在何方。另外，在寻找失踪的欧罗巴一事上，他也需要指引。

你们已经很明白神谕是怎么回事了，所以对皮媞娅的怪异举止应该不会再大惊小怪了。

“卡德摩斯，阿革诺耳之子，波塞冬之子，”皮媞娅吟诵道，“放弃对妹妹的追寻吧，你

① 有资料认为阿瑞斯和阿佛洛狄忒是哈耳摩尼亚的父母。哈耳摩尼亚后来升格为和谐女神，即罗马神话中的康科迪亚（Concordia），她显然拥有天神的血统。但从阿瑞斯对她的所作所为来看，这名战神显然是一位相当不称职的父亲。他对水龙感情深厚，对人类女儿却如此残忍。其他神话作者对该故事有不同的解读。值得一提的是意大利作家罗伯托 · 卡拉索（Roberto Calasso），他创作的神话故事极具创意，非常值得一读。对这一问题，他处理得很优雅。他认为哈耳摩尼亚确实是阿佛洛狄忒和阿瑞斯的女儿，只不过交由萨莫色雷斯岛的厄勒克特拉抚养。

② 这条楔形陆地将土耳其和叙利亚分隔开来，今天被称作丘库罗瓦（Çukurova）。

应追赶带有半月形印记的小母牛，跟着它直到其力竭倒地。那倒下之处，便是你建造之地。”

“建造什么？”

“再会吧，卡德摩斯，阿革诺耳之子，波塞冬之子。”

“什么牛？我没看到牛啊。”

“牛倒下之处，便是卡德摩斯，阿革诺耳之子，波塞冬之子，建造之地。”

“对，可是这牛……”

“带有半月印记的小母牛能帮助哈耳摩尼亚和她的英雄，阿革诺耳之子，波塞冬之子。”

“你听我说……”

“再……会……”

卡德摩斯和哈耳摩尼亚面面相觑，无奈地耸耸肩，带着那帮从苏尔而来的人离开了德尔斐。也许那头牛真的会在他们面前现身，也许某位天界使者会指引他们找到这样一头牛。不过在此之前，他们还是要继续寻觅。

话说德尔斐的神谕所、圣殿与庙堂均位于希腊的福基斯，而福基斯国王佩拉贡（Pelagon）听说了哈耳摩尼亚和卡德摩斯在境内祈求神谕的消息，由于字母的传播，卡德摩斯早已声名远扬，于是佩拉贡派出信使邀请两人作为贵宾莅临皇宫。对舟车劳顿的夫妻俩和他们饥肠辘辘的随从来说，这一邀请简直是求之不得。

腓尼基运动会

佩拉贡为他们举办的狂欢飨宴整整持续了三天三夜。某天傍晚，卡德摩斯和哈耳摩尼亚正在宴席的间隙在皇宫花园散步，佩拉贡的父亲安菲达玛斯（Amphidamas）忽然拦住了两人的去路。

“我做了个梦，”安菲达玛斯走到两人面前，嘴里花蜜酒的酒气喷了他们一脸，然后说，“梦里面，你，卡德摩斯，又是赛跑，又是投标枪，又是掷铁饼，赢得了世上罕见的大奖。明天，我的儿子佩拉贡就要举办腓尼基运动会了。虽然只是当地规模较小的运动会，但梦就是梦，总有它的含义。睡神摩耳甫斯几时撒过谎？所以我建议你也最好参加。”说完，他打了个酒嗝，然后蹒跚离去。

“好吧，”卡德摩斯搂住哈耳摩尼亚的腰，若有所思地望向月亮说，“既然如此，为什么不参加呢？能把标枪或铁饼扔得比我更远的人还没生出来呢，而且我觉得自己跑得也挺快的。”

“你真是我的英雄！”哈耳摩尼亚发出一声轻叹，把脸埋进了卡德摩斯的胸膛。她这么做并不是出于崇拜，而是为了掩饰笑意。男人在体能方面的虚荣心总是令人忍俊不禁。

在次日举办的运动会上，卡德摩斯发现最强的对手只有自己，因为参赛者不是瘦弱的本地青年就是肥硕笨拙的皇宫守卫。他在掷铁饼的第一轮便将其扔出了皇宫，不得不派一个仆人捡回来。人们纷纷鼓掌叫好。到了傍晚时分，卡德摩斯在所有赛事上都赢得了胜利。姑娘们和阿姨们都对着他猛抛飞吻，把鲜花扔到他的脚下，哈耳摩尼亚只得怒目而视。

佩拉贡并不是一位富庶的君主，他派大臣前去搜寻配得上这位冠军[1]的奖品。

国王边喊边将一顶匆匆编就的橄榄叶头冠为卡德摩斯戴上，并说道：“腓尼基的人们，看哪！这就是你们的冠军，我们尊贵的客人，苏尔王子卡德摩斯。将那配得上他的奖品呈上来吧！”

说完，一阵响亮的欢呼声响起。然而，当宫廷大臣赶着一头母牛穿过人群时，四下里却陷入了沉默，似乎对此感到疑惑。那沉默很快发展为嗤笑，嗤笑最终爆发成哄堂大笑。牛儿嚼着反刍的草，抬起尾巴，从屁股后头喷出几滴粪便。嘲笑声和起哄声顿时响彻云霄。

佩拉贡的脸涨得通红，他的父亲安菲达玛斯冲着卡德摩斯眨眨眼，说：“好吧，摩耳甫斯也不总是对的，是吧？”

可哈耳摩尼亚激动地推搡着卡德摩斯。“快看，”她悄声说道，“快看，卡德摩斯，看哪！”

卡德摩斯立即看到了引起哈耳摩尼亚注意的东西，那头牛的背上有一块半月形印记。这太明显了，找不到可以描述这个形状的词了，只能描述它是一个清晰的半月形！

佩拉贡正徒劳地在卡德摩斯耳边夸奖牛儿的血统和极高的产奶量，可卡德摩斯打断了他的话。

① 原文为拉丁文：victor ludorum。——译者注

“尊敬的陛下，再也没有比这更绝妙、更让我喜欢的奖赏了！本人感激涕零。”

“是吗？”佩拉贡有点震惊。

宫廷大臣听到这话也吓了一跳，手中那根用来将牛驱赶至领奖台的柳鞭顿时掉落在地。大概三十秒后，牛儿意识到刺痛的鞭打消失了，再也没有东西赶着自己往前走了，于是她调转方向，开始慢悠悠地往外走。

“真的，”卡德摩斯边说边从领奖台上跳下，接着把哈耳摩尼亚也抱了下来，“确实是最好的礼物，正是我们想要的……”

牛儿穿过人群，卡德摩斯和哈耳摩尼亚以及他们忠心耿耿的随从紧随其后。卡德摩斯转头向国王道谢，可话讲得磕磕巴巴，礼也行得断断续续的。

“陛下，请原谅我们……这几天真的太开心了……非常感激您的款待……东西好吃极了，运动会也很精彩……让我们宾至如归……呃……再会啊……”

哈耳摩尼亚也附和着：“感激不尽，我们永生难忘，永生难忘。牛儿真是太可爱啦！再见。”

“等……等会儿！这是怎么了？我以为……”佩拉贡对这突如其来的道别大惑不解，“你们不是还要再留宿一晚吗？”

“没时间啦。来吧，大伙儿。快跟上！”卡德摩斯召唤着他的苏尔随从们，只见仆人、保镖、追随他们的平民和侍从纷纷把吃着的东西扔到一边，边跑边披挂着武器，与刚认识的人匆匆吻别。大家急急忙忙地跟上了卡德摩斯、哈耳摩尼亚和那头牛的脚步。

安菲达玛斯看着卡德摩斯和他的一大帮人就这样一溜烟地消失在视野之中，说：“我从一开始就说他们疯了，完全疯了！”

水中之龙

卡德摩斯、哈耳摩尼亚及其追随者跟着那头有半月形标记的牛走了三天三夜。他们翻山越岭，穿过草原，跨过田野，渡过河流，似乎是朝着东南方向玻俄提亚（Boeotia）[①]走去。

哈耳摩尼亚相信牛很可能就是欧罗巴本人，毕竟宙斯为了强

① 该地位于希腊的中央，科林斯海湾的北部。在不剧透的前提下，我只能告诉你这地方曾经被称为卡德麦斯（Cadmeis）……

占她曾把自己变作一头公牛，所以欧罗巴也很有可能变作牛了。卡德摩斯则被牛儿那有节奏地摆动着的肥美臀部搞得昏昏欲睡，他更倾向于认为整件事只是一场恶作剧，目的是愚弄他。

事出突然。他们刚刚翻过一座陡峭的山岭，还未踏入广阔的平原，这头母牛便重重倒地，精疲力竭地发出一声呻吟。

“我的老天！”卡德摩斯说。

“和神谕所预言的一样！”哈耳摩尼亚喊道，“皮媞娅怎么说的来着？‘牛儿倒下的地方，你必须建造’，来吧。”

“来吧？”卡德摩斯皱起眉头，“‘来吧’是什么意思？建造？建造什么？怎么建造？”

“这样吧，”哈耳摩尼亚说，“我们把这头牛献祭给帕拉斯·雅典娜。反正这可怜的东西也快死了，雅典娜会指引我们的。”

卡德摩斯同意了，并决定在原地搭建简易帐篷。为了将祭品好好清洗一番，他派几名手下去附近汲点泉水。

卡德摩斯割开牛的喉咙，将牛血喷洒在临时搭的祭坛上，上面铺有野花和烧过的鼠尾草。这时，一名苏尔人狼狈地跑了回来，带回一个坏消息：那儿有一条龙，它长得像条巨大的水蛇，正守护着那眼泉水。它已经杀死了四个人，用身子紧紧地缠着他们，然后张开大嘴咬掉了他们的脑袋。这可如何是好？

英雄从不束手就擒，而是勇于行动。卡德摩斯赶往泉水处，路上捡了一块巨大的石头。他藏在树后，吹响口哨吸引恶龙的注意，接着，瞄准恶龙的脑袋，把石块扔过去，将其头骨砸得粉碎，那龙当即毙命。

“这下再也不必为这水蛇烦心啦。”卡德摩斯低头看着那怪物的鲜血和脑浆流淌到泉水之中。

忽然，一个声音在他耳边清晰地响起：“阿革诺耳之子，为何凝视你所斩杀的大蛇？有一天，你也会变成蛇，并忍受陌生人的注视。”

卡德摩斯环顾四周却不见有人，那肯定是自己脑子里的声音。他摇了摇头，回到营地。支持者的欢呼与哈耳摩尼亚崇拜的亲吻令他心情大好，所以并未对妻子提起那声音的事。

然而，在卡德摩斯注意不到的地方，他的某个手下噘着牙，准备对同伴透露点坏消息，这种人总是爱幸灾乐祸，招人讨厌。此人来自玻俄提亚，他一边摇着头，一边对同伴耳语，说卡德摩斯刚刚杀死的伊斯蒙尼亚之龙（Drakon Ismenios）乃战神阿瑞斯的圣物，实际上，那怪物其实是阿瑞斯的儿子！

“这件事不会有好结果，”这人啧啧感叹，“惹到战神，必遭天谴。真的，先生。甭管祖父是谁都一样。”

在这里有必要说明一点，那时的英雄与凡人所面临的最麻烦的挑战便是如何处理和不同天神之间的关系。试图斡旋于这群善妒且充满敌意的奥林匹斯神之间可是一件相当费心的工作。若是对其中一位天神过分忠诚和奉承，极有可能引发另一位天神的怨气。比如，卡德摩斯和哈耳摩尼亚得到了波塞冬与雅典娜的宠爱，那么，很有可能赫拉、阿耳忒弥斯、阿瑞斯甚至宙斯会对他们百般阻挠。他们若还蠢到不慎杀死了那四位神的宠爱之物，那就只能祈求上天的怜悯了。世上任何祭祀和贡品都无法安抚一位被冒犯的神，一位心怀报复的神，一位在别的神面前失了面子的神。

由于斩杀了阿瑞斯的爱物，卡德摩斯显然已经与这位最好斗、最无情的天神为敌了。[①]但他并不知情，因为随从间的窃窃私语还没传到他的耳朵里。卡德摩斯无忧无虑地焚香祷告，完成对雅典娜的祭祀，依然感觉一切都很顺遂。这种感觉很快变得更加强烈，因为雅典娜立即现身了。她很喜欢这头被当作祭品的母牛，于是踏着卡德摩斯焚香而成的烟雾下凡，对两位虔诚的信徒露出端庄的微笑。

① 奥维德称伊斯蒙尼亚为 Anguis Martius，即“马尔斯之蛇”。似乎在希腊神话之中，(ap)ophis（蛇）与 drakon（龙）并没有太大区别，正如德国传说故事中的 wurm（虫）和 drachen（龙）也可以互换。

龙牙

“起来吧，阿革诺耳之子，”雅典娜边说边踏步向前，将跪拜着的卡德摩斯扶起，“我们很喜欢你的祭品。如果小心遵照我的指示，一切都将平安无事。你要开垦这片肥沃的平原，要仔细地开垦，然后将你斩杀的巨龙的牙齿播入田垄。”

说完这些话，女神便消失在烟雾里。要不是哈耳摩尼亚和其他人都听到了雅典娜的这番话，卡德摩斯简直会怀疑自己是在做梦。然而，神明的指示不容置疑，不管听起来多么荒谬都一样。实际上，卡德摩斯逐渐意识到，越荒谬才越像是神明的指引。

卡德摩斯首先用冬青栎木制成犁头。接下来，由于没有能用的大牲口，他只得从最忠诚的随从中选几个人，给他们套上笼头。这些人为了魅力四射的苏尔王子在所不惜，所以帮忙拉拉犁根本算不上什么。

时值晚春，平原上的泥土十分松软，勤劳的苏尔人没怎么费力便犁出一道道笔直且清晰的浅浅田垄。

犁好田，卡德摩斯用长矛的钝部在田垄上扎出许多三四厘米深的小坑，再往每个坑里放入一颗龙牙。众所周知，人类有 32 颗牙。水龙却像鲨鱼那样有好几排牙，当前排牙齿因为嚼了太多人骨头而有所磨损时，后排牙齿就随时准备接替它们的工作。卡德摩斯一共种下了 512 颗牙，种完之后，他站到远处看着整片田野。

一阵微风拂过平原，吹起田垄上的浮土，将一股股粉尘卷到空中，顿时沙尘肆虐，之后便是一片寂静。

第一个看到这一切的是哈耳摩尼亚。她用手一指，所有人都随之望去。人们不禁倒抽一口凉气，小声惊呼起来。原来，一枚长矛的尖头正破土而出，随后出现了一顶头盔，接着是肩膀、胸甲、皮套护着的腿……一名全副武装的战士冒了出来，野性十足、勇猛无比地踏着步子。就这样一个接着一个，田地里很快便挤满了战士，他们在田垄间排成行，原地踏步。武器相撞发出的声音，搭扣、皮带和皮靴相互摩擦发出的声音，胸甲、护胫甲、盾牌上的金属与皮革相撞发出的声音，加上战士有节奏的低吼声，形成一股巨大而恐怖的轰鸣。在场的人无不胆寒。

然而，卡德摩斯大胆地走上前，举起一只手。

“斯帕耳托伊（Spartoi)! ”卡德摩斯的呼声穿过平原，为这些战士取的这个名字意为“种出来的人”，“我的斯帕耳托伊！我是你们的将军卡德摩斯王子。稍息！”

也许由于他们生于龙牙，而这龙又是战神的圣物，因此战士们天生特别好斗。对于卡德摩斯的命令，他们只是咆哮着挥舞手中的矛和盾。

“安静！”卡德摩斯大吼。

战士们置之不理，本来原地踏步的他们开始慢慢向前行进。卡德摩斯恼羞成怒，捡起一块石头，用惯有的精准和力量扔进了队列之中。石头砸到了一名战士的肩膀，那战士看了看身边的人，认定他就是袭击者，于是大吼一声拔剑扑了过去。转眼间，所有战士都争斗起来，田地里充斥着令人毛骨悚然的战吼声。

“停下！停下！我命令你们停下！”卡德摩斯大喊，仿佛一位发了疯的家长在球场边看见儿子在争球时被挤倒。他沮丧地跺着脚，对哈耳摩尼亚说："雅典娜何必让我费时费力地造出这样一群人？难道只为了让他们互相残杀吗？瞧他们多么狂暴、多么嗜血啊！这一切到底是为了什么？"

就在卡德摩斯说话的时候，哈耳摩尼亚伸手指向队伍中央。五名斯帕耳托伊站成一圈，他们是最后的幸存者。其他士兵都倒地身亡，流出的血液被生出他们的土地吸收殆尽。五名战士迈步向前，把佩剑插入大地，在卡德摩斯面前低头跪拜。

苏尔人总算舒了一口气，大家欢欣鼓舞。这一天可真够古怪的，简直是凡人历史上最不可思议的一天。不过某种秩序似乎出现了。

"这地方叫什么？"卡德摩斯问道，"有谁知道吗？"

曾警告伊斯蒙尼亚之龙是阿瑞斯圣物的那人开口说话了："我是这附近的人，我们把这里叫作'底比斯平原'。"

"好，那么在这片平原上，我将建起伟大的城市。从今往后，我们不再是苏尔人，而是底比斯人。这五名斯帕耳托伊将成为底比斯的城主。"人们欢声雷动。

被诅咒的项链

底比斯的五名建城者分别被命名为厄喀翁（Echion）、乌代俄斯（Udaeus）、克托尼俄斯（Chthonius）[①]、许珀瑞诺耳（Hyperenor）和珀罗（Pelor）。在卡德摩斯的领导下，他们与忠诚的苏尔随从们逐步建起了卫城卡德米亚（Cadmeia）。卫城发展壮大，最终成为强大的底比斯城邦。[②]坚固的城墙环绕着底比斯，七座巨大的青铜大门镶嵌其中，每座城门都敬献给一位奥林匹斯神。

城墙由安菲翁（Amphion）和仄忒斯（Zethus）建造而成，他们是一对双

① 克托尼俄斯的名字说明了他们都生于地底（chthonic）。

② Polis 即城邦，后来成为古希腊标志性的行政划分单位。其中最有名的是雅典，不过斯巴达、底比斯、罗德（Rhodes）、萨摩斯（Samos）等诸多城邦在希腊发展得也颇为繁盛。它们彼此结盟，进行着贸易和战争。尽管"民主"（democracy）一词诞生于希腊，但城邦一般由两种人领导。一种是国王，国王的希腊语写作 tyrannos，所以当我们用 tyrant 这个词来指代君王时，不一定说的是暴君。还有一种是所谓的"少数领导"，希腊语写作 oligarchy（寡头政治）。由 polis 衍生的词汇有 polite（礼貌）、politics（政治）与 police（警察）。

胞胎兄弟，由宙斯和当地河神阿索波斯（Asopos）的女儿安提俄珀（Antiope）所生。赫耳墨斯曾经是安菲翁的情人，教他如何弹奏里拉琴。在建筑卡德米亚巨大的城墙时，安菲翁一边弹奏里拉琴一边唱歌，仄忒斯扛来的巨石听得入了迷，自动搭了起来，转眼间，城墙建好了。因此，安菲翁与仄忒斯也和卡德摩斯一样，被称为底比斯的建城者。

城墙建好后，卡德摩斯和哈耳摩尼亚开始准备婚礼。这对夫妻是提坦神和奥林匹斯神的后裔，曾与奥林匹斯神结盟，也曾遭受奥林匹斯神的惩罚，但他们本身是彻头彻尾的凡人。若在今天，他们很可能会被称为“史上最强夫妻”，媒体一定忍不住会把他们称为“卡摩恋”。

由于他们是凡人中最重要的情侣，这对情侣的婚礼史无前例地风光，位高权重的凡人与天神均拨冗出席，随礼也令人叹为观止。阿佛洛狄忒将自己的紧身腰带[①]借给哈耳摩尼亚，这件配饰具有魔力，能激发极为销魂蚀骨的欲望。据说哈耳摩尼亚在床事方面相当害羞，也就是说她和卡德摩斯尚未圆房，因此，这件由爱与美的女神（很有可能就是哈耳摩尼亚的生母）出手相借的紧身腰带确实价值千金。

但没有一件礼物比得上卡德摩斯送给新娘的项链，它由上乘的玉髓、碧玉、绿宝石、蓝宝石、翡翠、青金石、紫水晶、白银和黄金制成，这些都是世所罕见的珍宝。卡德摩斯把项链为美丽的妻子戴上，引得宾客们啧啧称奇。[②]

有传言说这条项链也是阿佛洛狄忒赠予的，而那项链是由赫菲斯托斯亲手制造的；甚至还说赫菲斯托斯是在妻子阿佛洛狄忒的催促下被迫制造的，阿佛洛狄忒则是受情人阿瑞斯委托才如此。如果你还记得，阿瑞斯一直对卡德摩斯斩杀伊斯蒙尼亚之龙一事耿耿于怀，这一切背后的残酷真相是，那项链被诅咒了，它蕴含着不可磨灭的刻骨恶意。无论是谁佩戴或拥有它，都会时运不济，惨遭横祸。

① 我若能讲清楚“紧身腰带”到底是什么，那才是见了鬼呢。有人认为它就是腰带，有人认为它是类似于倍儿乐（Playtex）的那种束腹带或者束腰带，还有人将其描述为“传说中的聚拢型胸罩”。罗伯托·卡拉索称之为“一条柔软的具有欺骗性的缎带”。

② 在《卡德摩斯与哈耳摩尼亚的婚事》（*The Marriage of Cadmus and Harmony*）一书中，罗伯托·卡拉索对此做了绝妙的描写：“一个金光闪闪的花环几乎垂到了地上。”

此事十分费解，令人很想一探究竟。如果阿瑞斯和阿佛洛狄忒真是哈耳摩尼亚的亲生父母，他们为何要置亲生女儿于死地？就为了替一条死去的水蛇报仇吗？再说了，可爱的哈耳摩尼亚真的会是爱神与战神的孩子吗？如果是，这样两股可怖的强大力量怎么会结下如此温柔的果子？他们又为何要对她施以如此恐怖的诅咒？

卡德摩斯和哈耳摩尼亚的联姻似乎展示了人类两种截然不同的主要特质的结合，就像厄洛斯与赛姬。也许卡德摩斯代表的是征服、文字以及贸易，这些都是东方的传统，毕竟卡德摩斯的名字就衍生自古老的阿拉伯语和希伯来语的词根 qdm，其意为“东部的”。在这段联姻中，与他结合的是爱和感性，于是后来的希腊人便同时拥有了这两种特质。

然而，这个故事和诸多其他故事一样，我们从中真正看到的是猜不透摸不清、令人头晕眼花的谜语，它们围绕着希腊神话的核心特征，如充满暴力、激情、诗意和象征意义，并且刻意避免揭开谜底。这是一道既无法计算又变幻无常的代数题，它以人和神为主角，绝不是纯粹的数学模型。虽然解读象征意义和叙事脉络的过程充满乐趣，但因为无法“换算”，最后得出的答案通常不会比模棱两可的神谕清晰多少。

回到故事中来，这桩婚姻非常美满。紧身腰带从字面意义上践行了爱与美的职责，这对幸福的夫妻被赐予了子女：两个儿子，波吕多洛斯（Polydorus）和伊律里俄斯（Illyrius）；四个女儿，阿高厄（Agave）、奥托诺厄（Autonoë）、伊诺（Ino）和塞墨勒（Semele）。

但是，卡德摩斯还是要为屠龙之举付出代价。阿瑞斯迫使他答应为自己工作一整个奥林匹斯年，换算成人类的时间差不多是八年。

在这之后，卡德摩斯重返人间，统治其建造的城邦，但是项链的诅咒将会玷污他作为国王可能得到的任何幸福或满足。

付诸尘土

经过多年的繁荣与和平之后，卡德摩斯与哈耳摩尼亚的女儿阿高厄嫁给了厄喀翁的儿子彭透斯（Pentheus）。厄喀翁就是那五位建城者之一，是最后幸存的五位斯帕耳托伊之一。和诸位后世英雄一样，卡德摩斯厌倦了当国王的日子，对旅行的渴望越来越强烈。有一天，他对哈耳摩尼亚说："我们去旅行吧！出去见见世面。彭透斯已经准备好在我们离开时继承王位。"

他们的确游遍了村镇与城邦，大开眼界。他们像一对普通的中年夫妻那样出行，不要求特地隆重地款待他们，同行的只有一小支随从队伍。然而不幸的是，哈耳摩尼亚将那被诅咒的项链也放入了行李。

游遍希腊大地之后，夫妻俩决定去拜访位于亚得里亚海（Adriatic）以北、巴尔干半岛以南、面朝意大利东岸的王国，那是小儿子伊律里俄斯建立的国度，因此不出所料，那里被命名为伊利里亚（Illyria）。[①]

抵达之后，卡德摩斯突然感觉疲倦，心里充满恐惧，觉得难以承受。他对着天空呼喊："过去三十年，我始终明白，杀死那条水蛇等于扼杀了我和妻子的幸福生活。冷酷无情的阿瑞斯不会善罢甘休，除非我也像蛇一样在这地上蠕动。若这样能安抚他，能让我烦扰的人生得到平静，那就让我滑行于尘土间度过余生吧。但愿如此[②]。"

话刚出口，这不幸的祈祷便成了不幸的事实。卡德摩斯的身体开始变窄、变长，皮肤长出水泡，进而变成光滑的鳞片，他的脑袋变作扁平的菱形。那条曾对天庭喊出这可怖愿望的舌头，如今从两排獠牙间吐出。他曾是卡德摩斯，是苏尔的王子，是底比斯的国王，如今却成了一条在地上蠕动的普普通通的蛇。

哈耳摩尼亚见此绝望地大声号哭："愿上天怜悯！阿佛洛狄忒，您若是我的母亲，请展现您的爱吧！让我也变成蛇和爱人做伴。如今，人世间的果实对我而言不过是尘土。阿瑞斯，您若是我的父亲，请展现您的慈悲吧！宙斯，若像某些人所说的，您才是我的父亲，那么看在世间万物的份儿上，我祈求您的怜悯！"

然而，他们三个都没有听到这段祷告，反而是慈悲的雅典娜把哈耳摩尼亚变成了蛇的模样。于是，哈耳摩尼亚跟着丈夫在土里滑行，他们紧紧缠绕在一起，不离不弃。

① 这里是莎士比亚《第十二夜》（*Twelfth Night*）和让－保罗·萨特（Jean-Paul Sartre）《肮脏的手》（*Les Mains Sales*）剧本故事的发生地。达尔马塔（Dalmatae，其名最初衍生自阿尔巴尼亚古语中的"羊"）是位于此地西北部的一个伊利里亚部落，后来沿用部落名将此区域命名为达尔马提亚海岸（Dalmatian coast）。Dalmatian 这个词之后也用来命名斑点狗。

② 作为泰尔人，卡德摩斯在表达"但愿如此"时使用的应该是中东地区最为常用的一个词：阿门。

这对夫妻在雅典娜神庙的阴影里度过了余生，只有正午时分才会露面，他们需要那时的阳光来温暖自己的血液。大限之日来临时，宙斯及时将他们变回人形以迎接死亡。他们的遗体被带回底比斯城隆重地下葬，宙斯派出两条巨蟒，永远守护着他们的坟茔。

让卡德摩斯和哈耳摩尼亚就此长眠吧。他们死时并不知道，小女儿塞墨勒在他们不在的时候，将某种力量释放到了世间，因此世间的面貌被永远地改变了。

酒神狄俄尼索斯：两度出生

雄鹰之地

卡德摩斯和哈耳摩尼亚出发旅行之后，他们的女婿彭透斯接管了底比斯。[①]虽然他不是一位强大的国王，但非常正直，并且竭尽全力地运用自己有限的智慧和谋略来履行国王的职责。城邦在彭透斯的统治之下相当繁荣昌盛，不过他要时刻提防卡德摩斯的子女，也就是他的小叔子小姨子们。这帮人的贪婪和野心一直威胁着他，就连妻子阿高厄似乎也看不起他，总觉得他总有一天会落马。最年轻的小姨子塞墨勒是唯一让他放心的人，因为塞墨勒既不像哥哥波吕多洛斯和伊律里俄斯那样世故，也不像姐姐阿高厄、奥托诺厄和伊诺那样对自己的金钱与地位虎视眈眈。塞墨勒是一位美丽、善良、慷慨的姑娘，在伟大的宙斯神庙中担任女祭司，活得心满意足。

有一天，塞墨勒为宙斯献祭了一头体型特别大、精力特别充沛的公牛。献祭完，她来到阿索波斯河洗净身上的血污。无巧不成书，由于对祭品非常满意，而且本来就想看看底比斯发展得如何，宙斯那时正好化身为最钟爱的老鹰飞过河流。塞墨勒在河水中闪闪发光的裸体令宙斯血脉偾张。于是，他降落在地，并迅速变成合适的形态。我之所以说“合适的形态”，是因为为了避免把人吓晕，天神在人面前

① 卡德摩斯和哈耳摩尼亚的儿子波吕多洛斯与伊律里俄斯都太年轻，无法成为一国之主。波吕多洛斯之后会统治底比斯，伊律里俄斯会统治以他名字命名的国家伊利里亚，前文对该地有介绍。

现身时总是尺寸适中，看上去平易近人。因此，这会儿站在河岸边对塞墨勒面露微笑的是一个凡人的形象。他高大英俊，肌肉发达，散发着不同寻常的魅力，不过归根结底还是人。

塞墨勒双手抱胸，叫喊起来："你是谁？竟敢偷看宙斯的女祭司？！"

"原来你是宙斯的女祭司呀？"

"正是。你若敢伤害我，我定会向众神之王呼救，他马上就会来帮助我的。"

"未必吧？"

"这是真的，请你速速退下！"

可是这个陌生人越走越近。"我对你非常满意，塞墨勒。"他说。

塞墨勒后退几步，说："你知道我的名字？"

"我知道很多事情，忠诚的女祭司。因为我就是你侍奉的神，我就是天空之父，奥林匹斯之王，全能的宙斯。"

仍站在河水之中的塞墨勒倒抽一口凉气，跪倒在地。

宙斯蹚着水走向女孩，说："起来吧，让我看看你的眼睛。"

这是一场水波四溅的云雨。结束之后，塞墨勒微笑着红了脸，接着她大笑起来，然后开始流泪，把头靠在宙斯胸前啜泣不止。

"别哭了，最最亲爱的塞墨勒，"宙斯边说边用手指梳理着她的头发，"你让我非常快乐。"

"很抱歉，我的神。我爱你，可我十分清楚你绝不会爱一名凡人。"

宙斯低头凝视着她。方才涌起的激情虽已退去，可他惊讶地感觉到内心深处有什么在萌动，余灰未烬。天神从来都是冲动行事，怎会考虑身后事。那个时候，他确实感受到了对美丽的塞墨勒的强烈爱意，所以他如实相告了。

"塞墨勒，我确实爱你！我真心实意地爱着你。相信我吧，我对这河水起誓，我将永远照顾你，关心你，保护你，并赐予你荣誉。"宙斯两手托住塞墨勒的脸，弯腰给那柔软、顺服的嘴唇赐上温柔的一吻。"好了，再会吧，我的甜心。每个新月[①]我都会来看你。"

塞墨勒穿上长袍，头发仍然湿漉漉的，但整个人因为收获了爱和幸福而感到温暖、快乐。她穿过田野走向神庙。手挡住阳光

① 一种天文现象，指阴历的每月初一，当月亮运行到太阳与地球之间，以黑暗的一面对着地球，并与太阳同起同落，但在地球上是看不见月亮的。——编者注

抬头望去，她看见一只雄鹰正展翅掠过长空，似乎飞进了太阳之中，那炫目的光芒令她的双眼充满泪水，不得不别过头去。

雄鹰之妻

宙斯的本意是好的。

这句话往往预示着那些可怜的半神、宁芙或凡间女子即将大祸临头。众神之王的确爱着塞墨勒，也确实想要尽力对她好。沉醉于新欢的宙斯轻易便忘却了伊俄遭受过的折磨，那位报复心极强的妻子曾派出牛虻叮得伊俄发疯。

呜呼！赫拉也许失去了长有一百只眼的阿耳戈斯为她搜集情报，但是在世界各地，她还有数千名眼线。监视着塞墨勒，并将这河中之事悄悄告诉赫拉的，究竟是某位嫉妒的姐姐，阿高厄、奥托诺厄或者伊诺，还是天庭之后的某位女祭司，此事不得而知。总之，赫拉发现了。

就这样，一天下午，塞墨勒正满怀欣喜地来到与宙斯一贯的私会之处，却遇见了一位拄着拐杖的佝偻老妪。

“天哪！多漂亮的姑娘。”那老妇人嘶哑着嗓子说道，这把粗糙、难听的声音装得稍微有点过分了。

“谢谢您。”塞墨勒毫不起疑，露出了友善的微笑。

“跟我散散步吧，”老妇人边说边用拐杖把塞墨勒扒拉到自己身边，“你扶着我。”

塞墨勒本就是个礼貌而体贴的姑娘，她的教养让她无论如何都要给予老人最大的关怀和尊重，于是她陪在老妇人身边，毫无怨言地忍受着对方的粗鲁。

“我的名字是柏洛瑞（Beroë）。”老妇人说。

“我叫塞墨勒。”

“这名字可真美！而这就是阿索波斯河。”柏洛瑞指向那清澈的河水。

“是的，”塞墨勒点点头，“那就是这条河的名字。”

老妇人的声音忽然弱了下来，刻薄地在塞墨勒的耳边说道：“我听说了，有一名宙斯的女祭司在这里被引诱了，就在这芦苇丛里。”

塞墨勒没有说话，但即使如此，一直红到脖子根的脸也等于彻底招认了。

“哦，天哪！”老妪叫道，“就是你！现在仔细看看，你的肚子都隆起来啦，你怀孕了！”

“我……是的……”塞墨勒半羞怯半骄傲地说道，“但是……您能为我保密吗？”

“咳，我这张老嘴可不会乱讲话。你想跟我说什么都行，亲爱的。”

“好吧，其实这孩子的父亲就是……就是宙斯本尊。”

“不会吧！”柏洛瑞说道，“真的吗？”

塞墨勒非常肯定地点了点头，她不太喜欢老妇人那狐疑的语气，所以又强调了一遍：“千真万确。就是众神之王。”

“宙斯？伟大的天神宙斯？好吧，好吧。我看呀……哎，还是不说了吧。”

“说什么呀，老婆婆？”

“你真是个纯真的小甜心，太轻信人啦。不过，亲爱的，你怎么知道那就是宙斯呢？那不是邪恶的勾引者专门来引你上钩的吗？”

“哦，不是那样的，就是宙斯。我知道他是宙斯。”

“对我这老太婆有点耐心吧，给我说说他什么样子，孩子。”

“嗯，他很高，留着大胡子，很强壮，很善良……”

“哦不，很抱歉这么说，不过这听起来一点也不像天神呀。”

“可他就是宙斯，真是他！他把自己变成了老鹰的样子，我亲眼看到的。”

“那种把戏学学就会啦，农牧神和半神都可以做到，甚至有些凡人也能做到。”

“可他就是宙斯，我能感觉出来。”

“哎……”柏洛瑞满腹狐疑地说，“我接触过天神。我的妈妈是忒堤斯，爸爸是俄刻阿诺斯。年轻的天神们从克洛诺斯的肚子里重生之后，是由我抚育他们长大的，这是真话。我了解他们的言行举止，清楚他们的性格特点。这么跟你说吧，我的女儿。神明展现真身之际，就像发生了大爆炸，令人叹为观止，过目难忘，不会错的。”

“那正是我的感受！”

“你感受到的只不过是和凡人欢爱时的狂喜。相信我吧。现在告诉我，你的这位爱人还会再来找你吗？”

“哦，他肯定会的。月相每一次发生变化，他都会如约而至。”

“如果我是你的话，”那老妇人说道，“我就会要求他显露真身。若他真是宙斯，你马上就能看出来。否则我真担心你被骗了，你这孩子善良可爱，太轻信人，这种事可绝不能发生在你身上。好啦，现在我要欣赏风景了。嘘，嘘，快走开吧。”

就这样，塞墨勒离开了老妪，一路上越来越生气。她实在有点压不住火，这满脸疙瘩和皱纹的老东西彻底惹火她了。老年人最爱干的事就是夺走年轻人的生活乐趣。当塞墨勒骄傲地告诉自己的亲姐姐，奥托诺厄、伊诺还有阿高厄，自己与宙斯是多么相爱时，姐姐们压根儿就不信。她们尖声大笑，并夹以嘲讽表示怀疑，还说她就是个容易受骗的傻瓜。现在，就连这个柏洛瑞也怀疑她。

不过也许，真的只是也许，姐姐们和这老巫婆的话也有一定的道理。天神肯定不只有温暖的身体和结实的肌肉吧？当然，这些已经非常有魅力了。塞墨勒对自己说："还有两个晚上，天空中就会出现新月了，到时候我就能证明这多管闲事的臭老太婆说错了。"

塞墨勒若在此刻回头望向河边，她将目睹不可思议的画面：那位多管闲事的臭老太婆变得年轻漂亮，颇有母仪天下的风范，正乘着十二只孔雀拉着的紫金战车腾空而去。如果塞墨勒有双千里眼，恐怕还能看到真正的柏洛瑞[①]，这位无辜的天神老保姆早已光荣退休，正在遥远的腓尼基海岸安享晚年。

真神现身

到了新月之夜，塞墨勒在阿索波斯河岸边急切地踱着步子，等待情人现身。宙斯终于来了，这次他变作一匹公马。这匹毛色光泽的黑色骏马穿过田野向塞墨勒疾驰而来，背后西落的斜阳仿佛让鬃毛熊熊燃烧。塞墨勒太爱他了！

宙斯让塞墨勒抚摸自己的侧腹，让她轻拍喷着热气的鼻孔，之后才变回她熟悉且深爱的样子。女孩紧紧抱住他哭了起来。

"我的宝贝姑娘，"宙斯边说边抚摸着塞墨勒隆起的腹部，那里正怀着他们的孩子，"怎么又哭了？我哪里做错了吗？"

"你真是天神宙斯吗？"

"我真的是。"

"那你能实现我的愿望吗？"

"唉，真要这样吗？"宙斯叹了口气说。

① 真正的柏洛瑞，即确实抚育了年轻天神们的海仙女，将她的名字传给了黎巴嫩的首都贝鲁特（Beirut）。

“不是什么大不了的事，我不要权力、智慧或者珠宝，不是这一类的要求。我也不要求你毁灭任何人。我求的只是一件小事，真的。”

“那好吧，”宙斯充满怜爱地捏捏她的下巴，“我可以实现你的愿望。”

“你保证？”

“我保证。我以这河水起誓……哦，我好像已经用这个发过一次誓了。那我就以伟大的冥河起誓吧①，”宙斯假装很严肃地举起一只手，朗声说道，“亲爱的塞墨勒，我以神圣的冥河起誓，一定会实现你的这个心愿。”

① 天神常常以这条幽暗可怖的河流起誓，你应该还记得，阿波罗就是以此向法厄同许下承诺的。

塞墨勒深吸一口气，说：“那好，请向我展现你的真身吧。”

“什么意思？”

“我想看看你真实的模样。不是人类，而是天神的样子，真正的神的模样。”

宙斯脸上的微笑渐渐消失了。“不行！”他喊道，“唯独这件事不行！不要许这种愿望。不行，不行，不行！”

当天神被自己草率的誓言弄得骑虎难下时，经常会用这种语气说话。你应该还记得阿波罗被法厄同要求遵守诺言时就这样叫喊过。所以此时，塞墨勒怀疑地看着宙斯。

“你保证过要满足我的心愿，而且你以冥河起誓了呀！既然起誓了，你就要遵守诺言！”

“可是亲爱的，你并不知道遵守这个诺言意味着什么。”

“我不管，你发誓了！”塞墨勒急得跺起脚来。

天神抬头望向天空，悲叹一声，说：“没错，我发誓了。我的誓言是神圣的。”

宙斯一边说着话，一边将自己变成巨大的雷雨云。在这幽暗的乌云深处不断闪现着超乎想象的耀眼光芒。塞墨勒在地上观望，脸上绽放出大大的微笑。她欣喜若狂，知道只有天神能够做到如此，只有宙斯本尊能变出如此炫目的金光璀璨的盛景。

然而，光芒变得越来越亮，刺眼的强光让塞墨勒不得不举起胳膊遮挡，光华不断加剧。突然，只听得一声响雷，塞墨勒耳膜破裂，鲜血直流。接着，阵阵闪电爆发出的耀眼锃光把女孩刺瞎了。又聋又瞎的塞墨勒跌跌撞撞地往后退去，但已经来不及避开那道迎面而来的霹雳了，巨大的力量把她的身体撕扯开来，瞬间便置她于死地。

在头顶上，在身边，甚至在身体里，宙斯听到了妻子得意的笑声。当然是她。宙斯早该猜到。不知赫拉施了什么诡计，让这可怜的姑娘许下了如此可怕的愿望。好吧，可赫拉休想杀死他们的孩子。伴随着隆隆雷声，宙斯变回了血肉之躯，并从塞墨勒的肚子里将胎儿取出来。胎儿还太小，不能呼吸，宙斯于是用刀割开自己的大腿，将胎儿塞了进去。这个临时的“子宫”紧紧包裹着它。宙斯跪在地上，将这孩子毫发未伤地缝进了自己温暖的血肉之中。[①]

“解放者”：最新的神

三个月后，宙斯与赫耳墨斯一同前往非洲北海岸的尼索斯（Nysus），人们普遍认为此地位于利比亚和埃及之间。赫耳墨斯在那里拆开宙斯大腿上的缝线，为其接生了儿子狄俄尼索斯（Dionysus）[②]，婴儿交由雨宁芙来哺育。[③]断奶之后，大腹便便的西勒诺斯成为孩子的导师，他随后成为狄俄尼索斯最亲密的伙伴与属下。若称年轻的天神是哈尔王子（Prince Hal），西勒诺斯便是法斯塔夫（Falstaff）。[④]西勒诺斯也有自己的属下，他们被称为西勒尼（sileni）。这帮羊男永远都吵个不停，总在寻欢作乐。

① 这故事真是惊世骇俗。正如奥维德评价道：“说出来你们都不信……”

② 这个名字也许是由“dio”（即天神，指宙斯）与出生地“尼索斯”相结合而得来的。

③ 感恩的宙斯把她们升入天空变为毕宿星团（hyades）以示嘉奖，这一螺旋星系的升起对希腊人来说预示着下雨。

④ 哈尔王子是文学评论界的一个专有名词，用以指代莎士比亚笔下年轻的亨利五世。这一角色出现在剧本《亨利四世》中，剧中另一角色法斯塔夫多次将年轻的亨利五世称为“哈尔王子”，因此学术界在分析这一角色时会以“哈尔王子”来指代。法斯塔夫这一角色则在莎翁的四部剧目中有提及，三部剧目中有登场，其中形象最为完整的便是《亨利四世》。法斯塔夫的典型形象是肥头大耳、喜欢自吹自擂的醉鬼。——译者注

图 32 西勒诺斯，狄俄尼索斯大腹便便的导师，名为西勒尼的羊男伴其左右，他们永远都吵个不停，总在寻欢作乐

Peter Paul Rubens (studio of), c.1620,National Gallery, London / Bridgeman.

还是一个少年时，狄俄尼索斯就发明了与之毕生相关的技艺——用葡萄酿酒。很有可能是半人马喀戎（Chiron）教会了他这个技艺，但还有另一个更为引人入胜的故事，讲的是年轻的天神与名叫安珀罗斯（Ampelos）的少年的热恋。[①]狄俄尼索斯为之痴狂，于是安排自己与安珀罗斯进行各种各样的比赛，然后故意让少年赢得胜利。其结果便是把那孩子宠得昏了头，至少是让他变得非常鲁莽和冲动。某天，骑着野牛的少年不慎夸下海口，说自己驾驭长犄角公牛的技巧比女神塞勒涅驾驭弯月更为娴熟。被激怒的塞勒涅直接借用了赫拉的恶毒法子，让一只牛虻叮咬那头野牛。发了狂的野牛把安珀罗斯甩到空中，并用牛角刺伤了他。

狄俄尼索斯赶到濒死少年被撕裂的躯体旁边时已是回天乏术。[②]他施法把扭曲的尸体变

① 公元 5 世纪的希腊诗人、帕诺波利斯（Panopolis）的农诺斯（Nonnus）洋洋洒洒写就了一部由 48 本书组成的史诗，其中在第 10 本～第 12 本中用较长篇幅详细讲述了这一段恋情及其余波。

② 农诺斯在这里插播了一段（他经常这么干，虽然其作品主题非常宏大，可他的诗真的是无聊透顶），让厄洛斯前来讲述其他男性恋人的著名传说以安抚狄俄尼索斯。厄洛斯讲述的是卡拉摩斯（Kalamos）和卡耳波斯（Karpos）的故事，后者即西风之神仄费洛斯与代表绿植和新生之宁芙克洛瑞斯（Chloris）的儿子，由克洛瑞斯衍生出的词汇有 chlorophyl（叶绿素）和 chlorine（氯）。总之，两个美少年陷入了热恋。在一个夏日竞技会上（运动和狩猎似乎总是会让美少年死于非命，之后我们会在雅辛托斯、阿克泰翁、克罗卡斯与阿多尼斯身上看到类似的结局），卡拉摩斯在孤独和悲痛中寻了短见，卡耳波斯一命呜呼。前者之后被变作芦苇，后者则变成了水果。直到今天，希腊语中的“芦苇”仍然写作 kalamos，“水果”则写作 karpos。

成了蜿蜒的爬藤植物，血滴开始凝固、鼓胀，变作甘美多汁的浆果，充满光泽的外皮披着粉霜，好似天神曾经深爱的青春。就这样，他的情人变成了一株葡萄树。直到今天，希腊语中的“葡萄树”一词仍然写作ampelos。狄俄尼索斯用这株葡萄树上结的葡萄酿出了第一桶葡萄酒并一饮而尽。将安珀罗斯的鲜血变成葡萄酒的技巧确实称得上魔法，它成了天神赠予世界的礼物。

只要是宙斯的私生子，神明也好凡人也罢，赫拉统统恨之入骨，所以葡萄酒这一新发明虽令人陶醉，却被嫉恨的赫拉下了诅咒，这让狄俄尼索斯疯了好一阵子。为了逃离赫拉的诅咒，接下来的许多年里他一直游历四方，将葡萄栽培和酿酒的技术传遍世界。[①]在亚述国（Assyria），他遇到了国王斯塔菲罗斯（Staphylos）和王后梅瑟（Methe），还有他们的儿子玻特律斯（Botrys）。在一场为狄俄尼索斯而设的飨宴之后，斯塔菲罗斯成为世上首个死于宿醉的人。为了补偿，也为了纪念，狄俄尼索斯将一串串葡萄命名为staphylos，将酒精饮料和醉酒命名为methe，将葡萄果命名为botyrs。

科学研究借用了这些名字，使其沿用至今，也为希腊神话在英语中的延续提供了绝妙的例证。19世纪的某天，生物学家通过显微镜发现了某种长着尾巴的细菌，那尾巴上结着一串串葡萄似的瘤状物，他们称之为“葡萄球菌”（staphylococcus）。“工业酒精”（methylated spirits）和“甲烷”（methane）借用的是梅瑟的名字。“灰葡萄孢菌”（botrytis cinerea），即“贵腐霉”，则取自玻特律斯，它有利于葡萄的生长，能够为上等且昂贵的葡萄甜酒增添一丝无与伦比的香气。

在这位新神的旅途中，伴其左右的不仅有西勒诺斯及其羊男随从，还有一帮热心的女性，她们被称为迈那得斯（Maenads）。[②]

狄俄尼索斯很快成为葡萄酒

① 据说，天神将酿造技术传遍了已知的大陆，却唯独没有告诉英国和埃塞俄比亚（Ethiopia）。不幸的是，这两个国家的葡萄酒的确都风评不佳。不过现在不一样了，英国的葡萄酒很出名，或许埃塞俄比亚的葡萄酒也有所进步。

② 这帮疯狂的崇拜者有许多充满暴力的神秘传说，公元前5世纪的雅典剧作家欧里庇得斯在《酒神的女信徒》（*Bacchae*）一书中详尽地描述了她们惊世骇俗的野蛮行径。在这部血腥的悲剧中，狄俄尼索斯返回底比斯，向母亲的姐妹们实施报复，因为她们不相信塞墨勒怀了宙斯的孩子。这位天神让彭透斯国王发了疯，又给他的姨妈们下咒，让阿高厄、伊诺与奥托诺厄扯断了这可怜人的四肢。

之神、享乐之神、狂醉之神、放荡不羁之神，代表着“极乐的未来[①]”。罗马人称他为巴克斯（Bacchus），和希腊人一样忠心耿耿地崇拜他。狄俄尼索斯与阿波罗完全对立：一位拥有金色的光芒，代表理性、和谐的音乐、抒情的诗篇与严谨；另一位则散发着黑暗的气场，代表无序、解放、狂野的音乐、杀戮欲望、疯狂与不理性。

不过，这些天神都有活生生的个性与故事，因此常与这些刻板的象征含义有所背离。比如我们即将看到的阿波罗，他也可以变得相当嗜血、疯狂和残忍。狄俄尼索斯也不只象征着酩酊大醉与放荡不羁，他有时被称为“解放者”，作为促进植物生长的神仁慈地给予世界救济，赋予万物新生。[②]

① 原文为 orgastic future，出自《了不起的盖茨比》结尾：“Gatsby believed in the green light, the orgastic future that year by year recedes before us.”按照巫宁坤的译本，该句译为“盖茨比信奉这盏绿灯，这个一年年在我们眼前渐渐远去的极乐的未来。”——译者注

② 在重述狄俄尼索斯的神话时，奥维德常用 Liber 来指代他。这个词有“自由”和“放荡”之意，当然还有一个毫无关联的意思，那就是“书”。

神位确定

葡萄藤上的叶子、顶部缀有松果的酒神杖、由美洲豹或其他异域猛兽拉着的马车、堕落而兴奋的随从们明目张胆地招摇过市、罐子里灌满的葡萄酒……酒神节为这个世界增添了不少乐趣。所以，这位新神至关重要，以至于奥林匹斯诸神必须欢迎他位列其中。然而，十二个神位已经排满，至于十三，这在当时看来也是个不吉利的数字。天神们挠着下巴，思索该如何是好。其实大家都很喜欢狄俄尼索斯，也喜欢他为每次聚会带来的欢快气氛，他们想让他加入进来。最重要的是，他们很喜欢往花蜜酒里加入葡萄酒，这比发酵后的蜂蜜或平淡无奇的果汁好喝得多。

“这件事来得正是时候，”壁炉女神赫斯提站了起来，说道，“我越来越觉得凡间需要我，我应该去帮助人类和他们的家人，应该到颂扬壁炉、家园和玄关重要性的神庙去。就让年轻的巴克斯坐我的位置吧。”

赫斯提走下神位，其他天神不太同意，小声抗议了几句，不过这位女神仍旧坚持己见。交接仪式就这样完成了，大家都很高兴，除了一位。赫拉认为，狄俄尼索

斯是宙斯对她进行的最恶心的侮辱，十二主神里有阿波罗、阿耳忒弥斯和雅典娜这几个私生子已经够丢脸了，如今竟允许一个拥有一半人类血统的杂种进入天庭，简直是奇耻大辱。她发誓永远不碰狄俄尼索斯那有毒的饮料，并且拒绝出席宴会，赫拉认为他就是用这些东西破坏了天庭的秩序与宁静。

后来，阿佛洛狄忒为狄俄尼索斯生了一个儿子，赫拉随即诅咒这个名为普里阿普斯（Priapus）的婴儿长相丑陋并且性无能，还把他扔下了奥林匹斯山。普里阿普斯成为男性生殖器之神，是代表勃起的小神，尤其受到罗马人的崇拜。然而，他的命运充满不幸，令人同情。虽然始终处于兴奋状态，但由于赫拉的诅咒，每当他想要干点什么时总是以失败告终。由于长期受困于这个尴尬的毛病，普里阿普斯自然而然地永远和酒精联系在了一起，这份父亲赠予世界的礼物将始终“在激起欲望的同时夺走人欢爱的能力”。

无论如何，不管赫拉喜不喜欢，重生者狄俄尼索斯，唯一一位拥有凡人母亲的天神都已荣登宝座，奥林匹斯十二主神终于尘埃落定。

愤怒的女神们：美人叫你下地狱

阿克泰翁：变成雌鹿

卡德摩斯家族应该是希腊世界最重要的家族之一。第一，卡德摩斯是底比斯的建立者和字母的传播者；第二，他们全家都是铸就希腊的核心人物。不过和诸多望族一样，卡德摩斯家族也伴以诅咒。城邦的建立依赖于卡德摩斯杀死了水中之龙，但这也令其背负了阿瑞斯的诅咒。命运几乎总是让荣耀、胜利与折磨、痛苦相伴。

卡德摩斯的女儿奥托诺厄和阿里斯泰俄斯（Aristaeus）育有一位小神阿克泰翁（Actaeon），这位小神在玻俄提亚地区备受尊崇。[①]和诸多后世英雄一样，阿克泰翁的老师是伟大而智慧的半人马喀戎。长大以后，他成为深受人们爱戴的猎手与领袖。捕猎时勇敢无畏，训练心爱的猎犬时方法巧妙且温柔慈爱，阿克泰翁因此名扬天下。

有一天，阿克泰翁及其狩猎团队在捕猎时跟丢了一头上等雄鹿，于是众人分头行动，各自追踪雄鹿。阿克泰翁跌跌撞撞地穿过几丛灌木，无意间来到了一个池塘边，阿耳忒弥斯正在池中沐浴。对方是司掌阿克泰翁最为热爱的狩猎的女神，他完全应该识趣些，而不是傻呆呆地站在池边盯着女神的裸体看个不停。要知道，阿耳忒弥斯同时也是禁欲、贞洁与处女之神，可她实在太美了，远胜阿克泰翁此生见过的一切，于是他就像生了根似的站在原地，张着大嘴，瞪着那双直勾勾的眼睛（当然不仅仅是眼睛）。

① 有时他被称为“田野里的阿波罗”。

也许是阿克泰翁踩到了一根小树枝，也许是他的口水滴到地上发出了什么声响，总之，某种东西让阿耳忒弥斯回头了。她看见一个年轻人站在池边色眯眯地盯着自己，顿时火冒三丈。一想到被人看到自己裸体的传言即将甚嚣尘上，阿耳忒弥斯就不由得深恶痛绝，她立即大声喊道："大胆凡人！直视我乃亵渎神明之举。我禁止你开口说话，若敢说出一个字，等待你的将是可怕的惩罚。听懂了就点头吧。"

不幸的青年点了点头。阿耳忒弥斯随即从他的视野中消失不见，只留下他一个人思索着自己该何去何从。

这时，阿克泰翁的身后传来了呼唤猎狗的声音，那是狩猎的同伴在通知他追踪到了猎物的气味，阿克泰翁本能地开口答应。但是，阿耳忒弥斯的诅咒就在那一刹那降临，他瞬间变成了一头雄鹿。

阿克泰翁昂起长着鹿角的沉重头颅，甩开蹄子奔过树林，来到一个池塘边。他低头望向池水，一看到自己的模样，他本想悲叹，可脱口而出的却是响亮的鹿鸣，这立即引来了猎犬的狂吠。转眼间，他自己的猎犬[①]便涌入了这片林中空地。它们会撕开雄鹿的喉咙，畅饮汩汩流出的鲜血作为奖赏，这都是阿克泰翁亲手训练出来的。果不其然，这些猎犬龇牙咧嘴地咆哮着扑到阿克泰翁身上，他的下颚咔咔作响，阿克泰翁伸出前蹄指向奥林匹斯山，仿佛在乞求众神的怜悯。可是，天神们要么没听到，要么不想管。很快，阿克泰翁便被撕成了碎片。猎人竟惨遭被狩猎的命运！

---

① 如果想让朋友们刮目相看，不妨背背奥维德在讲述这段神话时列举的公猎犬和母猎犬的名单。实在不行也可以拿它们当密码用。

公狗：墨兰波斯（Melampus）、伊克诺贝茨（Ichnobates）、潘法戈斯（Pamphagos）、多叩斯（Dorceus）、厄里巴索斯（Oribasos）、涅布洛福诺斯（Nebrophonos）、莱拉普斯（Lailaps）、忒戎（Theron）、普忒瑞拉斯（Pterelas）、许拉由斯（Hylaeus）、拉冬（Ladon）、德洛玛斯（Dromas）、提戈里斯（Tigris）、琉刻翁（Leucon）、阿斯波罗斯（Asbolos）、拉克翁（Lacon）、埃洛（Aello）、托斯（Thoos）、哈尔帕洛斯（Harpalos）、墨拉纽斯（Melaneus）、拉布洛斯（Labros）、阿耳卡斯（Arcas）、阿耳癸耳多斯（Argiodus）、许拉刻托耳（Hylactor）。

母狗：阿革瑞（Agre）、纳佩（Nape）、波美尼斯（Poemenis）、哈耳庇亚（Harpyia）、卡娜刻（Canache）、斯提克忒（Sticte）、阿耳刻（Alce）、吕刻斯刻（Lycisce）、剌克涅（Lachne）、墨兰开俄忒斯（Melanchaetes）、忒洛达玛斯（Therodamas）、俄瑞斯特罗福斯（Oresitrophos）。

厄律西克同：吃掉自己

女神德墨忒尔象征着肥沃丰饶与大自然的馈赠，但若是超出她忍耐的限度，她也会和阿耳忒弥斯一样有仇必报。这个有关色萨利国王厄律西克同（Erysichthon）的故事就清楚地告诉了我们德墨忒尔的惩罚有多么无情。

某天，因为扩建宫殿需要更多的木材，大胆、无畏且缺乏耐心的厄律西克同将一众伐木工派到森林，他们在那里看到了一大片茂盛的橡木。

“非常好，”国王喊道，“开始砍吧，小伙子们。”

可这些伐木工纷纷后退，嘴里嘀嘀咕咕的，还摇着头。

厄律西克同问领头的人：“他们这是怎么了？”

“陛下，这些橡木是德墨忒尔的圣物。”

“胡说！她的树多得都用不过来，快把这些树砍了。”

可伐木工们仍在交头接耳。

厄律西克同夺过领头人的鞭子。这鞭子原本是装装样子、吓唬人用的，可这位国王把它狠狠挥向了这群伐木工的头顶。

“要么砍树，要么挨鞭子！”厄律西克同喊道。

被国王这样挥舞着鞭子催促，伐木工们不得不砍起树来。可当他们来到这片林子的尽头，发现一棵巨大的橡树时，他们再次停了下来。

“怎么了？这可是最高最粗的树啊！”厄律西克同说道，“单靠这一棵树就能给我造出一座王宫大殿，剩下的木头还能给我再做一张大床呢。”

领头人伸出颤抖的手指指向橡树，只见它的枝杈上挂着许多花环。

可国王不为所动，问道：“那又怎样？”

“陛下，”领头人小声说道，“每个花环都代表着女神曾回应过的祈祷。”

“如果这些祈祷都已经回应过了，那她也不必留着这些花环了。把它砍倒。”

可领头人和他的属下都不敢继续。眼见如此，急躁的厄律西克同一把夺过斧头，亲自动起手来。

厄律西克同的体格非常健壮，并且像所有统治者一样热衷于展现自己的意志力、能力和体力。很快，树干裂开，这棵巨大的橡树开始摇晃。不知厄律西克同有没有听到枝叶间传来的护树宁芙细弱的悲鸣？即使听到了他也不会理睬，他一味地挥动着斧头，直到大树轰然倒地，树枝、还愿用的花环、花束，还有护树宁芙都散落在地。

橡树已死，护树宁芙也随之香消玉殒，她用最后一口气诅咒了犯下罪行的厄律西克同。

德墨忒尔听闻了厄律西克同的渎神之举，给利摩斯捎了几句话。利摩斯是从潘多拉的罐子里飞出的毒物之一，作为饥荒恶魔，她被视为丰饶女神德墨忒尔的反面，在神界必不可少。一位是肥沃多产的丰收使者，另一位则残酷无情地通报着饥饿与枯萎。由于她们是彼此的对立面、完全不可相容，因而永远都无法真正见面。于是，德墨忒尔派遣一名山宁芙作为使者，敦促利摩斯将护树宁芙的诅咒降到厄律西克同头上，坏心肠的恶魔对此当然是求之不得。

根据奥维德的描述，利摩斯的形象可是有些惨不忍睹。乳房下垂发皱，本应是胃部的地方却是一个空洞，腐烂的肠子暴露在外，眼窝深陷，嘴唇干裂，皮肤甲错，一头直发油腻不堪，脚踝浮肿灌脓，饥荒神的这副可怕尊容任谁看上一眼都会做噩梦。那晚，利摩斯偷偷溜进厄律西克同的卧室，将熟睡的国王搂在怀里，把那酸腐的气息吹入他体内。毒气从嘴里缓缓渗入国王的喉咙和肺，贪婪、可怕的饥饿蠕虫顺着血管悄悄滑进了国王身体的每个细胞之中。

厄律西克同从饥肠辘辘的古怪梦中惊醒。吃早餐时，他的饭量令御厨大吃一惊。他把每份食物都吃得干干净净，可是仍旧没吃饱。整整一天，他发现自己越吃越饿。好几天甚至好几周过去了，饥饿的痛苦愈加强烈。不管吃下多少食物，他都无法感到满足，体重也没有增长哪怕一盎司。吃进肚子里的食物简直就像浇在火上的汽油，只会让饥饿感“燃烧”得更加剧烈。因此，他的百姓开始在背地里叫他“埃通”（Aethon），意为“燃烧”。

厄律西克同也许是有史以来第一个把自己吃到倾家荡产的人。他将宝物、财产甚至宫殿逐一变卖，只为换取更多食物。然而，即使是这样也不够，因为任何东西都无法抚慰他巨大的胃口。最后，他不得不卖掉女儿迈斯特（Mestra）来筹钱，只求让索取无度的肚皮能得以平静。

其实这件事听起来并没有那么野蛮，它是个挺狡猾的点子：美丽的迈斯特曾是波塞冬的情人，对方赐予了她随意变化形态的能力。这是变幻无常的大海之神所具备的特殊天赋。厄律西克同每周都会把女儿卖给一位富裕的求婚者以换取聘礼。等陪伴未婚夫回到他家之后，迈斯特就变成某种动物逃回厄律西克同的身旁，等待下一个求婚者上钩。

即使如此，厄律西克同体内可怕的饥饿烈焰仍然无法被扑灭。某天，绝望的他吃掉了自己的左手，接着是胳膊，然后是肩膀、脚还有屁股。很快，这位色萨利的国王便把自己吃了个精光。德墨忒尔与护树宁芙终于报仇雪恨了。

罪与罚：凡人的罪责与宙斯的折磨游戏

药物的诞生

在色萨利王国的佛勒癸安提斯（Phlegyantis），有这样一位拥有惊人美貌的年轻公主，名叫科洛尼斯（Coronis）。她出众的美貌甚至引起了天神阿波罗的注意，并被阿波罗收作情人。你或许以为能与世上最美的天神相伴相爱总该别无所求了，但科洛尼斯不这么想。还怀着阿波罗的孩子时，她便迷上了一个叫伊斯库斯（Ischys）的凡人，并与其同床共枕。

阿波罗的一只白乌鸦目睹了公主的背叛，于是飞到主人身边，将这莫大的侮辱尽数告知，盛怒之下的阿波罗请求姐姐阿耳忒弥斯施以报复。狩猎女神做得有些过了头，她用瘟疫之箭射入佛勒癸安提斯的宫殿，毒箭将可怕的疾病传染了整座大殿的所有人。除了科洛尼斯，还有许多人也感染了疾病。乌鸦看到了这一切，于是回到阿波罗身边汇报事情的经过。

“科洛尼斯要死啦，主人，她要死啦！”

“她说什么了吗？有没有认罪？”

“认啦，认啦，她说：‘我罪有应得，请转告伟大的天神阿波罗，我不奢求他的原谅，也不乞求他的怜悯，只希望他能挽救我腹中的胎儿。请救救我们的孩子。’哈哈哈！”

这乌鸦幸灾乐祸地笑个不停，阿波罗火冒三丈，将它变成了黑色。从此，所有的乌鸦、渡鸦和白嘴鸦都变成了黑色。

后悔不已的阿波罗来到瘟疫肆虐的佛勒癸安提斯，发现科洛尼斯已经死去，她躺在葬礼的柴堆上，火焰吞没了她的尸体。阿波罗发出一声悲鸣，冲进火中，从她的子宫里取出一息尚存的孩子。他将科洛尼斯升到群星之间，把她变成了乌鸦座。

阿波罗给躲过一劫的男宝宝取名为阿斯克勒庇俄斯（Asclepius），并将他交给半人马喀戎抚养。也许因为阿斯克勒庇俄斯是通过手法相当粗暴的外科手术出生的，也许因为出生之前外面的世界饱受传染病的侵袭，也许因为他的父亲是数学与医药之神阿波罗，也许是基于以上所有原因，阿斯克勒庇俄斯很小就在医药方面展现出惊人的才华。

随着男孩一天天长大，喀戎很快就认识到这个孩子头脑敏锐，逻辑清晰，好奇心强，并且拥有治病的天赋。喀戎本身就是一位出色的博物学家、草药学家与逻辑学家，所以他相当愿意对这孩子进行医药方面的培训。除了传授他动物和人类解剖学的基础知识，喀戎还告诉这个男孩，知识来源于观察和细致的记录，而非过度纠缠理论。他告诉男孩如何采集草药，如何研磨、配比、加热，如何将它们制成粉末、饮剂或佐料以便服用、饮用或混入食物之中。他教男孩如何止血，如何调制热敷用的药膏，如何包扎伤口并复原折裂的骨头。十四岁那年，这个男孩挽救了一位士兵的腿使其免于截肢，把一个发高烧的小姑娘从死神手里夺了回来，从陷阱中救出了一头熊，使一整个村子的人免遭痢疾所苦，用自己调配的药膏减轻了一条受伤的蛇的伤痛。最后，那条感激的蛇舔抿了阿斯克勒庇俄斯的耳朵以示谢意，向他悄悄说出许多连喀戎都不知道的有关治疗的秘方，可谓无价之宝。

以蛇为圣物的雅典娜也表达了自己的感激之情，她赠予男孩一罐戈耳工的血液。你若觉得这礼物糟透了，那可真是大错特错了。对立面原则适用于许多方面。一小滴就能让天神不朽的金银神血，对凡人来说是不可触碰或品尝的致命毒药；相反，蛇发的戈耳工这种危险且致命的怪物体内的血液却能令死人复生。

二十岁那年，阿斯克勒庇俄斯已经掌握了外科手术与医药方面的全部技巧。他与老师喀戎拥抱道别，以世间首位医生、药剂师和治疗师的身份自立门户。他的名声迅速传遍了地中海地区，患病的、残疾的、不幸的人们纷纷涌向他的诊疗室。阿斯克勒庇俄斯将一根缠绕着一条蛇的木杖挂在诊疗室门口。今天，在国外许多救护车、诊所与医药网站上仍能见到这个标志。[①]

① 有些地方会用阿斯克勒庇俄斯之杖（或称希波克拉底之杖），图案是一根粗糙的木杖，一条蛇盘踞其上。还有一些地方使用的是赫耳墨斯的双蛇杖，杖的式样更纤细、优雅，上面有两条蛇缠绕着，两个蛇头在杖头相对，杖身还带有一对翅膀。无论选择哪种样式，都与临床医学的专业知识无关，只是不同选择而已。

后来，阿斯克勒庇俄斯娶了厄庇俄涅（Epione），其名字意为“抚慰”或“减轻病痛”。他们一共生了三个儿子、四个女儿。阿斯克勒庇俄斯像喀戎当年那样，也对女儿进行了严格的训练。

阿斯克勒庇俄斯教给大女儿许癸厄亚（Hygieia）保持清洁、健康饮食与锻炼身体的方法，今天我们将这种理念命名为 hygiene（卫生学）以资纪念。

对次女帕那刻亚（Panacea），阿斯克勒庇俄斯传授的是保持万物康健的方法，也就是救治方法及研制能治百病的药剂的方法，这些也就是她名字的含义：“治愈所有”。

三女儿阿刻索（Aceso）学到的是治愈的过程，包括我们今天所说的免疫学。

小女儿伊阿索（Iaso）专攻康复与复健。

长子玛卡翁（Machaon）和次子波达利里俄斯（Podalirius）成为第一代军医，他们之后在特洛伊战争期间所做的贡献被荷马记录在案。

最小的儿子忒勒福罗斯（Telesphorus）天生个头矮小，通常被描绘成戴着兜帽的模样，他研究的领域是修复和痊愈，即让患者彻底恢复健康。

如果阿斯克勒庇俄斯能把雅典娜赠送的那罐礼物盖得紧紧的，那么一切都将平安无事。但不知是因为沉迷于被捧为圣人与救世主的荣光，还是因为想证明自己的医术可以打败死亡，有一次，阿斯克勒庇俄斯用戈耳工的血液令一名已经亡故的人起死回生，后来又用了一回。很快，他像用蓖麻油似的开始频繁使用这个东西。

这让哈迪斯有点不高兴了。忍无可忍的冥王不惜离开冥界跋涉千里，最后怒气冲冲地来到弟弟宙斯的宝座前。

“这个男人不让我的亡灵过来，他们刚准备好过来，他就把他们从塔那托斯手里抢回去。你得做点什么帮帮我。”

“我同意，”赫拉说，“此人破坏了世界的秩序。若有人大限已至，凡人出手干涉肯定不行。竟然还给他一罐戈耳工的血，你女儿真是干了件蠢事！”

他们说的都是无可反驳的事实。宙斯眉头紧锁，他对雅典娜很失望。她的背叛虽不像普罗米修斯那般罪孽滔天、不可原谅，但其中又有相似之处，令他十分恼火。凡人就是凡人，这一事实不可更改。给予他们能超越生死的药剂实在是大错特错。

谁也没想到霹雳就这样落到了阿斯克勒庇俄斯的头上，这位备受尊敬的医生当场毙命。所有希腊人都为之哀悼。而阿波罗可不只是默默哀悼儿子的死，怒不可遏的他一听到这个消息，便立即动身赶往赫菲斯托斯的锻造所，用三支快箭将布隆特斯、史特罗佩斯和阿尔格斯射死——这三位独眼巨人毕生的任务和荣幸便是为天空之父锻造霹雳。

如此惊人的违逆之举绝对不容姑息。宙斯无法忍受任何挑战自己权威的行为，只要有一丝造反的苗头就必须迅速掐灭。因此，阿波罗被驱逐出奥林匹斯山，被命令以低贱的身份服侍色萨利国王阿德墨托斯（Admetus）一年零一天。阿德墨托斯凭借热情好客和对陌生人友善的性格特点赢得了宙斯的好感，这的确是俘获宙斯之心的捷径。

你应该还记得，阿波罗小时候就曾遭受惩罚，那时他杀死了大蛇皮同。在他华丽的外表和耀眼的魅力之下，藏着一颗固执的心和一腔冲动的热血。不过，他欣然接受了这一惩处。阿德墨托斯简直让人讨厌不起来，作为对方的牧牛人，阿波罗保证每头牛在自己的照看之下都能生出双胞胎。[①]牛儿与双胞胎对阿波罗来说都有特殊的意义。

与此同时，阿斯克勒庇俄斯升入天空，成了蛇夫座。

后世有传说坚称，宙斯将阿斯克勒庇俄斯复生并升为神格。在整个地中海世界，阿斯克勒庇俄斯和他的妻女的确被奉若神明。供奉他的庙堂被称为阿斯克勒庇亚（asclepia），它们遍地开花，像极了今天的水疗中心和健身房。主持仪式的祭司身着白袍，给支付了费用的请愿者沐浴、按摩，用莫名其妙的精油、乳霜和独家秘制的药剂给客人提供奢华的享受，这与今天的情形毫无二致。无毒的蛇一直都是阿斯克勒庇俄斯的圣物，因此它们被允许并鼓励在诊室里自由蠕动，这一点对当代人来说就不怎么常见了。此外，那时的人们同样注重精神健康，毕竟，holistic（整体性）这个单词就衍生自希腊语。在过了一夜，即所谓的“潜伏期”之后，人们在第二天早上会将所做的梦告知祭司，阿斯克勒庇俄斯通常会随之在患者面前现身，我认为，尤其是在那些付了重金的患者面前。

今天，位于埃皮达鲁斯（Epidaurus）的医神庙和当地那座著名的埃皮达鲁斯古代剧场一样备受瞩目。参观者仍能看到当年蜂拥而至的患者留下的疾病、疗法、饮食和药方的记录。

① 生活在公元前3世纪的诗人与学者卡利马科斯（Callimachus）认为，阿波罗在“服役”期间与阿德墨托斯陷入了热恋。

罪孽与惩罚

如果天神在今天的人类社会频繁现身、与人类交往或交媾，那必定是了不得的惊世大麻烦，然而白银时代的人类更加愚蠢和狂妄，他们往往将之视为理所当然。有些国王过度自负，无视神界最基本的戒律，对天神公然表现出极大的不敬。这类冒犯神威的亵渎之举一般都会受到严惩。就像家长爱用恐怖的寓言故事教育小孩，或像但丁和耶罗尼米斯·博斯（Hieronymus Bosch）①热衷于描绘具有训诫意味的地狱图景，古希腊人讲起刑罚的细节来同样是津津有味。对那些因僭越而激怒了天神的男男女女，奥林匹斯诸神和哈迪斯会以精心设计的酷刑来施以惩处。

① 荷兰画家，最著名的代表作是三联画《人间乐园》（*Garden of Earthly Delights*），其中一联便绘制了地狱的图景。——译者注

伊克西翁：违背宾客之责

在宙斯看来，没有比违背塞尼亚更严重的罪过了，塞尼亚指的是宾客之间神圣的责任。最蔑视这一戒律的凡人是伊克西翁，他是色萨利的古老部落拉皮斯（Lapiths）的国王。

伊克西翁最初犯下的罪只是贪婪。在远古时期，准新郎需要付钱给新娘的家人以娶走他们的女儿。伊克西翁娶了美丽的狄亚（Dia），却拒绝将商量好的聘金付给她的父亲，即福基斯的国王狄奥尼斯（Deioneus）。为了报复，受辱的狄奥尼斯派出突袭队，偷走了伊克西翁最好的一群马。伊克西翁强压怒火，面带微笑地邀请狄奥尼斯到自己位于拉里萨（Larissa）的宫殿共进晚餐，却在对方到来时将其推入了火坑。这是明目张胆地践踏待客之道，而谋杀血亲的罪孽更是不可饶恕，被视为最令人发指的禁忌之举。因此，伊克西翁犯下了世间第一宗谋杀血亲之罪，若不净化这罪孽，复仇三女神必将对其穷追不舍，直到他陷入疯狂。

色萨利的王公贵族和邻近的地主都不喜欢伊克西翁，没人愿意替他举行卡塔西斯（catharsis），即赎罪的净化仪式。然而出乎意料的是，众神之王想宽恕他。因为色萨利的人民第一时间表现出对伊克西翁践踏塞尼亚与屠杀血亲的双重罪行的

憎恶，这让宙斯决定慈悲为怀。宙斯不仅让伊克西翁免遭惩处，竟然还邀请他前往奥林匹斯山参加宴会。

凡人鲜少有这样的荣幸。奥林匹斯盛宴的华美与恢宏超出伊克西翁平素所见，天后赫拉的美貌尤其令他倾倒，后人再也无法得知令他迷醉的究竟是这盛大的场面还是葡萄酒本身。也许他生性就是这么粗俗和愚蠢，总之作为受邀参加神界晚宴的凡人，他根本没有表现出应有的礼貌和感激，反而犯下了最骇人听闻的错误——企图勾引天庭王后。他冲着赫拉又是飞吻又是眨眼，试图咬她的耳朵，小声说着下流话，还伸出双手想抓她的胸。他不仅侮辱了奥林匹斯最高贵、正派的女神，还再一次违逆了塞尼亚的戒律。不遵守做客之道与没有尽到待客义务同样令人发指。

宴会之后，伊克西翁摇摇摆摆地走下奥林匹斯山，一路拍着天神们的背，打着饱嗝道着谢。他走后，被冒犯的赫拉将其对自己名誉的践踏之举告诉了宙斯。宙斯怒不可遏，决定给伊克西翁设个陷阱。这位驭云者聚起一朵云彩，将其塑成与赫拉分毫不差的模样。宙斯往云里吹气，让它成为一个活物，然后将它放在拉里萨郊外的草地上。参加完宴席的伊克西翁正四仰八叉地躺在那儿呼呼大睡，鼾声如雷。

伊克西翁醒来时发现身旁竟然躺着“赫拉”，他立即翻过身，猥亵“赫拉”。目睹这令人难以启齿的渎神之举，宙斯投下一道霹雳和一只火轮。霹雳把伊克西翁炸到空中，将他钉在了火轮上。宙斯让那火轮在天空中旋转不止，想到伊克西翁不配继续在苍穹游荡，于是将绑在火轮上的他扔入塔耳塔洛斯。伊克西翁在那里张开四肢不断旋转，直到今天仍在烈焰之中忍受着被烧灼的痛苦。

那块被塑成赫拉模样的云朵被命名为涅斐勒，她与伊克西翁结合之后生下了男孩肯陶洛斯（Centauros）。这孩子面貌丑陋，身材畸形，长大以后性格孤僻，郁郁寡欢。他不与人类共处，只在皮里翁山（Mount Pelion）游荡，以和野母马交媾为乐。人和马的杂交生出了野性难驯的幼崽，它们继承了父亲的名字，被称为centaur（半人马）。①

① 在此之前，这样的人马杂交种在地球上只发现了一个，那就是伟大的喀戎，阿斯克勒庇俄斯和阿喀琉斯等人的导师。喀戎的出生可以回溯到乌拉诺斯和盖亚的儿子、宙斯与赫拉的父亲克洛诺斯的时代。在提坦之战的间隙，克洛诺斯爱上了美丽的海仙女菲吕拉（Phylira）。仙女十分抵触克洛诺斯的殷勤，克洛诺斯却对她的腼腆感到厌烦，于是变作一头黑马将她强占。喀戎便是这次结合的产物。虽然他的出现比肯陶洛斯要早好几百年，但还是按习惯称喀戎为半人马。

后果

许多希腊神话都导向一系列因果。正如我们之前讲到的，某个故事的主角会结婚，然后建立王朝，从中又将诞生更多的传奇英雄。那道旋转不已的伊克西翁之轮就“甩出”好几个其他版本的传说。

比如，谈到皮里翁山，伊菲墨狄亚（Iphimedia）的故事很值得一提。这个姑娘深爱着波塞冬，她常坐在海边，舀起海水浇在自己的胸部和大腿上。这种示爱的方式令波塞冬大为感动，遂化作大浪冲出海面，将女孩拥入怀中与其交合。他们生出一对双胞胎男孩：俄托斯（Otus）和厄菲阿尔忒斯（Ephialtes）。以今天的标准来看，这两个孩子无疑是巨人：他们每个月都能长高一掌，成年后，显然将成为世上最高大的生物。

你应该还记得，善妒且野心勃勃的波塞冬时刻盼着弟弟宙斯垮台，等着他从宝座上退位。波塞冬也给两个飞速成长的孩子灌输了挑战天神的思想，让他们建起属于自己的山峦并用其统治世界。他们的计划是抬高奥萨山（Mount Ossa），把它堆到奥林匹斯山上面，然后再把皮里翁山堆到奥萨山上面。不过，还没等双胞胎长到有足够的身高和力气来完成这项伟业，这一阴谋就传到了宙斯耳朵里。他派阿波罗用箭射死了双胞胎。在冥界，两个男孩被绑在蠕动着蛇的柱子上动弹不得。

为了把这个故事讲述完整，也为了进一步说明一个故事怎样引出另一个更重要和影响深远的传说，你还应该知道涅斐勒的故事。这朵与赫拉模样相同的云彩之后嫁给了玻俄提亚的国王阿塔玛斯（Athamas）[①]，并与其生下两个儿子：弗里克所斯（Phrixus）和赫勒（Helle）。正如亚伯拉罕和以撒[②]的故事，阿塔玛斯也把儿子绑在地上准备用于献祭。作为母亲，涅斐勒当然要救弗里克所斯的性命。正如那位希伯来神在灌木丛中为亚伯拉罕降下一头公羊，最终挽救了以撒的性命，涅斐勒也派出一头金羊来拯救了弗里克所斯。为了夺取这头羊身上的金羊毛，伊阿宋和阿耳戈号的船员们开启了冒险之旅。而所有的一切都归咎于一位喝醉了的变态国王竟敢觊觎天后赫拉。

伊克西翁之轮后来成为艺术家和雕塑家钟爱的题材，短语 a

① 阿塔玛斯是西西弗斯的兄弟，为何后者是个恶贯满盈的家伙，我们之后再聊。

② 宗教故事中的人物。神为了让亚伯拉罕明白真意，命他献祭自己的独生子以撒，亚伯拉罕相信并听从神的指示，在最后关头，神降下一头羊代替以撒作为祭品，并赐予亚伯拉罕祝福。——译者注

wheel of fire（火焰之轮）有时也用来形容痛苦的重担、惩罚或责任。[①]同时还诞生了短语 to pile Pelion on Ossa（将皮里翁山堆上奥萨山顶），意为“难上加难”。

坦塔罗斯：践踏待客之道

在天神们精心设计的折磨中，最著名的或许是施在邪恶的国王坦塔罗斯身上的那一个，其罪行的后果在很多年后仍然波及众生，对其家族的诅咒直到神话年代最终完结才得以消弭。

坦塔罗斯统治着位于小亚细亚西部的吕底亚（Lydia）王国，这一地区是今天土耳其的安纳托利亚。附近的西皮洛斯山（Mount Sipylus）拥有丰富的矿藏，为坦塔罗斯带来巨大的财富。他以此建造了一座繁华的城池，并骄傲地将其命名为坦塔利斯（Tantalis）。坦塔罗斯的妻子是雨宁芙狄俄涅（Dione），她曾哺育过狄俄尼索斯。这对夫妻生下了儿子珀罗普斯（Pelops）和女儿尼俄柏（Niobe）。[②]

要么是天生心理扭曲，要么是沉湎于自己的权力和财富，愚蠢的坦塔罗斯竟认为自己可与众神比肩。他和前人伊克西翁犯下了同样的错误，践踏了宙斯的待客之道。在参加完奥林匹斯山的一场宴会之后，他私自将蜂蜜和花蜜酒带走了。另一个不可饶恕的失礼之处在于，他到处宣扬天神的私生活与癖好，并有失体统地模仿他们，向大臣还有好友讲他们的八卦用以取乐。

更严重的是，坦塔罗斯之后又犯下了一桩血案，和伊克西翁把岳父丢进火坑相比有过之而无不及。坦塔罗斯听说最近奥林匹斯诸神非常愤怒，因为自己模仿他们，还偷拿花蜜酒与蜂蜜，于是他极力表现出悔改的样子，乞求天神接受自己的忏悔以弥补过错。

---

① 莎士比亚笔下的李尔王如此喊道：

> 你们的灵魂受到祝福，可我却绑在
> 那火轮之上，我自己流下的眼泪
> 像融化的铅一样灼烫。

② 他们还有一个儿子名叫布洛忒亚斯（Broteas），这个孩子喜欢狩猎，与其手足相比，他的生活似乎风平浪静。据说他曾经在西皮洛斯山刻下了库柏勒（Cybele），即小亚细亚女神的雕像。直到今天，游客仍能看到那雕像的部分遗迹。

同一时间，德墨忒尔正忙着寻找被诱拐的女儿珀耳塞福涅。女神的悲痛令万物凋零衰亡，世界变得荒芜，大地寸草不生，并且谁也不知道这种惨状何时才会结束。听说有宴会要举办，诸神都翘首以待。他们知道坦塔罗斯国王素来奢华铺张，所以很期待他将呈上何等的珍馐美味①，但是，等待着他们的将是惊世骇俗的一幕。

和前人吕卡翁一样，坦塔罗斯也将自己的儿子端上桌献给了诸神。年轻的珀罗普斯被杀死、肢解、烤熟，然后被裹上厚厚的酱料。天神感觉不对劲，于是都没有吃。然而，德墨忒尔满脑子都在想着失踪的女儿，心烦意乱的她夹起一块肉，把男孩的左肩吃下了肚。

宙斯很快就明白过来，随之召唤命运三女神中的纺线者克洛托。女神集齐尸块，放入一口大锅搅拌，再将它们拼回原状。德墨忒尔意识到自己犯了严重的错误，于是请赫菲斯托斯用象牙打造了一只肩膀以代替自己吃掉的部分。克洛托将假肩膀严丝合缝地安了上去。最后，宙斯对男孩的尸体吹了一口气，珀罗普斯死而复生。

珀罗普斯的美貌吸引了波塞冬，他们很快便成为情侣。然而，黑暗势力始终与这少年如影随形，之后他的所作所为给自己与整个家族带来了诅咒。②再加上坦塔罗斯的罪孽，所有这一切招致的诅咒对他们的后裔一直穷追不舍，直到最后俄瑞斯忒斯（Orestes）的出现。

坦塔罗斯本人直接被投入塔耳塔洛斯一池及腰的水中，树枝在头顶摇曳不止，上面结满令人垂涎欲滴的果实。饥饿和干渴折磨着他。但每当他想伸手摘下一颗果子，那树枝便会从手边扫过；每当他弯腰想喝一口水，池里的水位便会迅速下降，不让他饮用。同时，他也不能离开此处，若敢逃跑，那悬于头顶的巨石便会将他砸扁。这块蓝绿色的巨石之后被命名为 tantalum（钽③）。可以说，这样一位无情到杀害血亲，并试图用其血肉取悦诸神的人受到如此惩罚是罪有应得的。

直到今天，坦塔罗斯仍然站在那里痛苦挣扎，明明只差

① 奥林匹斯诸神也许主要食用蜂蜜和花蜜酒，不过他们也非常喜欢享用凡人提供的各种食物。

② 按照历史惯例，他的家族由其中一个儿子的名字来命名，称为阿特柔斯（Atreus）家族。珀罗普斯和阿特柔斯家族的陨落波及特洛伊战争及之后许多英雄和战士的命运。阿伽门农、克吕泰涅斯特拉和俄瑞斯忒斯都是珀罗普斯的后裔，据说都遭到了他和坦塔罗斯的诅咒。不过后来，珀罗普斯的名字用来命名希腊大陆西南部的伟大半岛，以伯罗奔尼撒半岛（Peloponnese）之名得以延续。

③ 钽是制造许多现代电子设备时必要的耐热金属之一。

一点就能满足自己的欲望，却永远都不能实现。由他的名字衍生出 tantalized（可望而不可得），可见，坦塔罗斯永生永世都只能如此，一切对他而言都只停留在脑海中。[①]

① Tantalus 还有一种含义，是指一种只能容纳两三个玻璃酒瓶的迷你酒柜，一般用于存放白兰地、威士忌或朗姆酒。酒柜虽用于展示，柜门却是锁上的，这对家里的孩子们而言，的确是“可望而不可得”。

西西弗斯：永无止息地推动巨石

手足相残

同样影响后世语言文化和民俗传说的还有西西弗斯在冥界遭受的永恒责罚，不过他的故事可远不止永无止境、徒劳无功地把那块著名巨石推上山去。西西弗斯邪恶、贪婪、满口谎言，还很残忍，不过纵观他抱持着不可淬灭的激情、挥舞着拳头在反抗一切中度过的一生（事实上，他活了不止“一”生），我们总能找到动人之处，甚至能感到些许英雄主义的味道。没有一个凡人敢像他这样莽撞地挑战天神的耐心。他目中无人，横冲直撞，绝不低头或顺服，简直就是希腊版的唐·乔凡尼（Don Giovanni）。[①]

那一年，大洪水的幸存者杜卡里翁和皮拉生了一个儿子，取名为赫伦（Hellen）。直到今天，为了纪念赫伦，希腊人都自称赫伦人。赫伦的儿子埃俄罗斯（Aeolus）又生了四个儿子，分别是西西弗斯、萨尔摩纽斯（Salmoneus）、阿塔玛斯和克瑞透斯（Cretheus）。西西弗斯和萨尔摩纽斯打心底里憎恶对方，人类世界还从未出现过如此无法磨灭的憎恨。他们在父母面前争宠，在所有事情上作对，还是个婴儿时就无法忍受对方占上风。两位王子长大成人后，父亲统治的埃俄利亚（Aeolia），也就是当年被称为色萨利的地方再也容不下他们，于是他们分别南迁和西迁以建立属于自己的王国。萨尔摩纽斯统治了厄里斯（Elis），西西弗斯则建

① 这里指的是莫扎特的歌剧《唐·乔凡尼》，该剧主角是唐璜，最著名的段落便是终曲时唐·乔凡尼拒绝悔改。——译者注

立了艾菲拉（Ephyra），该地之后被称为科林斯。两人各据一方，隔着伯罗奔尼撒半岛“怒目而视”，随着一年年过去，彼此之间刻骨的敌意愈加强烈。

西西弗斯对萨尔摩纽斯的憎恨之深到了失眠的地步。他要对方死，必须死，只能死！这欲望是如此强烈，他只有用匕首反复刺入大腿才能缓解这一痛苦。然而，他什么都不能做。若是胆敢谋杀亲兄弟，复仇女神必将对他施以可怕的报复，这是最严重的谋杀罪。最终，西西弗斯决定前往德尔斐请示神谕。

“西西弗斯和堤洛（Tyro）的儿子们将站出来杀死萨尔摩纽斯。”皮媞娅诵道。

这话在西西弗斯听来不啻仙乐飘飘。堤洛是他的侄女，即他所憎恶的兄弟萨尔摩纽斯的女儿。西西弗斯要做的就是把她娶过门，然后与她生儿子，这些儿子自会“站出来杀死萨尔摩纽斯”。在那个年代，叔叔娶侄女并不是什么大不了的事，于是他连哄带骗，用马匹、珠宝、情诗以及努力调动出的许多个人魅力勾引堤洛。因为若不是刻意为之，西西弗斯实在没什么吸引力。幸运的是，他很快就把姑娘搞到了手。两人结了婚，女方为他生下了两个活蹦乱跳的儿子。

多年以后的某天，西西弗斯正和好友梅洛普斯（Melops）一起钓鱼。两人在绪塔斯河（River Sythas）的岸边晒着太阳，攀谈起来。几乎同一时间，堤洛正和女仆一起带着两个孩子从宫殿出发，孩子们如今一个五岁，一个三岁。堤洛拎着装有食物和葡萄酒的篮子，想办一次家庭野餐，给西西弗斯一个惊喜。

回到河岸上，梅洛普斯和西西弗斯正懒洋洋地聊着马儿、女人、运动还有战争。堤洛等人此时正穿过田野向他们走来。

“跟我说说吧，陛下，”梅洛普斯说，“我一直觉得很惊讶，你对萨尔摩纽斯恨之入骨，却娶了他的女儿做妻子。而且根据我的观察，你还是像以前一样讨厌他。”

“岂止讨厌？我痛恨、厌恶、嫌弃他，我对他深恶痛绝。”西西弗斯爆发出一声大笑。这笑声引得正走过来的堤洛把注意力完全放到了他的身上。堤洛愈走愈近，现在她能听清丈夫说的每句话了。

“我把那婊子堤洛娶进来，完全是因为太恨萨尔摩纽斯了，”西西弗斯说道，“你知道吗？德尔斐的神谕告诉我，与堤洛生下的儿子长大了会杀死萨尔摩纽斯。他会死在自己的外孙手里。这样，我不仅能从此摆脱这个卑鄙的兄弟，还不必担心遭到复仇女神的追杀。”

“你可真是……”梅洛普斯不知该说什么，“这算聪明、狡猾，还是足智多谋？”

堤洛看到孩子们正要跑到能听到父亲声音的地方，赶紧把他们叫了回来，并让女仆把他们带到河流的拐弯处。

堤洛很迷恋西西弗斯，不过她对父亲萨尔摩纽斯的忠诚胜过一切。她绝不允许发生儿子长大后杀死外公这样的事，也明白该如何对抗这神谕。

“来吧，孩子，”堤洛对长子说道，“低头看看这条河，看到小鱼了吗？”

小男孩跪在河岸上低头看。堤洛掐住男孩的脖子，把他按进水里。大儿子停止挣扎之后，她对幼子也做出了同样的行为。

“好了，”堤洛平静地对极为震惊的女仆说道，“你接下来要按我说的做……”

那天下午，西西弗斯和梅洛普斯钓了很多鱼。天色渐暗时，两人收拾东西准备回家。这时，堤洛的女仆出现在他们面前，紧张并快速地行了一个屈膝礼。

“抱歉打扰主人，不过王后说您也许想看看王子们。他们在河岸边等您，陛下。就在那棵柳树后面，陛下。”

西西弗斯往女仆说的地方走去，却发现两个儿子躺在草地上，脸色苍白，已无生命迹象。

此时，女仆已逃之夭夭，此后再无音信。当愤怒的西西弗斯提着剑冲回宫殿时，他的妻子早就平安上路，前往父亲的厄里斯王国了。回家之后，萨尔摩纽斯把堤洛嫁给了自己的兄弟克瑞透斯，不过两人的婚姻相当不幸福。

萨尔摩纽斯本人和他憎恶的兄弟一样既傲慢又虚荣，在厄里斯自封为神。他认为自己和宙斯一样拥有召唤暴风雨的神力，于是下令建造了一座黄铜大桥。他最喜欢驾着马车在桥上急速奔驰，车上还拴着各式水壶、锅子和铁罐以模仿雷鸣，同时要朝天空抛掷燃烧的火炬以模仿闪电。宙斯看到了这一傲慢无礼的渎神之举，降下一道真正的霹雳结束了这场闹剧。国王和他的马车、黄铜大桥及所有厨具统统被打成了原子，萨尔摩纽斯的鬼魂则被贬入塔耳塔洛斯最幽深之处，永世不得翻身。

西西弗斯探案记

西西弗斯大办宴席，热烈庆祝不知天高地厚的蠢哥哥一命呜呼。第二天早上，他被由愤愤不平的领主、地主和佃农派来的代表吵醒。他揉着眼睛打起精神，昨晚喝的那一大杯葡萄酒度数不低，他好不容易从头痛中清醒过来，听那个人到底要汇报何事。

“陛下，有人偷了牛！而且我们每户都丢了牛，您的牛也少了。您是一位聪明的国王，一定能找出真凶吧？”

西西弗斯承诺这位来访者会进行调查，但他很清楚贼就是邻居奥托里库斯（Autolycus）。不过该怎么证明呢？西西弗斯的确很机智，但奥托里库斯可是赫耳墨斯的儿子，是强盗和小偷之神的王子，这位天神还在婴儿时就偷了阿波罗的牛。奥托里库斯不仅从赫耳墨斯身上继承了偷牛的癖好，还继承了不被抓现行的魔法。[①] 此外，西西弗斯和邻居们丢的牛是褐白花的且多数长着角，奥托里库斯的牛则是黑白花的且完全没角。这一障眼法很厉害，不过西西弗斯明白其背后肯定是赫耳墨斯教的咒语在作祟：奥托里库斯悄悄改变了偷来的牛的花色。

① 在莎士比亚的《冬天的故事》（*The Winter's Tale*）中，那个下流艺者、扒手、走街串巷的小贩还“顺手拿走无人看管的小玩意儿”的家伙就叫作奥托里库斯。

“很好，”西西弗斯对自己说，“让我们看看谁更厉害吧，是诡计之神的私生子低级的魔术厉害，还是土生土长的西西弗斯、科林斯的建造者、全世界最聪明的国王的智慧厉害。”

西西弗斯颁布指令，要求在他自己和邻居们的牛蹄底部都用小字刻上“奥托里库斯偷了我”。不出所料，接下来的七个晚上，本地的牛仍然在有规律地减少。到了第八天，西西弗斯和地主代表前去拜访奥托里库斯。

“你们好，朋友们！”这位邻居边喊边愉快地挥着手，“各位的光临实在让我不胜惶恐。”

“没事，我们只是来看看你的牛。”西西弗斯说。

“随便看。你们也想养黑白花的了？他们说这些牛的血统在本地可是独一无二的呢。”

“哼，的确非常独一无二。可谁曾见过这样的蹄子呢？”西西弗斯一边回敬道，一边抬起其中一头牛的前蹄。

奥托里库斯凑上前读着刻在牛蹄上的字，随后笑着耸了耸肩，说：“哈，居然留下了这玩意儿，真有意思。”

“把牛全都带走。”西西弗斯命令道。地主们将牛牵走后，西西弗斯望向奥托里库斯的家。“我觉得应该带走你所有的牛，”他说，“一头母牛也不能落下。”此话指的是奥托里库斯的妻子安菲西亚（Amphithea）。

看吧，西西弗斯不是什么好人。[①]

泄漏宙斯的秘密

打败了诡计之神后裔的狂喜冲昏了西西弗斯的头脑，他开始确信自己是世上最聪明的人。他以王室智者自居，对呈上前来的各种问题发表看法，并为此收取巨额的费用。不过，奸诈与有见地、狡猾与有判断力、小聪明与大智慧之间始终是有区别的。

还记得阿索波斯河吗？底比斯的女祭司塞墨勒就是在这条位于玻俄提亚的河流中沐浴，从而引起宙斯的注意，最后生出了狄俄尼索斯。不幸的是，这条河的河神也有一个女儿叫埃癸娜（Aegina），她的美貌也引起了宙斯的注意。天神变成老鹰的形态，俯冲下来抓走了女孩，将她带到阿提卡（Attica）[②]海岸外的一座小岛上。急得发疯的河神四处寻找女儿，询问遇到的每一个人有没有见到亲爱的女儿。

“一个披着山羊皮的年轻女孩，是吗？”当河神问到西西弗斯时，对方这么回答，“啊，我见过，我刚刚看到一只老鹰把她抓走了。他从太阳里冲出来时女孩正在河里洗澡，那真是最最——”

“老鹰把她带哪儿去了？你看见了吗？”

“这些手镯是纯金的吗？不得不说，手镯很漂亮哟。”

“拿走吧，手镯是你的了。可怜可怜我吧，快告诉我埃癸娜到底怎么了。”

“那时候我正巧站在山上所以看得很清楚。那老鹰把她带到——你这只戒指，是绿宝石的？哎呀，真是谢谢了，好吧让我想想……没错，他们飞过大海，落到了那儿，就是那座岛。你到窗户边来。它就在地平线上，看到了吗？俄诺涅（Oenone），没错，那就是岛的名字。在那儿你就能找到他们。哦，你要走啦？”

---

① 安菲西亚遭到的侵犯导致有谣言说，西西弗斯才是奥托里库斯的女儿安提克利亚（Anticlea）的生父。安提克利亚生下拉厄耳忒斯（Llaertes），拉厄耳忒斯生下伟大的奥德修斯（Odysseus, 也称尤利西斯［Ulysses］），奥德修斯以过人的意志力与智谋成为最负盛名的英雄。

② 阿提卡指的是包含雅典在内的一个希腊地区。生活在公元前 5 世纪或公元前 4 世纪初的那些伟大的雅典作家通常是用阿提卡希腊语（Attic Greek）写作的，从而将无数诗歌、戏剧、演讲词和哲学著作传到了我们手上。阿提卡地区以外的希腊人对阿提卡的看法，也许和英联邦的其他国家对英格兰的看法有点像：装腔作势、相当傲慢，说到“希腊”时根本懒得提及阿提卡地区之外的人。

阿索波斯找来一条船，立即动身前往小岛。他还没走完一半的路程，宙斯就发现了他，于是弯弓搭箭降下一道霹雳。霹雳激起的巨浪把阿索波斯和小船冲回河口，将其淹没在自己的河中。[①]

① 阿索波斯管辖着至少两条河流。一条位于玻俄提亚，浇灌着底比斯流域，另一条流经科林斯地区。

还有西西弗斯！宙斯早就注意到这个恶棍了。西西弗斯搜刮到该国旅游的客人的一举一动都没能逃过好客之神宙斯的眼睛。西西弗斯向他们征税，掠夺他们的财产，随意调戏他们的女人，无耻地僭越了每一条神圣的待客之道。现在，他竟敢多管闲事，这事根本轮不到他插手，他揭露的可是众神之王的隐私。宙斯认为，是时候采取点措施了，必须拿他开刀以警醒世人，让他面临死亡、堕入地狱。

西西弗斯虽贵为皇族，可一生太过邪恶无耻，因此宙斯判定，剥夺由赫耳墨斯引荐他进入冥界的荣耀，取而代之由死神塔那托斯为他戴上镣铐，带他前往冥界。

欺骗死神

在被宣判死亡的人面前现身的时候，幽灵有多阴森，塔那托斯的心情就有多愉悦，他最享受的就是这个瞬间。

在他们面前出现，同时对其他人隐身，枯槁的躯体裹在一袭黑衣里，全身冒出好似从地狱而来的缕缕黑烟。死神伸长手臂，故意慢慢地靠近受害者，好像残忍地欲擒故纵。当他嶙峋的指尖碰到对方肉体的一刹那，他们体内的灵魂会发出一声凄惨的啜泣。塔那托斯最爱看的就是生命消逝之际，受害者的皮肤变得苍白，眼皮颤动之后最终紧紧闭上的画面。最精彩的还是灵魂脱离肉体时发出的最后一声战栗的呻吟，它将乖乖戴上镣铐，准备好被带走。

和许多奸诈狡猾、野心勃勃的阴谋家一样，西西弗斯的睡眠也非常浅。他的脑子一刻不停地运转着，一丝轻微的响动都会把他惊醒。因此，当死神悄悄走进他的卧室，即使气息是那样微不可闻，他也依然警觉地坐起了身。

“你是什么鬼？”

“是啊，我是什么鬼呢？我就是鬼本尊。呜哈哈哈！”塔那托斯发出阴森可怖的狂笑，那声音常常让濒死的凡人尖叫、发狂。

“别这么嚷嚷。你怎么回事啊？牙疼？消化不良？还有，别跟我打谜语。你叫什么名字？”

“我的名字……”塔那托斯故意停顿一下以营造气氛，“我的名字就是——”

“我可没有一整晚的时间听你说话。”

“我的名字是——”

“你到底有没有名字？”

“塔那托斯。”

“哦，所以说，你就是死神，对吗？嗯，”西西弗斯失望地说，“我还以为你会更高大呢。”

“西西弗斯，埃俄罗斯之子，”塔那托斯试图用威严的声音压制住对方，“科林斯的国王和君主——”

“是，是，我知道自己是谁。你才是那个好像想不起自己名字的家伙。为什么不坐着说呢？老站着脚多累啊。”

“我的脚一点也不累，我是飘着的。”

西西弗斯低头看了看，说：“啊，没错，你确实飘着呢。你是为了抓我才来的吗？”

塔那托斯感觉自己的话得不到任何应有的尊重和敬畏，所以只是举起镣铐，在西西弗斯面前晃了晃以示威胁。

“原来你一直把这镣铐带在身上呢。铁做的吗？”

“钢，牢不可破的钢。这脚镣由独眼巨人史特罗佩斯用赫菲斯托斯的火炉锻造而成，我的主宰哈迪斯对它施下咒语。只要被这镣铐锁住，除了冥王谁也解不开。”

“真是不得了啊，”西西弗斯点点头说道，“不过在我看来，没有什么是牢不可破的，再说这镣铐上连个锁扣都没有。”

“锁扣和弹簧都做得非常巧妙，凡人的眼睛是看不到的。”

“你怎么说都行，但我可是一点也不相信这东西能锁住什么。我打赌，它连你自己那根枯瘦的胳膊都锁不住。不信你试试看。”

西西弗斯竟然对自己引以为傲的锁链公然表示怀疑，塔那托斯忍不住了，冲他大吼：“愚蠢的人类！这样精妙的机关你们凡人根本理解不了。你瞧！从后背绕一圈到前面，很简单，把我的手腕并起来，然后锁上手铐。再麻烦你按一下这儿，把锁扣打开，这儿有一块隐蔽的面板……看到了吗！”

“嗯，我看到了，”西西弗斯若有所思地说道，“确实看到了。我错了，大错特错。它的工艺真是精湛。”

“哦。”

塔那托斯想挥舞镣铐，可上半身已经紧紧锁住，动弹不得。“呃……能帮帮忙吗？”

西西弗斯从床上一跃而起，打开房间另一头那个大衣柜的柜门。把这位飘在空中、紧紧绑缚住的塔那托斯移过去再简单不过了。只需轻轻一推，死神便滑进了衣柜，他的鼻子还磕了一下。

把塔那托斯锁进衣柜之后，西西弗斯开心地大叫起来。“这衣柜的锁是凡人制造的，也许很廉价，不过我向你保证，它和从赫菲斯托斯的火炉里锻造出来的镣铐一样结实、管用。”

衣柜里传来低沉而绝望的呼喊，塔那托斯乞求放他自由，然而西西弗斯痛快地大笑一声便扬长而去，对死神的恳求充耳不闻。

没有死亡的日子

塔那托斯被监禁的前几天，什么事都没有发生。不管是宙斯还是赫耳墨斯，就连哈迪斯都没想过确认一下西西弗斯究竟有没有依照安排到达冥界。然而，之后整整一周都没有任何新亡灵前来报到，地下世界的精怪们不免怨声载到。又过了一周，除了一位备受尊敬的阿耳忒弥斯的女祭司，还是没有其他亡灵前来报到。由于一生清白无瑕，这位女祭司被赐予享有由引灵者赫耳墨斯亲自陪同前往极乐世界的特权。忽然没有新亡灵的加入令冥界上下百思不得其解。这时，终于有谁想到已经很久没见到塔那托斯了。大家派出搜索小组，但始终不见死神，这种事以前从未发生过。没有塔那托斯，整个冥界都将崩溃。

奥林匹斯诸神对此事有各自的看法。狄俄尼索斯觉得这件事非常好笑，还举杯庆贺肝硬化终于不再威胁生命。阿波罗、阿耳忒弥斯和波塞冬持中立态度。德墨忒尔有点担心珀耳塞福涅作为冥后的权威会受到藐视。这对母女所司掌的四季要求生命必须先死亡再重生，所以可见世间若再无死亡，对她们而言会是多么致命的打击。同时，这样一桩不合时宜的丑闻使赫拉感觉脸上无光，进而让宙斯也不得安宁。平时相当快活、自在的赫耳墨斯也非常焦虑，因为保证冥界的流畅运转也是他的职责之一。

不过，最无法忍受这件事的却是阿瑞斯，他对此怒不可遏。当他低头望向人间时，人类世界一如既往地爆发着激烈的战争，却没有人牺牲。战士被标枪刺穿，被马匹践踏，被战车的车轮碾压，被利剑削去头颅，但他们就是不死。这简直是对战争的嘲讽。如果谁都不会死，那还打什么呢？此时，战争已经失去意义。它解决不了任何问题，也不能产生任何效果，因为参与战争的任何一方都无法获得胜利。

小神们也和奥林匹斯诸神一样各持己见。勾魂女神凯瑞斯继续啜饮在战场上倒下的战士们的血液，毫不关心他们的灵魂会去向何处。时序女神欧诺弥亚和狄刻的看法与德墨忒尔相同，没有死亡，自然界的秩序将会大乱。她们的姐姐和平女神厄瑞涅却不禁感到喜悦，没有死亡就意味着没有战争，那么她的时代岂不是已经来临了？

阿瑞斯不停地唠叨此事，他的父母赫拉和宙斯不堪其扰，宣布必须找回塔那托斯。赫拉要求了解塔那托斯最后的行迹。

宙斯说："赫耳墨斯，就在不久前，是不是你派塔那托斯去把那邪恶的坏蛋西西弗斯的灵魂给领回来的？"

"哎呀！"赫耳墨斯恼火地拍了一下大腿，"没错！是西西弗斯。我们派塔那托斯去把他锁起来，然后带回冥界。你们在这儿等我一下。"

赫耳墨斯脚踝上的翅膀扑腾扑腾地闪动了几下，一阵嗡嗡的响声之后，他就飞走了。

眨眼间，赫耳墨斯便回来了，并报告说："西西弗斯从未到过冥界。半个月之前，塔那托斯被派去科林斯找他，之后就失踪了。"

阿瑞斯吼道："还等什么呀？去科林斯！"

很快，他们便在卧室找到了锁住的衣柜，柜门被强行打开后，他们发现受尽屈辱的塔那托斯正哭哭啼啼地坐在角落里的几件斗篷底下。赫耳墨斯将他带回了冥界，冥王哈迪斯挥手为他解开了锁链的咒语。

"这事我们之后再谈，塔那托斯，"哈迪斯说，"因为现在有一大堆亡魂等着你处理呢。"

"先让我抓住那恶棍西西弗斯吧，陛下，"塔那托斯恳求道，"我不会再上当了。"

赫耳墨斯挑起一边的眉毛，不过哈迪斯却望向坐在一旁宝座上的冥后珀耳塞福涅，她点了点头，因为塔那托斯是整个冥界中她最喜欢的仆从。

“这回可不能再把事情搞砸了。”哈迪斯咕哝道，之后便挥挥手让塔那托斯退下。

葬礼

我们已经知道了，西西弗斯绝不是个傻瓜。他从没幻想过塔那托斯能永远被锁在衣柜里。死神迟早会被解救出来，再次踏上索命之路。

西西弗斯来到镇上临时寄居的小别墅，把妻子叫到身边。这位妻子是在侄女堤洛溺死儿子并离开他之后，他新娶的。当年的堤洛有多任性执拗，这位年轻的新王后就有多善良恭顺。

西西弗斯把她拉到身旁，说：“亲爱的，我觉得自己很快就要死了。等我咽下最后一口气，灵魂离体之际，你会怎么做？”

“我会照规矩行事，我的君王。我会为您沐浴擦洗，把奥波勒斯放在您的舌头底下，让您不用担心没有钱付给摆渡者。我们会在灵柩边守护七天七夜，会奉上烤制的祭品以取悦冥王和冥后。这样您前往水仙平原的这一路都将受到祝福。”

“你的一番好意我心领了，但你绝不能这样做，”西西弗斯说，“一旦我死去，你必须把我脱得精光，然后扔到大街上。”

“我的国王！”

“我是认真的，极其认真。这是我的心愿、恳求和命令。不管别人说些什么，你都不能做任何祷告，不能行任何祭祀，不能举办任何形式的葬礼。你要向我保证，把我的遗体当成死狗一样。”

“可是——”

西西弗斯搂着王后的肩膀，深深地凝望着她的双眼，让对方知道自己的命令是多么恳切。“如果你爱我，属于我，如果你不想被愤怒的鬼魂骚扰，那么请答应我，完全按我所说的去做。现在，以你的灵魂向我发誓吧。”

“我……我发誓。”

“很好。现在让我们喝一杯吧，为了生命，干杯！”

西西弗斯对时机的把握一直恰到好处。就在当天晚上，他被床畔死神的细语惊醒。

“你大限已至，科林斯的西西弗斯。”

“啊，塔那托斯。我正等着你来呢。”

“你可别想再骗我了。”

“我？骗你？”西西弗斯站起身，恭顺地低下头，举起双手等待被镣铐锁起，“本人绝不敢有这种念头。”

锁上镣铐后，他们向下飘到了冥界入口。塔那托斯把西西弗斯留在冥河岸边便匆匆离开，赶去处理许许多多等待被召唤的亡魂。

摆渡者卡戎划着船过来了，西西弗斯登上甲板。卡戎一边撑杆离岸，一边朝他伸出手掌。

“一个子儿都没有。”西西弗斯拍拍自己的口袋说。

卡戎一言不发地将西西弗斯推入了幽深的冥河。河水很冷，冷得他牙齿打颤，不过西西弗斯还是努力游到了对岸。河水让他浑身起泡，令他几乎崩溃，但当他站上另一侧的河岸时，他对如今的悲惨模样很满意，因为这正是自己想要的。

从西西弗斯身边掠过时，幽灵纷纷转移目光。

“正殿怎么走？”西西弗斯问其中一位。在幽灵的指引下，他来到了珀耳塞福涅的面前。

“我敬畏的冥后，”西西弗斯低头说道，“我请求见哈迪斯一面。”

“我丈夫今天去了塔耳塔洛斯，我能代他行事。你是谁？竟敢以这副模样站在我的面前。”

西西弗斯此刻赤身裸体，一只耳朵被扯掉，一只眼球从眼眶中掉出来。他那具鬼一样的躯体上布满了咬痕、鞭痕、淤青以及溃烂的伤口，这证明他的妻子遵从了他的指示，西西弗斯的肉身曾在科林斯的大街上遭到了粗暴的对待。

“夫人，”西西弗斯在珀耳塞福涅面前深深地鞠了一躬，“我比别人更深刻地体会到以此面貌来见您实在是有失体统。这一切都归咎于我的妻子，那位恶毒、变态、渎神的妻子，就是她让我落得如此悲惨的下场。就在弥留之际，我还听到她对女仆说：‘我们才不会把金子浪费在葬礼上呢。冥界的神对我们来说无足轻重，把他的尸体扔到外面喂狗去吧。我们要用准备办葬礼的钱来办一场宴会。把他留给哈迪斯和珀耳塞福涅的牛烤了，咱们好好吃上一顿。’这就是我在人间听到的最后的话。我的妻子又笑又拍手，真是个可怕的王后！”

珀耳塞福涅大发雷霆。“她怎么敢？她怎么敢？她必须受到惩罚！”

“没错，陛下。不过要怎么做呢？”

“把她的皮活活剥下……”

“是。很不错。不过请容我插上一句，这么做会不会很有趣呢？”西西弗斯露出笑容，好像突然想到了一个点子，“如果您让我死而复生，那岂不是很有意思？她该多么震惊！”

“嗯……”

“我保证，她每天都会为自己对神的亵渎和不敬之举付出代价。再也没有金子或者宴会供她享用，等待她的只有严苛的责罚、侮辱和劳役。我实在等不及要看她的表情了，当我在她面前完好无损地复活……或许……或许甚至比从前更为年轻英俊、生机勃勃？她才 26 岁，可我若活得比她还长，她该多么痛苦啊！我要让她做我的奴隶。让她的每一天都是一场煎熬。”

珀耳塞福涅闻言大喜，连连拍手地说道：“就这么办。”在冥界度过的这些岁月让珀耳塞福涅有了点皇后的脾气，她发誓要好好地管理地狱。

就这样，西西弗斯被放回了人间，从此和快乐的王后过上了幸福的生活。

等到西西弗斯的死期终于来临的那一天，这又是另一个故事了。

滚石

宙斯、阿瑞斯、赫耳墨斯和哈迪斯都很不高兴，他们听说西西弗斯再一次逃过了死亡。而且，珀耳塞福涅已经做了决定：一位天神的所定之事不能被其他天神撤销。

在度过祥和且富足的五十年之后，西西弗斯的凡人妻子的生命走到了尽头，珀耳塞福涅与西西弗斯之间的契约也宣告终结。塔那托斯第三次也是最后一次来拜访他。

这一回，西西弗斯给卡戎支付了费用，平平安安地渡过了冥河。赫耳墨斯在对岸等着他的到来。

“哎呀哎呀，这不是科林斯的国王西西弗斯吗？满口谎言的欺诈者，恶贯满盈的大骗子，和我真是臭味相投！没有凡人能骗过死神，而你竟然骗了他两次。真够聪明的。”

西西弗斯鞠了一躬。

“如此丰功伟业，理应得到一次成仙的机会。跟我来。”

赫耳墨斯带着西西弗斯穿过数不清的长廊和过道，最后来到一间宽敞的地下洞室。一个巨大的斜坡连接着地面和洞顶，斜坡的底部有一块被一束光照亮的巨石。

“那就是天界。”赫耳墨斯指着光源说道。

西西弗斯看见斜坡通向洞顶的一个方形入口，一束阳光从里面射出来。赫耳墨斯一指，那入口便关闭了，光束也随之消失。

“你要做的是将这块石头滚到坡顶。当你走到坡顶时，洞口便会打开，你就能爬出去，然后以西西弗斯国王的身份得到永生，再也不会见到塔那托斯。”

“这么简单？”

“就这么简单，”赫耳墨斯说，“当然了，如果你不想这么做，我也可以带你去至福乐土。你将和亡故的好人相伴，在那里享受无忧无虑的永恒。但若是选择这块石头，你就必须不断努力，直到成功地将它推上去，赢得自由和永生。做出选择吧。是选地底那田园诗般的来生世界，还是努力争取长生不死？”

西西弗斯看了看巨石。石头很沉重，但也没到硕大无朋的地步。斜坡很陡，但也不至于不可攀登。倾斜度大约四十五度，不会更多。好吧。是下到至福乐土永远和无聊的好人们一起享乐，还是在地上真实的世界里度过荒淫无度、寻欢作乐的疯狂永生？

“你没骗我吧？”

赫耳墨斯拍拍西西弗斯的肩膀，灿烂地笑着说：“既不骗你，也不给你压力。你来选择。”

接下来的故事你已经知道了。西西弗斯用肩膀顶住巨石，开始把它向着坡顶推去。推到一半时，他确信自己可以获得永生的资格。推到四分之三时，他非常疲惫，但还没有力竭；到五分之四时……他发现这个活儿还挺难的；六分之五，他感到有点痛苦；七分之六，他感到非常痛苦；八分之七……现在离坡顶十分近了，伸一伸手就能够到，只需要再努力地推一把……不不不不！石头滑了一下，从西西弗斯身旁滚到了坡底。西西弗斯心想：“好吧，第一次尝试的结果还不算太坏，只要慢慢来，保存体力，我一定能把石头推上去。我可以的，我会找到技巧的。也许应该背对着坡，用背顶着石头走。我能推上去的……”

西西弗斯如今仍在塔耳塔洛斯推着那块石头，每次眼看要到顶了，石头就会再次滚下，让他不得不从头来过。他永生都会待在那里，但他始终相信自己可以做到，想着只要最后再用力推上一把，自己就能获得自由。

画家、诗人和哲学家从西西弗斯的传说中看到了许多东西，他们看到了人生的荒谬、努力的徒劳、命运的残酷无情和不可征服的万有引力。此外，他们还看到了人类的勇敢、坚韧、毅力、忍耐和自信。从西西弗斯的拒绝屈服之中，他们看到的是英雄气概。

狂妄：永远不要挑衅天神的权威

对希腊人而言，狂妄是一种非常特别的骄傲。凡人常常因此公然挑战天神，最终不可避免地遭受到某种惩罚。在希腊悲剧和希腊神话的英雄和主人公身上，即使谈不上是必备特质，它起码也是最常见的一种特质。所以，问题有时候并不是出自人类，而是出自天神，他们妒意太强、心胸狭隘且虚荣自负，无法接受凡人能与自己比肩甚至超越自己。

所有的眼泪

你也许还记得珀罗普斯并不是坦塔罗斯和狄俄涅的独生子，他们还有一个女儿尼俄柏。虽然父亲落得悲惨的下场，哥哥也几经生死，但尼俄柏是个相当骄傲和自信的女人。她与安提俄珀和宙斯的儿子安菲翁相遇并结为夫妇。你也许还记得，安菲翁曾是赫耳墨斯的情人，是建造底比斯城墙的双胞胎之一。就是他弹着里拉琴[①]，唱着歌，给石头施了法术。尼俄柏和安菲翁生了七个女儿和七个儿子，这些孩子合称为尼俄柏之子。

① 娶了尼俄柏以后，安菲翁便带着妻子来到了自己曾出力建设的城邦底比斯。他给原有四根弦的里拉琴再添了三根弦，这样一来他便能用吕底亚调式演奏音乐了，以纪念其位于小亚细亚的出生地。这一调式名称沿用至今。

可尼俄柏太过于骄傲自负，她逢人便说自己多么重要，自己的血统又是多么尊贵不凡。

“我从母亲那里继承了忒堤斯和俄刻阿诺斯的血统，要知道他们可是第一代提坦神呢！至于我父亲那边，当然要说特摩洛斯（Tmolus）啦，他可是所有吕底亚山岳神祇中出身最高贵的。我亲爱的丈夫安菲翁是宙斯的儿子，他的母亲是安提俄珀，她可是从龙牙中长出来的斯帕耳托伊，是底比斯的建城者尼克透斯（Nycteus）国王的后裔。所以说，我的宝贝儿子和女儿的确拥有最最高贵的血统，说是全世界最高贵的也不为过。当然，我从来不许他们这样自吹自擂，有教养的孩子可绝不吹嘘自己。”

这种愚蠢的言行也许只是稍微让人感到有些许悲哀，可没想到尼俄柏竟然将自己与众神之母、提坦女神勒托相比较。这一天，底比斯的人民正在举办一年一度的聚会，大家为勒托唱着颂歌，讲述着阿耳忒弥斯与阿波罗在勒托岛上奇迹般出生的故事。恰恰就在提坦女神最神圣、尊贵的这一天，尼俄柏展现了最狂妄自大的一面。

“我是说，虽然不得不承认勒托的那对宝贝双胞胎，阿耳忒弥斯和阿波罗绝对是魅力十足、彻头彻尾的神祇。可她只有两个孩子嘛，一个女孩和一个男孩，我的老天，实在无法理解她怎敢自称为母亲。再说了，我这七个儿子和七个女儿，不说全部吧，起码有一两个哪天很可能就升为不朽的神祇了。[①]他们的出身如此尊贵，这种情况极有可能发生，你们不觉得吗？在我看来，敬拜勒托这样一位懒惰、粗俗且生得那么少的母亲，实在是品味欠佳。我敢保证，明年这个活动肯定会彻底取消。”

① 英雄时期之后的那一时期，凡人有机会被封为神，赫拉克勒斯就是一个例子。后续文明也有类似的“封神”事例，比如罗马帝王就被奉若神明，罗马的天主教徒能获得圣名，电影演员则可以在好莱坞的星光大道上留名。

当勒托听说这个底比斯的自大狂竟用这种方式侮辱她，还敢把自己抬到比女神更高的位置，她不禁在同情自己的双胞胎面前落下了眼泪。

“这女人真是可怕，如此自吹自擂，如此狂妄，”勒托抽泣着说，“她说我只生了两个孩子，所以很懒……她说我生得太少……还说我很粗俗。她说不让底比斯的人庆祝我的节……节……节日……”

阿耳忒弥斯搂住妈妈，阿波罗则走来走去，不断用拳头砸向掌心。

“她有十四个孩子，”勒托哭诉道，“所以说，和她比起来，我的确是生得不够……”

“别说了！”阿耳忒弥斯喊道，“你看，哥哥。她让我们的母亲伤心落泪，是时候让那女人知道眼泪的含义了。”

阿耳忒弥斯和阿波罗径直来到了底比斯，在那儿将安菲翁和尼俄柏的十四个孩子赶尽杀绝：阿耳忒弥斯用银箭射死了那七个女儿，阿波罗则用金箭射死了七个儿子。安菲翁得知子女惨遭屠杀之后拔剑自刎，尼俄柏也陷入了无可自拔的悲痛。她逃到故乡，在西皮洛斯山上找到一处避难所。无论她曾如何装腔作势、鲁莽粗野、骄傲自大或者荒唐可笑，这样悲惨与绝望的不幸命运都令她难以承受，就连天神听到她日夜不停的恸哭都有些于心不忍，于是将她变作一块石头。可是，变为坚硬的石头也无法阻止她那不息的泪水。尼俄柏的眼泪从石头中流出来，从山坡上倾泻而下，变成了一道瀑布。

直到今天，前往西皮洛斯山（现在叫斯皮尔山 [Spil]）的人们仍能看到这块岩石，上面那张女性面孔的轮廓清晰可见。土耳其人称之为 Ağlayan Kaya，即“哭泣的岩石”①。它俯瞰着如今被称作马尼萨（Manisa）的坦塔利斯，从石头中涌出的水流将永远“悲伤”地奔腾不止。

阿波罗与马西亚斯：鼓起的双颊

过度骄傲的并不只有人类。女神雅典娜因为尊严受损，间接导致了一个自高自大的、名为马西亚斯（Marsyas）的生物的灭亡。

事情的起因是雅典娜发明了一种令自己颇为自豪的新乐器，她将其命名为阿夫洛斯管（aulos）。它是一根装了双簧片的管，我们可以称之为木管乐器，和今天的双簧管或英国管②相差无几。这件不凡的乐器只有一个问题，那就是只要雅典娜将它拿起来吹奏，流泻出的音乐本应是非常美妙动听的，却总是惹得其他奥林匹斯神狂笑不止。要想吹出动听的乐曲，雅典娜就必须用力吹奏，这样脸颊就会鼓起来。看着这位以高贵著称的女神满脸通红、两颊鼓得像只牛蛙，她那帮不礼貌的家人实在忍不住大笑出声。雅典娜虽然头脑敏捷，并且大多数时候都非常镇静、谦逊，但她也不是完全没有虚荣心，她无法忍受嘲笑。雅典娜本想用新乐器吹出动人的音乐来赢得天神的支持，但尝试了三次之后，她终于对这件乐器下了诅咒并将其抛下奥林匹斯山。

① 这块岩石是石灰岩，不过用眼泪王后的名字来命名的元素是铌（niobium），它和钽的构成与特性非常相似。

② 有一个巧合挺有趣的，以帕拉斯·雅典娜之名命名以向其致敬的元素钯（palladium）被用于制造管乐器。不过这真是巧合吗？

这支阿夫洛斯管落到了小亚细亚的弗里吉亚王国，正掉在迈安德河的源头附近。由于河道蜿蜒曲折，从此以后一切错综复杂的河流都被称为迈安德（Maeander）。一个名叫马西亚斯的羊男在河边捡到了这支阿夫洛斯管。作为狄俄尼索斯的跟班，马西亚斯有许多为人不齿的个性，其中一项便是好奇心旺盛。他拍拍阿夫洛斯管上的灰，吹了起来，但是只短短地吹出了“哔”的一声。羊男哈哈大笑，挠了挠震得发痒的嘴唇，之后鼓起腮帮子，再次用力吹了起来，这回终于吹出悠长而响亮的旋律。他觉得这真是太好玩了，于是继续赶路，边走边吹，不一会儿，他就能吹出一段乐曲了。

一两个月内，马西亚斯的名声传遍了整个小亚细亚和希腊地区。他被尊为“音乐家马西亚斯”，其吹奏阿夫洛斯管的技巧之娴熟，能让大树舞动，能令石头唱歌。

马西亚斯沉醉于众人吹捧自己的音乐才能。和所有羊男一样，只要有葡萄酒、女人和音乐，他便能生活得非常幸福，而眼下对第三点的天赋保证了前面两样东西源源不断的供应。

一天晚上，火堆噼啪作响，迈那得斯坐在马西亚斯脚边崇拜地望着他，而对方正醉醺醺地对着天庭大喊大叫。

“嘿，阿波罗！你这里拉琴之神！你觉得自己是音乐家吗？不过我敢保证，要是能有一场鼻塞……闭塞……堵塞……那个词怎么说的来着？”

“比赛？”昏昏欲睡的迈那得斯提示道。

“对，反正就是这一类的。没错。要是能有一场……就是她说的那东西……我一定能赢。这非常简单，我绝对能赢。里拉琴谁都会弹，太无聊了。我的管乐器可不一样，它可以随时随地打败你的弦乐器。听到没？”

迈那得斯哈哈大笑，马西亚斯也笑了起来，打了个嗝后便心满意足地睡去。

比赛

第二天，马西亚斯带着他的众多追随者来到了奥罗克里尼湖（Lake Aulocrene）[①]的湖畔。他们和其他羊男约好在此处会

① 奥罗克里尼湖的湖名完全预示了此事：aulos 意为“芦苇、簧片”，krene 则意为“喷泉、流泉”。

面，要大摆宴席，马西亚斯将在席间表演自己编的狂野舞蹈。他要从湖边摘一些芦苇，给阿夫洛斯管做一只新的吹嘴。他就这样一边吹奏一边舞蹈，领着追随者们伴着音乐愉快地行进。没想到一转弯，一幅令人炫目又令人迷惑不解的奇景挡住了他的去路。

草地中央竖起了一座舞台，九位缪斯女神围成一个大大的半圆坐在上面。而站在舞台中央、手里拿着里拉琴的正是阿波罗本尊，他那美丽的唇边正挂着一抹淡淡的微笑。

马西亚斯猛地停住了脚步，身后那群羊男、农牧神还有迈那得斯纷纷撞到了他身上，大家乱糟糟地挤成一团。

"好呀，马西亚斯，"阿波罗说，"你准备好了吗？验证一下你的豪言壮语吧。"

"豪言壮语？这是什么呀？"马西亚斯早就把前一天晚上的醉话忘个精光了。

"你说：'我若是和阿波罗进行一场比赛，我肯定能把他打败。'现在给你一个机会，看看这话是真是假。缪斯女神特意从帕尔纳索斯山赶来听你吹奏，当我们的评委。比赛结果她们说了算。"

"可……可……可是……我……"马西亚斯突然口干舌燥，双腿也开始颤抖。

"你到底是不是比我更优秀的音乐家？"

马西亚斯听到身后的追随者在窃窃私语，他那自傲的火焰再次燃烧起来。

"如果公平地比赛，"马西亚斯鼓起勇气宣告道，"我肯定比你强。"

阿波罗的笑意更浓了。"非常好。到舞台上来吧。我先弹一小段，看看你能不能回应这段旋律。"

马西亚斯站到阿波罗身边，对方正弯腰调试着里拉琴。调好琴后，阿波罗便开始轻挑慢捻。最美妙的旋律流泻而出，很微妙，很甜美，很有诱惑。乐曲共分为四段，最后一段演奏完毕时，马西亚斯的追随者们爆发出热烈的掌声。

马西亚斯立即吹起阿夫洛斯管，开始重复这些旋律。不过他对乐句做了小小的调整和改动：这里添几个装饰音，那里即兴发挥一下。追随者们发出崇拜的惊叹声，就连卡利俄珀都轻轻颔首，马西亚斯备受鼓舞，用一段花彩号声结束了全曲。

阿波罗立即予以回应，并对这段乐曲进行三度加工。他的拨弦和弹奏是如此复杂，令人流连忘返。不过马西亚斯以更快的速度回应，从他的管乐器中汩汩流出的华美旋律引得观众连连叫好。

之后，阿波罗做出了一个不同寻常之举。他将里拉琴颠倒过来，逆向演奏曲子。奏出的音符组成新的乐曲，听上去神秘、古怪，让听众们入了迷。结束演奏之时，阿波罗冲马西亚斯点了点头。

图 33 马西亚斯与阿波罗展开比赛

Michelangelo Anselmi, c.1540. National Gallery of Art, Washington DC / Bridgeman.

马西亚斯有两只敏锐的耳朵，他也像阿波罗一样开始逆向演奏，然而天神嗤笑着打断了他："不行，这样不行呀，羊男！你得像我一样，把乐器倒过来演奏才可以。"

"可是……那不公平！"马西亚斯抗议道。

"那这样如何？"阿波罗弹着里拉琴开始演唱，"马西亚斯能倒着吹那该死的玩意儿。可吹的同时，他能不能唱出声？"

马西亚斯气急败坏，使出浑身解数。因为用力过猛，他的脸变成了紫色，双颊鼓胀得仿佛即将炸裂。几百个音符好似万箭齐发：四分音符、八分音符、十六分音符……世上前所未闻的音乐响彻云天。然而，马西亚斯的木管怎可与天神阿波罗的嗓音、和弦还有从里拉琴金色的琴弦上飞出的琶音抗衡？

马西亚斯精疲力竭地喘着气，沮丧地哭喊起来："不公平！我的声音和气息都唱进了阿夫洛斯管，正如你的声音唱进空气之中。我当然不可能把乐器倒过来演奏，不过裁判若不偏心，一定能知道我的技术才是最棒的。"

裁判

阿波罗以一个标志胜利的滑音结束了演奏，他转向缪斯评审团，说："亲爱的姐姐们，做决定的当然不是我，是你们。你们认为谁能获胜，赢得棕榈叶？"

马西亚斯此刻已经失控，屈辱和不公平的烧灼感使得他对评委们说道："她们不可能公平，她们是你的姑姑或者继姐妹，或者其他乱伦的关系。她们是你的亲人，她们绝不敢……"

"别说了，马西亚斯！"一位迈那得斯恳求道。

"别听马西亚斯的，你是伟大的阿波罗！"另一位劝阻着。

"马西亚斯疯了。"

"马西亚斯心很好，很正直。"

"马西亚斯是一番好意。"

缪斯女神很快便达成一致并发表了结果。

欧忒耳珀说道："我们一致认为，阿波罗取得了胜利。"

阿波罗鞠了一躬，露出甜美的微笑。不过，他接下来的行为也许会让你对这位金光闪闪的美丽男神，这位理性、魅力与温柔并存的天神的印象大打折扣。

阿波罗把马西亚斯的皮剥了下来，我实在找不到更委婉的词了。为了惩罚马西亚斯狂妄地挑战奥林匹斯神，阿波罗把惊叫的羊男的皮活剥下来，然后挂在一棵松树上，杀鸡儆猴。①

"剥了皮的马西亚斯"成为画家、诗人和雕塑家钟爱的题材。对某些人来说，马西亚斯的传说和普罗米修斯的命运有相似之处：象征着艺术创作者想要比肩天神的努力，同时象征着天神拒绝接受凡间的艺术家也能胜过自己的这一事实。②

① 好吧，如果你实在无法忍受如此可爱的天神竟会做出这么残忍的事，那么也许另一个版本更适合你。匈牙利哲学家与神话作家卡洛里·卡廉仪（Károly Kerényi），同时也是研究希腊神话的伟大先锋之一指出，羊男一般都会穿着动物皮。他认为阿波罗只不过是收走了马西亚斯的衣服，让对方不得不赤身裸体。仅此而已，严重程度也就这样。这一解读相当厚道，而且也很有说服力，可惜一代代的艺术家里没有一个相信的。

② 这一神话故事的某个版本认为，是贪婪又任性的阿波罗向天赋异禀的马西亚斯发起了挑战。这样的话，故事主题就变成了神祇的嫉妒而非凡人的狂妄了。

阿刺克涅：从织布能手到第一只蜘蛛

编织者

吕底亚王国[1]有一座名为许派派（Hypaepae）的小镇，镇子外面有一个小农庄，那里住着一个名叫伊德蒙（Idmon）的商人兼手工匠。他在邻近伊奥尼亚地区的克勒芬（Colophon）小城以贩卖染料为生，尤其是高昂的福西亚（phocaean）紫。他的妻子因难产而死，留下一个叫阿刺克涅（Arachne）的女孩。和所有父亲一样，伊德蒙为女儿备感自豪，因为她很小就展现了过人的织布天赋。

纺织在那个年代无疑是非常重要的技能。对人类而言，除了种植粮食，第二重要的便是制造出可靠的人造织物，以便制作服装和家中的装饰物。“人造”（manufacture）这个词用得恰如其分，它的字面意义便是“手工制造”，当时的所有东西都是手工制作的。羊毛或者亚麻被纺成线，然后织布机会把它们织成布匹。这一工作几乎都是由操作娴熟的女性来完成的，因此在许多文化和语言中，描述这一工作的词便带有性别色彩。在英语中，我们仍会用词组 distaff side 指代家族中女方的那一支，distaff 是指用来卷起羊毛或亚麻以便进行纺线工作的纺锤。纺线的人则被称为 spinster，这个词一度被用来礼貌而含蓄地指代未嫁的女子。

不过无论是哪种人类劳动，总有些天赋异禀者能将日常劳作提升到艺术的高度。

① 很多神话故事都用吕底亚作为背景。希腊人建立的殖民地伊奥尼亚就包括吕底亚，今天我们认为这一区域就是土耳其的安纳托利亚。

从一开始，阿剌克涅的织布技术就是整个伊奥尼亚的话题和骄傲。她织布的速度与精准度均令人惊叹；选择一根根色线时是如此自信而娴熟，几乎是信手拈来，吸引众多崇拜者涌入伊德蒙的农庄围观她工作。当精美的图样在她手中那快到看不清楚的梭子下渐渐呈现时，围观的群众总是情不自禁地鼓掌叫好，盛赞她的技术天下无双。阿剌克涅织出的森林、宫殿、海景和山脉是那么栩栩如生，仿佛令人身临其境。不仅是克勒芬城和许派派镇的凡人会来围观她织布，就连当地帕克托罗斯河（River Pactolus）里的水宁芙和附近特摩洛斯山中的山宁芙都会涌入农舍，摇着头啧啧称奇。

大家都认为阿剌克涅是五百年一遇的奇才。技术这么娴熟就足以令人崇拜了，更何况她还品位高雅，比如，她从不滥用紫色或者其他高昂的华丽染料。阿剌克涅简直就是一个瑰宝。

每天听到这样的赞美，谁都难免会有点自负。但阿剌克涅不是一个被“赞”坏的孩子，她并不自负。实际上，她在日常生活中是一个踏实的平凡姑娘，既不轻浮也不任性。她知道自己天赋异禀，但从不引以为傲。她只是非常珍惜这份才华，觉得人们对自己的评价不过是实话实说。

在那个似乎命中注定的下午，阿剌克涅低头看着自己的作品喃喃自语：“好吧，我真的觉得，即使是雅典娜本尊和我坐在一起织布，她也会感到技不如我。毕竟，我每天都织布，而她偶尔为了消遣才织一织。我比她织得好也没什么奇怪的。”

当时，伊德蒙农庄的前厅里正站着许多宁芙。毫无疑问，阿剌克涅这番欠妥的发言很快就传到了雅典娜的耳朵里。

织布比赛

大约一周后，阿剌克涅一如既往地在围观人群的簇拥下坐在织布机前，准备完成一幅再现底比斯建城情景的挂毯。她描绘了龙牙战士破土而出的场景，引得众人连连赞叹。正当崇拜者对着阿剌克涅的作品大呼小叫之际，农庄门口响起一记响亮的敲门声。

大门打开，出现在眼前的是一位身形佝偻、满脸皱纹的老妇人。她手里拖着一个巨大的袋子，气喘吁吁地说道：“我应该找对地方了吧，听说这里住着一位了不起的织布者，叫阿里阿德涅，对吗？”

这位老妇人被请进屋。“她的名字是阿刺克涅。”人们一边告诉老妇人，一边指向坐在织布机前的女孩。

“阿刺克涅。原来如此。我能看看吗？天哪，这都是你亲手织的？真是技艺精湛。”

阿刺克涅自豪地点了点头。

老妇人拽了拽那块织物，说：“不敢相信这竟出自凡人之手。雅典娜肯定出手相助了吧？”

“我认为，”阿刺克涅不耐烦地说道，“雅典娜的作品肯定没有这一半好。好了，您别把它弄坏了。”

“哦，你觉得雅典娜不如你？”

“若是论织布，雅典娜好像不配与我相比。”

“如果雅典娜就在这间屋子里，你会对她说些什么？”

“我会让雅典娜承认我的编织技术比她更出色。”

“那就来比试比试吧，愚蠢的凡人！”

说完话，老妇人脸上的皱纹一下子都消失了，昏花不清的眼睛也变成了清澈发光的灰眸。驼背的老妇人挺直身子，变成了高贵的雅典娜本尊。围观人群惊呼着连连后退，尤其是宁芙纷纷缩到墙角——竟然浪费时间来赞赏凡人的作品，形迹败露的她们感到羞耻和恐惧。

阿刺克涅在一双灰眸的凝视下脸色变得煞白，心跳几乎停止，但表面上还是强装镇定。

阿刺克涅尽可能冷静地说道：“好吧，我无意冒犯。但是我认为，我的织布技巧确实无可匹敌，不管是在这里还是在奥林匹斯山上，我都有这种自信。”

“真的吗？”雅典娜挑起一边的眉毛说，“那就来试试吧。你要不要先开始？”

阿刺克涅离开座位，指着织布机对雅典娜说：“不，您先请……您先开始。”

雅典娜检视着织布框。“行，这个能用。原来是福西亚紫，还行，不过我认为泰尔紫更好，”她说着话，从袋子里拿出一堆染色的毛线，“那就开始吧……”

转眼间，雅典娜已经开始织起布来。黄杨木梭子上下舞动，浮现一幅神奇而美妙的画面。围观的人纷纷伸长了脖子，看着雅典娜生动地“描绘”着诸神的故事。那是乌拉诺斯惨遭阉割的血腥场面，鲜血看起来是如此黏稠；那是阿佛洛狄忒出生时的情景，飞溅的浪花是那么真实；那是克洛诺斯在吞食瑞亚的子女；那是母山羊阿玛尔忒娅在给婴儿宙斯喂奶。雅典娜甚至还织出了自己从宙斯的头颅中出生的场景。接下来的画面是十二主神在奥林匹斯山封神的盛景……雅典娜还在继续编织着。

图 34　为自己的织布技术倍感自豪的阿剌克涅向奥林匹斯神发起了挑战

Diego Rodriguez de Silva y Velazquez,1657. Prado, Madrid / Bridgeman.

仿佛是为了阿剌克涅之前所说的话而刻意地公然羞辱她，雅典娜现在织出的画面表现的是和天神肆意较量的凡人最终付出的代价。首先是色雷斯的王后罗多彼（Rhodope）和国王希慕斯（Haemus）的故事，他们原以为比赫拉和宙斯这对夫妻更为光彩靓丽，但最终被变成了山脉。接下来，雅典娜织的是俾革米斯（Pygmies）的王后革剌娜（Gerana），她认为自己的美貌和地位都远胜天后，于是被愤怒的赫拉变成了一只鹤。在同一个地方，雅典娜还织出了安提戈涅（Antigone）的故事，由于类似的傲慢行为，她的头发被变成了蛇。[①]最后，雅典娜用橄榄叶的图样当作整幅作品的边框，因为橄榄树是她的圣树。做好收尾工作后，她站起身接受应得的赞美。

阿剌克涅也不加吝啬地热烈鼓掌，予以赞美。她的大脑转得像雅典娜手中的梭子一样快，马上就知道自己该织怎样的作品了。就这样，一个疯狂的想法攫住了她。此刻，与奥林匹斯女神比拼起

① 后来天神怜恤安提戈涅，把她变成了一只鹳鸟。显然，鹳鸟是吃蛇的。但这不是俄狄浦斯的女儿，不是底比斯的安提戈涅，而是来自特洛伊的同名女孩。

纺织技艺的阿刺克涅想告诉全世界，自己的纺织技术不仅更精湛，而且人类在所有事情上都可以超过天神。她感到非常气恼，因为雅典娜展现了奥林匹斯诸神出生与就位等宏大的场面，接下来却描绘人类因狂妄而遭受惩罚的愚蠢传说。好吧，她同样可以玩暗讽的把戏。她要让雅典娜好好看看！

阿刺克涅在织布机前坐下，捏了捏指节，然后开始动工。在那飞舞的手指底下首先出现的是一头栩栩如生的公牛，一个少女骑在牛背上。另一个画面是公牛腾空而起，飞过海洋。女孩回头望去，几个年轻人正惊慌失措地奔向悬崖岸边。这会不会是那件事？是不是抢夺欧罗巴的场景？那些年轻人是不是卡德摩斯和他的兄弟？

把织布机团团围住以便看得更清楚的围观群众开始交头接耳。接下来织出的画面更加清晰地透露了阿刺克涅的意图。那是提坦神福柏和科俄斯的女儿阿斯忒里亚（Asteria），她正绝望地把自己变作一只鹌鹑，试图摆脱化作老鹰的宙斯。接下来，阿刺克涅织出了宙斯变成天鹅，对廷达俄瑞斯（Tyndareus）的妻子丽达（Leda）大献殷勤的画面。转眼间，宙斯又化身为舞蹈的羊男，追逐着美丽的安提俄珀。接下来的一幅画是这位色欲熏心的天神最古怪的一次变身——一场金雨，画面清晰地表现出宙斯以这非同寻常的形态迫使阿尔戈斯国王阿克里西俄斯（Acrisius）的女儿达那厄（Danaë）怀孕的场景。这类强占民女、勾引私通的故事是凡人间的八卦话题。可像阿刺克涅这样用彩色丝线真实地描绘出来，却有些罪不可恕。之后还有一连串描绘宙斯恶心行径的画面：不幸的宁芙埃癸娜和可爱的珀耳塞福涅被化作斑点蛇的宙斯侵犯。以前就有传言说宙斯曾以此占有了他和德墨忒尔所生的女儿珀耳塞福涅，但阿刺克涅这样堂而皇之地织出来实在是大逆不道。

然而，宙斯并不是唯一一个被阿刺克涅用丝线编写堕落传说的天神。现在“讲”到波塞冬了，这位海神首先以公牛的形态出现，疯狂追逐着惊慌失措的色萨利女孩阿耳涅（Arne）；然后，他变作凡人厄尼普斯（Enipeus），以赢得美人堤洛的芳心；最后，他变成一只海豚，追逐着杜卡里翁的女儿，迷人的墨兰托（Melantho）。

接下来是阿波罗开始打家劫舍：阿波罗化身为老鹰、雄狮、牧羊人，不知廉耻地强占民女。狄俄尼索斯也入画了，他伪装成一大串葡萄，只为把美丽的厄里革涅（Erigone）骗到手；为了逞一时之气，他把凡间女子阿尔卡托尔（Alcathoë）和弥倪阿得斯姐妹（Minyades）[①]变成了蝙蝠，只因为与纵情狂欢相比，她们更愿意过修身养性的生活。

所有这些故事源源不断地从阿刺克涅的“艺术之笔”下冒出来。它们都描绘了一个共同的主题，那就是天神如何欺骗、强夺和占有凡间妇女。阿刺克涅最终织出一圈由交错的鲜花和常青藤组成的图样，并用它将整幅作品框起来以宣告结束。完成以后，她平静地把梭子推到一边，站起身伸了伸腿脚。

奖励

围观群众往后退去，大家吃了一惊，感到惴惴不安：这姑娘真是胆大妄为，不过不可否认，这样一幅大胆且渎神的作品确实体现了女孩超凡的技艺。

雅典娜走上前一点一点地检查着织物的表面，没有发现一丝缺陷和不足。作品非常完美。尽管完美，但这样渎神的作品绝不能存在。她一言不发地劈开布匹，将布匹撕得粉碎。最后，雅典娜抑制不住心中的怒火，抓起梭子直接朝阿刺克涅的脑袋扔过去。

梭子打中了阿刺克涅的眉间，疼痛似乎让她从恍惚的状态中清醒了过来。她都做了什么呀？她发了什么疯？她再也不能织布了。她会为自己的渎神行为付出惨重的代价。与自己的命运相比，那条挂毯上描绘的姑娘们的遭遇根本算不上悲惨了。

阿刺克涅从地上捡起一根粗麻绳，说：“如果不让我织布，我就活不下去了！”之后，她哭着跑出农庄，大家都没来得及阻止她。

围观者涌向窗户和开着的大门，惊恐地看见阿刺克涅跑过草地，把绳子甩在一棵苹果树上，自尽身亡。见此，人们齐齐转头望向雅典娜。

一颗泪珠滑过女神的面颊。“愚蠢！愚蠢的姑娘。”雅典娜说。

雅典娜沉默着走出农庄，围观的人也一言不发地跟在她身后，他们来到苹果树前。阿刺克涅挂在绳子上微微摇晃，尸体的眼珠暴突着。

“你这样的传奇人物绝不能死，”雅典娜说，“你要日日夜夜地纺线、编织，纺

① 指玻俄提亚国王米涅斯（Minyas）的女儿琉喀珀（Leucippe）、阿耳希珀（Arsippe）和阿尔卡托厄（Alcathoe），在欧洲新发现的一种蝙蝠被命名为 Myotis alcathoe 以资纪念。姐妹几人的命运通常被用来警告人们摆脱不了狄俄尼索斯的狂欢式生活，今天的我们更需要反过来警告一下。

线、编织，纺线然后编织……”

眨眼间，阿刺克涅开始变皱、缩小。那根吊着她的绳子变成了一条细细的、发光的丝，她开始顺着这根丝往上爬。阿刺克涅已经不再是女孩，而是变成了注定要永远忙于纺线和编织的生物。

这就是世上第一只蜘蛛，也就是蛛形纲（arachnid）的来历。这一变身并不像某些人认为的那样是一种惩罚，而是赢得大赛的一种奖励，是对伟大艺术家的奖赏，也就是得以拥有永远创造和编织杰作的权力。

变形：天神之爱酿成的悲剧

我们之前已经讲过天神出于怜悯、愤怒或嫉妒，将男人和女人变成动物的故事。不过，天神既会像人类那样骄傲自大、心胸狭窄，也会像人类那样为欲望所驱使。我们已经知道，肉体凡胎对他们而言和神祇一样有吸引力。有时，他们的冲动只是出于原始的肉欲，不过天神也会真正地陷入爱河。许多故事都讲述了天神怎样追求可爱的少年少女，然后把他们变成动物、新品种的植物和花朵，甚至是岩石与泉水的。[①]

尼索斯和丝库拉：海雕与海鸥

尼索斯（Nisus）是位于阿提卡海岸墨伽拉城（Megara）的国王。他有一缕紫色的头发，那便是他被赋予的特殊能力，即对一切人为的伤害免疫。出于某种原因，他的国家遭到了克里特国王米诺斯的攻击。有一天，尼索斯的女儿丝库拉公主（Scylla）[②]在米诺斯的战船驶向墨伽拉城时，看见了对方在甲板上的身影并坠入了爱河。她爱

① 这类神话可归入原因论的范畴，换句话说就是，能为事物的成因提供一些解释。阿剌克涅的故事可以被看作在解释蜘蛛为何织网，梅利莎的故事则告诉我们蜜蜂为什么要酿蜜，诸如此类，就像“大象为什么长着长鼻子”这样的寓言。当然，这类神话提到的动植物名称写的都是拉丁学名，例如 Daphne Laureola，即桂叶芫花。不过也有常用名或园艺名，例如 Narcissus（水仙花）和 Hyacinth（风信子）等。

② 不要和那个残酷的海怪斯库拉弄混了，这个海怪和旋涡怪物卡律布狄斯（Charybdis）盘踞在西西里和意大利大陆中间的墨西拿海峡（Messina），形成一道无法逾越的鸿沟。

得发了狂，于是决定把父亲的那缕紫发偷走，献给战船上的米诺斯，她认为对方肯定会用热烈的爱来回报自己。可是，丝库拉偷走那缕头发之后，尼索斯立即变回了脆弱的普通凡人。当女儿还在悄悄走向米诺斯的路上时，父亲已在宫廷暴乱中一命呜呼了。

对于丝库拉背叛生父的这一举动，米诺斯不仅没有感到高兴，反而相当反感。他完全不想与这女人扯上关系，于是把公主踢下战船，扬起风帆离开了墨伽拉，发誓永不返还。

然而，丝库拉的热情并没有因此消散，她仍不愿意放弃所爱之人。她游在米诺斯身后，可怜兮兮地哭喊着。她在米诺斯身后喊得如此凄惨，最后变成了一只海鸥。与此同时，幽默感十足的天神把她的父亲尼索斯变成了一只海雕。

为了复仇，父亲此后便永远在大海上无情地攻击着自己的女儿。

卡利斯托和阿耳卡斯：大熊座与小熊座

还记得佩拉斯吉人时期的阿耳卡狄亚国王吕卡翁[①]吗？在被变成狼之前，他有一个漂亮的女儿叫卡利斯托（Callisto），她被当作侍奉处女之神和狩猎之神阿耳忒弥斯的宁芙抚养长大。

宙斯对这个漂亮的女孩垂涎已久，于是变成阿耳忒弥斯的模样来欺骗她。女孩欣然投向所追随的伟大女神的怀抱，却发现自己惨遭宙斯的蹂躏。

① 还记得吗？在人类尚处于佩拉斯吉人时期时，吕卡翁被宙斯变成了狼。

不久后，真正的阿耳忒弥斯看到卡利斯托光着身子在河中沐浴，发现自己的追随者竟然身怀有孕，女神怒不可遏，于是将可怜的卡利斯托驱逐出去。这个孤独而不幸的女孩在世间游荡，随后生下儿子阿耳卡斯（Arcas）。对于丈夫的情人，即使是最无辜老实的那位，赫拉也绝不心慈手软。于是，赫拉进一步惩处了卡利斯托，把这个女孩变成了一头熊。

多年以后，已是青年的阿耳卡斯在森林里打猎时遇到了一头巨大的母熊。不知情的他刚要举起标枪扔过去，宙斯赶紧出手干预，阻止了一桩弑母惨案。宙斯把两人升到天空中变成了大熊座和小熊座。赫拉怒气未消，对这两个星座施下诅咒，令其永远不得同饮一瓢水，据我所知，这便是它们永远指向不同极地位置的原因。[1]

① 卡利斯托在苍穹间身兼两职，她同时还是木星的卫星。

普罗克妮和菲洛美拉：燕子与夜莺

雅典国王潘狄翁（Pandion）有两个美丽的女儿：普罗克妮（Procne）和菲洛美拉（Philomela）。长女普罗克妮离开雅典，嫁给了色雷斯国王忒柔斯（Tereus），并与其育有一子，名叫伊克堤斯（Ictys）。

有一年，普罗克妮的妹妹菲洛美拉来到色雷斯和家人一起过暑假。忒柔斯可以说长了一颗世界上最黑暗的心，他被这位年轻小姨子的美貌震撼到了，于是在某个夜晚将她拖进自己的卧房施以强暴。他担心妻子乃至世人发现这可憎的罪行，于是将菲洛美拉的舌头割掉。忒柔斯知道女孩既不能读也不会写，这下他算是平安无事了，菲洛美拉永远都无法将可怕的事实真相告诉任何人。

然而，在接下来的一个多星期里，菲洛美拉织出了一块挂毯，她用这挂毯把自己遭到的侵犯详细地告知了姐姐普罗克妮。姐妹俩既委屈又愤怒，想出了一个与这恶行同样残暴的复仇计划。她们知道怎样才能把忒柔斯伤得最狠。他是一个粗野可憎的男人，脾气暴躁，堕落无耻，不过他有一个软肋，那就是他深爱着儿子伊克堤斯。普罗克妮和菲洛美拉非常了解这份无私的感情。虽然伊克堤斯也是普罗克妮的儿子，但曾经的母爱此刻已被憎恶和无法遏制的复仇欲望压制住了。姐妹俩狠下心肠，来到那孩子的卧房，将其杀死在睡梦中。

第二天早上，普罗克妮对丈夫说："菲洛美拉很快就要离开雅典了，今晚要不要举行一个送别晚宴？顺便也感谢一下你对她的热情款待。"

菲洛美拉呜咽着拼命点头。

"她好像也觉得这主意不错。"普罗克妮说。

忒柔斯哼了一声表示同意。

当晚的宴会上有一道美味多汁的炖肉，国王大快朵颐。他用面包蘸着肉汁把那道菜吃了个精光，却仍然意犹未尽。就在离他一臂远的地方摆着一个盘子，上面盖着银色的盖子。

忒柔斯问："那下面是什么？"

菲洛美拉微笑着把盘子推过去。忒柔斯揭开盖子，惊恐地大叫起来，因为他看见的是死去的儿子那扭曲的面孔。姐妹俩疯狂地尖声大笑。忒柔斯终于明白发生了什么，明白为什么那道炖肉是如此鲜美，他狂吼一声，从墙上摘下一支长矛。两个女人逃出房间，呼叫天神，乞求帮助。当忒柔斯国王追出宫殿，追到大街上时，他发现自己突然浮在了空中。原来，他被变成了一只戴胜鸟，那痛苦而愤怒的呼喊则变成了凄厉的鸟鸣。与此同时，普罗克妮变成了一只燕子，菲洛美拉变成了夜莺。

虽然夜莺以美妙婉转的歌声著称，但只有雄性夜莺才会歌唱，雌性夜莺和无舌的菲洛美拉一样沉默无语。①另外，很多种类的燕子至今仍沿用普罗克妮的名字，戴胜鸟也仍戴着那顶属于国王的王冠。

伽倪墨得斯：化身水瓶座

在小亚细亚的西北角坐落着名叫特洛伊得（Troad）的王国，为了纪念其统治者特洛斯（Tros），这里也被称为特洛伊（Troy）。从特洛伊西望爱琴海，海的对面便是希腊大陆；特洛伊以东是今天的土耳其全域及古土耳其地区，以北是达达尼尔海峡与加里波利半岛，以南是莱斯沃斯岛（Lesbos）。特洛伊的都城是伊利昂（Ilium），后来通常简称为特洛伊城。伊利昂这个名字取自国王特洛斯和王后卡里罗厄（Callirrhoë）②的长子伊洛斯（Ilos）。这对王室夫妇的第二个儿子阿萨剌科斯（Assaracus）鲜有文献记载。然而，真正引人瞩目、见者无不屏息的是他们的第三个儿子伽倪墨得斯（Ganymede）。

世上没有比伽倪墨得斯王子更美的少年。他有着一头金发，皮肤是温暖的蜂蜜色；他那柔软的嘴唇仿若一个甜美的邀请，邀请你在魔法般的狂吻中迷失自己。

据说女人无论长幼，只要与他对视便会尖叫甚至昏倒。这辈子都没想过会被同性吸引的男人一看到他就会心跳如鼓，血脉偾张，耳中突突作响。他

① 希腊人认为戴胜鸟的叫声是“pou? pou?”意为“哪儿？哪儿？”也许指代的正是几乎要发疯的忒柔斯呼唤儿子的声音。莎士比亚在十四行诗第102篇中将夜莺用“Philomel”来表示：“就像夜莺在夏日面前婉转啼鸣。”（As Philomel in summer' s front doth sing.）不过容易混淆的是，Philomel这个词其实最常出现于欧歌鸫的学名Turdus philomelos.

② 卡里罗厄是本地河神斯卡曼德洛斯（Scamander）的女儿。

们变得口干舌燥，发现自己满嘴嘟囔着莫名其妙的蠢话，只为取悦他或引起他的注意。一回到家，他们就开始写诗，但写完马上撕掉，因为字里行间充斥着“大腿啊”“眼睛啊”“屁股啊”“他的嘴啊”“少年啊”“真美啊”“男孩啊”“欢乐啊”“欲望啊”“像火啊”这一类的词。

不同于许多天生丽质却恃美行凶的人，伽倪墨得斯不是一个刁蛮任性的孩子。他魅力十足，举止落落大方。他笑起来十分美好，琥珀色的瞳孔里闪着友好而温暖的光芒。熟悉他的人都说，这孩子的内在美完全配得上甚至超越了他的外在美。

伽倪墨得斯若不是王子，世人或许会对他的美貌更加大惊小怪，让他难以过上正常的生活。可他是伟大的国王最疼爱的儿子，因此没人敢打他的主意，伽倪墨得斯得以清白无瑕，终日与骏马、音乐、运动和挚友为伴。特洛斯国王原本打算等伽倪墨得斯到了一定的年纪，让他和某位希腊公主结为连理，成长为英俊的成熟男人，毕竟青春转瞬即逝。

但是，这些打算并没把众神之王考虑在内。宙斯不知是听说了这位像灯塔般闪亮的美少年的传闻，还是无意中看见了他的面孔。真正值得记述的是，这位天神因欲望变得疯狂。尽管这位凡人有纯正的王室血统，尽管这之后流言会满天飞，尽管赫拉肯定会勃然大怒、醋意横生，但宙斯依然不管不顾地变作老鹰，俯冲到人间，用爪子攫住少年，将他带回了奥林匹斯山。

这一行为很糟糕，不过出乎意料的是，它不完全出于不负责任的色欲。这段感情看起来确实有点像是真爱。宙斯把少年宠上了天，想与他永远相伴，而他们之间的肉体关系只让宙斯的爱恋变得更深。宙斯赐给伽倪墨得斯不朽，让他青春永驻，并指派他为自己的持杯者。从现在开始直到时间的尽头，他将永远是那位外表和灵魂都美得令宙斯神魂颠倒的伽倪墨得斯。当然，除了赫拉，其他天神都欢迎少年的到来。他太讨人喜欢了，他的出现点亮了奥林匹斯山。

宙斯派赫耳墨斯为特洛斯国王带去神马作为礼物，以弥补这家人的损失。

赫耳墨斯告诉国王：“你儿子在奥林匹斯山上备受宠爱，他将永生不死，和其他凡人不同，他的美貌将永远与其内在美相匹配，也就是说他将永远心满意足。天空之父全心全意地爱着他。”

好吧，反正特洛伊国王和王后还有两个儿子，再说，不用看牙口就知道那些马确实是世上最好的马，只要伽倪墨得斯真能位列不朽的奥林匹斯诸神之间，永远成为他们的一分子，只要宙斯真的爱他……

可那男孩爱宙斯吗？这很难说。古人认为男孩爱宙斯。他一直都以微笑示人，看起来很幸福。伽倪墨得斯成为这种独特的同性之爱的象征，这也是希腊人生活中相当核心的一个部分。他的名字似乎是精心设计过的文字游戏，分别取自ganumai（赏心悦目）、medon（王子）和medeon（生殖器），即长着英俊生殖器的英俊王子，到了后来便扭曲、演变成了catamite（娈童）这个词。

宙斯和伽倪墨得斯这对幸福的伴侣相处了很长时间。当然了，这位天神对伽倪墨得斯也像对自己的妻子一样不忠，不过大抵还算得上稳定的伴侣。

当诸神的统治即将宣告结束，宙斯给这位美少年、挚爱的宠儿、情人与好友赐予了最后的奖励。他将男孩升上天空，成为最重要的黄道十二宫星座之一。从此，伽倪墨得斯便成为水瓶座，这位持杯者永远闪耀在苍穹。

黎明爱人：大犬座与小犬座

接下来，我们来聊聊两位神祇姐妹。我们在前文已经见过了厄俄斯[①]，也已经知道她的任务是敞开大门让天神阿波罗驾着太阳马车驶出，开启新的一天，后来则换成了她的兄弟赫里阿斯。他们的妹妹塞勒涅[②]则驾着与之相对的月亮马车在夜空中穿行。宙斯和塞勒涅生了两个女儿：潘狄亚（Pandia）[③]和厄耳萨（Ersa）[④]。

厄俄斯有好几次陷入了爱河。她曾迷恋一位叫刻法洛斯（Cephalus）的年轻英雄，便诱拐了他。虽然刻法洛斯早已组建了家庭，但厄俄斯置若罔闻。实际上，刻法洛斯已和普洛克里斯（Procris）婚配，对方是雅典第一任国王厄瑞克透斯[⑤]与王后普拉西提雅（Praxithea）的女儿。尽管厄俄斯魅力四射，安排刻法洛斯入住的太阳神宫也是极尽奢华，可被绑架的这名年轻人依然无比想念自己的妻子。无论黎明女神如何想方设法地献尽殷勤，都无法引起对方的兴趣。厄俄斯既失望又感觉受到了羞辱，最终同意让刻法洛斯回到妻子身边。然而，妒意和自尊受损的痛苦在她体内沸腾不止。他怎敢放弃女神而选择

① 罗马名为奥罗拉（Aurora）。

② 罗马名为露娜（Luna）。

③ 每到满月时，雅典人就会敬拜潘狄亚。

④ 有时也写作 Herse，是露珠的神格化身。

⑤ 厄瑞克透斯就是赫菲斯托斯洒出的精液所结的果子。

人类？！一想到凡人女子能激起刻法洛斯的热情，身为神祇的自己却只能面对一副冰冷的面孔……

厄俄斯假装漫不经心地往刻法洛斯的心里埋下怀疑的种子。

在回刻法洛斯家中的路上，厄俄斯一边悲伤地摇着头一边哀叹道："哎哟，我突然想啊，那位纯洁的普洛克里斯在你离开家的时候，不知表现如何？"

"你什么意思？"

"唉，就是不知道她和几个男人交欢来着。想想真有点受不了啊！"

"你根本不了解她！"刻法洛斯有些气恼，"她的忠诚和美貌并重。"

"哈哈！"厄俄斯说，"其实只需要一点儿蜂蜜和钱币。"

"你在说什么？"

"如蜂蜜般甜美的话语和银闪闪的钱币可以让最道貌岸然的人变节。"

"你可真够愤世嫉俗的。"

"我能看到第一缕晨光照亮的世间，也能看到人们在黑夜所行之事。那可不是愤世嫉俗，而是事实真相。"

"可你并不了解普洛克里斯，"刻法洛斯争辩道，"她和其他人不一样。她很忠诚，很真实。"

"噗！你只要转过身去，她立刻就能和别人上床。这么跟你说吧……"厄俄斯停下脚步，仿佛突然想到了一个主意，"如果你伪装成别人去和她见面会怎样？向她献殷勤，对她大加赞美，告诉她你爱她，再给她买点廉价的首饰——我敢打赌她一定会为你神魂颠倒。"

"绝对不会！"

"随便你吧，不过……"厄俄斯耸了耸肩，然后指向路边，"哦，快看，那儿有一堆衣服，还有一顶头盔。你若还长了一撮大胡子……"

厄俄斯突然消失不见，与此同时，刻法洛斯发现自己确实长出了胡须。路边突然出现的那堆可用来换装的衣服似乎在向他招手示意。

尽管嘴上一直在反对，厄俄斯的话却真的被刻法洛斯听进了心里，让他不禁想试探一番。他穿上那套荒唐的衣服，对自己说，他不是起了疑心，而是为了让厄俄斯知道那番讥讽完全是错误的。第二天早上，当天空变成粉色时，他要和普洛克里斯一块对厄俄斯喊："你真是大错特错了，黎明女神！你根本不了解凡人的爱情。"总之就是这类的话，好让她知道自己错了。

不久之后，普洛克里斯给一个头戴帽盔、身披长袍、留着大胡子的“陌生人”开了门。她看起来有些憔悴，丈夫无缘无故地突然失踪给了她沉重的打击。然而，还没等她开口询问这位访客，刻法洛斯就闪身进了屋子，还把仆人都打发走了。

“你是个美丽的女人。”刻法洛斯用浓重的色雷斯口音说道。

普洛克里斯的脸红了。“先生，我必须……”

“来吧，咱们坐在这卧榻上吧。”

“真的，我不能……”

“来吧，这儿没别人。”

普洛克里斯知道这已经有点超出了塞尼亚所要求的待客之道，但她还是屈服了。这个男人实在太强壮了。

“你这样一个美人，独自在这么大的房子里做什么呢？”刻法洛斯从铜碗里拿起一枚无花果，淫邪地咬上一口，然后把剩下那半颗柔软多汁的果子在普洛克里斯面前晃来晃去。[①]

“先生！”

普洛克里斯张开嘴想要抗议，刻法洛斯却趁机将熟透的无花果塞了进去。

“你这副样子天神看了都要动心，”刻法洛斯说，“做我的女人吧！”

“我已经结婚了！”嘴里塞满了无花果的普洛克里斯抗拒地说道。

“结婚？那是什么东西？我有的是钱，你想要什么珠宝首饰我都能给，只要你开口。你太美了，我爱你。”

普洛克里斯沉默了。可能是因为她在努力把那颗无花果咽下去，可能是金银珠宝的许诺的确诱惑了她，也可能是这突如其来的狂热示爱让她有点动心。她沉默的时间有点长，刻法洛斯不由得勃然大怒，立即现出了真身。

“好呀！”刻法洛斯大发雷霆地说道，“这就是你独自一人时会干的好事！满口谎言的可耻女人！”

① 希腊语 sycophant 指的是“拿出无花果的人”，要么是因为街头巷尾贩卖无花果的小贩都以摇头摆尾、溜须拍马的媚态而著称；要么是因为拿出无花果等同于展示阴茎，毕竟无花果一直以来都被视为含有色情意味的水果；要么就是和无花果的采摘方式有关。不管是出于哪种原因，“拿出无花果”即 sycophancy 成为和雅典法律文本相关的一个词，和恶意提起不正当的自诉相关，他们小题大做的做事方法让这个词有了今天的“谄媚”之意。

普洛克里斯瞪着眼睛，简直不敢相信。“刻法洛斯？是你吗？”

“是！没错，正是你可怜的丈夫！这就是我不在家时你的所作所为。滚！从我面前滚开，你这不忠的女人。赶快滚蛋！”

刻法洛斯往前一冲，挥舞着拳头，于是惊恐的普洛克里斯逃了出去。她跑出家门，跑进了森林，一直跑到一片树林才力竭倒地，那林子是阿耳忒弥斯的圣地。

第二天早上，女神发现普洛克里斯倒在地上，于是哄着她说出了事情的经过。

就这样，普洛克里斯和狩猎女神及其彪悍的少女随从在一起待了一年零一天，最后她再也无法忍受了。

“阿耳忒弥斯，您照看我，教我狩猎，让我知道男人就该避之大吉，可我不能对您撒谎。我还像从前那样爱着我的丈夫刻法洛斯。他错待了我，不过那也是太爱我所致，我渴望原谅他，渴望回到他的怀抱，渴望再次成为他的妻子。”

阿耳忒弥斯看到普洛克里斯要走十分难过，不过这次女神大发慈悲，让她回到了丈夫身边，并没有把她的眼珠挖出来或者拿她喂猪，要知道阿耳忒弥斯不是没有做过这种事。不仅如此，女神还为普洛克里斯准备了两份重礼，用来献给刻法洛斯以求和。

莱拉普斯与透墨西俄斯之狐

普洛克里斯收到的礼物之一是一只了不起的猎犬，叫莱拉普斯（Lailaps），它的了不起之处在于，无论让它追捕鹿、野猪、熊、狮子还是人，它都一定能将猎物拿下；另一份礼物同样是无价之宝，那是一根可以射中所有目标的标枪。无论是谁，只要拥有这两样东西，绝对能成为凡间最伟大的猎手。不出所料，刻法洛斯见到妻子满载而归十分欣喜，两人重新回到以前的生活。

如今，刻法洛斯的名气越来越大，人们谈起他时充满敬畏，有关他高超捕猎技巧的故事传遍诸国，也传到了底比斯统治者克瑞翁（Creon）[①]的耳朵里。有着许多黑暗过往的底比斯此时又遭遇了一桩祸事，这回是一头凶

① 克瑞翁是一位脚踏实地的优秀统治者，其悲惨的家族史成为索福克勒斯的《底比斯三部曲》，即《俄狄浦斯王》、《俄狄浦斯在科洛诺斯》与《安提戈涅》的主题。我在 16 岁那年曾扮演过这个角色，也得到了一些评价，具体如何请容我按下不表。

猛的狐狸，当地人称之为卡德摩斯雌狐（Cadmean Vixen），古希腊人把它命名为透墨西俄斯之狐（Alopex Teumesios），所有人都畏惧它。这一猎食者拥有特殊的天赋，天神赐予它一种能力，即永远不会被捉到，不管派出多少猎犬、马匹或者人手来捉拿它，不管设下多少陷阱，都是徒劳的。据说放出这只狡猾怪物的正是狄俄尼索斯，他始终渴望报复这座城市，因为底比斯人曾嘲讽他的母亲塞勒涅，还将她拒之门外。

越来越绝望的克瑞翁听说了刻法洛斯和那只神奇猎犬的种种传闻，说那猎犬几乎可以被称为拥有超能力，于是他传话到雅典，乞求将猎犬借来用用。刻法洛斯慷慨地出手相借，于是这只神奇的猎犬很快便开始追捕雌狐。

可事情随后变得十分奇怪，这似乎让我们看到了希腊思想中一种绝妙的特质，那就是对悖论的迷恋。让一只可以抓到任何猎物的猎犬前去追捕一只绝不会被抓住的狐狸会发生什么？这就像是不可抗拒的力量遇到了丝毫不受其影响的物体。

卡德摩斯雌狐拼命地绕着圈跑，莱拉普斯则在它身后紧追不舍，没有猎物能逃出这只猎犬的爪牙。若不是宙斯出手干涉，我猜它们至今仍陷在这一逻辑怪圈之中。

众神之王低头目睹了这一场景。他对这件自相矛盾的怪事思索了一番，感觉此事完全是对一切正论与常理的蔑视，它颠覆了希腊语中伟大的 nous（智性）一词所代表的一切含义，令人恼火。然而，宙斯的权威基于这样一条深刻的原则，那就是任何天神都不能抹消其他天神的咒语。也就是说，狗和狐狸注定要永远被锁在这一不可能有任何进展的境地之中，永远公然地嘲讽着世间的秩序。于是，宙斯将狐狸和狗都变成了石头。这样它们将永远凝固，永远保持即将摆脱和抓住对方的完美姿态。但是随着时间的推移，这仍然让宙斯感到真理备受挑战，所以他将之升上天空，移入苍穹，变成了大犬座和小犬座。

至于刻法洛斯和普洛克里斯，很遗憾，他们没能长命百岁。刻法洛斯虽然失去了莱拉普斯，但仍然拥有那根绝不会错失目标物的魔法标枪。他最喜欢的莫过于在雅典周边的峰峦山谷间游荡，自由地狩猎。某个炎热的下午，追捕了三个小时的刻法洛斯累得汗流浃背，于是躺下小睡一会儿。天气非常炎热，即使有大橡树遮阴，他也仍然感到很不舒服。

刻法洛斯懒洋洋地召唤着西风之神：“仄费洛斯，来吧。我想感受你的抚摸。请拥抱我，让我平静，让我放松，抚慰我，和我玩耍……”

十分不幸的是，这时普洛克里斯正带着一碟橄榄和一瓶红酒来找刻法洛斯，想给他一个惊喜。但她走近时正好听到丈夫说的最后那几句："我想感受你的抚摸。请拥抱我，让我平静，让我放松，抚慰我，和我玩耍……"丈夫之前为了独占自己发那么大的脾气，可现在竟然做出背叛之举？普洛克里斯简直不敢相信自己的耳朵！她手一松，碟子和酒瓶掉到了地上，她情不自禁地倒抽了一口凉气。

刻法洛斯听到声音立即坐起身来。是什么在灌木丛里簌簌作响？天哪，这吸鼻子的声音一定是一头猪！他拿起标枪，朝传来声音的灌木丛投了过去。他不必小心瞄准，那根标枪便会自动完成"使命"。

标枪确实一击即中。普洛克里斯就这样在悲痛的丈夫怀中逝去。

这不幸的故事令人玩味[①]，不过我们要记住，一切的起因只是厄俄斯决定绑架一位英俊潇洒的凡人。

恩底弥翁：陷入永久的沉睡

被两位女神看上的年轻人并不只有刻法洛斯。一天晚上，厄俄斯的妹妹塞勒涅驾着银色马车驶过小亚细亚西部的夜空，她远远地看到了山坡上的恩底弥翁（Endymion），这位年轻俊美的牧羊人正赤身裸体地躺在拉塔莫斯山（Mount Latmos）的一处山洞外呼呼大睡。见到他那沐浴在银色月光之中的美好肉体，还有因为不知梦见何事而在唇边浮起的一抹诱人微笑，塞勒涅顿时欲火焚身，遂祈求诸神之父宙斯让他永葆青春。她希望每晚都能看到这副模样的恩底弥翁，宙斯满足了她的心愿。恩底弥翁就这样留在原地，永远地沉睡了下去。每逢新月，即阴历中唯一见不到月亮马车的这一天，塞勒涅便会来到人间与熟睡的男孩交欢。虽然不是传统的行房，但塞勒涅还是与他生下了五十个女儿。

二人的关系的确非常古怪，但硕果累累，而且这让塞勒涅非常快乐。[②]

① 在莎士比亚的《仲夏夜之梦》中，波顿和他的那帮糊涂朋友在饰演皮拉莫斯（Pyramus）和提斯珀（Thisbe）时，把这对悲惨情侣大肆玩弄了一番：

> 皮拉莫斯（波顿饰）：刻法洛斯对普洛克里斯不及我对你的真心。
>
> 提斯珀（弗鲁特饰）：我对你的爱，正如刻法洛斯对普洛克里斯的爱。

② 这个故事成为济慈的长诗《恩底弥翁》的主题。

提索奥努斯：永生的诅咒

这之后，塞勒涅的姐姐厄俄斯的感情生活依然非常混乱。就在不久前，这位黎明女神刚刚和战神结束了一段糟糕的婚外情，可谓戏剧性十足。当阿瑞斯那善妒的情人阿佛洛狄忒发现这段私情之后，她在心中暗暗下咒：厄俄斯将永远不能在阿佛洛狄忒所司掌的领域，即爱情中获得快乐。

厄俄斯是一位血统纯正的提坦女神，有着提坦神族特有的强烈欲望。此外，作为黎明的使者，她相信每一天都预示着崭新的希望、承诺和机遇。所以，厄俄斯一直怀着可悲的乐观精神，在一段段恋爱中摔得“鼻青脸肿”，由于阿佛洛狄忒的诅咒，厄俄斯的每段恋情都不得善终，可她对这诅咒毫不知情。

贪图美色的厄俄斯尤其容易被年轻的凡人吸引。正如之前绑架了刻法洛斯，如今她打算对一名叫克利图斯（Cleitus）的年轻人故技重施。不过，最终的结局令人心碎，因为对方是生命有限的凡人，对厄俄斯来说，一眨眼的工夫，克利图斯便死掉了。

那时候的特洛伊肯定是有某种独特的魅力。拉俄墨冬（Laomedon）[①]是宙斯最宠爱的持杯者伽倪墨得斯的侄子，有一个儿子叫提索奥努斯（Tithonus），这孩子长大以后的美貌与他的舅爷爷不相上下。提索奥努斯也许比伽倪墨得斯更为瘦小纤细，但他最大的特点是笑起来特别甜美，这令他分外迷人，让人一见倾心、心生贪念，只想把他抱到怀里。

一天下午，厄俄斯看见这位俊美的年轻人正沿着伊利昂城墙外的海滩散步。女神忽

① 拉俄墨冬是伽倪墨得斯的哥哥、特洛伊国王伊洛斯的儿子。

然意识到，过去那数不清的调情、绑架、恋爱、寻欢，甚至包括和阿瑞斯的婚外情……所有那些都只是小孩子的把戏，是没有意义的迷恋。这一回才是真爱，这个人才是她的真命天子。

一见钟情

厄俄斯沿着沙滩向提索奥努斯走去，对方抬头一看，立即和女神一样陷入了爱河。他们立即牵起手，甚至连一句话都不必说，便在海岸线上像情侣一样散起步来。

“你叫什么名字？”

“提索奥努斯。”

“我是黎明女神厄俄斯。和我一起住到太阳宫里吧。与我相伴，做我的爱人、我的丈夫、我的伴侣、我的君王、我的臣民、我的一切！”

“厄俄斯，我愿意。我永远属于你。”

他们相视一笑，在浪涛间相交云雨。对厄俄斯来说，她知道这回一定能和提索奥努斯终成眷属。

厄俄斯的那座由珊瑚、珍珠、玛瑙、大理石和碧玉砌成的位于太阳宫内的行宫成了他们的家。没有比他们更幸福的夫妻了，他们的生活十分快乐。他们凡事都会彼此分享，会读诗给对方听，一起慢慢散步，欣赏音乐和舞蹈，一同骑马或者静静地陪伴在旁，他们尽情欢笑，缠绵云雨。每天早晨，提索奥努斯都骄傲地看着厄俄斯推开大门，让赫里阿斯驾着马车隆隆地驶过。

恩惠

然而，有一件事让厄俄斯心烦意乱。她知道早晚有一天，自己深爱的这位凡间美少年会被时间夺走，就像克利图斯那样。一想到这里，厄俄斯的内心深处便泛起一股无法言喻的绝望。

一天晚上，提索奥努斯惊讶地发现厄俄斯漂亮的脸蛋上竟眉头紧锁，于是问：“亲爱的，你怎么了？”

“你信任我，对吧？亲爱的男孩。”

“永远信任，完全信任。”

“好，明天下午我要离开一会儿，我会尽快回来。不要问我到哪里去，也别问为什么。”

厄俄斯要去的地方是奥林匹斯山，准备觐见宙斯。

“不朽的天空之父，奥林匹斯的主宰，驭云者，驱雷者，万物之王——”

“行了行了，你想要什么？”

“我祈求您的恩惠，伟大的宙斯。”

“你当然是想要一个恩惠。我的家人来找我从来没有别的理由，永远都是要求恩惠。恩惠，恩惠，恩惠，除了恩惠还是恩惠。这回想要什么？我猜是和那位特洛伊的男孩有关吧？”

这番话令厄俄斯有点慌乱，她硬着头皮继续说：“是的，我敬畏的主宰。您也知道，当我们和凡间少年相伴时……”厄俄斯边说着话边大胆地望向站在宙斯宝座后面的伽倪墨得斯，他正随时准备为宙斯的杯中续上花蜜酒。伽倪墨得斯在厄俄斯的注视下微微一笑，低下头去，双颊绯红。

“嗯……然后呢？”宙斯开始用指尖敲起宝座的扶手。这可不是好兆头。

“迟早会有一天，塔那托斯会来找我的提索奥努斯，我无法忍受这件事发生。我希望您能赐予他永生。”

“哦，是吗？赐予永生，嗯？就这个？永生……唔……好吧，也没什么不可以。长生不死，你真的要为他求得这个吗？”

“当然，是的，我的王，就是这个。”

这不会出什么差错吧？难道厄俄斯正好赶上了宙斯心情大好的时候？她的心兴奋得怦怦直跳。

“准了，”宙斯拍了拍手说，“从现在开始，你的提索奥努斯将是不死之身。”

跪在地上乞求的厄俄斯一跃而起。她快乐地大喊大叫，冲上去吻宙斯的手。对方看起来也相当愉悦，笑容满面地接受了厄俄斯的谢意。

“不必了，不必了。我很乐意帮这个忙，你肯定很快就会来谢我的。”

“那是当然，您还希望我来吗？”这话说得似乎有点古怪。

“哈哈，我保证过不了多久你就会来的。”宙斯止不住脸上的笑意，他并不知道是什么给他的心里藏了这样一个爱搞恶作剧的小魔鬼。不过我们知道，那是阿佛洛狄忒的诅咒在作乱。

厄俄斯匆匆赶回了太阳宫，她心爱的伴侣正在静候她的归来。她把好消息告诉了提索奥努斯，男孩听后一次又一次地拥抱她。他们在宫殿跳舞，弄出很大的动静，惹得赫里阿斯不得不敲墙警告他们有人还要在黎明前早起呢。

小心你许下的心愿

厄俄斯给提索奥努斯生了两个儿子，一个是将来会统率阿拉伯的厄马提翁（Emathion），另一个是门农（Memnon），他长大后将会成为古代世界最伟大的战士，令人闻风丧胆。

一天傍晚，提索奥努斯躺在厄俄斯的腿上，女神懒洋洋地用手指卷着他的金发，温柔地哼着歌，忽然歌声停止，只听她倒抽了一口凉气。

“怎么了，亲爱的？”提索奥努斯柔声问道。

“你信任我，对吗？我的爱人。”

“永远信任，完全信任。”

“明天下午我要离开一会儿。我会尽快回来，不要问我到哪里去，也别问为什么。”

“我们之前是不是有过这个对话？”

厄俄斯要去的地方还是奥林匹斯山，她要再见一次宙斯。

宙斯见到厄俄斯，说：“你看！我就说你会回来的，对不对？我当时说这句话了没有，伽倪墨得斯？我当时怎么说的来着，厄俄斯？”

“您说，‘你肯定很快就会来谢我的。’”

“没错，你现在要给我看什么？”

厄俄斯把手伸到宙斯面前。她那玫瑰色的、颤抖的食指和大拇指捏着一样东西，那是一根细细的银丝。

“看啊！”厄俄斯哽咽着说道。

宙斯低头看了看，说：“好像是根头发。”

“确实是头发，是我的提索奥努斯的头发，是根白头发。”

“然后呢？”

“我的君王！您答应过我，您发过誓，会赐予提索奥努斯永生。”

“我是答应了呀。”

“那这要怎么解释？”

“你所求的恩惠是永生，那么我就将永生的恩惠赐予提索奥努斯。你一句话也没提过让他永不衰老，也从未要求让他永葆青春。”

“我……你……可是……”厄俄斯目瞪口呆，失了魂似的往后退去。这不可能！

“‘永生’，这是你说的。没错吧，伽倪墨得斯？”

“是的，王。”

“可是我以为……我是说，难道我的意思您还不明白吗？”

“抱歉了，厄俄斯，”宙斯站起身，“你不能指望我把每个请求都细细解读一遍。反正他不会死，就是这样。你们可以永远在一起。”

厄俄斯被独自留在原地，那根白头发和她的眼泪一同掉落到地上。

化身蚱蜢

厄俄斯回家时，忠诚的提索奥努斯和两个活泼可爱的孩子在门口迎接她。她竭尽全力地掩饰自己的悲伤，但提索奥努斯仍然有所察觉。晚上，孩子们都睡下以后，他领着妻子来到阳台上，为她倒了一杯葡萄酒。他们坐在一起看着星空，过了好一阵子，提索奥努斯才开口说话。

“厄俄斯，我的爱人，你如我的生命般珍贵。我知道你在瞒着我什么。我自己能看到。每天早上，镜子都在告诉我真相。”

“哦，提索奥努斯！”厄俄斯把头埋进丈夫的胸膛，撕心裂肺地哭了起来。

时光就这样流逝下去。每个早晨，厄俄斯都会履行职责，打开大门，迎接新的一天。男孩们长大成人，离开了家。一年又一年，时间的无情就连天神都不能改变。

提索奥努斯头上那稀薄的头发如今已经全白了，脸上的皱纹多得吓人，身子变矮小了，也变得脆弱了，他已经很老了，然而他死不了。他的嗓音曾经那么温润甜美，如今却变得干哑又刺耳。他的皮肤和身躯都萎缩了，更糟的是，他几乎无法走路了。

提索奥努斯对永葆青春美貌的厄俄斯依然忠诚，依然伴她左右，全身心地爱她。“求你了，可怜可怜我吧，”他用粗哑的嗓音对妻子嘶喊着，“杀了我吧，毁了我吧，我只求让一切都结束。”

但厄俄斯已经听不懂他的话，她只能听到嘶哑的唧唧吱吱声。不过，厄俄斯心里明白丈夫想说的是什么。

也许厄俄斯没有能力赐予对方永生或者令他青春永驻，不过她仍然有足够的神力来结束爱人的凄惨现状。一天晚上，她感到双方都已到了极限。她闭上眼睛，艰难地集中精神，然后透过朦胧的泪眼，看着提索奥努斯那干瘪的可悲身体稍稍变了两下。这个枯槁老人最后变成了一只蚱蜢。①

变换了模样的提索奥努斯从冰凉的大理石地板跳上阳台边缘，接着便跃入黑夜。在妹妹塞勒涅冷冷的月光下，厄俄斯看见他挂在一片长长的草叶上，在夜风中轻轻地晃动。他的后腿相互摩擦，奏出的声音也许是充满感激和爱意的送别曲。厄俄斯落下泪来，而在遥远的某处，阿佛洛狄忒大笑不止。②

---

① 有的版本是说变成了蝉。我一直被告知是蚱蜢，可能因为蚱蜢在英国更常见，为英国儿童撰写童书的作者大概认为小孩很难见到蝉这种昆虫。不过很奇怪的是，提索奥努斯的名字在生物学中既不指蝉也不指蚱蜢，而是用来命名一种鸟翼蝶或燕尾蝶，叫作悌鸟翼凤蝶（Ornithoptera tithonus）。

② 地理学家阿尔伯特·奥佩尔（Albert Oppel）玩心大发，将侏罗纪晚期的一个阶段命名为提塘阶（Tithonian），以表对厄俄斯的致意，因为这一阶段预示着白垩纪的黎明。丁尼生（Alfred Tennyson）的《提索奥努斯》是其最受欢迎也是被收录最多的一首诗。这是一首以戏剧独白的形式献给厄俄斯的诗篇，诗人以提索奥努斯的角度乞求女神将自己从衰老中解脱：

> ……许多个夏天之后，天鹅亦死去。
> 只有我被那残忍的永生
> 吞噬。我在你怀中慢慢枯萎，
> 在世界这无声的尽头，
> 一个白发苍苍的影子像做梦般逡巡……

这首诗里有一句很著名，可以看作希腊神话的伟大主题之一：

> 天神们无法召回自己的能力。

绽放的少年：都是爱情惹的祸

厄俄斯与提索奥努斯的故事可以被视作某种家庭悲剧。希腊神话里还有许多关于天神与凡人的爱情故事，那些更适合归入爱情悲剧的范畴。这些故事常常会掺杂一些喜剧、闹剧或者恐怖的元素。在这些恋情里，天神似乎总是用花来传情达意，而希腊语的“花”正好写作 anthos，所以下面为大家带来的是真正意义上的爱情选集（anthology）。

雅辛托斯与风信子

雅辛托斯（Hyacinthus）是一位美貌的斯巴达王子。他不幸被两位神祇同时爱上，他们是西风之神仄费洛斯与金光之神阿波罗。雅辛托斯本人更倾心于英俊的阿波罗，所以只能不断拒绝西风之神开玩笑般但越来越热切的殷勤举动。

一天下午，阿波罗和雅辛托斯正在进行一场体育比赛。醋意大发的仄费洛斯一怒之下把阿波罗的铁饼吹得偏离了方向，令其飞快地直奔着雅辛托斯呼啸而去。铁饼重重地砸到了男孩的前额，雅辛托斯一命呜呼。

阿波罗痛不欲生，他不让赫耳墨斯把少年的灵魂送去冥界，而是把爱人眉间涌出的凡人之血和自己芳香的神之眼泪混在了一起。馥郁的液体滴入土壤，开出了优美、芬芳的花朵。这种花至今仍沿用雅辛托斯的名字，那就是风信子（hyacinth）。

克罗卡斯和斯麦莱克斯

凡间少年克罗卡斯（Crocus）对宁芙斯麦莱克斯（Smilax）陷入了没有结果的单恋。出于怜悯，不知道是哪位天神把他变成了藏红花，该植物的名字沿用少年的名字；斯麦莱克斯则变成了一种多刺的藤本植物菝葜，这一种类也都以她的名字命名。

根据另一个版本，克罗卡斯是天神赫耳墨斯的爱侣，赫耳墨斯失手用铁饼把他杀死，悲痛之中便将其变作藏红花。这个故事和阿波罗与雅辛托斯的故事太像了，让人怀疑是不是由某个喝晕了的吟游诗人瞎写的。

阿佛洛狄忒和阿多尼斯

早年间，塞浦路斯有一位国王叫泰伊亚斯（Theias），以过人的美貌名扬天下。他和妻子肯克瑞斯（Cenchreis）育有一女斯密耳娜（Smyrna①）。长大后的斯密耳娜偷偷地对英俊的父亲产生了不伦之爱。

塞浦路斯是阿佛洛狄忒的圣地，因为这座小岛是女神从浪花中诞生之后踏足的第一片土地。恶毒的阿佛洛狄忒将对生父扭曲的欲望吹进斯密耳娜的心里，似乎是由于近来国王泰伊亚斯对女神的祈祷和祭祀有所怠慢，令女神心生不满。冒失的国王新建了一座供奉狄俄尼索斯的神庙，结果岛民都很热衷于敬拜这位神祇。阿佛洛狄忒认为轻慢自己的神庙是世间最大的恶，甚至比乱伦还要糟糕。痛苦的斯密耳娜试图扼制这罪恶的欲望，可阿佛洛狄忒决意把这恶作剧进行到底，她给斯密耳娜的女仆希波吕忒（Hippolyte）下咒，把事态推入白热化，变为令人不安的危机。

一天晚上，泰伊亚斯喝得酩酊大醉，自从他发现了天神狄俄尼索斯那葡萄酒的妙处之后就常常这样喝。这时，被施了咒的希波吕忒领着斯密耳娜来到了国王的卧室，引她上了床。国王贪婪地与女儿欢爱一场，由于喝得太醉，他毫不知情。夜色重重，醉意朦胧，国王没能认出自己做了什么。他只知道有一个年轻诱人、热情似火的姑娘送上门来与自己寻欢作乐，他猜可能是神界的小妖精吧。

这激情四射、妙不可言的艳福整整持续了一周。某天早上，泰伊亚斯清醒过

① 也写作 Myrrhe 或 Myrrha。

来，决定弄清这姑娘到底是谁。他放出话去：谁能查明近来让国王夜夜销魂的神秘陌生人的身份，国王就赏以一座金山。

欲望得以满足的斯密耳娜好似身处一场疯狂的春梦，可如今整个塞浦路斯都想揭开她夜会泰伊亚斯的秘密，听闻此事的斯密耳娜从皇宫逃进了森林。她想死，却不忍抛下肚内的孩子，她早就感到这孩子在悄悄成长。她怒斥人间的法律把她的爱情变成了罪过，她向天庭乞求怜悯。[①]作为回应，天神把斯密耳娜变作一棵哭泣的没药树（myrrh）。

十个月后，树皮胀裂，吐出一个人类男孩，这个男孩叫阿多尼斯（Adonis）。水宁芙用没药树流出的柔情之泪为男孩施以涂油礼，这种香树膏至今仍是出生后与加冕仪式所需油膏的重要来源。

① 根据奥维德在《变形记》中的描述，女孩抱怨道："人类文明创造了恶毒的律法，大自然慨然允诺之事，那善妒的律法却严令禁止。"

斯密耳娜的孩子长大以后，其外貌之绝美无人能及。这句话我写过太多次，想必你都不大相信了。不过他的确是人人为之倾倒，他的名字也的确成为男性美的代名词并且沿用至今。即便这些事你都不知道，也至少要知道一件事，那就是阿多尼斯美得让某位从没爱过凡人的天神坠入了爱河，也正是由于这位天神的所作所为，阿多尼斯才得以出生。她就是爱与美的女神本尊，阿佛洛狄忒。

他们变成了情侣。不过，这对情侣的诞生之路可真是疯狂又曲折：恶意报复的女神让一位父亲对自己的女儿行出禁忌之事，由此有了一个孩子；然后女神深深地爱上了这个孩子，她的爱胜过世上的一切。即使是做了一辈子的心理治疗师，恐怕也无法完全厘清其中的精神问题。

阿多尼斯和阿佛洛狄忒形影不离。阿佛洛狄忒知道其他天神憎恶这个男孩：德墨忒尔与阿耳忒弥斯讨厌看到那么多女孩因为他得了相思病；赫拉坚决反对如此寡廉鲜耻、罪大恶极的下流事，这完全是在公然污蔑神圣的婚姻和家庭；阿瑞斯则对爱人的移情别恋嫉妒得暴跳如雷。阿佛洛狄忒都知道这些事情，她决定保护阿多尼斯，免得这些怀恨在心的家族成员加害于他。

由于这位珍贵的凡间爱人和大部分希腊男子一样，对狩猎有极大的兴趣，保护心切的阿佛洛狄忒告诉阿多尼斯，他可以自由捕猎体型适中的温顺猎物，如野兔、鸽子等，但绝对不能追捕狮子、熊、野猪和大个头的公鹿。不过男孩就是男孩，只要女孩不在家，他们就会放浪形骸，总想着卖弄自己。所以事情就这样发生了。

某天下午，阿佛洛狄忒的爱人正独自追杀一头野猪，有人认为那头野猪就是阿瑞斯的化身。阿多尼斯把那只野兽逼到角落，正要拿起长矛将其杀死，野猪突然号叫一声，亮出獠牙朝他扑来。惊恐的阿多尼斯往后退去，长矛掉在了地上。不过他是一个勇敢的年轻人，最终还是镇定下来，踏稳双脚准备迎接野猪的攻击。野猪冲过来时，阿多尼斯像跳舞一样优雅地转了一个圈，那野兽与他擦身而过，阿多尼斯在那一瞬间抓住了它的脖子。但野猪相当狡猾，它一歪头倒在了地上，让男孩误以为自己已缴械投降。阿多尼斯于是跪在地上，一手抓住野猪的脑袋，另一只手则摸向腰间，想抽出别在腰带上的刀子。野猪趁机咆哮着昂起头，把巨大的獠牙狠狠地刺向阿多尼斯。獠牙刺穿了男孩的腹部，受到致命一击的阿多尼斯随即倒在地上。

阿佛洛狄忒赶到时，爱人奄奄一息，而那头野猪（或者说是阿瑞斯）已经一溜烟地跑进了森林深处，只听到它宣告胜利的咆哮。悲痛欲绝的女神无力回天，只得看着阿多尼斯在自己的怀中咽下最后一口气。从男孩的鲜血和女神的眼泪中开出了艳红色的银莲花（anemone），这种花以风为名（风的希腊语是 anemoi），因为这种娇弱的鲜花最易被风吹散，象征着易逝的青春与脆弱的红颜。[①]

① 莎士比亚的长诗《维纳斯与阿多尼斯》以奥维德《变形记》中的版本为基础，重述了这段神话故事。在莎士比亚的演绎下，阿多尼斯的死让维纳斯诅咒爱情，她下令从此以后爱情永远与悲剧相伴。她在悲痛中预言道：

> 从今后爱情将伴随哀痛，
> 它会引发战争与惨剧，
> 它要令儿子和父亲反目成仇……
> 沉溺爱河的人们将不得安宁。

这一预言似乎全部成真了。

那耳喀索斯：恋上水中的倒影

特伊西亚斯

在诸多讲述少年变成鲜花的故事中，有一个最广为人知。这故事的开头是，一位焦虑的母亲带着儿子去找预言者。除了占卜者和神明指派的女祭司西比尔，也有一些被天神选中的凡人拥有预言的天赋。与他们安排一次约见和预约看医生并无二致。

希腊神话中最著名的两位预言者分别是卡珊卓拉（Cassandra）和特伊西亚斯（Tiresias）。卡珊卓拉来自特洛伊，她所背负的诅咒是其预言都十分精准，却永远没有人相信。来自底比斯的特伊西亚斯和前者的境遇差不多同样悲惨。特伊西亚斯原本是男性，但某次因为用棍子打了两条交配的蛇而被赫拉惩罚变成女性。当时，赫拉为此事勃然大怒，个中原因只有她自己知道。在为赫拉做了七年的女祭司之后，特伊西亚斯变回了男儿身，但又因为看到河中沐浴的雅典娜的裸体而被刺瞎了双眼[①]。这是关于他失明原因的其中一个版本，不过我更

① 请注意，此事与阿克泰翁偷看阿耳忒弥斯的罪行有着相似之处。沐浴时的天神羞耻心强得惊人。

T. S. 艾略特（T. S. Eliot）在长诗《荒原》（*The Waste Land*）的火诫篇提到了特伊西亚斯，令人印象深刻：

> 我，帖瑞西士，虽然瞎了眼，在两次生命中颤动，年老的男子却有布满皱纹的女性乳房，能在……
> 我，帖瑞西士，年老的男子长着皱褶的乳房看到了这段情节，预言了后来的一切……
> 我，帖瑞西士，都早就忍受过了……

（译文引自赵罗蕤译本，帖瑞西士即特伊西亚斯。——译者注）

喜欢另一个版本，说的是他被带到奥林匹斯山，为宙斯和赫拉所打的赌做仲裁。他们争论的是男女双方谁更享受性爱。特伊西亚斯既当过男人也当过女人，于是成了回答该问题的不二人选。大家都同意把他的话作为最终答案。

特伊西亚斯认为就自己的体验而言，女性从性事中获得的快感是男性的九倍。这让赫拉火冒三丈，因为她的观点与此相反，也许她是因丈夫永不枯竭的肉欲和自己的性冲动较为克制得出这一结论的。特伊西亚斯辛辛苦苦地解释了一番，赫拉给予的回报却是刺瞎了他的双眼。一位天神永远不能抹消另一位天神的咒语，因此，宙斯只能赐予他第二种“视力”作为补偿，即预知能力。[①]

① 能有幸受邀为天神进行裁决，对凡人来说也许与有荣焉，不过正如本故事的结局，也正如特洛伊王子帕里斯（Paris）曾受邀裁决出最美女神，最终结果是引发了特洛伊战争，那些凡人也可能面临灭顶之灾。

那耳喀索斯

有一位水宁芙叫利里俄珀（Liriope），她与河神刻菲索斯（Cephissus）结合，生下了男孩那耳喀索斯（Narcissus）。那耳喀索斯天生丽质，因此母亲非常担心他的未来。利里俄珀阅尽沧桑，深知美貌是祸根，它只会带来悲惨甚至致命的后果。当那耳喀索斯长到十五岁，开始遭到无端的骚扰时，利里俄珀决定做点什么了。

利里俄珀对儿子说：“我们要去底比斯找特伊西亚斯，去占卜一下你的未来。”

母子俩花了两个星期的时间走到底比斯，在赫拉神庙外排队等待约见预言者，每天早上这里都会排满人。

终于轮到他们时，利里俄珀对特伊西亚斯解释说：“即使你盲了，看不到我的儿子，也要相信我，见到他的人都会惊叹他的长相。世上没有比他更美的凡人了。”

这话几乎让那耳喀索斯的金色发根都羞得通红，他窘迫地用脚在地上扫来扫去。

“我了解天神，”利里俄珀接着说，“所以害怕这样的美貌带来祸端。大家都知道伽倪墨得斯、阿多尼斯、提索奥努斯和雅辛托斯这些男孩落得了怎样的结局，可他们还远不如我儿子漂亮呢。因此，我希望你能告诉我，伟大的预言者，那耳喀索斯能不能过上长寿而幸福的人生？他的宿命（moira）[①]会不会让他安享晚年？你的预知能力能看到我们都无法看到的东西。告诉我吧，我在这里乞求，告诉我亲爱的儿子的命运。”

特伊西亚斯举起双手，抚摸着那耳喀索斯的脸部轮廓，说道：“不必害怕，只要认不出自己，那耳喀索斯就能过上长寿而幸福的人生。”

① 还记得吗？摩伊赖即命运三女神。希腊人认为每个人都有属于自己的、独一无二的宿命，它混合着贫穷、厄运、公正与好运，说不清是坦途，还是劫数。

利里俄珀大笑道：“只要他认不出自己！哈哈哈……”这话实在古怪，特伊西亚斯肯定是在开玩笑。不过试问，又有几个人能认清自己呢？

最后，利里俄珀因获得了答案在神庙里对特伊西亚斯由衷地表达了感谢。

厄科

我们暂且不再说利里俄珀，先稍微走一走，来到赫利孔山的山脚，全希腊最如花似玉的宁芙都聚集在忒庇派城（Thespiae）外的河流与草地间。宙斯常在这儿流连，我们早就知道他的弱点正是招架不住这些花枝招展的宁芙。

山宁芙厄科（Echo）并不是最丑的，但她有一个“丑”的特点，这让宙斯和其他追求者不得不加以提防——她特别多嘴多舌。在厄科的身上可以看到爱八卦的农妇、爱管闲事的邻居和过于热心的好友，她根本无法控制自己的舌头。厄科倒是从来不说什么坏话，就是常为朋友仗义执言，替别人打掩护，夸赞别人，对别人极尽美言。这里头有点卖弄的成分，因为她有一把好嗓子，无论讲话还是唱歌都特别悦耳动听。和许多天生嗓子好的人一样，厄科喜欢展示自己的声音。她在某种程度上受到女神阿佛洛狄忒的保护，因为对方喜欢听她唱歌，尤其是她常唱的爱的颂歌。简而言之，厄科是个浪漫主义者。不喜欢她的会认为她过于多愁善感，甚至有点暧昧、油腻，不过谁也不能否认她热情且善良。

宙斯喜欢偷偷拜访厄科的山宁芙姐妹及其近亲水宁芙，而厄科也喜欢与所有宁芙结为好友。一想到自己的亲朋好友都和宙斯有染，厄科便兴奋不已，那可是驭云者、众神之王本尊呀。厄科很愿意为宙斯保守这个秘密。

赫拉向来对于宙斯的踪迹心存怀疑，而他最近出门的时间变得越来越长。她从一只忠诚的苍头燕雀那里听说丈夫去的是赫利孔山的山脚。于是在某个天气甚好的下午，赫拉决定亲自去那儿一趟，看看能不能捉奸在床。她刚要从马车上下来，一位山宁芙便蹦到她面前，嘴里说着一些没头没脑的闲话，原来是口若悬河的厄科。

“赫拉天后！”

赫拉挑起眉毛。“我认识你吗？”

“哦，陛下！”厄科立刻跪倒在地，“能在这儿见到您实在太走运啦！真是荣幸！还能看到您的马车！我可以喂喂孔雀吗？竟然有一位奥林匹斯神大驾光临！我简直想不起上一回天神屈尊来看我们是什么时候的事了，真是——”

“难道我的丈夫宙斯不是这森林和湖泊的常客吗？”

厄科很清楚宙斯就在不远处的河岸边与一位美丽的河宁芙行着不端之事，但这个喜欢搞些小诡计、钟爱戏剧性场面的浪漫主义者决定保护那对爱侣。她滔滔不绝地胡乱说着，就像一眼不断喷水的喷泉，引着女神往反方向走，远离那条河。

“这里有一棵特别漂亮的冬青树，陛下，我想着留给您祭祀用，如果您允许的话。不好意思——您问宙斯？哦，我从没在这儿见过他。”

“真的吗？”赫拉盯着厄科，“我听说他现在就在这儿呢，就今天。”

“没有，没有，女王！没有，真没有！其实……有一位缪斯女神的仆人半小时前刚从赫利孔山上下来，到我们的河里取水，他特意告诉我们，伟大的宙斯今天光临了忒庇派神庙呢。”

“哦，是吗？好吧，谢谢。”赫拉不快地点点头，转身上了马车，飞进云彩之中。毕竟，被目睹捉奸是一件不光彩的事情。

厄科蹦蹦跳跳地离开了，她很高兴自己给伙伴还有宙斯帮了大忙。说句公道话，即使对方是凡间的爱侣，厄科也同样乐于出手相助。她愿意为全世界的情侣这样做。她自己从未真正体验过爱，她只爱成就别人的爱，那对她而言是最高尚的爱。无私的厄科从未想过要把出手相助一事告诉宙斯或宁芙姐妹，如果她想邀功，她肯定会说出来。但是厄科唱着歌，摘着花，觉得身为宁芙便已非常快乐。

模仿言语症

第二天，回到奥林匹斯山的赫拉立即召见了最先把宙斯的不忠悄悄告诉自己的那只苍头燕雀。

“你骗我，”赫拉厉声说道，“你把我搞得像个傻子！”

赫拉紧紧攥住鸟儿的喙，憋得它喘不过气来。女神正准备对这鸟儿施以某种罕见而残忍的酷刑，这会让苍头燕雀面目全非，就在这个时候，那只鸟儿的伴侣在赫拉耳鬓扑腾着翅膀，勇敢地把事实喊了出来。“但是，可畏的女王啊，它说的都是实话！我也亲眼见到了众神之王宙斯。就在你和那宁芙厄科说话的时候，他在不到半英里[①]远的地方和一个水宁芙躺在一起呢。如果你不信，蝴蝶和苍鹭能为我作证。问问忒庇派神庙里的女祭司吧，看看宙斯上次去那儿是什么时候。他已经有三个月没去了！”

赫拉松开手，放下浑身憋得通红的燕雀。它终于喘过气来，不过这让雄性苍头燕雀的胸部至今仍是粉色的。

赫拉坐着孔雀马车再次从天而降，厄科正好在河里愉快地戏水。这宁芙哗啦啦地蹬着水，连蹦带跳地跑到河岸上迎接女神，脸上绽放出大大的笑容时可爱的酒窝也浮现出来。可当看见赫拉满脸怒容时，厄科那以示欢迎的微笑顿时不见了，她因害怕和惊恐张大了嘴。

“所以，”女神冷冰冰地说道，“你说我丈夫昨天不在这儿，而是在忒庇派神庙里？”

“我……我确实是这么想的。”惊恐的厄科结结巴巴地说道。

“你这个混蛋，真是个爱论是非、多嘴多舌、诡计多端的骗子！你怎敢欺瞒天后？你以为你是谁？！”

“我——”厄科有生以来第一次不知道该说些什么。

“你就应该当个结巴，就应该说不清楚话。你喜欢自己的声音，对吗？听好了……”

赫拉走到厄科面前，挺直身子，她的眼中似乎闪着紫色的光芒。厄科在庄严的天后面前瑟缩成一团，恨不得在地上找一条缝钻进去。

“我下令，从此你再也说不出恶劣的谎言。从现在开始，除非有人跟你说话，否则你不得开口，而你的回答也只能是重复别人最后的话。谁也不能抹消这诅咒，只有我可以。明白了吗？”

① 1英里≈1.6千米。——编者注

“……明白了吗！”厄科喊道。

“这就是后果，你必须尊重天神。”

“……尊重天神！”

“我绝不原谅。永不宽恕。”

“……不宽恕！”

赫拉得意地冷哼一声，扬长而去，徒留不幸的宁芙吓得瑟瑟发抖，沮丧不已。厄科努力想开口说话，可一个字也说不出来，她的喉头总像被扼住般发紧。厄科无言地又吐又喷，这场景恰好被一位宁芙姐妹撞见。“你好呀，厄科。你在干吗呢？”

“你在干吗呢？”厄科说。

“我先问的。”

“我先问的。”

“不，是我先。”

“不，是我先。”

“哼，你若愿意这么说话，那就去死吧。”

“去死吧！”厄科在昔日姐妹的身后伤心欲绝地大喊着。

厄科所有的亲朋好友一个接一个地躲着她。她这辈子就喜欢讲八卦，对她来说没什么比愉快地聊天更重要，她所有的快乐都来源于能够妙语连珠、滔滔不绝。落得如此下场对厄科而言，这诅咒实在太过残酷。她现在心如死灰，只愿在无言的痛苦中独自崩溃。

厄科与那耳喀索斯

某天，厄科依然独处于那孤独而痛苦的地狱之中，但一位放声大笑、喧哗不已的猎人闯入她的世界。来自忒庇派城的一群年轻人追着一头野猪来到了森林深处，其中一个猎手和其他人走散了。这位青年美貌过人，于是，这位一生都与柔情擦肩而过的宁芙立即坠入了爱河。

那青年就是那耳喀索斯，长大成人的他比从前更加光芒四射，也从未成为爱情的受害者。无论是男孩和女孩，男人和女人，农牧神和羊男，仙女和山宁芙，水宁芙和半人马，无论是世间哪种生物，无论是否有感情，见到他无一不颤抖、惊叹甚至晕倒在地，他对这一切早已见惯不怪。因此，他认为爱这件事很荒谬，会让理智的人变得愚蠢。那耳喀索斯讨厌被簇拥，讨厌人们为自己倾倒。每次看见别人眼中流泻出对自己执着的爱意，他总是火冒三丈。那眼神里有种令人生气的丑陋东西，有种饥渴、迷茫和绝望的味道，散发着蠢蠢欲动、失魂落魄的不幸气息。

对那耳喀索斯而言，爱和欲望是一种病态。大约一年前，他因为一次非常糟糕的经历得出这种结论。当时有个叫阿弥尼俄斯（Ameinias）的男孩对自己示爱。那耳喀索斯尽可能礼貌地回绝了他，然而阿弥尼俄斯依然不罢休，开始贴在那耳喀索斯身边进行骚扰。那耳喀索斯早晨去学校时，他也随之出现，跟在后头，像迷路的可怜小狗一样盯着自己。那耳喀索斯终于忍无可忍地吼了他，叫他走开，永远不要再靠近自己。

夜里，那耳喀索斯被卧室外的怪声惊醒。他往窗外一看，只见月光下，阿弥尼俄斯正吊在一棵梨树上，脖子上绕着一根绳子。死之前，阿弥尼俄斯[①]说出了他的诅咒。

“希望你像我一样遭遇不幸的爱情，美丽的那耳喀索斯！”

从那以后，那耳喀索斯便习惯低着头走路。他尽可能不让别人看见自己的外貌，和陌生人说话时简短而粗鲁，从不直视别人的眼睛。

① 有的资料记载，阿弥尼俄斯变成了一种气味芬芳的草药。可能是莳萝，也可能是孜然，又或者是大茴香。

可现在，那耳喀索斯环顾四周，发现一起狩猎的伙伴都走了，只留下他孤身一人，所以他决定好好享受一下清凉的河水和诱人的绿色河岸风光。他脱去衣裳，钻进水中。

厄科望见那耳喀索斯时，他那珍贵的柔美身躯正有一半沐浴在阳光之中，树荫在湿漉漉的身体上投下斑驳的光影。宁芙屏住了呼吸。她从树叶间窥视，望见了那耳喀索斯那张绝美的面孔，她再也无法抑制自己的感情。要不是因为赫拉的诅咒，她肯定会当即大叫出声，可她只能默默惊叹，在沉默中凝望。赤裸的青年把衣服和弓箭放在草地上，摊开四肢睡了过去。

迟到的爱情总是像龙卷风般狂野。面对这位美得不可思议的青年，可怜的厄科已经神魂颠倒，就连赫拉可怕的诅咒都不曾让她的心脏如此疯狂地跳动。热血沸腾，她的耳中突突作响，仿佛卷入一股强大的旋风。厄科决定走近看看这位青年。如果他能让自己的内心翻腾起这样澎湃的激情，那么他看到自己可能也会有同样的感受，事情就该这样发展，这很自然，不是吗？厄科悄悄走上前，几乎连气都不敢喘，踏出的每一步都让她变得更加激动，到了最后简直兴奋得浑身颤抖。她听过那么多一见钟情的故事，没想到它们果然都是真的！这俊逸的男孩肯定会回应自己的爱，否则宇宙和世界都将变得不可理喻。

当然，你我都知道，宇宙和世界就是那么不可理喻。可怜的厄科即将发现这一真相。

不知是厄科的心跳还是鸟儿的啼鸣，总之，当她靠近时，某样东西让熟睡的那耳喀索斯睁开了眼睛。

他们俩四目相对。

厄科是一位漂亮的宁芙，完全称得上美人。可那耳喀索斯只看到了她的眼睛。又是那种眼神！那发狂的、饥渴的、失魂落魄的眼神。那么垂涎欲滴，充满乞怜。恶心！

“你是谁？”那耳喀索斯背过身去。

“你是谁？”

“用不着你问，那是我的事。”

“是我的事！”

“不是你的事。你吵醒我了。”

“你吵醒我了！”

“我猜你和其他人一样，爱上我了。”

“爱上我了！”

“又是爱！我真是受够爱了。”

“够爱了！”

“这是不可能的。永远不可能。走开！”

“永远不可能走开！”

“我才不在乎你要为我哭多久。我讨厌看到你。”

“看到你！”

那耳喀索斯喊道：“别这样，行吗？不要这样！走开！”

“不要这样走开！”

“你要把我逼疯了。”

“把我逼疯了！”

“走开，否则我就要做些什么了，真绝望……”

“绝望！”

“你不要诱惑我。”

“诱惑我！”

那耳喀索斯拿起狩猎用的弹弓，装上石头。“走开。快走开！要是不走我就要拿这个打你了，你明白吗？”

“你明白吗？”

第一颗石头没有打中厄科，不过当那耳喀索斯重新填装，打算再射一次时，厄科转身逃走了。她边跑边听到男孩在身后大喊。

“永远不要回来！”

“永远不要回来。”厄科哭着说。

厄科从男孩身边跑开，一直跑到跌倒在地，痛哭不止，她的心因为悲伤和受到羞辱变得粉碎。

水中的男孩

那耳喀索斯看着厄科跑开，恼火地摇着头。难道他永远也摆脱不了这些哭兮兮的傻瓜和他们的死缠烂打吗？什么所谓的爱与美！只是冠冕堂皇之词罢了。

那耳喀索斯被这场闹剧弄得疲惫不堪，他又热又渴，于是跪在泉边打算喝口水。突然，他惊诧地屏住了呼吸，原来他在水中看到了一张从未见过的美丽面孔。那是一个世间最美的青年，甜美的脸上略带一丝惊讶，有着一头金发和一张柔软的红唇。那耳喀索斯惊恐地认出了青年那诱人的美眸之中流露的眼神，那正是他素来在别人眼中最讨厌见到的饥渴与贪婪。可此刻，当神秘陌生人俊美的脸上出现这种神色时，那耳喀索斯的胸膛却鼓胀起来，好似小鹿乱撞。河里这绝美的人儿肯定和自己感同身受！那耳喀索斯俯身吻向那可爱的嘴唇，那对嘴唇也凑过来吻他。可那耳喀索斯的脸一靠近，那陌生人的面孔便破碎成无数个闪耀波动的碎片，最后消失不见。那耳喀索斯发现自己亲吻的只是冰冷的河水。

“别动，我的美人。”那耳喀索斯深吸一口气，那男孩似乎也悄声说出了同样的话语。

那耳喀索斯举起一只手，那男孩也举手回应。那耳喀索斯想抚摸男孩可爱的脸蛋，对方也想做同样的事。可那耳喀索斯靠近时，那张脸再次破碎、消失。

他们试了一次又一次。

与此同时，在他们身后的灌木丛中，厄科回来了。熊熊燃烧的爱火给了她力量，她想再碰碰运气。当她听到男孩说出这些话时，心跳几乎漏了一拍：

“我爱你！”

“我爱你！”厄科回应着。

“和我在一起！”

“和我在一起！”

“别离开我！”

“别离开我！”

可当厄科靠近，那耳喀索斯却转过身来嫌恶地轰她。

“走开！别打扰我们。永远不要回来！永远，永远，永远！”

“永远，永远，永远！”厄科哭喊着。

那耳喀索斯狂吼一声，捡起石头朝她扔去。厄科连忙跑开，却被绊了一跤。那耳喀索斯拿起弓，要不是宁芙一瘸一拐地及时爬起来消失在了森林里，肯定会被对方一箭射死。

那耳喀索斯着急地回望水中，害怕那俊美的男孩就此离去。但并没有，男孩脸上因为担忧泛起红晕，不过还是如此美丽可爱，那双深蓝色的眼睛散发出不可思议的光芒。那耳喀索斯再次俯下身，把脸凑到水边……

化身水仙

厄科一边沿着山坡不停地跑，一边悲伤又落寞地抽泣不止。她来到那耳喀索斯所在的河岸上方，躲进了一个山洞里。

厄科的脑中默诵着献给最爱的女神阿佛洛狄忒的祈祷词。在沉默的绝望中，她乞求从这痛苦的爱情和不堪忍受的诅咒里得到解脱。

阿佛洛狄忒尽力回应了宁芙的祈愿。她将宁芙从其肉体中解放出来，并消除了宁芙的自我意识。不过阿佛洛狄忒没有能力消除赫拉的诅咒，所以厄科的声音留了下来。这声音就是一切的罪魁祸首，它依然要不断重复他人的话。曾经美丽的宁芙如今只剩下一个应答的声音。今天，你仍能听到她，当你在洞穴、峡谷、悬崖、山峦、街道、广场、神庙、纪念碑、废墟或者空空的房间中呼喊时，她会重复你最后的言语。

那么那耳喀索斯呢？他日复一日地躺在河水边，和自己的倒影陷入热情似火却没有结果的恋情。他凝视着自己，满心都是对自己的爱意与渴求。他的眼里只有自己，除此之外再也不关心其他人和其他事。那耳喀索斯就这样俯视着水面，越来越憔悴，最后天神把他变成了娇弱美丽的水仙花，并用他的名字为花朵命名。[①]水仙花永远垂着美丽的头颅，望向水泊、池塘和溪流中自己的倒影。

对于这群时运不济的年轻人遗留在我们的生活和语言中的这些特质，你既可以视作常见的人类性格，也可以视之为棘手的疾病。自恋型人格障碍与模仿言语症（即无意识地重复别人的话）都被收录到《精神疾病诊断与统计手册》（*Diagnostic and Statistical Manual of Mental Disorders*），这本书从医学上合法界定了各类精神疾病。自恋型人格障碍在今天被广泛关注，这类患者虚荣自大，极其渴望来自他人的关注、肯定与掌声，最重要的是对自我的迷恋。患者对诚实、真理、正直等品质十分漠视，对他人的感受更是不屑一顾。吹嘘、言过其实及妄想夸大都是常见的症状。他们完全无法忍受批评或蔑视，经常由此做出具有攻击性的古怪行为。[②]

也许，我们应该这样定义“自恋”：把他人视作某种镜面，只有当他们映射出自己可爱可敬的形象时，我们才感到满意。换句话说，当我们和他人对视时，我们并不想知道“他们”是谁，而只想知道自己在“他们眼里”的模样。若是这样来定义，我们谁又能躲开“自恋”的标签呢？

① 水仙的拉丁文学名为 Narcissus tazetta。——译者注

② 当然，我们并不认识这样的人……

皮拉莫斯与提斯珀：用鲜血染红桑葚的恋人

崔斯坦（Tristan）和伊索德（Isolde）[①]、罗密欧和朱丽叶、希斯克利夫（Heathcliff）和凯瑟琳（Catherine）[②]、苏·艾伦（Sue Ellen）和 J. R.[③]——我们所熟知的这些不幸的恋人，都要特别感谢在他们之前诞生的希腊悲剧传统。

一听到“巴比伦”这个名字，我们马上会想到那座以淫乱放纵著称的中东城市。它的空中花园是古代世界的七大奇迹之一，巴比伦也曾是全世界最大的城市之一。[④]巴比伦帝国囊括了小亚细亚的大部分地区，实际上，有人认为本故事真正的发生地是奇里乞亚，即阿革诺耳的儿子喀利克斯所建造的王国，之后他与卡德摩斯及其他兄弟一同开始了寻找欧罗巴之旅。不过，奥维德的版本将故事的发生地放在了巴比伦的中心，因此我也遵循这一版本。

在巴比伦，有两家人世代为敌，具体原因是什么已不得而知。这两个家族分别建造了宏伟的宫殿，它们在城市的主路边相邻而立，孩子们从小就被灌输敌对意识，严格禁止来往，甚至不允许交谈、写信或打手势。

其中一家人生了一个儿子叫皮拉莫斯，另一家人则生了个女儿叫提斯珀。尽管阻碍重重，两人仍然陷入了爱河。在两座宫殿相邻的墙上，他们找到了一个小

① 《崔斯坦和伊索德》是 12 世纪广为流传的爱情悲剧，对西方美术史、浪漫文学等影响深远。——译者注

② 英国作家艾米丽·勃朗特所著《呼啸山庄》中的两位主人公。——译者注

③ 美国黄金时段肥皂剧《豪门恩怨》（*Dallas*）的主人公。——译者注

④ 巴比伦城的遗迹被埋在或者说部分被埋在伊拉克的沙漠底下，位于巴格达西南约 80 千米处。

洞。通过这个孔隙，他们偷偷地讨论生活、诗歌和音乐，不可自拔地爱着彼此。墙上的洞非常小，他们摸不到对方，但年轻、炽烈的热情穿过这窄小的缝隙，从一张嘴吹进另一张嘴。禁忌加上可望不可得的距离，让这份感情反而变得越来越浓烈。

两个年轻人感受着彼此炽热的气息，欲火焚身。一天夜里，他们憋得快要发疯了，于是相约逃出各自的豪宅，在皮拉莫斯祖坟夜会。那位先人就是亚述国王尼诺斯（Ninus），伟大的城市尼尼微（Nineveh）的建立者。

第二天晚上，机灵的提斯珀躲开房间门口的卫兵和父亲王宫外当值的哨兵，很快便翻出祖先沙米拉姆王后（Semiramis）多年前建造的城墙。提斯珀来到约定的地点，可遇到的不是爱人皮拉莫斯，而是一头野狮，嘴边还滴着刚刚猎杀的公牛的血。提斯珀被狮子的吼声吓得心惊胆战，遂从墓地逃走。惊慌逃跑的提斯珀把面纱掉在了地上，狮子跑过来闻了闻，叼起来一通狂甩，沾上了狮子嘴上的不少牛血。最终，狮子咆哮一声，跑进了夜色之中。

不久后，皮拉莫斯来到了此地。他站在一棵桑树底下等待自己的爱人，大树上挂满了雪白的夏日果实。一束月光穿过枝叶，照亮了地上提斯珀的面纱，它已污渍斑斑，千疮百孔。皮拉莫斯拾起面纱，惊恐地认出了血迹斑斑的亚麻布上所绣的提斯珀家族的纹样，不仅如此，他还闻出了女孩的气味，那正是他无数次感受过的炽热的爱。地面上的爪印说明曾有一头狮子来过。

血迹、爪印、家族纹样、绝不会错的提斯珀本人的气息——这里头的悲惨含义不言自明。皮拉莫斯内心仿佛被炸裂，他绝望地大喊一声，拔出佩剑，深深地刺入腹部，又将伤口横着划开，只为和爱人一同赴死。鲜血如同喷泉般从他体内涌出，将雪白的桑葚染成了紫色。

“你带走了我的爱人提斯珀，人生苦短，我们甚至还没能在一起，”皮拉莫斯对着天庭哭喊，“那就让我们在死亡的长夜中结为一体吧！”说完这豪言壮语，皮拉莫斯便躺倒在地，气绝身亡。[1]

这时，提斯珀登场。在死去的皮拉莫斯手中，她看见了自己的面纱，那脏污且血迹斑

① 在《仲夏夜之梦》的那场闹剧中，波顿扮演的皮拉莫斯边刺自己边喊：

我就这么死啦，就这么，就这么死啦，
现在我死啦，
现在我飞升啦，
我的魂儿在天上啦，
舌头呀，不灵光啦，
月亮啊，带我走吧，
这会儿我死啦，死啦，死啦，死啦。

斑的面纱；还看见了狮子的爪印，清楚地读出了此地所发生的事。

“天神啊，你们是否嫉妒我们的爱情，所以连片刻欢乐都不愿赐予？”提斯珀放声哭泣。

提斯珀看见了皮拉莫斯的佩剑，剑上男孩的血尚且温热。她扑了过去，让剑深深插入腹部，伴随着胜利与狂喜的呼喊，她成就了有史以来最典型的弗洛伊德式自杀。[1]

当两家人被带到这场悲剧的发生现场，他们不禁抱头痛哭，乞求上天的宽恕，世仇也从此了结。这对情人的尸体被火化，骨灰相混放入了同一只匣子。

至于他们的灵魂——皮拉莫斯变成了一条河，那条河流几千年来始终承袭着他的名字；提斯珀则变成了一眼泉水汇入其中。皮拉莫斯河如今更名为杰伊汉河（Ceyhan River），河上建起了大坝用于水力发电。可以说，这对情侣所产生的能量如今点亮了土耳其的千家万户。

不仅如此，为了纪念这对殉情而亡的恋人，天神下令让桑树的果子从此变成深紫红色，那是他们的激情与鲜血的颜色。

① 指的是弗洛伊德提出的“死亡本能”理论，认为人天生具有自毁的倾向。——译者注

三个伽拉忒亚的故事

阿喀斯和伽拉忒亚

在海仙女多丽丝与海神涅柔斯所生的众多女儿之中，有一位海宁芙叫伽拉忒亚（Galatea），其名取自她那乳白色的皮肤。波吕斐摩斯（Polyphemus）特别迷恋伽拉忒亚。他是个独眼巨人，但不是最初的三位独眼巨人之一，而是波塞冬和海仙女托俄萨（Thoosa）生出的野蛮而丑陋的后代。

伽拉忒亚爱的是来自西西里岛的牧羊男孩阿喀斯（Acis），这个男孩有着质朴的魅力与美貌。虽然阿喀斯是河宁芙索麦提斯（Symaethis）与潘神的儿子，但他只是一介凡人。有一天，波吕斐摩斯看见阿喀斯与伽拉忒亚抱在一起，于是醋意大发，朝男孩丢了一块大石头，把那孩子砸死了。伽拉忒亚悲痛不已，或许是她拥有足够的神力与才能，又或许是她和奥林匹斯诸神的关系够好，总之，她得以把阿喀斯变成不朽的河神，永远与之相伴。后来，他们的故事成为作曲家亨德尔的田园歌剧《阿喀斯和伽拉忒亚》的主题。

伽拉忒亚之二

既然聊到了叫伽拉忒亚的女孩儿，那么还有两位姑娘值得一提。

在克里特岛的斐斯托斯（Phaestos），国王潘狄翁（Pandion）有一个儿子叫拉谟普洛斯（Lampros），他的妻子便是伽拉忒亚。拉谟普洛斯对于给女孩当爹毫无兴趣，他告诉妻子，如果生下的是女儿就把孩子掐死，然后接着生，直到生出他渴望的儿子。他们的第一胎是一个漂亮的女婴。伽拉忒亚实在狠不下杀心（试问哪位母亲狠得下这颗心呢），她告诉丈夫生的是一个健康的男婴，她想取名为琉喀浦斯（Leucippos），意为白马。

拉谟普洛斯甚至懒得检查那孩子的身体便相信了妻子的话，于是琉喀浦斯被当成男孩抚养，长大后成为一个秀美聪颖、人见人爱的“男孩”。然而，随着青春期的临近，伽拉忒亚越来越担心事情败露，她亲爱的孩子已有了凹凸有致的曲线，下巴上也迟迟没有长出任何绒毛，总有一天会被拉谟普洛斯看穿，毕竟他可不是那种容易被骗的男人。

为了安全起见，伽拉忒亚带着琉喀浦斯前往勒托神庙寻求庇护，勒托就是阿波罗与阿耳忒弥斯的提坦神母亲。伽拉忒亚在神庙中祈愿女儿能够变性。勒托回应了她的祈祷，琉喀浦斯立即变成了一个英气十足的青年，男人该有的特征都有了，之前身为女人时的身体特征纷纷消失。拉谟普洛斯对整件事一无所知，他们之后依然过着幸福的生活。

多年以后，斐斯托斯的人开始举办名为伊克度西亚（Ekdusia[①]）的节日。按照仪式，斐斯托斯的所有男孩都必须先与女人住在一起并且穿着女性服装，在宣誓成为居民之后，他们才能从被称为agela的青年团毕业，获得全套的男性服装与真正的男性身份。[②]

① 这个词有“蜕变”“脱落”“摒弃”“重新审视”的含义，意味着脱胎换骨，重新做人。

② 欲知更多关于这个有趣主题的内容，可以查阅大卫·D.勒陶（David D. Leitao）所著《琉喀浦斯的危机：从斐斯托斯的伊克度西亚节看异装癖的起源与男性性别认同》（The Perils of Leukippos: Initiatory Transvestism and Male Gender Ideology in the Ekdusia at Phaistos），选自期刊《古典时代》（*Classical Antiquity*）第14期第1卷，1995年。

达佛涅与阿波罗

有趣的是，还有一个传说是关于另一位变性的琉喀浦斯的，他是国王俄诺玛俄斯（Oenomaus）的儿子。他和阿波罗同时爱上了水宁芙达佛涅（Daphne）[①]，不过都还没有展开追求。

为了接近达佛涅，这位琉喀浦斯穿上女装，混入了宁芙之中。善妒的阿波罗看到后便怂恿芦苇向达佛涅低语，叫她和她的伙伴们去河里洗澡。姑娘们依言脱去衣裳，赤裸着泼水嬉戏。琉喀浦斯显然拒绝脱掉女装，其他姑娘便笑闹着把他脱了个精光，结果发现了那个尴尬又明显的秘密，于是愤怒地用矛将其刺死。

此时此刻，阿波罗把持不住自己。他现了身，对达佛涅展开追求。女孩吓坏了，跳出小河竭力狂奔，不过阿波罗很快便追上了她。眼看太阳神就要抓到女孩，达佛涅此时向母亲盖亚与父亲河神雷登（Ladon）祈求帮助。就在阿波罗捉到女孩的瞬间，他感到指尖碰到的肉体正在发生变化。一层薄薄的树皮覆上达佛涅的胸口，发丝也四散成闪亮的黄绿色树叶，她的手臂盘绕、扭曲成树枝，她的双脚慢慢生出树根，扎进母亲盖亚热忱的怀抱。目瞪口呆的阿波罗发现怀里抱住的已不是水宁芙，而是一棵月桂树。

太阳神再次遭到了惩罚。月桂树成了他的圣物，如前文所说，于德尔斐举办的皮提亚竞技会的冠军也从此戴上了用月桂树叶编织的花冠。直到今天，形容人赢得重大比赛仍被称为“获得桂冠”（laureate）。

① 请不要将达佛涅和达夫尼斯（Daphnis）混淆，后者是一位貌美如花的西西里少年，被遗弃在一棵月桂树下，因此以月桂树为名。赫耳墨斯和潘神都爱上了他，潘神还教他如何吹奏管乐。少年吹得非常娴熟，后世称他为田园诗的首创者。公元2世纪，来自莱斯沃斯岛的作家朗格斯（Longus）写了一部爱情小说《达夫尼斯与克洛伊》（*Daphnis and Chloë*），与《金驴记》竞争着史上第一部小说的地位。这部小说讲述了两位乡间情侣如何历经磨难，经受住种种对爱情的考验。巴赫以此为基础创作了一部轻歌剧。更著名的是那部1912年革命性的芭蕾舞剧，由莫里斯·拉威尔（Maurice Ravel）作曲，福金（Fokine）编舞，瓦斯拉夫·尼金斯基（Vatslav Nijinsky）领舞。

伽拉忒亚之三和皮格马利翁

塞浦路斯是阿佛洛狄忒的出生地，塞浦路斯人长期以来都怀着特殊的热忱敬拜爱与美之神，但他们素来以放荡纵欲、荒淫无度而臭名昭著。大陆的人们将当时的塞浦路斯视为堕落之地和寻欢作乐之岛。

在塞浦路斯南部的港口小镇阿马图斯（Amathus）居住着一群被称为普洛波提得斯（Propoetides）的女人，她们是普洛波图斯（Propoetus）的女儿。这些女人对当地淫乱的风气极为愤慨，竟然提出不应该让阿佛洛狄忒继续作为本岛的守护神。为了惩罚这一渎神之举，愤怒的阿佛洛狄忒让这群伪善的姐妹陷入了无法满足的肉欲，同时夺走了她们的矜持与羞耻心。于是，身陷诅咒的女人们变得寡廉鲜耻，开始急切地在岛上随意作践自己的肉体。

多愁善感且极为迷人的年轻雕塑家皮格马利翁（Pygmalion）目睹了普洛波提得斯丑恶无耻的行径，感到特别反胃。他发誓永远将爱情和性拒之门外。

某天早上，他一边工作一边喃喃自语，他的工作任务是把阿马图斯一位将军的面容和身形雕刻在大理石上，“女人！我才不会把时间浪费在女人身上，绝对不会。我有艺术就够了，爱情一文不值。艺术才是一切，艺术是……咦，这可真是怪了……”

皮格马利翁后退几步打量着自己的作品，惊讶地皱起眉头，他雕出的将军模样实在古怪。他敢发誓那男人绝对应该长着胡子。此外，也许那位老将军的体形有点偏胖，不过皮格马利翁肯定他绝对没有挺着一对鼓胀的乳房，脖子和喉咙也不可能那么纤细、光滑、让人不可抗拒……

皮格马利翁跑进院子，一头扎进清凉的水池。可清醒之后回到工作室再看那件未完工的作品，他还是只能不可置信地连连摇头。皮格马利翁曾获准去将军的别墅记录其光辉形象，那时他感觉对方更像疣猪而非人类，可现在从大理石中浮现出的容貌却精致得不可思议，那是一位不折不扣的美女。

这位艺术家拿起凿子，用专业的眼光打量着这个作品。皮格马利翁知道只消瞄准某处，无情地敲上几下，便能轻而易举地让作品回到“正轨”，他花一个月的收入购置的这块大理石也不至于被浪费。

砰，砰，砰！

这回差不多了。

叩，叩，叩！

肯定是某种潜意识在作怪。

嚓，嚓，嚓！

要么就是因为没有认真对待这座雕像。

好吧，这回再后退几步看看……

不！

努力白费了，皮格巴利翁根本没有挽回这件作品，雕像的面容没有重现将军的男子气概和凛凛威风，反而更突显了女性柔美的特征，它更优雅、更感性，更具有该死的性魅力了。

这会儿，皮格马利翁已经陷入了狂热状态。在内心深处，他明白自己已不是在拯救这座描绘将军样貌的雕像，他眼下的任务是将心中的疯狂设想进行到底，让它变为现实。

这当然是阿佛洛狄忒的杰作。她可不愿见到自己岛上最英俊的黄金单身汉选择无视爱情，更何况这个小伙儿居住的海边寓所就是当初女神诞生后从海中踏足大地的落脚处。女神认为此地应当充斥着浓厚的爱意才对。爱与美，正如大部分人从生活中所体会到的，就是如此无悔、无尽和无情。

皮格马利翁疯了一样没日没夜地创作，就像神明附身，灵感泉涌。在他之后，各个领域一代代的艺术家应该都很熟悉这种感觉，那种攫住心神的灵感是令人窒息的痛苦和狂喜。他茶饭不思，甚至可以说没有真正地思考过，只是一味地敲敲打打，念念有词。

终于，当东方浮现厄俄斯粉色的云彩和珍珠般的霞光，预示着皮格马利翁连续工作第五天的开启，他怀着只有真正的艺术家才懂的奇妙认知后退了几步。那是一种无法言喻但十分肯定的感觉——作品完成了。

皮格马利翁几乎不敢抬起眼睛，因为到目前为止，所有工作都是近距离地雕琢细节。作品的整体轮廓只存在于他脑中的某个未知角落，现在是首次得以一睹全貌。他深吸一口气，抬眼欣赏。

艺术家震惊地大叫，连凿子都掉在了地上。

从精雕细琢的脚趾，到头顶那点缀在发间的美轮美奂的鲜花，这座雕像远胜于他以往创作的任何作品。不仅如此，它还无疑是一件绝无仅有的至美之作。对皮格马利翁这样真正的艺术家而言，这就意味着那雕像的美貌胜过世间的任何人，因为他知道艺术虽源于生活，却总能高于生活。

这样一座由翩然世外的想象力雕琢而成的大理石雕像，在艺术家眼中已经不只是一件至臻至美的作品了。对皮格马利翁而言，她是真的，她比自己头上的天花板和脚下的地面还要真实。

皮格马利翁心跳加速，瞳孔放大，呼吸急促，心里翻江倒海。欢乐和痛苦相伴相生，那就是爱情。

皮格马利翁认为她的名字该叫伽拉忒亚，因为那大理石的娇躯如牛奶般雪白。这个姑娘的表情和姿势凝固在一个犹豫不决的绝妙瞬间，像是刚刚苏醒，又像是对什么感到好奇。她看起来有点惊讶，似乎马上就要发出一声赞叹。赞叹什么呢？赞叹世间的美，还是赞叹这位正如饥似渴地凝望着自己的年轻艺术家的英俊？她的样貌端正、完美，不过像这样的女孩还有许多。她所拥有的不只是普通的吸引力，更是从内而外散发出的一种美。她的曲线是那么柔美婀娜，叫人迷恋不已。她的胸部轻软地鼓起，小手轻抚喉头的动作带来一丝甜美、羞怯的惊慌感，让那裸体更加诱人。

皮格马利翁围着她打转，尽情欣赏着令人叹为观止的臀部曲线和丰润的大腿。他敢不敢把手放在她的娇躯之上？他温柔地伸出手，以防碰伤她，然而指尖触到的是冰冷、坚硬的大理石。透过那双直抵灵魂深处的眼睛，伽拉忒亚似乎是那么灵巧、热情，那么生机勃勃；然而，当皮格马利翁伸手抚摸，当他靠在她身边，充满爱意地贴住她的面颊，她却如同死人般冰冷。

皮格马利翁像是病入膏肓，又像是获得重生。他上蹿下跳，他大声吼叫，他痛苦呻吟，他放声大笑，他歌唱，他起誓……一个年轻男子在不知不觉间陷入爱情时会出现的一切狂野、奇怪、激愤、狂喜与绝望的行为，在皮格马利翁身上展现得淋漓尽致。

最后，皮格马利翁扑向了他的伽拉忒亚，用胳膊和腿缠绕着她，用鼻子蹭她，又是亲吻又是爱抚又是摩擦，直到把体内对伽拉忒亚的一切爱意倾泻出来。

但之后，皮格马利翁体内那吞噬灵魂的疯狂并未减少分毫。他一心爱着伽拉忒亚，像真正的恋人那样对她献尽殷勤、温柔有加。皮格马利翁给她取各种爱称；到市场上为她买来礼服、花环与小首饰；在她的腕间饰以脚链和手镯，颈间挂上项链和碧玉、珍珠制成的吊饰；买来一张卧榻并铺上泰尔紫的丝绸，把伽拉忒亚放上去，然后为她吟唱摇篮曲。

皮格马利翁的爱炽热而深沉，但完全得不到回应，只有在他那乐观的想象中，他们才能修成正果。在几欲爆开的内心深处，他明白这是一场单恋。

阿佛洛狄忒的庆典之日终于来临。与冰冷的美人伽拉忒亚吻别之后，皮格马利翁离开了家。所有塞浦路斯人与成千上万名来自大陆的访客都为了这一年一度的庆典聚集在阿马图斯。神庙前巨大的广场上挤满了前来向女神祈祷的人，只为成全自己的美满情事。大家献上佩戴着花环的母牛，浓厚的乳香味在空气中弥漫，神庙的每根柱子都缠满了鲜花。祈祷者蜂拥而上，人人高声呼喊：

“赐给我妻子吧。”

“赐给我丈夫吧。”

“让我的性事更美好。”

“让我脱离爱情的苦海。”

“让米南德（Menander）爱上我。”

“让赞西佩（Xanthippe）别再出轨了。”

痛哭声和哀求声响彻云霄。

皮格马利翁挤过满是小贩与祈愿者的人群，来到神庙的台阶前，他贿赂了守卫，对女祭司阿谀奉承，终于被带进了深处的密室。只有最富裕和最具影响力的人才被允许进入这里，可以直接对着阿佛洛狄忒巨大的雕像祈祷。他跪倒在雕像前。

“伟大的爱神，”皮格马利翁低语，“人们说在您的节庆之日，您会满足热恋之人的心愿。我这个可怜的艺术家乞求您满足我的愿望……”

身居要职的男男女女都围在圣坛边向阿佛洛狄忒诉说着自己的祈愿。其实皮格马利翁的声音不太可能被女神忽略，但羞耻心让他无法说出自己真正的请求。

“……这位可怜的艺术家请您赐予他一个活生生的女孩，和他用大理石雕刻出的那位一模一样。满足我吧，可敬的女神，您将获得一位忠诚的仆人，他会用毕生的时间服侍您和赞颂爱情。”

阿佛洛狄忒看穿了这位祈祷者的心思，被逗乐了。她完全知道皮格马利翁真正想要的是什么。这位艺术家面前祭坛上的烛焰忽然变旺，接着向空中弹跳了九次。

皮格马利翁祈祷后飞奔回家。但究竟怎么回的家、花了多长时间，可能到死他都没办法说清楚，他只知道自己冲过人群时撞倒了一个人，也有可能撞倒了四十个人。

毫无生命迹象的雕像正躺在华丽的卧榻上，和皮格马利翁离开时一样。这雕像从未像现在这般难以触碰、这般冰冷无情。然而，凭着信念和一腔痴情，皮格马利翁还是跪下，吻了吻对方的额头。他吻了一次、两次……二十次。然后，他亲吻脖子和脸颊……然后，等等！是火热的吻温暖了大理石，还是他饥渴的双唇果真感到它在变热？他真的感觉到了！在嘴唇的轻触之下，坚硬的石头逐渐变成了柔软的肉体，变成了灵巧、温暖的鲜美肉体！

皮格马利翁吻了一次又一次。就像蜂巢上的蜂蜡在阳光下慢慢融化，伴随着嘴唇和双手的一次次温柔爱抚，爱人那冰冷的象牙色身体也越来越柔软。

皮格马利翁惊呆了。他不敢相信。他诧异地用一根手指按住女孩手臂上的血管，顿时感到人类的热血正在奔腾和跳跃！他站了起来。这是真的吗？这是真的吗？他环抱着伽拉忒亚，女孩吸入了第一口氧气，全身舒展开来。这是真的！她活了！

“保佑阿佛洛狄忒！阿佛洛狄忒是最伟大的天神，我感激不尽，我会永远服侍您！”

皮格马利翁弯下腰吻住女孩温暖的双唇，对方也急切地回应着这热吻。这对恋人很快便相拥着欢笑、哭泣、叹息、缠绵。

月相变了九次，这对幸福恋人的结合终于得到了祝福。他们生下一个男孩，叫帕福斯（Paphos）①，某座城池之后将以这个男孩的名字来命名，皮格马利翁与伽拉忒亚将在那里幸福地度过余生。

在希腊神话中，只有一两对凡间情侣被赐予了圆满的结局。也许就是这个给了我们希望，让我们相信追求幸福不是徒劳的。

赫洛与勒安得耳

希腊海，或称赫勒斯滂海峡（Hellespont），如今被称为达达尼尔海峡，作为第一次世界大战期间那场激烈的加里波利半岛战役的发生地而闻名于世。作为分割欧洲与亚洲的天然屏障，该海峡在军事和贸易方面均有重要的战略意义。尽管象征意义巨大，可实际上这条海峡非常狭窄，体力好的游泳者完全可以横渡。

勒安得耳（Leander）②住在阿拜多斯（Abydos），位于赫勒斯滂海峡的亚洲一侧。他爱上了阿佛洛狄忒的女祭司赫洛（Hero），对方居住的高塔位于欧洲一侧的塞斯托斯（Sestos）。两人在一年一度的阿佛洛狄忒庆典上相遇了。赫洛那“开满玫瑰的肢体”③和如塞勒涅般纯洁的面容令许多年轻人为之倾倒，但只有英俊的勒安得耳唤醒了赫洛心中的情愫。在庆典上，他们抓紧

① Paphian 后来成为描述阿佛洛狄忒及其爱的艺术的词。萧伯纳以“皮格马利翁”作为剧名，讲述了一个男人试图把一位来自考克尼（Cockney）的低俗女孩变成梅菲尔地区（Mayfair）的上流淑女的故事。

② 关于勒安得耳，我们所知甚少。克里斯托弗 · 马洛（Christopher Marlowe）的诗也只是告诉我们他是一位遇到了赫洛并陷入爱河的少年。利 · 亨特（Leigh Hunt）也写过一首诗，不过并未提供更多信息。

③ 在马洛的诗中，赫洛戴着一副绣有鲜花的面纱，由于图案太过栩栩如生，她不得不经常驱赶引来的蜜蜂……

难得而有限的时间制订了一个计划，好在回家之后也可以越过海峡的阻碍再度会面。赫洛每晚都会在高塔的窗前点起一盏灯，勒安得耳则紧盯黑暗中的这点亮光，游过赫勒斯滂海峡，爬上高塔与她相见。

作为女祭司，赫洛曾起誓保守贞洁，不过勒安得耳说服了她，声称肉体的结合对爱情而言是神圣的，这种仪式会得到阿佛洛狄忒的许可。实际上，他说，一心侍奉爱神但维持处女之身不啻为对爱神的侮辱，就像崇拜阿瑞斯但从不打仗一样。这一绝妙的论据使赫洛缴械投降了。于是每天晚上，油灯得以亮起，海峡得以横渡，欢爱得以实现。他们成了世上最幸福的恋人。

这一美满的情事顺利持续了整个夏天，然而转眼间夏逝秋来，秋分时节的狂风很快就吹起来了。一天夜里，波瑞阿斯（Boreas）、仄费洛斯和诺托斯（Notus），即北风、西风和南风之神同时咆哮起来。狂风席卷大地，吹灭了赫洛窗前的油灯。失去了横渡赫勒斯滂海峡的指引，加上呼啸的狂风掀起高高的海浪，勒安得耳迷失了方向，身陷困局，最终溺水而亡。①

赫洛彻夜未眠，等待着爱人。第二天一早，当厄俄斯推开黎明的大门，当光明照亮世界，赫洛低头看到了勒安得耳支离破碎的尸体散落在塔底的岩石上。在绝望的痛苦之中，她从窗口一跃而下，撞向同一片岩石。

① 勒安得耳的名字存续于英国最为德高望重的高端赛艇俱乐部，其俱乐部成员亮粉色的短袜、领结以及船桨在皇家亨利赛艇日（Henley Royal Regatta）时令对手望而生畏。

勒安得耳之后，还有许多人尝试横渡赫勒斯滂海峡，其中最著名的应属诗人拜伦。1810年5月3日，他在第二次尝试时成功横渡。这次横渡总共花费了70分钟，拜伦自豪地将之记录在案。他写道："不费吹灰之力，我为之倍感自豪，它比我在政界、诗界或修辞学界所获得的所有荣誉都更重要。"

与拜伦同游的还有隶属英国皇家海军的威廉·埃肯海德（William Ekenhead）上尉。由于有份参与这场竞赛，上尉也被写进了拜伦的讽刺史诗杰作《唐·璜》，从此名垂千古。为了赞颂笔下的英雄唐·璜游过西班牙瓜达尔基维尔河（River Guadalquivir）的壮举，拜伦如此写道：

他或许也能，横渡赫勒斯滂海峡，

曾几何时，（我们为之倍感自豪）
勒安得耳、埃肯海德先生与我完成过这一壮举。[①]

莎士比亚似乎也特别钟情于这对恋人的故事，于是在《无事生非》中将一个角色命名为赫洛，又在《皆大欢喜》中借着罗瑟琳的嘴说出了反浪漫主义的绝妙讽刺：

要不是那个酷热的仲夏夜晚，赫洛会继续当她的尼姑，勒安得耳也能平平安安地活上好些年。因为呀，这个善良的小伙子只不过是想去赫勒斯滂海峡里洗个澡，结果一下子抽筋了，于是溺水身亡。可那个时代愚蠢的史学家却认为他是为了塞斯托斯的赫洛。这些都是谎言。男人时不时就会死一两个，虫子也会把他们吃个干干净净，不过没有一个是为爱情而死的。

---

① 这一成就显然对诗人意义重大，拜伦虽然只是在俱乐部玩玩，运动能力却相当超群。他给朋友亨利·杜瑞（Henry Drury）写信说：“今天早上，我从塞斯托斯游到了阿拜多斯。直线距离虽不足一英里，波涛却汹涌奔腾。我简直怀疑勒安得耳在踏上这条天堂之路时，那满腔爱火肯定有熄灭的时候。”

完成这一壮举的六天之后，拜伦甚至以此为主题写了一首英雄讽刺诗《写于从塞斯托斯横渡至阿拜多斯之后》（*Written after Swimming from Sestos to Abydos*）：

据说，在幽暗的十二月的晚上，
（少女从不曾被传说遗忘）
惯于在夜间出没的勒安得耳，
要横渡那辽阔的海峡赫勒斯滂！

据说，那冬日的暴风雪肆虐，
他拼命游向赫洛，如此心甘情愿，
古老的波涛扑面而来，
美丽的维纳斯！我为他们两人垂泪！

而我，这来自现代的可怜虫早已四体不勤，
只敢在和煦的五月出行，
怯怯地扑腾着水淋淋的手脚，
我自知今日胜局已定。

可他横渡的却是骇浪惊涛，
那漏洞百出的故事如此宣告，
一路不知还有多少艰险，
他为了爱，而我是为了荣耀。

谁更胜一筹实在太难相比：
悲哀的凡人啊！天神总会降祸于你！
他体力耗尽，我也笑不出来：
因为我冷得打战，而他淹死在水里。

在这之后，拜伦创作了一部谈及勒安得耳的家乡的作品《阿拜多斯的新娘》（*The Bride of Abydos*），不过该作品与这个神话故事就没什么关系了。

阿里翁与海豚：古怪而又美妙的羁绊

和所有伟大的文明一样，希腊人也相当重视音乐。音乐的艺术地位是如此之高，以至于它的英文 music 取自记忆女神九位女儿的总称 muse（缪斯）。在今天的生活中，随处可见的音乐节和音乐比赛在古希腊也有着同样重要的地位。

作为歌者、诗人与音乐家，阿里翁（Arion）鲜少遇到名声比自己更显赫的人。他来自莱斯沃斯岛的米西姆那（Methymna）[①]，是波塞冬与宁芙欧启亚（Oncaea）的儿子。罔顾其出身，阿里翁决定用其音乐才华来歌颂天神狄俄尼索斯。他选用的乐器是基萨拉琴（kithara[②]），属于里拉琴的一种变体。作为酒神颂歌这一诗歌形式的发明者，阿里翁受到世界各地人们的喜爱。那是一种以合唱形式表演的狂野的赞美诗，仅奉献给葡萄酒和狂欢。

阿里翁拥有迷人的棕色眼睛、甜美的嗓音以及让人的双脚和臀部情不自禁扭动起来的魔力，因此很快就成了生活在地中海地区的人们的偶像。科林斯的君主[③]佩里安德（Periander）是阿里翁的赞助者，也是他最热情的粉丝，正是他发现塔兰托（Tarentum）正在举办一场盛大的音乐节。若将意大利的轮廓比作一只靴子，那这座繁华的城市就位于鞋跟的内侧。佩里安德为阿里翁提供资金，让他渡海前去参加那场音乐节中的比赛，条件是与他平分赏金。

① 只有俄耳甫斯在能力和名气方面超越了阿里翁，他的故事发生在英雄时代后期。

② Guitar（吉他）一词就衍生自该词。

③ 君主，即 Tyrant，在希腊语中意为“独裁统治者”，有时也指自封的国王。佩里安德是真实存在的历史人物，是所谓的“古希腊七贤”之一。“古希腊七贤”由苏格拉底提出，即七位名人的统称，他们身上有着应为人类尊崇的格言智慧。

这趟出海之旅平安无事。阿里翁抵达塔兰托参加了比赛，并轻而易举地在各个门类的比赛中拔得头筹。评委和群众都从未听过如此动人的原创音乐，他最终赢得了一个装满黄金白银、象牙珠宝和精美乐器的宝箱。为了感谢他们的慷慨，次日，阿里翁为镇上的人们免费举办了一场演出。

塔兰托地区以大狼蛛著称，它们在周边的乡野郊区随处可见。本地人用镇名来称呼这种蜘蛛，叫它们tarantulas。阿里翁听说狼蛛的毒液会令人变得歇斯底里，于是即兴演奏了一首改编自狂野的酒神颂歌的歌曲，他将其命名为塔兰泰拉（tarantella）[①]。这一民间舞曲癫狂的节奏让兴奋的塔兰托人陷入了疯狂，不过，阿里翁最后用一连串温柔、浪漫的曲调让人们归于平静。

第二天一早，大批民众赶来为阿里翁送别。人们连连送出飞吻，很多人哭得肝肠寸断。阿里翁的行李和那个宝箱被送上了那艘小而精的双桅横帆船，船上配备有一位船长和九位平民船员。阿里翁舒舒服服地登上了船。船员吊起船帆，船长指挥船只驶向科林斯。

落水

陆地很快便从视野里消失，帆船行驶到一望无际的大海上。这时，阿里翁感到有点不对劲儿。他习惯受人瞩目，毕竟除了才华横溢，他还英俊得令人气恼，可这些船员投射来的目光却有些异样。在这种危机四伏的压抑气氛下度过了几天后，阿里翁越来越难受，船员们的眼神中似乎有某种比欲望更黑暗的东西。到底出了什么问题？一个炎热的下午，船员中长相最丑陋、性格最刻薄的那一位来到了阿里翁面前。

“你坐着的这只箱子里放了什么，小鬼？”

原来如此，阿里翁的心一沉，应该就是这个原因了。船员们听说了这笔财富，肯定是想分一杯羹。但那可是好不容易才赢到手的奖赏，阿里翁绝不会与佩里安德之外的人分享。之前，他还琢磨着一定要在旅途结束时给船员们丰厚的小费，不过现在他狠下了心。

“我的乐器，”阿里翁回答，“我是一名基萨拉琴演奏家。”

“什么？”

① 塔兰泰拉至今仍盛行于欧洲。

阿里翁无奈地摇摇头，慢慢重复了一遍，像在和小孩说话："我——演奏——基——萨——拉——琴。"

此举真是大错特错。

"哦，是——吗？那，弹给我们——听——听——呗。"

"不好意思，还是不弹了吧。"

"出什么事了？"船长走了过来。

"这装腔作势的小鬼说自己是个音乐家，但是不肯演奏，说这盒子里装着他的基萨拉琴。"

"是吗？那么把琴拿出来给我们看看总可以吧，行吗，小伙子？"

这会儿，所有船员已把阿里翁团团围住了。

"我……我不太舒服，不想弹琴。今晚要是好点了再说吧。"

"那你去阴凉的地方躺着休息一下？"

"呃，不了，我想透透气。"

"伙计们，抓住他！"

粗糙的大手把阿里翁轻而易举地拎了起来，就像他是只刚出生的小狗崽。"放开我！别碰，那不是你们的东西！"

"钥匙在哪儿？"

"我……我弄丢了。"

"伙计们，给我找出来。"

"不，不！求求你们……"

他们很快便找到了钥匙，把它从阿里翁的脖子上拽了下来。船长打开锁，揭开盖子，船员们顿时暗暗地吹起了口哨，开始窃窃私语。金子和宝石折射出的光芒在船员贪婪的脸上跃动不已。阿里翁知道自己完蛋了。

"其——其实，我早就想把宝贝拿出来和大家分——分享……"

船员们似乎觉得这话特别有趣，纷纷捧腹大笑。

"杀了他！"船长一边说一边从箱子里拿出一条长长的珍珠链，对着光照来照去。

最丑陋的船员拿出了刀，面露邪恶的微笑走向阿里翁。

"求你了，求你了……我……至少让我再唱最后一首歌好吗？把这当作我的挽歌、我自己的葬礼哀乐。你们欠我一份情，是不是？要是赴死之际没能进行净化仪式，必将遭天谴于——"

“我马上就让你说不了这些废话！”丑陋的船员咆哮着越走越近。

“不，不，他说的有道理，就让他唱一曲哀歌吧。我看你会需要这把基萨拉琴。”船长边说边从宝箱里找出基萨拉琴递给阿里翁。阿里翁调好弦，闭上双眼，开始即兴演唱，他要献歌给父亲波塞冬。

阿里翁唱道：“海洋的主宰啊，浪涛的君王，大地的摇撼者，我挚爱的父王。我在祈祷和祭祀时常常将您遗忘，可是您，哦，伟大的王，绝不会将您的儿子抛下。海洋的主宰啊，浪涛的君王，大地的摇撼者，我挚爱的——”

猛然间，阿里翁紧紧抓住基萨拉琴往下一跳，落入大海。他最后听到的是船员们的嘲笑以及船长干巴巴的声音：“这倒是省事了！我们来分战利品吧。”

如果船员们愿意再费事瞧上一眼，他们将目睹一幅神奇的画面。一头扎进水里的阿里翁原本打算放弃挣扎，张大嘴巴任由海水灌入体内。有人曾告诉他，溺死是一种甜美且愉悦的死亡形式，是缓慢地陷入沉睡，但关键是不能拼命挣扎。呛死是令人惊慌失措的可怕梦魇，溺死却是一场安详无痛的解脱。反正他是这么听说的。可即使知道这一抚慰人心的小知识，阿里翁还是本能地闭紧了嘴。他鼓起脸颊，双脚拼命地划着水，手中紧紧抱着他的基萨拉琴。

就在阿里翁的肺即将炸裂的紧要关头，发生了一件奇妙的事：他感觉有什么东西把自己往上顶。那东西力气很大，速度飞快。他在水中穿梭，最终破出水面！他又能呼吸了！发生了什么事？这一定是场梦。奔涌的海水，飞溅的泡沫，倾斜摇晃的地平线，耳朵里的轰鸣，湿透的身体，海浪的咆哮和炫目的光线……一切的一切让他困惑不解。阿里翁鼓足勇气睁开刺痛的眼睛低头一看，他……他居然骑在一只海豚的背上！一只海豚！他正骑着海豚驭浪而行！可海豚光溜溜的皮肤让他开始往下滑，那海豚翻了翻，扭了扭，不知怎的，阿里翁又摆正了身子。这动物是有意在保护他！不知它是否介意让自己用一只手握住背鳍，就像骑士抓住马鞍一角那样？海豚不仅不介意，甚至还小跳了一下，仿佛在表示赞同，然后加快了在水中穿梭的速度。阿里翁小心地摸到基萨拉琴的背带，把琴背到背上，以便双手抓鳍，尽情享受这场骑行。

现在，帆船已从视野中消失。阳光普照，海豚载着男子一路乘风破浪，飞溅出斑斓的泡沫。他们要去哪里？海豚知道吗？

“嘿，海豚，朝着科林斯海湾去吧。到了那儿，我会告诉你怎么走。”

海豚发出一连串吱吱嗒嗒的叫声，仿佛表示听懂了他的指令。阿里翁哈哈大笑。他们一路飞驰，追逐着永远都无法靠近的地平线。阿里翁现在有信心保持平衡，于是把基萨拉琴拽到胸前，唱起了阿里翁与海豚之歌。这首歌已经失传，但据说是有史以来最动听的歌曲。

他们很快便抵达了海湾。海豚优雅地在热闹的船道间自如地穿梭。那些繁忙的三桅船、平底船还有小船上的船员们纷纷侧目，目瞪口呆地看着这一青年驾驭海豚的奇景。阿里翁轻拉背鳍指引着方向，他们马不停蹄，直抵王宫的码头。

“请传话给佩里安德国王，”阿里翁从海豚背上下来，踏上码头，“他的吟游诗人回来了。还有，请喂饱我的海豚。”

纪念碑

心爱的音乐家凯旋，佩里安德龙心大悦，王宫上下都对他得救的故事啧啧称奇，他们整夜狂欢，直到天明。第二天傍晚，大家准备见见那只英勇的海豚，对它好好夸赞和爱抚一番。然而，人们看到的是一个悲伤的画面：无知的码头工人把海豚拖到岸上喂食；由于整夜没有沾水，海豚的皮肤变得干裂，已萎靡不振；接着，它又在岸上待了整整一天，身边围满了好奇的孩子，毒辣的太阳把它晒成了鱼干。阿里翁跪在地上，对着它的耳朵柔声细语。海豚抖了抖身体，好像传达着爱意，最后颤抖着叹息一声便死去了。

阿里翁陷入了痛苦的自责之中。即使佩里安德下令为海豚建起一座高塔用以悼念和铭记，阿里翁也无法振作精神。整整一个月，阿里翁写的全是悲伤的歌曲，整个皇宫都和他一同哀悼。

这时，消息传来，那艘载着九位船员和一位恶毒船长的双桅横帆船被暴风雨驱赶到科林斯海湾。佩里安德派遣信使去把船员带来觐见，同时请阿里翁在质询期间不要露面。

“你们应该把我的吟游诗人从塔兰托送回来，”佩里安德问道，“他人呢？”

“天啊，可敬的陛下，”船长说，“真是太悲伤了。那可怜的孩子被暴风雨卷进了大海。我们找回了尸体，在海上为他举行了最高规格的葬礼。真是莫大的遗憾啊！小伙子很有魅力，船员们都喜欢他。”

“唉，确实，那是个很不错的小伙子啊。太可惜了……”船员们叽叽咕咕地说道。

“就算是这样，”佩里安德说，“有消息说阿里翁赢了歌唱比赛，是带着一只宝箱登船的，那里头有一半是属于我的。”

“至于这个嘛……”船长摊开双手，“箱子在猛烈的暴风雨中弄丢了。它在甲板上滑来滑去时，盖子开了，东西都掉进了海里。我们努力救回来了一小部分，有一把银制基萨拉琴，还有一根阿夫洛斯管——也就这么一两样小玩意儿。如果当时能多救回来一点就好了，陛下，我真心这么想。”

“我明白了……”佩里安德眉头紧锁，“明天早上到皇家码头新建的那座纪念碑那儿集合吧。很好找，纪念碑顶部刻有一只海豚。带上剩下的那些财宝，没准我会把阿里翁的那一半给你，毕竟可怜的孩子已经死了。你们现在可以走了。”

佩里安德给阿里翁转述了这场对话，并说：“别害怕，我会为你讨回公道的。”

第二天早上，船长和他的九名船员早早地来到了纪念碑旁，谈笑风生，洋洋得意。因为他们只需要归还一小部分阿里翁的财宝，甚至还有可能从那傻乎乎的国王手里再拿回来一些。

佩里安德带着皇室护卫队准时出现。“早上好，船长。啊，财宝在这儿呢。你就抢救回来这么一点吗？好吧，我明白你的意思了，确实不多，对吗？现在，再提醒我一下，是什么让阿里翁落水的？”

船长轻松、流畅地复述了一遍阿里翁的故事，和昨天说的一个字都不差。

“所以说，阿里翁真的死了？你确实找回了尸体，为他举办了葬礼，然后让他回到了浪涛之间？”

“绝对没错。”

“这些小玩意儿就是仅剩的赏金？”

“说来难过，不过确实是的，陛下。”

“那你怎么解释，在你船舱的夹层里藏着的这些东西？”佩里安德质问道。

一声令下，几个守卫扛过来一个担架，上头正是成堆的财宝。

“啊……是的。好吧……”船长讨好地笑了笑，“我们真是太愚蠢了，竟然想瞒过您的眼睛，可敬的君王。正如我所说，可怜的孩子死了，那确实是他的财宝。我们只不过是一群辛苦干活的穷水手，陛下。您的聪明才智把我们戳穿了。”

“看来你很识相，”佩里安德说，“可我还是不懂，我送了阿里翁一把用白银、黄金和象牙制成的基萨拉琴，他总是随身带着。为什么那琴不在这堆东西里呢？”

“这个嘛，”船长说，“我跟您说过，大家都很喜欢年轻的阿里翁。他就像我们的亲弟弟一样，对不对，兄弟们？”

“没错，没错……”船员们咕哝着。

“我们知道那把基萨拉琴对阿里翁意义重大，所以把尸体送进大海之前，我们也把琴包进了裹尸布里，否则还能有什么原因呢？”

佩里安德笑了。船长也笑了，不过他的笑容立刻烟消云散了。从纪念碑顶部的那只金色海豚的嘴里传来了基萨拉琴声，船长和船员们惊得瞪大了眼睛。阿里翁的声音与基萨拉琴的旋律融为一体，从海豚雕像的嘴里传来的歌词如下：

“杀了他，伙计们，”船长说。
“杀了他，拿走他的金子。”
“这就杀，这就杀。”船员们喊叫。
“再把他扔去喂鲨鱼。”
“等一下，”吟游诗人说，“让我唱出
最后的告别之歌。”

其中一个船员惊恐地大叫起来，其他人也纷纷颤抖着跪倒在地。只有脸色苍白的船长一动不动地站着。

雕像的基座上打开一扇门，阿里翁本人缓步走出纪念碑，一边弹着基萨拉琴，一边吟唱：

然而，海豚的出现拯救了他。
他骑着海豚，驾着浪。
他们穿越大洋来到科林斯，
这就是海豚和吟游诗人的故事。

船员开始哭哭啼啼地恳求宽恕，他们互相指责，尤其是把矛头对准了船长。

“太晚了，”佩里安德转身离开，“把他们统统杀掉。现在，跟我来吧，阿里翁，为我唱一首爱情与美酒之歌。”

这位音乐家最终功成名就，得以颐养天年。将海豚和音乐都视为圣物的阿波罗把阿里翁和他的救星升上了天空，放置在射手座和水瓶座中间，成为海豚座。

凭借海豚座在天空中的位置，阿里翁和他的救星能帮助地上的人们指引方向，并时刻提醒着我们：人类与海豚之间拥有奇特而美妙的羁绊。

费莱蒙和鲍西丝：回头看的代价

在小亚细亚的弗里吉亚东部的群山之中，一棵橡树和一棵椴树的枝叶交错、并排生长。它们根植于一个简朴的乡村，离金光闪闪的宫殿和高耸入云的碉堡都非常遥远。农民们在这里艰难度日，只有仰仗着德墨忒尔的恩惠才能让庄稼成熟、猪儿长膘。这里土壤贫瘠，人们总要经过千辛万苦才能收集足够的粮食以熬过漫长的冬日，那时，德墨忒尔因为聪慧的女儿与她暂时分离而变得无精打采。

橡树和椴树的样子很不起眼，它们不如杨树高大，也不像雅典通往底比斯的大路沿线所生长的柏树那般优雅。尽管如此，它们依然是地中海地区最神圣的树。聪慧的人和品德高尚的人都会来这里朝圣，将祈愿的献礼挂上枝头。

很久以前，这两棵圣树脚下的山谷有一个部落，其规模介于城镇和乡村之间。部落名为尤摩尼亚（Eumeneia），意思是“好运之地”。贫瘠的地区一般都会取这样的名字，这是山穷水尽之际最后的渺茫希望，人们企盼德墨忒尔能祝福这片不毛之地，让其获得丰收，可她几乎不曾眷顾此处。

在该地主广场的中心，坐落着巨大的德墨忒尔神庙，神庙对面是规模几乎相当的赫菲斯托斯神庙，人们冶炼的技艺与工坊需要他的护佑。赫斯提神庙与狄俄尼索斯神庙在小镇周边随处可见。山坡上稀疏地散布着葡萄园，人们像看顾橄榄树或玉米田一样精心照料它们。生活很艰难，男男女女都需要从本地酿造的酸涩葡萄酒中寻求慰藉。

有一条蜿蜒的小路通往镇外，路的尽头有一座小小的石房子，里面住着一对老夫妇：费莱蒙和鲍西丝。两人很年轻时便已结为夫妻，如今老了也还是像从前那样恩爱，始终低调地热恋着，让邻居们十分羡慕。这对夫妇比大部分居民更穷困，所拥有的田地也是整个尤摩尼亚地区最狭小、最贫瘠的，但他们从未抱怨过。

鲍西丝每天都给唯一的那只山羊挤奶，然后锄草、绣花、浆洗、缝补；费莱蒙则在屋后的田里播种、耕田、翻土、刨坑。傍晚时分，他们采摘野蘑菇，收集柴火；有时只是手牵着手在山间散步，聊一些闲七八碎的事，或者一言不发地享受相伴的时光。如果食材足够做晚饭，他们就吃上一顿，否则就饿着肚子爬上床，相拥着进入梦乡。他们的三个子女早就搬走了，在遥远的地方成家立业，从不来看他们，也几乎没有人会登门拜访。直到那个命中注定的下午。

那时，费莱蒙结束了田里的工作，回到家坐下正准备理发。他的那颗秃脑袋上已经没有几根头发了，不过两个人都很喜欢这每月一次的小仪式。突然，一阵巨大的敲门声响起，吓得鲍西丝差点把正磨着的剃刀掉到地上。夫妇俩惊讶不已，面面相觑，两个人都想不起来上次有人拜访是什么时候了。

门口站着两个陌生人，一个是满脸胡子的男人，他的伙伴年轻些，脸蛋光溜溜的，也许是他儿子。

“您好，”费莱蒙说，“请问有什么事吗？”

年轻男子微微一笑并摘下帽子，那是一顶奇怪的圆帽，帽檐短短的。“下午好，先生，”他说，“我们是两名游客，初来此地，饥寒交迫。不知能否得您好意收留——”

“快进来，快进来！”鲍西丝急忙在丈夫身后喊道，“这个时候外面可冷了。我们住得比镇上其他人都高，所以感觉更冷些。费莱蒙，你快去把火弄旺一点，让咱们的客人暖暖身子。”

“当然，亲爱的，当然。瞧我，真是怠慢啦。”费莱蒙弯腰往壁炉里吹着气，木柴的余烬纷纷亮了起来。

“把斗篷给我拿着吧，”鲍西丝说，“请坐，先生，坐在壁炉边。还有您，先生，快请。”

“您真客气，”较年长的那位客人说道，“我叫阿斯特莱波斯（Astrapos），这是我儿子阿耳戈洛斯（Arguros）。”

年轻男子被介绍时有些夸张地鞠了一躬，接着便坐在了壁炉旁。“我们很渴。”他打了一个大大的呵欠。

“是得给您拿点喝的，”鲍西丝说，“老公，把酒壶拿过来，我去拿点无花果干和松子。希望先生们愿意和我们共进晚餐，我们没有什么拿得出手的菜，还请你们千万不要客气。”

“那我们就恭敬不如从命了。”阿耳戈洛斯说。

“请把您的帽子和手杖给我吧……”

“哦不，不必了。我拿着就好。”年轻男子把手杖放到身边。那手杖的样式相当奇特，上面雕刻的缠绕花纹是葡萄藤吗？鲍西丝琢磨着。那花纹灵巧地盘旋其上，几乎如活物一般。

“不好意思，”费莱蒙拿着一壶酒走了过来，“我们本地的酒你们可能有点喝不惯，它有点……涩。邻镇的人总是嘲笑我们的酒，不过我向你们保证，只要喝习惯了，味道还是挺不错的。至少我们这么觉得。”

阿耳戈洛斯啜了一口说：“不坏，你是怎么做到让猫儿在酒壶里尿尿的？”

“别理他，”阿斯特莱波斯说，“他以为自己很幽默呢。”

“好吧，我必须承认那句话确实很逗，”鲍西丝端着木制盘子走了过来，里面盛有水果和坚果，“年轻的先生，我都不敢想您会对这盘无花果干说些什么了。”

“你穿着衬衣呢，我看不见你的无花果干啊。不过盘子上的水果看上去倒是挺不错的。”

“先生！”鲍西丝开玩笑似的拍了男子一巴掌，脸涨得通红。这小伙子可真奇怪啊。

在酒精的作用下，傍晚的时光一点点流逝，稍微有点尴尬的气氛很快变得活跃起来，自来熟的阿耳戈洛斯妙语连珠，逗得两位主人哈哈大笑。阿斯特莱波斯似乎有些情绪低落，坐上饭桌时，费莱蒙把手搭上他的肩膀。

“希望您能原谅一个蠢老头的好奇心，先生。看您好像有心事，有什么我们能做的吗？”

“哦，别理他，坐在垃圾堆里的时候他总是心情不佳，”阿耳戈洛斯说，“他那身衣服就是从垃圾堆里捡的，哈哈！不过，说实话，没有什么是一顿可口的饭菜解决不了的。”

鲍西丝飞快地看了费莱蒙一眼。贮藏室里的东西所剩不多：有一片腌咸肉，那是留着冬至那天吃的；一点蜜饯和黑面包，还有半颗卷心菜。

他们知道，哪怕只是把这两位饥肠辘辘的客人喂个半饱，他们也得饿上一个星期。不过，待客之道是神圣的，永远要把客人的需求放在第一位。

“再来一杯葡萄酒也没什么坏处。”阿耳戈洛斯说。

“哦，天哪！”费莱蒙看了一眼酒壶，“恐怕已经没酒了……”

“胡说，”阿耳戈洛斯一把抢了过来，“还有好多呢。”他给自己倒了一杯，又给阿斯特莱波斯续上。

“真怪，”费莱蒙说，“我发誓这壶里本来只有四分之一的酒。”

“你们的杯子在哪儿呢？”阿耳戈洛斯说。

“哦，没关系，我们不喝……”

“别呀，”阿耳戈洛斯往后一靠，从身后的小边桌上拿了两只大口木杯，“好了……咱们来干杯吧。”

费莱蒙和鲍西丝惊呆了，酒壶里的酒不仅足以斟满他们手中的大口杯，味道还比两人印象中的好许多。实际上，如果他们没在做梦，那这绝对是他们喝过的最美味的酒。

有些恍惚的鲍西丝用薄荷叶擦拭着桌子。

“亲爱的，”费莱蒙悄声对妻子说道，“我们还有一头准备在下个月敬献给赫斯提的鹅。喂饱我们的客人是重中之重啊，赫斯提肯定能理解我们的心意。”

鲍西丝点点头说：“我去把鹅杀了。你看看能不能把火生得再旺一些，咱们把鹅好好烤一烤。”

然而，那只鹅却死活都抓不着。不管鲍西丝多么小心翼翼，鹅每次都能嘎嘎叫着从她手中逃脱。她万分沮丧地回到小屋。

“先生们，真的非常抱歉，”鲍西丝含着眼泪说道，“恐怕你们只能将就些吃点粗茶淡饭了。”

“咳，女士，”阿耳戈洛斯为每个人斟上酒，“我从未吃过如此丰盛的宴席。”

“先生，您别开玩笑了！”

“是真的。告诉他们事实吧，父亲。”

阿斯特莱波斯冷笑道：“我们在尤摩尼亚被所有人家拒之门外。镇上有人咒骂我们，有人推搡我们，有人朝我们扔石头，有人放狗来咬我们。你家是我们最后的尝试，我们却受到了热情的款待，你们所展现的正是塞尼亚精神，我还担心它已经在人世间消失了。”

“先生，”鲍西丝在桌子底下紧紧握住费莱蒙的手，“我们为邻居们的行为向您道歉。生活太艰难了，他们从小就缺乏教养，不懂得尊重客人的道理。”

“不必为他们说话。我很生气。”阿斯特莱波斯说话的同时响起了一阵雷声。

鲍西丝隔着桌子望向阿斯特莱波斯的眼睛，那里有种让她害怕的东西。

阿耳戈洛斯笑了。“别紧张，”他说，“我父亲并不是对你们发火，他对你们很满意。”

“你们马上离开小屋，爬到山上去，”阿斯特莱波斯站了起来，“不要回头看。无论发生什么事，你们都不要回头看。你们已经赢得了属于自己的奖赏，而你们的邻居将受到应有的惩罚。”

费莱蒙和鲍西丝手牵手站了起来，他们现在知道，这两位来客并不是普通的游客。

“不必行礼了。”阿耳戈洛斯说。

他的父亲指着门口说：“你们到山顶上去。”

“记住，”阿耳戈洛斯在夫妻俩身后喊道，“不要回头看。”

费莱蒙和鲍西丝手牵着手爬上了山。

“你知道那个年轻男子是谁吗？”费莱蒙问。

“是赫耳墨斯，”鲍西丝说，“他打开门让我们走的时候，我看见两条蛇缠上了他的手杖，是活的蛇！”

“那被他称作父亲的男人……肯定是——”

“是宙斯！”

费莱蒙在山坡上停下脚步，喘着粗气说：“我的老天爷！天色变得好暗啊，亲爱的，雷声听起来很近。我想看看——”

“不行，亲爱的，我们不能回头看，绝对不行。”

由于满怀敌意的尤摩尼亚人无耻地践踏了待客之道，宙斯感到深恶痛绝，他决定像在杜卡里翁时期所做的那样，对这一部落降下大洪水。他一声号令，天空顿时浓云密布，电闪雷鸣，大雨倾盆而下。

这时，那对老夫妇已经筋疲力尽地爬到了山顶，一股股湍急的河水从他们身旁奔涌而过。

“我们不能就这样站在雨里，背对着咱们的小镇。”鲍西丝说。

“你看我就看。”

“我爱你，费莱蒙，我的丈夫。”

“我也爱你，鲍西丝，我的妻子。”

他们转过身，低头望去，刚好看到汹涌的洪水淹没尤摩尼亚的瞬间。就在此时，费莱蒙变成了一棵橡树，而鲍西丝变成了一棵椴树。

数百年间，两棵树作为永恒之爱与谦逊善良的象征并肩而立，盘结在一起的枝条上挂满了崇敬的朝圣者留下的纪念品。

亚历山大与戈耳狄俄斯之结

希腊人喜欢神化那些建城者。雅典娜将橄榄树赠予雅典人民，又将厄瑞克透斯（浸有赫菲斯托斯精液的头巾生出的孩子）培养成雅典的建城者，这样的故事似乎对雅典人的自我认同有很大帮助。卡德摩斯与龙牙的故事对底比斯人有同样的意义。当我们谈到戈耳狄乌姆城（Gordium）的建立时，其故事内容则可以从神话追溯到传说，再到真实可考的历史。

在马其顿王国居住着一位穷困潦倒却野心勃勃的农民，名叫戈耳狄俄斯（Gordias）。有一天，他正在自家贫瘠的田里劳作，忽然一只老鹰落在了牛车的轭上，狠狠地盯着他看。

戈耳狄俄斯自言自语道："我就知道！我总感觉自己会成就一番伟业。这只老鹰就是证据，看来命运对我自有安排啊。"

戈耳狄俄斯扛起犁，赶着牛车前往数百千米之外的萨巴最俄斯（Sabazios）宙斯[①]神庙。他一路艰难行进，老鹰始终用爪子紧紧抓住轭杆，不管牛车驶过凹坑和石块时摇晃颠簸得多厉害，它都绝不放开。

① 萨巴最俄斯是宙斯骑着马的形态，色雷斯人和弗里吉亚人崇拜这一形象的宙斯。

戈耳狄俄斯在路上遇到了一个年轻的泰尔麦索斯（Telmissian）女孩，她不仅拥有预言的天赋，其诱人的美貌也同样卓群，令戈耳狄俄斯心动。女孩像是在专程等待他的到来，一见面便催促他抓紧时间前往泰尔麦索斯，还说应当把牛献祭给萨巴最俄斯。戈耳狄俄斯感觉自己曾期盼过的事正在一件件成真，于是趁热打铁，说只要女孩愿意下嫁，他就依言行事。女孩顺从地低下头，就这样，两个人启程前往城邦。

恰在此时，弗里吉亚国王在床上溘然长逝。他膝下无子，也没有合适的人可以继承王位，于是弗里吉亚人火速赶往萨巴最俄斯宙斯神庙寻求帮助。神谕告诉他们应为第一个驾着牛车进城的人抹膏授冠。于是，当戈耳狄俄斯和女预言家抵达时，全城人都激动地聚在城门口等待。牛车穿过城门的瞬间，老鹰大叫一声从轭杆上飞走了。老百姓将帽子丢到空中，欢呼到嗓子沙哑为止。

转眼之间，戈耳狄俄斯的身份从泥巴地里苦苦求生的马其顿单身农民，变成了迎娶美丽的泰尔麦索斯预言家、头戴弗里吉亚王冠的国王。他制订计划重建城邦，并且毫不客气地把自己的名字改为戈耳狄乌姆，准备从此稳坐江山，统率弗里吉亚人，过上幸福的生活。事实也正如他所愿，所以希腊神话中也有一帆风顺的时候。

那辆牛车成了圣物，象征着戈耳狄俄斯的天赋神权。弗里吉亚首都的主广场中央竖起了打磨光滑的、用山茱萸雕成的立柱，牛车就拴在这根柱子上。戈耳狄俄斯决定保护那辆牛车不被盗走，所以栓了一个全世界最难解的结。不久，传言兴起（这些传言的神秘来源永远都不可考），说谁能解开这恶魔之结，有朝一日便能统率亚洲。许多人都尝试了一番，如船长、数学家、制造玩具的人、艺术家、工匠、魔术师、哲学家，甚至野心勃勃的小孩子，可那绳套、绳圈与绳结缠绕得如此精巧，谁都无法解开一丝一毫。

一千多年过去了，伟大的戈耳狄俄斯之结始终无人能解。终于有一天，鲁莽却聪明的马其顿征服者与帝王、年轻的亚历山大领着军队进了城。听闻这个传说，他看了一眼那个著名的绳结，将佩剑举起挥下，砍断了戈耳狄俄斯之结，赢得了当世及后世人们的赞颂。[①]

① 我第一次听到这故事时并不觉得亚历山大有多么了不起，反而有些轻看他。“他作弊了！”我说。如果我“解开”魔方的法子是用起子把它拆开，然后再把碎片拼回正确位置，那能算数吗？谁也不会夸我吧？不过亚历山大却名垂青史，人们赞美他“独辟蹊径”，称他为“伟大的亚历山大大帝”。世间对帝王将相和普通人真是有着两套衡量标准。

迈达斯：金手指与驴耳朵

丑陋的陌生人

戈耳狄俄斯死后，他的儿子迈达斯（Midas）继承了王位。小伙子待人友善，性格开朗，备受人们的尊敬和喜爱，过着简朴却优雅的生活。弗里吉亚王国并不是特别富裕，但迈达斯把几乎所有时间和金钱都花在了王宫内那座巨大的玫瑰花园上，使它成为当时的一大奇景。迈达斯最喜欢的事莫过于漫步在这片芬芳馥郁的乐土上，照看每一株都盛放着六十只华美花朵的玫瑰。

一天早上，迈达斯正怀着一如既往的愉悦心情在花园里散步，欣赏着串串晶莹的露珠在心爱的玫瑰那娇嫩的花瓣上闪烁。突然，他被什么绊倒了，原来是一个大腹便便的丑老头正蜷在地上呼呼大睡，发出像猪叫一样的鼾声。

迈达斯说："哦，对不起，我没发现您在这儿。"

那老头打了个嗝，站起来深深鞠了一躬，说："抱歉，昨晚情不自禁地被玫瑰花的香味引了过来，结果就睡着了。"

"没关系，"迈达斯很有礼貌，他从小就被教育要尊重老人，"我可以邀请您到宫里和我共进早餐吗？"

"那我就不客气了，你真是个好小伙儿。"

迈达斯无从得知，面前这个丑老头其实就是酒神狄俄尼索斯的密友西勒诺斯。

"您想洗个澡吗？"往室内走的时候，迈达斯提议道。

"干吗要洗澡？"

"也没什么，我只是随便说说。"

西勒诺斯在宫里待了十天十夜，对迈达斯库存稀少的酒窖大举进攻。作为回报，他献上了荒诞不经的歌曲、舞蹈和故事。

到了第十天晚上，西勒诺斯宣布第二天早上他将要离开。

“狄俄尼索斯该想我了，”西勒诺斯说，“你的人会带我去找他吧？”

“当然，非常乐意。”迈达斯说。

第二天，迈达斯及其随从带着西勒诺斯踏上了南下的漫长旅途，他们要去的是那段时间狄俄尼索斯最喜欢拜访的葡萄园。炎热的天气里，他们在壅塞的道路、陡峭的山岭和狭窄的小路上曲折前行，艰难跋涉了很长时间，终于找到了酒神——他正带着随从在田野上野餐。

狄俄尼索斯见到老朋友非常高兴。他说：“没有你，酒喝起来都成酸的了，舞蹈不美了，音乐听起来也索然无味。你去哪儿了？”

“我迷路了，”西勒诺斯边说着，边把不情不愿的迈达斯推到狄俄尼索斯面前，“这个善良的家伙把我带到他的王宫里，让我尽情享受。我把他的葡萄酒差不多都喝完了，把他的食物也几乎吃了个精光，在他的水罐里撒尿，还把他的丝绸靠垫吐得一塌糊涂，但他从不抱怨，真的是个彻头彻尾的好人。”西勒诺斯拍拍迈达斯的背，而迈达斯只能强颜欢笑，因为他并不知道水罐和丝绸靠垫的事。

和许多嗜酒者一样，狄俄尼索斯也很容易动感情。他感激地拍打着迈达斯，向世界宣布：“看见了吗？看见了没有？当你刚要对人性失望时，他们就会马上像这样表明自己的价值。这就是我父亲所说的塞尼亚精神。这真叫我心潮澎湃。快说吧，你想要什么？”

“不好意思，您说什么？”迈达斯真的很想走。招待西勒诺斯十天十夜已经够他受的了，现在他只想和花儿待在一起。面对带着一大群迈那德斯和羊男随从，还喝醉了的狄俄尼索斯，即使像他这么有耐心的人也承受不住呀。

“说出你想要的奖赏，任何东西都可以。任何你想——嗝！——想要的，我都将用提力神供给你。我要说的是，”狄俄尼索斯又庄严地修正道，“我都将用神力提供给你。来吧！”突然，他挑衅地说出这么一句，然后猛地一转身，不知道要与哪位决斗。

“我的神，您的意思是，我可以向您要任何东西？”

有谁不曾天马行空地幻想过精灵或仙女满足自己愿望的场景呢？虽然很遗憾，但我不得不说，听到狄俄尼索斯的这一许诺，迈达斯确实激动得有点昏了头。

之前我们提到过，弗里吉亚王国并不富裕。虽然在朋友们眼中，迈达斯并不是一个贪得无厌的人，但事实上，他和所有统治者一样，始终渴望有更多的金钱可以花在军队、宫殿、臣民以及市政建设上。皇室的开支逐年增长，迈达斯又宅心仁厚，不想对人民课以重税。于是，他脑子一热，想到了一个不可思议的愿望并脱口而出。“我希望，我碰到的东西都会变成金子。”

狄俄尼索斯露出相当邪恶的微笑，说：“此话当真？这就是你想要的？”

“对，这就是我想要的。”

“回家吧，”狄俄尼索斯说，“用葡萄酒洗澡，然后上床睡觉。第二天早上起床，你的愿望就会成真。”

金手指

或许，迈达斯根本不相信这个交易会带来什么后果。毕竟，天神素来以躲闪、性格扭曲和逃避责任而著称。

尽管如此，为了以防万一，他还是按狄俄尼索斯说的做了。毕竟，照做一下又有什么损失呢？反正，当时谁也预料不到究竟会发生什么。当天晚上，迈达斯从库存锐减的葡萄酒库里取出几桶倒进了浴池，酒香让他享受了一晚无扰的深度睡眠。

迈达斯醒来时已是天光大亮。他已经将那个疯狂的愿望和喝醉的狄俄尼索斯等诸多事都抛到脑后，一心惦记着自己的花儿，于是从床上一跃而起，匆匆赶往心爱的花园。

玫瑰花看上去从未像今天这般娇艳。迈达斯俯身轻嗅一株幼嫩的粉色玫瑰，它正处于最完美的含苞待放的状态，那高雅的芳香令迈达斯心旷神怡。他正欲充满爱意地拨开花瓣，但转瞬间，从花茎到花朵，整株玫瑰都变成了金子，完完全全的金子。

迈达斯不可置信地瞪大了眼睛。他一朵接一朵地摸向玫瑰，每次手指刚碰到花瓣，它们就会变成金子。他疯狂地大喊着在花园里跑来跑去，双手扫过花丛，直到每一朵花都化为硬邦邦的、闪闪发光的、价值连城的、华丽的、金色的金子。

迈达斯高兴得连跳带喊，眼看着满花园稀有的玫瑰都变成了世间最值钱的宝贝。他发财了！他现在富得流油！世上再没有比他更富的人了！

迈达斯欣喜若狂的叫喊声引来了妻子。她走出宫殿大门，停住观望，怀里还抱着他们的小女儿。

“亲爱的，你在喊什么呢？”

迈达斯跑到妻子面前，兴奋地紧紧抱住她和孩子，说：“说出来你都不信！我碰到的东西都变成了金子！快看！我只需要——啊！”

迈达斯后退几步，发现妻子和小女儿已经变成了一尊相连的金色雕像。凝固的母子群像在晨光中熠熠生辉，若是出自某位雕塑家之手，那他一定会倍感自豪。

“这件事我等会儿再来解决，”迈达斯自言自语道，“肯定有办法让她们复原……狄俄尼索斯不会这么做的……来吧——乌拉乌拉，变！”

哨兵和宫殿巨大的侧门还有他最喜欢的宝座都变成了金子。

“叽里咕噜，变！”

他的边桌、高脚杯和餐具都成了金子！

可这是怎么回事？咔！他的牙齿几乎被一颗金桃子硌坏了。啪！他的嘴唇碰到的酒是金属的。砰！一坨曾经是亚麻餐巾的沉重金块压在他嘴上，磕出了淤青。

迈达斯终于认识到了这项能力的全部含义，无边无际的狂喜开始一点点消退。

接下来的事情你应该可以想象了。忽然间，拥有点石成金能力的激动和快乐变成了担忧和畏惧。迈达斯碰到的一切都变成了金子，可他的心却变成了铅块。无论他说什么，无论他朝着天庭如何嘶吼和祈求，都无法让冰冷、凝固的妻女重新拥有温暖、灵巧的生命。看着心爱的玫瑰垂下沉重的头颅，他自己也悲伤得抬不起头来。围绕着他的是金光四射的灿灿黄金，它们是那么金碧辉煌，而他的心却死气沉沉，犹如沉重的磐石。

还有饥饿与干渴的折磨！已经三天了，食物和酒水被他碰到都会变成无法下咽的金子，他觉得自己快要死了。

迈达斯躺在金床之上，沉重、坚硬的床单无法带来丝毫舒适与温暖。他发着高烧沉沉睡去，在梦中看到娇嫩的花朵重新开放。那是他的玫瑰，但现在他明白了，比花最重要的是妻子和孩子。在扭曲而疯狂的梦境中，他看见妻女的面颊恢复了柔美的颜色，她们的眼中再次焕发出光彩。这些画面舞动着，闪烁着，令他心神恍惚，突然，狄俄尼索斯的声音在他脑中轰然作响。

“愚蠢的家伙！你该庆幸西勒诺斯对你青睐有加。看在他的份上，我会宽恕你的。早晨醒来后去帕克托罗斯河（River Pactolus），把双手浸入河中，诅咒就会被解除。只要在那潺潺流水中洗濯一番，所有东西就都能恢复原状。”

第二天一早，迈达斯就依照梦中声音的指示出发了。正如狄俄尼索斯承诺的那样，河水解除了他点石成金的能力。迈达斯欣喜若狂，他用整整一周的时间把妻子、女儿、哨兵、仆人、玫瑰花等变成金子的人和物都泡进河水里。看着他们恢复到最初那不值一钱，同时又是无价之宝的状态时，迈达斯高兴得直拍手。

此后，这条围绕着特摩洛斯山山脚潺潺流动的帕克托罗斯河变成了爱琴海地区最大的银矿和金矿所在地，盛产天然的黄金与白银。

迈达斯国王的耳朵

你肯定认为迈达斯这下该学乖了，但这一教训始终在人类的故事中不断上演，告诉我们：不要招惹天神；不要信赖天神；不要激怒天神；不要和天神做交易；不要和天神竞争；就让天神自己好好待着；把所有祝福都看成诅咒，把所有允诺都视为陷阱；最重要的是，绝对不要侮辱天神，永远都不要。

从某种角度来看，迈达斯当然是变了。他现在不仅唾弃金子，还唾弃所有的财富。就在狄俄尼索斯的诅咒被解除后不久，迈达斯便成了潘神忠实的追随者，这位长着山羊脚的神祇司掌大自然、农牧神、草原及世上一切野生之物。

头戴鲜花，脚踩凉鞋，身上仅留下最少限度的衣服来遮盖羞处——迈达斯留下妻女掌管弗里吉亚王国，自己却投身于崇尚简朴的田园生活，成了一名快乐的嬉皮士。

一切本应相安无事，直到某天他的主人潘神突发奇想，向阿波罗发起挑战，想比一比里拉琴和潘神笛孰优孰劣。

那天下午，潘神站在特摩洛斯山山坡的一片草地上，将潘神笛放在嘴边，在农牧神、羊男、树宁芙等各种半神和小神的面前开始了演奏。一段粗野却讨人喜欢的旋律以吕底亚调式流泻而出，它似乎在召唤嘶鸣的小鹿、奔腾的流水、嬉戏的野兔、发情的公鹿和驰骋的骏马。粗放、质朴的曲调令听众心情愉悦，尤其是迈达斯，他是真心崇拜潘神及其代表的玩世不恭之道。

阿波罗站起身，弹响了第一声里拉琴，四下里顿时一片寂静。琴弦上浮现出和谐、幸福的图景，那是生命中深藏的喜乐，是天国的滋味。

阿波罗结束演奏时，观众齐齐起立鼓掌。这条山脉的神灵特摩洛斯喊道：“伟大的天神阿波罗的里拉琴获胜，大家都同意吗？”

“同意，同意！”羊男和农牧神都吼叫起来。

“阿波罗，阿波罗！”宁芙们嚷嚷着。

只有一个声音在表示抗议。

“不同意！”

“不同意？”几十个脑袋转了过去，想看看谁竟敢表示反对。

迈达斯站了起来，说：“我不同意。我认为潘神演奏得更加出色。”

就连潘神自己都吃了一惊。阿波罗静静地放下里拉琴，走到迈达斯身旁，说：“你再说一遍。”

至少我们可以说，迈达斯拥有坚持己见的勇气。再度开口之前，他咽了两口唾沫。“我……我说，潘神演奏得更出色。那音乐更……更加激昂，更有艺术性。”

阿波罗那天的心情肯定不错，因为他并没有当场杀掉迈达斯，没有把迈达斯的皮一层层地剥下来，就像对胆敢挑战自己的不幸的马西亚斯曾做过的那样。他没有伤害迈达斯一丝一毫，只是轻轻地说了一句：“你真的认为潘神演奏得比我好？”

“是。”

“好吧，既然如此，”阿波罗笑着说，“那你肯定长了驴耳朵。”

话音未落，迈达斯便感觉某种又古怪又暖和又粗糙的东西从自己头上长了出来。他举起手疑惑地摸了摸头，围观的人则顿时哄堂大笑，嘘声四起。他们看到了迈达斯看不到的东西，两只大大的灰色驴耳朵从他的头发里冒了出来，还前前后后地抖个不停，恨不得让全世界都看到。

“我好像说对了，”阿波罗说，“你确实长了两只驴耳朵。”

迈达斯又羞又恼，满脸通红，转身逃离了草地，可那两只大毛耳朵却把大家的嘲讽和哄笑听得一清二楚。

跟着潘神四处扎营的日子结束了。迈达斯用缠头巾包住自己的脑袋，回到了位于戈耳狄乌姆的宫殿，回到了妻子和家人的身边。无忧无虑的乡村生活实验宣告结束，他重新安定下来，回归做国王的日子。

有一个人必然会看到他的驴耳朵，那就是每月来为他理发的人。除了理发师，弗里吉亚没有任何一个人知道这个可怕的秘密，迈达斯也决心维持这一现状。

“咱们做个交易，”迈达斯对理发师说，“我给你丰厚的报酬，还有比任何王室人员拥有的都更为丰厚的福利，但你必须对所看到的保持沉默。如果你对任何人说出哪怕一个字，我就当着你的面杀了你全家，还要割掉你的舌头，让你变成一穷二白的哑巴，在全世界过着流亡的生活。你明白吗？”

惊恐的理发师连连点头。

双方连续三年都遵守了承诺。理发师的妻子和家人心满意足，很高兴有这笔额外的收入，也没人知道国王长着驴耳朵。迈达斯的缠头巾样式甚至在弗里吉亚、吕底亚、色雷斯等多地流行起来。一切都很顺利。

可是被迫保守秘密是很难受的，尤其是这位理发师还被迫保守着这样一个精彩的秘密。每天醒来，理发师都感到这件事在他心里翻腾、发酵。他深爱着自己的妻子和家人，对国王也忠心耿耿，不希望迈达斯遭到任何羞辱或尴尬。不过，在这个日益膨胀的秘密爆炸之前，他必须得释放一下自己。无论是乳房胀满了乳汁的奶牛、过了预产期还未生产的母亲，还是吃得酒足饭饱后在茅房“使劲儿”的美食家，都不如这位可怜的理发师那么几近绝望地想要从痛苦中解脱。

最后，他终于想出了一个法子，这肯定能帮他在不危及家人性命的前提下卸去身上的重担。某天夜里，他梦见自己站在主广场的一个阳台上，对着目瞪口呆的戈耳狄乌姆人民说出了这个秘密。他从这个备受折磨的梦中醒来，天刚亮就跑到了荒郊野外。他在一处偏僻的河岸边挖了一个深坑，然后四处张望，确保这里只有自己，不可能有人偷听，接着便跪在地上，双手拢在嘴边，冲着深坑大吼：“迈达斯长着两只驴耳朵！”

说完后，他疯狂地扒土把坑填上以免这些话逃逸出去，却没注意到有一粒小小的种子飞进了深坑，躺在了坑底……

填好坑，理发师又在土上狠狠跺了几脚，将这可怕的秘密死死封住。他连蹦带跳地回到了戈耳狄乌姆，直奔最爱的小酒馆，叫了一大壶店里最好的葡萄酒。他现在可以安心喝酒了，不必再担心酒精让他泄露口风。仿佛他就是阿特拉斯，而天空已从他的肩膀上移开。

与此同时，在接下来的几周里，偏僻河岸边那颗小小的种子正在盖亚轻柔温暖的呼吸下生根发芽。很快，一株小芦苇穿透层层泥土，探出了它那柔嫩的小脑袋。在微风的吹拂下，这株芦苇摇曳着，并且轻声说道：“迈达斯长着两只驴耳朵。”

沿岸的灌木丛和莎草听到了这悄声细语。“迈达斯长着两只驴耳朵……”

灌木的耳语和莎草的低吟被青草和大树传播开去。很快，柏树和柳树的飒飒絮语乘着风儿越传越远。

“迈达斯长着两只驴耳朵。”枝叶低语。

“迈达斯长着两只驴耳朵。”鸟儿歌唱。

最后，消息传到了城里。

“迈达斯长着两只驴耳朵！”

迈达斯惊醒了。宫殿外的大街上传来笑声和叫声，他爬到窗边，蹲下来侧耳细听。

这等奇耻大辱，迈达斯实在无法承受。还没有对理发师和理发师的家人施以报复，他就调了一壶有毒的牛血，抬头望向天庭，发出一声苦笑，耸耸肩，一饮而尽，一命呜呼了。

可怜的迈达斯。从此，他的名字代表着表面上幸运且富有，实际上却不幸又贫穷的人。如果他一直专心侍弄玫瑰就好了，毕竟，绿手指总比金的要好。

附 录

希腊神话之解读

兄弟俩的花边新闻

最后再说几个人，他们是厄庇墨透斯和普罗米修斯，海仙女克吕墨涅（或亚细亚）与提坦神伊阿珀托斯所生的儿子，肩托天空的阿特拉斯与被霹雳炸飞的墨诺提俄斯的弟弟。人们普遍认为普罗米修斯意为“事先的考虑”，而厄庇墨透斯意为“事后的考虑”。由此通常得出这样的结论：厄庇墨透斯做事莽撞不考虑后果，哥哥普罗米修斯则更具洞察力，更加谨慎。然而，谈到普罗米修斯为人类盗取火种一事，他的表现却完全谈不上有多么谨慎、考虑后果或者有先见之明。这个行为很冲动、很慷慨……甚至可以说很有爱，但绝不明智。厄庇墨透斯也是个心地善良的家伙，至于他的失败……我想说只是人性的疏失，不过好像不大对，因为他是一个提坦巨人。就结果而言，他的失败当然也称得上是巨大的。兄弟俩之间的差异直到今天还常被哲学家用来诠释人性的基本特质。

在柏拉图的对话录《普罗塔哥拉篇》一书中，主角普罗塔哥拉提出了一种创世神话，和那个约定俗成的版本有所不同。

普罗塔哥拉对苏格拉底说到，天神决定让一种新的凡间生命栖居自然界，因为那时世上只有神祇。利用泥土和水，加上神火与神的呼吸，他们创造出动物与人类。他们派遣普罗米修斯和厄庇墨透斯为所有生灵分配各式各样的才能与特质，好让他们在凡间过得充实而圆满。厄庇墨透斯说可以由他来进行分配，普罗米修斯则负责验收。就这样，兄弟俩达成了共识。

厄庇墨透斯干劲十足地开始了。他赐予部分动物盔甲，如犀牛、食蚁兽，还有犰狳。但分配给其他动物的特质似乎就有些随机了，他赐予它们可遮风避雨的厚毛皮、伪装、毒液、羽毛、獠牙、利爪、鳞片、螯钳、鳃、翅膀、胡须，还有天知道一些别的什么；他赐予它们速度、暴行、泳技和飞行能力。因此，每种动物都拥有了设计巧妙、行之有效的独特技能，从导航能力到挖洞、筑巢、游泳、跳高和歌唱，各式各样的技能应有尽有。厄庇墨透斯还将回声定位系统赐予了蝙蝠和海豚。就在他沾沾自喜之时，突然意识到自己的能力已经枯竭了。由于缺乏前瞻性，他完全疏忽了应当赐予人类什么样的秉性——可怜的人类，赤身裸体，脆弱不堪，皮肤光溜溜的，还长着两条腿。

厄庇墨透斯内疚地找到了哥哥，现在天赋的篮子已经是底朝天，该如何是好呢？人类没有任何防御措施，根本斗不过那些残忍、狡猾、贪婪的天赋异禀的动物。这些被慷慨赐予各种能力的野兽绝对可以把手无寸铁的人类吃干抹净。

普罗米修斯的解决方案是从雅典娜身上窃取技艺，再从赫菲斯托斯身上窃取火焰。有了这些，人类就能运用智慧、机敏和勤勉与动物们一决高下。也许人类不如鱼儿游得那么好，但他们能想办法造船；也许他们不如马儿跑得那么快，但他们能学着驯服马匹，为它们钉上马掌并且驾驭它们。也许有一天，他们还能造出匹敌鸟儿的翅膀。

就这样，由于一次意外和错误，在所有凡间的生灵之中，只有人类被赐予了奥林匹斯神的特质——虽然还不至于能与诸神匹敌，但至少能让人类抵御武装到牙齿的动物。

正如前文所说，普罗米修斯的名字意为“事前的考虑”，即“前瞻性”。“前瞻性”一词的含义很深。罗素在《西方哲学史》一书中写道：

> 文明人和野人的区别主要在于审慎，或者用一个更宽泛的词汇——“前瞻性”。为了将来的快乐，他愿意忍受眼下的痛苦，即使那将来的快乐还遥不可及……只有当人类没有冲动行事时，真正的前瞻性才会出现，因为理性告诉他

未来某天他能从此事中获益……个体一旦习得将人生作为整体来审视，就会不断地为将来牺牲当下。

要想说明普罗米修斯是人类的文明之父，无论是从故事本身还是象征意义而言，这样的说法似乎都比盗火更低调一些。普罗米修斯同时也赋予了人类前瞻性，即不冲动行事。是普罗米修斯的前瞻性让人类从狩猎者与采集者升级成农场主、城镇居民及商人吗？若无法放眼未来，人类就不会辛勤耕种、制订计划、建造房屋、储存并交换生活必需品。

为了避免对完美的普罗米修斯过分崇拜（毕竟就像那句希腊格言所说，mēdén ágan，即“凡事都不可过多”），罗素提醒我们，希腊人似乎意识到有必要用更为黑暗、深邃与不稳定的“激情”来驳斥普罗米修斯的影响：

> 很明显，这一过程，即在审慎与前瞻性的基础之上采取行动，也很容易做得过了头。守财奴就是很好的例子。不过即使不举如此极端的例子，审慎也很容易让我们错失生命中最美好的东西。狄俄尼索斯的崇拜者就反对审慎。当处于迷醉状态时，无论是在肉体层面还是精神层面，人都能找回被审慎摧毁的强烈情感。他会发现世界充满欢乐与美，想象力突然冲破了专注于日常的桎梏。没有酒神巴克斯，生活将变得索然无味；有了它，生活又充满危机。审慎与激情的对决是一场贯穿历史的冲突。在这场冲突中，我们不应偏袒任何一方。

普罗米修斯身上有了不起的复杂性和暧昧性。他给了人类火，创造之火，但他也给了人类前瞻性用以文明开化，这一特质似乎对前一种更具有狂野意味的火有所压制。宙斯也好，摩罗斯、普罗米修斯也罢，希腊人不喜欢将任何一位神灵视作完美的形象，或视作整体，至少我是这么看的……

希望

潘多拉的罐子里最后剩下了厄尔庇斯。这件事对希腊人有什么意义，对今天的我们又有什么影响，也许是自文字发明以来，甚至可能更早之前，学者与思想家最热衷于讨论的话题了。

有人认为这强化了宙斯施加于人类的诅咒。他们的观点是，所有不幸都被散播出来祸害人类，而人类连希望的慰藉都得不到。放弃希望通常是变得麻木不仁和自暴自弃的前奏。在但丁笔下，地狱的看门人勒令所有进入者必须彻底放弃希望。假若希望首先放弃我们，那该多么可怕啊。

还有观点认为厄尔庇斯代表的不只是“希望”，它还有“预期”之意，而且指的是对最糟糕结局的预期。换句话说就是预感，那种即将大祸临头的可怕预感。对潘多拉神话的这一解读意味着最后被困在罐子里的其实是最可怕的恶魔，没有它，人类至少不用直面自身悲惨的命运以及“存在即虚无”的残忍事实。换句话说，锁住了厄尔庇斯，人们就能像厄庇墨透斯那样活在当下，对笼罩着所有人的痛苦、死亡和步步逼近的末日的阴影浑然不觉或者至少视而不见。对神话的这种解读可以称得上是一种悲观的乐观主义。

尼采的看法又略有不同。他认为希望是罐子中最恶毒的东西，因为希望延长了人类生存的痛苦。宙斯之所以把它放进罐子，就是想让它逃出去，每天用“好事将近”的虚假承诺折磨人类。潘多拉把它关起来恰恰是一种胜利，让人类脱离宙斯最残忍的诅咒。尼采认为，有了希望，人类将愚蠢地相信生存拥有意义，相信一切都有结局，相信承诺；没有希望，人类至少不必活在虚幻的期盼之中。

是满怀希望，还是彻底无望，我们可以做出自己的选择。

巨人之战

希腊神话中有些故事讲述的是癸干忒斯之战（Gigantomachy），即“巨人之战”。这一好战的种族中有一百位生于盖亚与被阉割的乌拉诺斯的鲜血。正如前文所述，若根据现代的巨人标准，他们算不上特别高大。这场战争可能是盖亚试图夺回宇宙控制权的最后一搏。根据部分文献的记载，这场战争与提坦之战发生的时间有所重叠，甚至有时混为一谈。可以肯定的是，那时的确发生过某种暴力起义，发起者是巨人之王欧律墨冬（Eurymedon），对战方则是天神。

我们无法列出所有参战者的姓名，不过其中几位强者的命运肯定是记录在案的。所有巨人中最强大的是喧嚷者恩刻拉多斯（Enceladus），雅典娜把他埋在了埃特纳火山下，被囚禁的巨人至今仍不断发出如火山爆发般的怒吼①。波吕玻忒斯（Polybotes）被压在了尼西罗斯岛（Nisyrus）下，那岛屿本是科斯岛的一部分，波塞冬将它拆出来，摔到了波吕玻忒斯的头上②。征服者达密索斯（Damysus）在战斗一开始就被杀死了，后来因为半人马喀戎把他的尸体当成备用零件库给挖了出来，世人才知道他的名字。赫菲斯托斯将一大桶熔化的铁水全部浇在了倒霉的模仿者弥玛斯（Mimas）身上；声名显赫者克吕提俄斯（Clytius）被赫卡忒火炬的烈焰吞没；绪叩斯（Syceus）被宙斯穷追不舍，盖亚将他变作无花果树③以免去灭顶之灾；惊马者希波吕托斯（Hippolytus）被赫耳墨斯斩杀，对方耍诈，披了一件隐形斗篷；狄俄尼索斯则用圣物酒神杖杀死了阴燃者堤福俄斯（Typhoeus）。

我曾读过巨人族中的佼佼者阿瑞斯泰俄斯（Aristaeus）④的故事。他被母亲盖亚变成了一只屎壳郎，因此躲过了战争。至于迅捷者托翁（Thoon）、鲁莽者福伊提俄斯（Phoitios）、墨利俄斯（Molios）、已生根者恩费托斯（Emphytos），还有数之不尽的其他巨人族成员是如何迎接末日的，据我们所知，现在还未有记录。

奇怪的是，有一份资料谈到了紫巨人波耳费里翁（Porphyrion），说这个恶棍试图强奸赫拉，结果被宙斯和赫拉克勒斯击杀。这一故事的时间线将他的死放在了比癸干忒斯之战中其他巨人的死要晚得多的时候。话又说回来，像时间线这样连贯且稳定的工具从不适用于讲述错综复杂、千变万化、混乱无序的希腊神话。

脚和趾

和我们一样，希腊人也将“脚”作为度量衡。⑤一希腊尺（pous，复数形式是podes）等于十五希腊趾或十六希腊趾（daktyla），约等于英式或美式度量衡中的一英尺。一百希腊尺等于一普勒戎（plethron），即一般田径跑道的宽度；六普勒戎等于一斯塔狄翁（stadion），即一圈田径跑道的周长，由此衍

① 如今的科学家告诉我们，那颗以恩刻拉多斯命名、距离地球仅约14亿千米的土星似乎拥有适合生物存活的必要条件。所以，盖亚也许从一开始就计划好在另外的世界里让自己的血脉得以延续。

② 我的希腊语－英语辞典没能帮我查出波吕玻忒斯名字的含义。它好像意为“丰盛的营养”或“充足地养育”，也许就是肥沃的意思吧。

③ 因此，无花果（Ficus carica Linn）便继承了绪叩斯的名字。

④ 不要和养蜂的那位同名小神混淆。

⑤ 英语中的“英尺”写作foot，和“脚”是同一个词。——译者注

生了 stadium（体育馆）一词；八斯塔狄翁等于一英里，或一米里翁（milion）。和脚有关的词，如 podiatrist（足科医生）、octopuse 或 octopodes（八爪鱼）、tripods（三脚架）等展现了字母 P 在西去的路上逐渐演变成 F 的有趣历程：pous 在德语里变成了 fuss，在英语里变成了 foot。[①] Pfennig、Pfeife 和 Pfeffer 三个现代德文中间仍然夹着 P，可到了英语里就变成了 penny（便士）、pipe（管子）和 pepper（胡椒），不过也有像 fife（横笛）这样的词。19 世纪早期的语言学家弗里德里克·冯·施莱格尔（Friedrich Von Schlegel）最先发现了这一“伟大的摩擦音音变”，这一发现之后成为格林定律（Grimms' Law）的一部分——这样命名是为了向其真正的研究者格林兄弟致敬。格林定律帮助说明了欧洲和中东地区的绝大部分语言是怎样追溯到印度语及假想语言——原始印欧语（Proto-Indo-European，PIE）的。[②]

① 均意为“脚”。——译者注

② 原始印欧语是语言学家在研究印欧语系时运用比较语言学的方法所倒推出的一种假想语言，这种语言并未直接得到历史证据的证实，不过语言学家已经将其进行了重构，并估计这一语言应该流通于新石器时代晚期至青铜时代早期。——译者注

神话的本质

我必须不厌其烦地强调，解读或诠释神话从来都不是我的目的，我只想讲述。当然，为了完成较为连贯的叙事，我稍微调整了一下时间线。比如，我笔下的“人类时代”就和诗人赫西俄德所撰写的著名版本有所不同，主要是为了更清晰地将克洛诺斯时代和人类的出现区隔开来。这些故事在三千年前的希腊井喷式地集中出现，可以说几乎所有事情都是同时发生的。如果有人认为我的故事“说错了”，那么我完全可以回答说，这些毕竟都是虚构的。说到给细节添油加醋，我想讲述神话故事的人都会这么干。在这件事上，我认为自己只是尽力想把故事讲得更加生动。

神话、传说与信仰

就像砂砾被层层包裹起来形成了珍珠，传说也是从一小段史实演变而来的。比如，英国民间传说中武艺出众、机智勇敢、行侠仗义的罗宾汉似乎就是脱胎于真实的历史人物。随着故事代代相传，其基本情节不断增多，内容被加以润色和夸大，到了某种程度就成为传说了。传说一般都是用文字的形式记述的，因为 legend（传说）一词即衍生自拉丁语的动名词 legere，意为“可阅读的”。[①]

然而，神话是由想象和象征构建起来的。没人认为赫菲斯托斯真的存在，他只是金属业、制造业与手工业技艺的象征。至于为何将他塑造成一个皮肤黝黑、长相丑陋的跛子，这是吸引点，需要我们自己去解读或诠释。也许，我们发现真正的铁匠都又黑又壮，身上满是疤痕，肌肉发达，模样看起来有点可怕。也许是社会习俗要求身材高大且匀称的健全男子进入战士阶层，所以从一开始，大多腿脚不利索的矮个子男孩就会在工坊学习冶炼而不是接受打仗的训练。因此，任何一种集体主义文化所想象出的铁匠之神，很可能都是其熟知的某种人类原型。这一类神祇都是依照我们的自身的形象而创造出来的，并非反其道而行之。

就源头而言，神话和神话形象是象征性而不是历史性的。与根植于事实的传说一样，神话也经历了同样的虚构重建和内容润色。神话也是有文字记述的，尤其是希腊神话。我们要感谢荷马、赫西俄德和诸多后来者详细记录了希腊神话，为我们提供了时间线、谱系图及角色小传，由此我才可以撰写出本书来讲述故事。

简单又直观地说，神话讲的是看不见、摸不着的神祇和怪兽。有的古希腊人也许相信半人马、水龙、海神和壁炉女神的存在，不过他们很难加以证实并说服他人。我相信，大部分讲述以及重述神话的人，在某种认知层面上应该都明白自己讲的是虚构的故事。即使他们认为世上曾栖居过宁芙和怪物，也肯定知道这样的生灵已不复存在。

祈祷、仪式和祭祀是缴纳给看不见的自然之力的“税收”，这些东西与神话有别。神话一开始只是人们围在火边讲的故事，后来则变成了要求人们服从的系统化信念。祭司阶层的出现，为人们制定了行事之规。神话是如何经过编纂成为宗教经文、宗教仪式和宗教理论的，这得再写另一本书才能说清，并且大大超出了我的能力范围。希腊神话里有一些涉及神秘仪式，还涉及大量的庙宇和神殿。另外，还有一件事也是事实，那就是即使在最伟大的雅典理性时代，即使是苏格拉底这样的哲学家，也依然会因宗教原因而遭到处决。

① 有趣的是，legere 这个动词真正的词源以及它的动名词形式 lectum 有“收集”之意，如 college（学院）和 collect（收集）。所以，传说也许不仅是写下来可供阅读的故事，还是收集而成的故事。

希腊人

人们常常会误认为古希腊人聪慧开明、仁慈理智，实乃高级人种。其实他们有不少观念与我们的相冲突，甚至令我们反感。例如，女性不能真正参与家事以外的事务；奴隶是他们的地方特色，对其惩罚非常严厉，生活相当凄惨。在崇拜阿波罗与雅典娜的同时，古希腊人也崇拜着狄俄尼索斯与阿瑞斯，还有潘神、普里阿普斯以及波塞冬。希腊文化之所以如此吸引我们，是因为他们似乎能洞察到人性不同特质中微妙而积极的地方。德尔斐的阿波罗神庙的门廊上镌刻着“认识你自己”这样的话。通过阅读神话及其他文本，看得出古希腊民族的确是在竭尽全力地实践着这一古代箴言。

因此，尽管古希腊人远远称不上完美，可他们似乎能够用更加公正和通透的眼光来看待生活、世界以及自身，大部分文明，包括我们自己的文明或许都没能做到这一点。

地理位置

希腊是什么？位于何处？在神话中，它指的并不是一个国家。我们今天可以游历的希腊是从政治角度划分的主权大陆及其群岛，但神话中的希腊世界囊括了小亚细亚的大部分地区，包含土耳其、叙利亚部分地区、伊朗、黎巴嫩及位于北非地区的埃及、巴尔干半岛、阿尔巴尼亚、克罗地亚和马其顿。阿瑞翁与海豚的故事甚至把我们带到了意大利南部。许多神话故事的主人公常自称希腊人、伊奥尼亚人、阿哥斯人、阿提卡人、色雷斯人、斯巴达人、雅典人、塞浦路斯人、科林斯人、底比斯人、弗里吉亚人、西西里人、克里特人、特洛伊人、玻俄提亚人、吕底亚人……不一而足。我太明白这些称呼有多么混乱和令人头晕了，只有学者或希腊公民才不觉得烦。你可以查阅一下地图，除此之外我真心建议大家不必为查清此事而大费周章。天知道我费了多少事儿，真的不想让你们也受这份罪。

古代资料

重述希腊神话故事就像串起巨人的脚印。在本书前言中，我引用了依迪丝·汉密尔顿对希腊神话的看法，即“希腊神话是伟大诗人的杰作”。虽然希腊神话最深的源头是那些未曾记录在案的史前民间传说，不过在为本书收集资料时，我也只能和大家一样求助于西方首批传统诗人，他们恰好都来自希腊，他们写作的主题也恰好都是神话。

根据现存的宝贵资料，我们可以勾勒出希腊神话的发展脉络。从宇宙的诞生到天神的出现，一路历数到他们与人类的交往及影响。首先出现的是荷马，他有可能是一个或多个（盲眼）伊奥尼亚的吟游诗人，总之两部伟大的史诗都署着这个名字，那就是《伊利亚特》和《奥德赛》，它们应该是于公元前 8 世纪写就的。故事围绕着特洛伊战争及事件的余波展开，不过荷马写了无数个关于此前神话的注解，给了我们很大的帮助。诗人赫西俄德与荷马差不多处于同一时期，可以肯定的是，赫西俄德是单独的个体，他主要整理出了希腊神话所谓的时间线。他的《神谱》（*Theogony*）讲述了创世之时、提坦神的崛起、天神的出身以及奥林匹斯秩序的建立；他的《工作与时日》（*Erga Kai Hemerai*）讲述了有关普罗米修斯和潘多拉等伟大的人诞生的故事，还列出了人类的五个时代：黄金、白银、青铜、英雄和黑铁。

其他的希腊和罗马诗人、作家和旅行家以赫西俄德的谱系为基础继续创作，他们增补细节，添枝加叶，将不同故事融合在一起，把情节复杂化，或者编写新故事。在这之中，那本伟大的神话辞典《书库》（*Bibliotheca*）也许是最有价值的资料。人们起初认为其作者是生活在公元 2 世纪雅典的阿波罗多洛斯（**Apollodorus**），不过这种说法现在遭到了质疑。最新的观点认为该书作者的姓名不详，还给他取了一个有些屈辱的绰号——伪 - 阿波罗多洛斯，成书时间应为公元 1 世纪或 2 世纪。其他具有信服力或可靠的来源还包括旅行家与导游志编纂者保萨尼亚斯（**Pausanias**）、用希腊语写作的小说家朗格斯（**Longus**）、用拉丁语写作的阿普列乌斯和拉丁作家许癸努斯（**Hyginus**）。

在这其中最高屋建瓴者当属罗马诗人奥维德，其著作《变形记》讲述了诸多出于惩罚或怜悯，被天神变作动物、植物、河流甚至石头的凡人、宁芙等的故事。奥维德的其他作品，主要是《爱的艺术》（*Ars Amatoria*）和《女杰书简》（*Heroides*），也涉及希腊神话的重述，并且总是称呼天神的拉丁名：宙斯被称为约夫或朱庇特；阿耳忒弥斯被称为戴安娜；厄洛斯被称为丘比特或阿莫，诸如此类。奥维德是一位多产的作家，他精力充沛，桀骜不驯，玩世不恭，还有点浮夸。他的观点总是不断变化。从莎士比亚在戏剧和诗歌中大量的引用可以很明显地看出，奥维德是诸多作家和艺术家中影响他最深的一位。奥维德既乐于做加法，也很会做减法，还擅长凭空创造，这一点也影响和鼓励了我，让我变得可以说是更有想象力，以完成我的重述。

现代资料

对生活在大西洋两岸的许多小孩来说，包括我在内，由四名经久不衰的美国作家撰写的希腊神话经典名著伴随着我们成长。其中两位是 19 世纪的作家：一位是纳撒尼尔·霍桑（Nathaniel Hawthorne），他写了《霍桑给孩子的奇书神话》（*A Wonder Book for Girls and Boys*）及续集《杂木林传说》（*Tanglewood Tales*）；一位是托马斯·布尔芬奇（Thomas Bulfinch），他写的是《神话时代》（*The Age of Fable*），之后收入了合辑《布尔芬奇的神话》（*Bulfinch's Mythology*），该书在 160 年的时间里不断推出各种版本。

依迪丝·汉密尔顿的《神话》（*Mythology*）在 20 世纪无人能及，如今仍在不断重印；此外还有贝尔纳·伊夫斯兰（Bernard Evslin）历久弥新的著作《希腊神话的英雄、天神和怪兽》（*Heroes, Gods and Monsters of the Greek Myths*）。可与之相提并论的英国作家有查尔斯·兰姆（Charles Lamb）《尤利西斯的冒险》（*The Advantures of Ulysses*）和海德（L. S. Hyde）的《最喜欢的希腊神话故事》（*Favourite Greek Myths*），后者是我小时候的挚爱。

虽然这些著作在过去和现在都有着崇高的地位，但它们过于羞涩，常常绕开或删掉被认为是色情暴力的情节，可那恰恰是希腊神话的核心。诗人与小说家罗伯特·格雷夫斯（Robert Graves）没有这样的顾虑，不过他那两卷结构和叙事都颇为古怪的《希腊神话》（*The Greek Myths*）虽然非常严谨、偏学术，也颇具启发性，但更多谈论的是文学性和艺术性——每章还要附带一些议论，强调一下他所热衷的“白色女神”（white goddess）崇拜论。詹姆斯·弗拉泽（James Frazer）及其后来者，包括约瑟夫·坎贝尔（Joseph Campbell）[①]在内，他们的研究虽然也很有价值，但都不

① 美国著名作家，神话研究领域的顶级学者。他创造了一系列影响力极强的神话学巨作。其著作《千面英雄》已由湛庐文化引进，由浙江人民出版社于 2016 年出版。——编者注

专注于希腊故事，而是更多地在学术、心理学、比较文学及人类学方面进行思考。如今，互联网上有很多网站能帮助年轻人了解希腊神话，但读完那些把卡德摩斯称呼为“老乡”，把赫耳墨斯形容为“很酷”，说哈迪斯是个“有点烦的哥们”这样的文章之后，我真的很想躺会儿。

名字的拼写

因为许多希腊神话及其中的角色都是借由拉丁作家之手传给我们的，又因为英语的字母表更像罗马文而非希腊文，所以人名和地名的拼写有时准确，有时不准确。我也可以只提供希腊文的拼法，那么 Cerberus、Jason 和 Cadmus 就会变成 Kerberos、Iason 与 Kadmos。是不是该用 Cronus 而不是 Kronos？要不要选择 Aktaion 而不是 Actaeon？当 Narcissus 已经广为人知时，非要用 Narkissos 好像有点强人所难。总之，我没能保持统一，不过我这人一直这样。

名字的读法

我建议你默读的时候用自己觉得最舒服的方式来读。希腊词 kappa 中含有重音 K，字母 chi 则含有类似 loch 和 bach 中的“ch”那样的气音与摩擦音，不过你完全可以把所有的“ch”都发成标准的“k”音。至于 Eta，希腊长 e 音的发音类似“ee”，我在学习古希腊语时，老师是这样教的，所以 eta 的发音应为“eater”。不过，现在的教法是让它与 waiter 押韵。我感觉这一现代发音对美语的影响比英式英语更深。比方说，美国人会把 beta 读成“baiter”，英国人则读成“beater”。

所以，Thetis 应该读成 Theetis、Thettis 还是 Thaytis？ Metis 是 Maytis、Mettis 还是 Meetis？ Hera 是 Hearer 还是 Hairer？ Ares 是 Ahr-ease 还是 Air-ease？现代希腊语读的是一种，英美学者读的是一种，而常用的读法，假设有所谓的常用读法吧，又是另外一种。如果谁说某种读法肯定是对的或错的，那我认为这种说法本身就值得怀疑。

致　谢

首先要感谢亲爱的艾略特（Elliot），他对我长期沉浸于古希腊神话一事表现出巨大的耐心。感谢亲爱的妹妹兼助手乔·克罗克（Jo Crocker）伴我左右，在她的帮助下我才得以享有可以尽情写作的人生。

我还要一如既往地感谢我的经纪人安东尼·戈夫（Anthony Goff），还有路易斯·穆尔（Louise Moore）等来自迈克尔·乔瑟夫（Michael Joseph）公司的每一位朋友。感谢企鹅兰登书屋认真负责地为我出版本书，尤其要感谢的是我那位勤奋体贴、令人抓狂、魅力十足又极具洞察力的编辑吉利恩·泰勒（Jillian Taylor）。

考虑到环保的因素，也为了节省纸张、降低图书定价，本书编辑制作了电子版的《希腊神话人物检索手册》。请扫描下方二维码，下载“湛庐阅读”App，搜索“神话”，即可获取。

译者后记

像看英剧一样读希腊神话

很多人都知道斯蒂芬·弗莱是一名优秀的英国演员，中国影迷给他取了一个爱称叫“油炸叔”。他因主演《王尔德》被提名过金球奖——不管是外貌还是性格，弗莱先生简直就是王尔德再世！《V字仇杀队》《霍比特人》《大侦探福尔摩斯》这些全球热映的大片中都有他的身影。不过最精彩的当属他和休·劳里（James Hugh Calum Laurie，就是著名的豪斯医生）搭档演出的《弗莱劳里秀》（*A Bit of Fry and Laurie*）以及《万能管家》（*Jeeves and Wooster*）。两位主创兼主演怀揣独一无二的英式幽默，将英国人的毒舌、讲究、外冷内热又不失天真的形象塑造得淋漓尽致，我强烈推荐诸位前去观看。另外，弗莱先生的声音十分有表现力，音色醇厚、迷人。他出过很多有声书，比如著名的《哈利·波特》。听他用那深沉、纯正的英式口音将神秘的故事娓娓道来，实在是莫大的享受。

说到这儿，重点来了，弗莱先生还有一个相当重要的身份，那就是他是一名作家。他撰写过很多专栏，出版了包括自传、小说等在内的诸多著作。如今，他终于提笔写起了希腊神话，实在是可喜可贺！那么这件事的妙处在哪里呢？

希腊神话在文学、哲学、历史研究、美学方面的地位不言自明，说它塑造了一部分欧美文明都不为过。然而，就像弗莱先生在本书前言中所写的那样，最有魅力的其实是希腊神话中那些有趣的故事。这些故事可能很多人都读过，也可能没读过，但至少对宙斯的那些风流韵事有所耳闻。大家印象中的希腊神话故事多半像散落在深色天鹅绒衬垫上的一颗颗珍珠，美则美矣，却十分零散。弗莱先生所做的，就是凭借他深厚的戏剧素养，用戏剧性叙事作为丝线，把这些珍珠逐一串起来。

这里所说的“戏剧性叙事”十分关键。串珍珠当然有无数种方法，可身为戏剧演员的他运用戏剧结构来串起所有故事，不仅人民群众喜闻乐见，而且相当符合希腊神话平易近人的气质。用大白话说，他好像把希腊神话变成了一部英剧，每一集都跌宕起伏、扣人心弦；而之前的许多希腊神话著作，则更像是BBC拍摄的纪录片，虽然也很精美，但缺少一点儿引着读者往下追的魅力，不知道这样形容会不会让你更明白这本书的精髓？

用戏剧结构来整理希腊神话看似轻而易举，实则需要花费大量的心力，并且要求作者拥有深厚的戏剧创作功力：怎样挑选故事？怎样分配角色？怎样精彩地撰写一场冲突？怎样调整时间线好让人物关系的发展看起来更合理（要知道希腊神话的时间线是非常混乱的）？怎样在做好以上全部的同时，不失去希腊神话原有的风味？写希腊神话很容易写得失去格调，为了讨当代读者的喜欢，用一些网络热词、流行语之类的，失去分寸地试图拉近希腊神话和现代人之间的距离，对于这一点，弗莱先生在本书的附录中也有所提及。

本人深以为是。文字应该有文字的格调，但如何在有趣和格调之间保持平衡完全取决于作者的品位。在这一点上，弗莱先生绝对是个中好手。他的幽默感让本书妙趣横生，他的品位又让这些故事依然有种古典的美。与此同时，他还是一位涉猎十分广泛的学者。在本书中，弗莱先生旁征博引，于各个领域间腾挪自如，学术不精的本人在翻译过程中每每汗颜，诚惶诚恐，只能尽量将他的每一个典故查清楚、想明白，将他随手写下的每一句笑话努力用中文还原其幽默的姿态。

本人深知弗莱先生的粉丝藏龙卧虎，为了不辜负诸位，几乎将每个字眼都查过才敢动手，译稿也是经过反复修改。但人非圣贤孰能无过，将来如有不全之处，还望各位手下留情。

好了，谦冲自牧之言到此打住。如果你从未读过希腊神话，如果你只想读一次希腊神话，那么，请来读一读弗莱先生的这本书吧！

2019 年 11 月

黄天怡

未来，属于终身学习者

我这辈子遇到的聪明人（来自各行各业的聪明人）没有不每天阅读的——没有，一个都没有。巴菲特读书之多，我读书之多，可能会让你感到吃惊。孩子们都笑话我。他们觉得我是一本长了两条腿的书。

——查理·芒格

互联网改变了信息连接的方式；指数型技术在迅速颠覆着现有的商业世界；人工智能已经开始抢占人类的工作岗位……

未来，到底需要什么样的人才？

改变命运唯一的策略是你要变成终身学习者。未来世界将不再需要单一的技能型人才，而是需要具备完善的知识结构、极强逻辑思考力和高感知力的复合型人才。优秀的人往往通过阅读建立足够强大的抽象思维能力，获得异于众人的思考和整合能力。未来，将属于终身学习者！而阅读必定和终身学习形影不离。

很多人读书，追求的是干货，寻求的是立刻行之有效的解决方案。其实这是一种留在舒适区的阅读方法。在这个充满不确定性的年代，答案不会简单地出现在书里，因为生活根本就没有标准确切的答案，你也不能期望过去的经验能解决未来的问题。

湛庐阅读App：与最聪明的人共同进化

有人常常把成本支出的焦点放在书价上，把读完一本书当作阅读的终结。其实不然。

时间是读者付出的最大阅读成本
怎么读是读者面临的最大阅读障碍
“读书破万卷”不仅仅在“万”，更重要的是在“破”！

现在，我们构建了全新的“湛庐阅读”App。它将成为你“破万卷”的新居所。在这里：

- 不用考虑读什么，你可以便捷找到纸书、有声书和各种声音产品；
- 你可以学会怎么读，你将发现集泛读、通读、精读于一体的阅读解决方案；
- 你会与作者、译者、专家、推荐人和阅读教练相遇，他们是优质思想的发源地；
- 你会与优秀的读者和终身学习者为伍，他们对阅读和学习有着持久的热情和源源不绝的内驱力。

从单一到复合，从知道到精通，从理解到创造，湛庐希望建立一个“与最聪明的人共同进化”的社区，成为人类先进思想交汇的聚集地，与你共同迎接未来。

与此同时，我们希望能够重新定义你的学习场景，让你随时随地收获有内容、有价值的思想，通过阅读实现终身学习。这是我们的使命和价值。

湛庐阅读App玩转指南

湛庐阅读App结构图：

三步玩转湛庐阅读App：

App获取方式：

安卓用户前往各大应用市场、苹果用户前往App Store直接下载“湛庐阅读”App，与最聪明的人共同进化！

使用App扫一扫功能，遇见书里书外更大的世界！

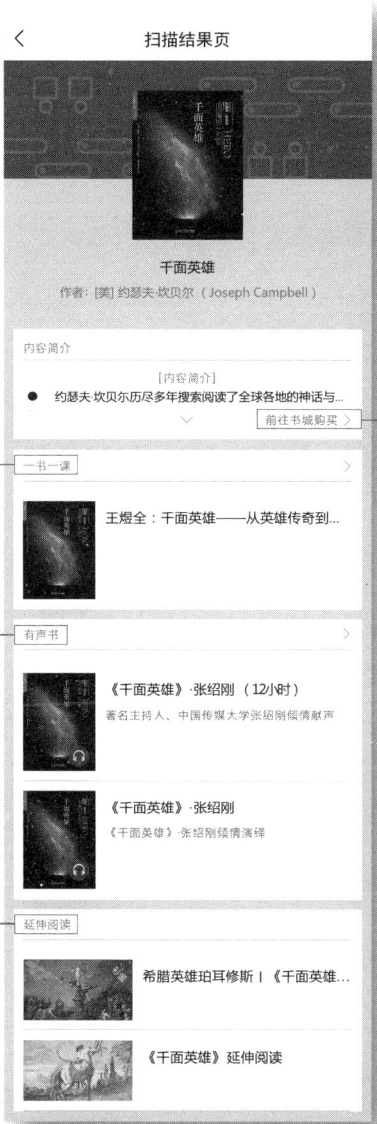

快速了解本书内容，
湛庐千册图书一键购买！

大咖优质课、
献声朗读全本一键了解，
为你读书、讲书、拆书！

你想知道的彩蛋
和本书更多知识、资讯，
尽在延伸阅读！

延伸阅读

《神话的力量》

◎ 20 世纪最伟大的神话学大师约瑟夫·坎贝尔与美国知名电视人比尔·莫耶斯通过对话的形式，探讨神话、人格成长、心灵探索等多种主题。

◎ 一本重新认识神话、发现自我、探知心灵真理的书，盘踞《纽约时报》畅销书排行榜一年。

◎ 我们之所以对丰沛的神话智慧感到疏离，是因为我们失去了解读神话的本能，错读了神话的语言！

使用“湛庐阅读”App，
“扫一扫”获取本书更多精彩内容。

ISBN 978-7-213-05485-3

《千面英雄》

◎ 本书汇集了全球各地的神话与宗教故事中的共通的奥秘，将神话之源显现在世人面前。

◎ 我们每个人都是人生旅程中接受考验的潜在英雄，只有接受生活的召唤，踏上考验的旅程，生命才能达到丰富多彩的境界。

使用“湛庐阅读”App，
“扫一扫”获取本书更多精彩内容。

ISBN 978-7-213-06947-5

《十二个明天》

◎ 科幻巨匠刘慈欣与刘宇昆、尼迪·奥科拉弗等共 13 位全球著名科幻大咖在此集结，带来一部比《黑镜》更离奇的科幻著作。

◎ 科技到底是人类未来的堡垒，还是牢笼？本书通过 12 个场景展现科技对社会带来的冲击与变革，让你对科技、人性和自身处境产生更加深刻的理解与思考。

◎ 小米科技创始人、董事长兼 CEO 雷军亲自作序，来自科技界、科幻界、人工智能界的 11 位重量级人物重磅解读。

使用“湛庐阅读”App，
“扫一扫”获取本书更多精彩内容。

ISBN 978-7-5596-2378-2

《希望之地》

◎ 陈楸帆、江波、伊恩·麦克劳德等 7 位入围星云奖、雨果奖等优秀奖项的新锐作家同台竞技，为你呈现一场别开生面的科幻阅读盛宴。

◎ 讲述了 7 个由技术这辆飞驰的列车导向的未来场景，人类的命运在这些复杂、惊险的技术世界中沉浮、挣扎、抗争。

◎ 优美而又锐利的笔触，再加上为每篇故事“量身”设计的具有强烈视觉冲击的版式，用双重艺术方式呈现故事中令人神迷的世界。

使用“湛庐阅读”App，
“扫一扫”获取本书更多精彩内容。

ISBN 978-7-5364-9484-8

Mythos

Copyright © Stephen Fry, 2017

All rights reserved.

本书中文简体字版由作者授权在中华人民共和国境内独家出版发行。未经出版者书面许可，不得以任何方式抄袭、复制或节录本书中的任何部分。

版权所有，侵权必究。

图书在版编目（CIP）数据

神话 / （英）斯蒂芬·弗莱（Stephen Fry）著；黄天怡译. -- 杭州：浙江教育出版社，2020.7
ISBN 978-7-5722-0402-9

Ⅰ. ①神… Ⅱ. ①斯… ②黄… Ⅲ. ①神话—作品集—英国—现代 Ⅳ. ①I561.73

中国版本图书馆CIP数据核字(2020)第110321号

浙江省版权局
著作权合同登记号
图字:11-2020-186号

上架指导：畅销书 / 文学

版权所有，侵权必究
本书法律顾问 北京市盈科律师事务所 崔爽律师
张雅琴律师

神话
SHEN HUA
[英] 斯蒂芬·弗莱（Stephen Fry） 著
黄天怡 译

责任编辑：高露露 洪 滔
美术编辑：韩 波
封面设计：ablackcover.com
责任校对：余理阳
责任印务：沈久凌
出版发行：浙江教育出版社（杭州市天目山路 40 号 邮编：310013）
电话：（0571）85170300-80928
印 刷：河北鹏润印刷有限公司
开 本：720mm ×965mm 1/16　　插 页：2
印 张：21.25　　字 数：358 千字
版 次：2020 年 7 月第 1 版　　印 次：2020 年 7 月第 1 次印刷
书 号：ISBN 978-7-5722-0402-9　　定 价：69.90 元

如发现印装质量问题，影响阅读，请致电 010-56676359 联系调换。